FOGO

KRISTIN CASHORE

FOGO
Como tudo começou

Tradução
Chico Lopes

ROCCO
JOVENS LEITORES

Título original
FIRE

Copyright © 2009 *by* Kristin Cashore
Mapa: Jeffery C. Mathison

Todos os direitos reservados. Nenhuma parte desta obra pode ser reproduzida ou transmitida por qualquer forma ou meio eletrônico ou mecânico, inclusive fotocópia, gravação ou sistema de armazenagem e recuperação de informação, sem a permissão escrita do editor.

A editora não é responsável por sites (ou seus conteúdos) que não são de sua propriedade.

Todos os direitos reservados.
Direitos para a língua portuguesa reservados
com exclusividade para o Brasil à
EDITORA ROCCO LTDA.
Av. Presidente Wilson, 231 – 8º andar
20030-021 – Rio de Janeiro – RJ
Tel.: (21) 3525-2000 – Fax: (21) 3525-2001
rocco@rocco.com.br
www.rocco.com.br

Printed in Brazil/Impresso no Brasil

preparação de originais
Thais Nacif

CIP-Brasil. Catalogação na fonte.
Sindicato Nacional dos Editores de Livros, RJ.

C332f   Cashore, Kristin
Fogo: como tudo começou/Kristin Cashore; tradução de Chico Lopes. – Primeira edição – Rio de Janeiro: Rocco Jovens Leitores, 2013.
il.   Tradução de: Fire
ISBN 978-85-7980-145-7
1. Literatura infantojuvenil I. Lopes, Chico, 1952-. II. Título.
12-8324   CDD – 028.5   CDU – 087.5

O texto deste livro obedece às normas do Acordo Ortográfico da Língua Portuguesa.

*Para minha irmãzinha Catherine,
o pilar (coríntio) do meu coração*

LAMENTO DELLIANO

Quando olhei para o outro lado, seu fogo se extinguiu
Deixando-me com cinzas para chutar no pó
Maravilha inútil, eis o que você foi

Em meu fogo vivo guardarei o seu e o meu desdém
Em meu fogo vivo guardarei a sua e a minha dor
Pela desgraça de uma vida que perdeu seu valor

FOGO

Prólogo

Larch sempre pensava que, se não fosse por seu filho recém-nascido, ele nunca teria sobrevivido à morte de Mikra, sua esposa. Metade disso se devia ao fato de o garotinho precisar de um pai esbaforido e diligente que saísse da cama todas as manhãs e se esforçasse ao longo do dia; a outra metade se devia ao próprio garotinho. Um bebê de gênio tão bom, tão calmo! Seus balbucios e arrulhos eram tão musicais, e seus olhos tão profundamente castanhos, iguais aos de sua mãe morta!

Larch era um guarda-caça na propriedade à beira-rio de um senhor feudal menor do reino sul-oriental de Monsea. Quando retornava de seus alojamentos depois de um dia na sela, pegava o bebê dos braços da ama-seca quase com ciúmes. Sujo, fedendo a suor e cavalos, ele embalava o garoto em seu peito, sentava-se na velha cadeira de balanço de sua esposa e fechava os olhos. Às vezes chorava, as lágrimas provocando límpidas listras que escorriam pelo rosto encardido. Mas chorava sempre baixinho, para que não ficasse sem ouvir os sons que o filho fazia. A ama-seca dizia que era incomum para um bebê tão pequeno ter um olhar tão fixo. "Não é uma coisa com a qual a gente deva ficar feliz", advertia, "uma criança com olhos estranhos".

Larch não conseguia se preocupar com isso. A ama-seca se preocupava o suficiente pelos dois. Toda manhã ela examinava os olhos do bebê, como era o costume não verbalizado de todos os novos pais dos sete reinos, e toda manhã respirava com mais alívio assim que confirmava que nada havia se alterado. Pois a criança que caísse no sono com os dois olhos da mesma cor e despertasse com olhos de duas cores diferentes era uma Graceling; e, em Monsea, como na maior parte dos reinos, os bebês Agraciados imediatamente se tornavam propriedades do rei. Suas famílias raramente voltavam a vê-los.

Mesmo quando o primeiro aniversário de nascimento do filho de Larch viera e passara sem que nenhuma mudança nos olhos castanhos do garoto fosse notada, a ama-seca não abandonou suas lamentações. Ela ouvira histórias sobre olhos de Gracelings que levavam mais de um ano para aparecer, e, Graceling ou não, aquela criança não era normal. Depois de apenas um ano fora do útero de sua mãe, Immiker já conseguia falar seu próprio nome. Já dizia frases simples aos quinze meses e deixou sua pronúncia de bebê para trás com um ano e meio. No princípio de sua temporada com Larch, a ama-seca tivera esperança de que seus cuidados lhe fizessem ganhar um marido e um filho forte e sadio. Agora achava que o bebê que conversava como um adulto em miniatura enquanto mamava de seu seio, que fazia uma eloquente reclamação toda vez que suas fraldas precisavam ser trocadas era positivamente sinistro. Demitiu-se do emprego.

Larch ficou feliz por ver a mulher azeda ir embora. Usou um carregador para que o filho pudesse se pendurar ao seu peito enquanto ele trabalhava. Recusou-se a cavalgar em dias frios ou chuvosos; recusou-se a galopar em seu cavalo. Trabalhava por períodos mais curtos e tirava folgas para alimentar Immiker, embalá-lo para dormir, limpar suas sujeiras. O bebê tagarelava constantemente, perguntava pelos nomes das plantas e dos animais, inventava poemas absurdos que chegavam a fatigar Larch, pois sempre o faziam dar risadas.

— Pássaros amam ficar nos topos das árvores para rodopiar e voar com liberdade, pois dentro de suas cabeças eles são pássaros — cantava distraidamente o menino, batendo a mão de leve no ombro de seu pai. Então, um minuto depois, dizia: — Pai?

— Sim, filho.

— Você ama as coisas que eu gosto que você faça, pois dentro de sua cabeça minhas palavras estão.

Larch era totalmente feliz. Ele não conseguia lembrar por que a morte de sua esposa o havia entristecido tanto. Via agora que era melhor desse jeito, ele e o menino sozinhos no mundo. Começou a evitar as pessoas da propriedade, pois outras companhias eram maçantes e o aborreciam, e ele não via por que elas mereciam compartilhar o prazer da companhia de seu filho.

Certa manhã, quando Immiker estava com três anos, Larch acordou e viu seu filho desperto ao seu lado, olhando fixamente para ele. O olho direito do menino era cinza. Seu olho esquerdo era vermelho. Larch disparou a falar, aterrorizado e magoado:

— Eles vão levar você — disse ele ao seu filho. — Eles levarão você para longe de mim.

Immiker piscou calmamente.

— Eles não vão me levar, porque você terá um plano para detê-los.

Recusar um Graceling ao rei era furto real, punível com prisão e multas que Larch nunca poderia pagar, mas, ainda assim, ele estava dominado pela ideia de fazer o que o menino dissera. Eles teriam que cavalgar para o leste, penetrar nas montanhas das fronteiras rochosas, onde dificilmente alguém morava, e encontrar um trecho de pedra ou arbusto que pudesse servir como esconderijo. Como guarda-caça, Larch saberia rastrear, caçar, fazer fogueiras e construir um lar para Immiker que ninguém poderia encontrar.

IMMIKER FICOU NOTAVELMENTE tranquilo quanto à fuga dos dois. Ele sabia o que era um Graceling. Larch supôs que a ama-seca lhe contara ou talvez ele próprio houvesse explicado ao filho o que era e se esquecido disso. Larch estava ficando cada vez mais esquecido. Ele sentia que partes de sua memória se fechavam, como salas escuras por trás de portas que ele não poderia mais abrir. Atribuía isso à sua idade, pois nem ele nem sua esposa eram jovens quando ela morrera dando à luz o filho dos dois.

— Fiquei pensando algumas vezes se o seu Dom não teria alguma coisa a ver com falar — disse Larch, quando eles cavalgavam pelas colinas para o leste, deixando o rio e o velho lar para trás.

— Não tem — disse Immiker.

— Claro que não tem — respondeu Larch, incapaz de adivinhar por que ele chegara a pensar nisso. — Tudo está certo, filho, você é jovem ainda. Nós ficaremos atentos a isso. Esperaremos que seja alguma coisa útil.

Immiker não respondeu. Larch verificou as correias que seguravam o menino diante dele na sela. Curvou-se para beijar o topo da cabeça dourada de Immiker e pressionou o cavalo a avançar.

UM DOM ERA uma habilidade particular que ultrapassava e muito a capacidade de um ser humano normal. Poderia assumir qualquer forma. A maioria dos reis tinha pelo menos um Graceling em suas cozinhas, um padeiro ou um fabricante de vinho de capacidade sobre-humana. Os reis de mais sorte tinham soldados em seus exércitos com o Dom da luta com espadas. Um Graceling poderia ter uma audição absurdamente boa, correr tão rápido quanto um leão da montanha, calcular grandes somas de cabeça e até mesmo farejar se a comida estava envenenada. Havia Dons inúteis também, como a habilidade de girar completamente em torno da cintura ou comer pedras sem vomitar. E havia Dons sobrenaturais. Alguns Gracelings viam os acontecimentos antes que ocorressem. Outros podiam penetrar na mente alheia e ver coisas que não lhes diziam respeito. Dizia-se que o rei nanderiano possuía um Dom que poderia revelar se uma pessoa havia cometido algum crime apenas ao lançar um olhar para o seu rosto.

Os Gracelings eram ferramentas dos reis e nada além disso. Eles não eram ensinados a ser naturais, e as pessoas que podiam evitá-los o faziam, tanto em Monsea quanto na maior parte dos outros seis reinos. Ninguém desejava a companhia de um Graceling.

Larch já compartilhara dessa atitude. Agora via que ela era cruel, injusta e ignorante, pois seu menino era um garotinho normal que só calhara de ser superior em muitos aspectos, não apenas no aspecto de seu Dom, fosse ele qual fosse. Essa era uma razão a mais para que Larch afastasse seu filho da sociedade. Ele não mandaria Immiker para a corte real, para ser evitado, importunado e usado para qualquer coisa que satisfizesse o rei.

Não estavam muito tempo nas montanhas quando Larch reconheceu, amargamente, que era um esconderijo impossível. Não era o frio o maior problema, embora o outono ali fosse tão rigoroso quanto o meio do inverno havia sido na propriedade do senhor feudal. Tampouco era o terreno, embora os arbustos fossem duros e espinhentos, eles dormissem sobre as rochas toda noite e não houvesse lugar para sequer imaginar uma plantação de legumes ou cereais. Eram os predadores. Não passava uma semana sem que Larch não tivesse que defendê-los de algum ataque. Leões da montanha, ursos, lobos. Os pássaros enormes, os raptores, com asas de envergadura duas vezes mais alta que um homem. Algumas das criaturas eram nativas, todas ferozes, e, conforme o inverno foi se tornando mais rigoroso em torno de Larch e Immiker, todas ficaram famintas. O cavalo deles um dia foi devorado por um par de leões da montanha.

À noite, dentro do abrigo espinhento que Larch havia construído com varas e arbustos, ele envolvia o menino no calor de seu casaco e escutava os lobos, as pedras que rolavam trôpegas pelas encostas, os guinchos, que significavam que um animal os tinha farejado. Ao primeiro som revelador, ele amarrava o menino adormecido no carregador preso ao próprio peito. Acendia uma tocha poderosa à proporção do combustível de que dispunha, saía do abrigo e ficava lá fora, repelindo o ataque com fogo e espada. Às vezes permanecia lá por horas a fio. Larch não conseguia dormir ou comer muito.

— Você ficará doente se continuar comendo tanto — disse Immiker a Larch sobre o insignificante jantar de carne fibrosa de lobo e água.

Larch parou de mastigar imediatamente, pois a doença tornaria mais difícil defender o menino. Estendeu-lhe a maior parte de sua porção.

— Obrigado pela advertência, filho.

Comeram em silêncio, Immiker devorando a comida de Larch.

— Que tal se nós escalássemos mais a montanha e cruzássemos até o outro lado? — perguntou Immiker.

Larch olhou dentro dos olhos contrastantes do menino.

— É o que você acha que devemos fazer?

Immiker sacudiu seus pequenos ombros com indiferença.

— Poderíamos sobreviver à travessia?

— Você acha que poderíamos? — perguntou Larch, e depois balançou a cabeça, incrédulo, ao ouvir a própria pergunta. O menino tinha três anos e nada sabia de cruzar montanhas. Era um sinal da fadiga de Larch que ele ouvisse às cegas, tão desesperada e tão frequentemente, a opinião de seu filho.

— Nós não sobreviveríamos — disse Larch firmemente. — Nunca soube de alguém que tivesse atravessado as montanhas ao leste, nem aqui nem em Estill ou Nander. Não sei nada da terra além dos sete reinos, exceto por relatos extravagantes que o povo daqui fez sobre monstros da cor do arco-íris e labirintos subterrâneos.

— Então você terá que me descer de volta para as colinas, pai, e me esconder. Você precisa me proteger.

A mente de Larch estava enevoada, cansada, faminta e se iluminou com um relâmpago de clareza, que foi a sua determinação de fazer o que Immiker dizia.

A NEVE ESTAVA CAINDO quando Larch desceu por uma encosta escarpada. O menino estava amarrado dentro de seu casaco. A espada de Larch, seu arco e flechas, alguns cobertores e sobras entrouxadas de carne pendiam de suas costas. Quando o grande raptor marrom apareceu num espinhaço ao longe, Larch estendeu a mão, cansado, para pegar seu arco. Mas o pássaro investiu tão rapidamente que de repente estava perto demais para ser atingido. Larch deu um passo em falso para longe da criatura, caiu e sentiu-se despencando pela encosta. Ele firmou os braços diante de si para proteger o filho, cujos gritos se erguiam acima dos gritos do pássaro:

— Proteja-me, pai! Você precisa me proteger, pai!

De repente, a encosta sob as costas de Larch cedeu, e eles caíram pela escuridão. Uma avalanche, pensou Larch, estupidificado, com cada fibra de seu corpo ainda voltada para a proteção do filho sob seu casaco. Seu ombro atingiu uma coisa pontiaguda e Larch sentiu a carne rasgar, a umidade, o calor. Estranho estar mergulhando desse modo. A queda era impetuosa, vertiginosa, como se fosse vertical, uma queda livre; e, pouco antes de mergulhar na inconsciência, Larch pensou se não estariam caindo pela montanha até o nível do chão.

LARCH DESPERTOU DESESPERADO, com um só pensamento: Immiker. O corpo do menino não estava roçando o seu, e as correias pendiam de seu peito, vazias. Ele apalpou ao redor com as mãos, lamuriando. Estava escuro. A superfície sobre a qual se estendia era dura e lisa, como gelo escorregadio. Ele se mexeu para estender-se mais e gritou de repente, incoerentemente, com a dor que percorreu o seu ombro e sua cabeça. A náusea aumentou em sua garganta. Larch engoliu-a com esforço e ficou novamente imóvel, chorando desamparadamente e gemendo o nome de seu menino.

– Tudo bem, pai – disse a voz de Immiker, muito próxima ao seu lado. – Pare de chorar e levante-se.

O pranto de Larch transformou-se em soluços de alívio.

– Levante-se, pai. Eu explorei aqui. Há um túnel e nós devemos entrar.

– Você está ferido?

– Estou com frio e fome. Levante-se!

Larch tentou erguer a cabeça, e gritou, quase desfalecendo:

– Não adianta! A dor é grande demais!

– A dor não é tão grande a ponto de você não poder se levantar – disse Immiker, e, quando Larch tentou novamente, ele descobriu que o menino estava certo. Era excruciante, e ele vomitou uma ou duas vezes, mas não era grave o suficiente para que ele não pudesse se impulsionar com os joelhos e seu braço não ferido e rastejar pela superfície de gelo atrás de seu filho.

— Onde... — balbuciou Larch, mas depois deixou de lado a sua pergunta. Era um esforço grande demais.

— Nós caímos numa fenda da montanha — explicou Immiker. — Nós escorregamos. Há um túnel ali.

Larch não entendeu, e ir avante exigia tanta concentração que ele parou de tentar entender. O caminho era escorregadio e descendente. O lugar para o qual eles se dirigiam era ligeiramente mais escuro do que aquele de onde tinham vindo. A forma pequena de seu filho disparou pelo declive à frente deles.

— Há uma descida — disse Immiker, mas a compreensão veio tão devagar para Larch que, antes de ter entendido, ele caiu, girando em cambalhota, de uma borda estreita. Aterrissou sobre o braço ferido e momentaneamente perdeu a consciência. Despertou com uma brisa fria e um cheiro de mofo que atingiu sua cabeça. Estava num espaço estreito, espremido entre paredes fechadas. Tentou perguntar se sua queda havia ferido o menino, mas só conseguiu soltar um gemido.

— Qual é o caminho? — perguntou a voz de Immiker.

Larch não entendeu o que ele quis dizer e gemeu novamente.

A voz de Immiker parecia cansada, e impaciente.

— Eu disse, é um túnel. Tateei a parede nas duas direções. Escolha um dos caminhos, pai. Tire-me deste lugar.

Os caminhos eram identicamente escuros, identicamente mofados, mas Larch precisava escolher, se era isso que o menino achava melhor. Ele se moveu cuidadosamente. Sua cabeça doía menos quando ele ficava de frente para o vento do que quando dava as costas para ele. Isso fez com que se decidisse. Eles poderiam caminhar juntos até a origem do vento.

E foi por isso que, depois de quatro dias de sangramentos, tropeções e fome, depois de quatro dias de Immiker lembrando-o que ele estava bem o bastante para continuar caminhando, Larch e seu filho saíram do túnel, não para a luz dos contrafortes monseanos, mas para uma terra estranha do outro lado dos picos de Monsea. Uma terra mais a oriente e de que nenhum deles tinha ouvido falar, exceto através das ridículas histórias contadas durante os jantares monseanos – histórias sobre monstros da cor do arco-íris e labirintos subterrâneos.

LARCH ÀS VEZES SE perguntava se uma pancada em sua cabeça no dia em que caíra montanha abaixo não havia causado algum dano ao seu cérebro. Quanto mais tempo passava na nova terra, mais ele lutava contra um nevoeiro que pairava na borda de sua mente. As pessoas dali falavam de um modo diferente e Larch lutava com as palavras e os sons estranhos. Dependia de Immiker para traduzi-los. Conforme o tempo foi passando, ficou dependendo de Immiker para explicar uma grande quantidade de coisas.

A terra era montanhosa, tempestuosa e rude. Era chamada de Os Dells. Variedades de animais que Larch havia conhecido em Monsea viviam nos Dells – animais normais, com aparência e comportamento que Larch entendia e reconhecia. Mas viviam também nos Dells criaturas coloridas e assombrosas que os dellianos chamavam de monstros. Era a sua coloração incomum que os identificava como monstros, porque em todas as demais particularidades físicas eram como os animais dellianos normais. Tinham a forma de cavalos, tartarugas, leões da montanha, raptores, libélulas e ursos dellianos, mas suas cores eram variações de fúcsia, turquesa, bronze e verde iridescente. Um cavalo cinza malhado nos Dells era um cavalo. Um cavalo da cor alaranjada do crepúsculo era um monstro.

Larch não entendia esses monstros. Os ratos-monstro, moscas, esquilos, peixes e pardais-monstro eram inofensivos; mas os monstros maiores, os monstros devoradores de homens, eram terrivelmente perigosos, muito mais que seus equivalentes animais. Eles ansiavam por carne humana, e ficavam positivamente desvairados pela carne dos outros monstros. Pela carne de Immiker ficaram desvairados também, e, assim que o menino cresceu o bastante para esticar a corda de um arco, aprendeu a atirar. Larch não sabia dizer quem o tinha ensinado. Immiker parecia sempre ter alguém, um homem ou um garoto, que o protegia e ajudava nisso ou naquilo. Nunca era a mesma pessoa. Os velhos sempre desapareciam na época em que Larch havia aprendido seus nomes, e os novos sempre tomavam seus lugares.

Larch não tinha nem mesmo certeza de onde as pessoas provinham. Ele e Immiker viveram numa casa pequena, depois numa casa maior e depois numa outra ainda maior, numa clareira rochosa na periferia de uma cidade, e alguns amigos de Immiker vinham da cidade. Mas outras pareciam provir das gretas das montanhas e do chão. Essas pessoas estranhas, pálidas e subterrâneas trouxeram remédios para Larch. Elas curaram seu ombro.

Ele soube que havia um ou dois monstros com forma humana nos Dells, de cabelos de cor luminosa, mas nunca os viu. Isso foi melhor, porque Larch nunca conseguia lembrar se os monstros humanos eram amigáveis ou não, e contra monstros em geral ele não possuía defesas. Eles eram belos demais. Sua beleza era tão extrema que, toda vez que Larch ficava cara a cara com um deles, sua mente se esvaziava e seu corpo se paralisava, e Immiker e seus amigos tinham que defendê-lo.

– É o que eles fazem, pai – explicou Immiker para ele, repetidamente. – É parte de seu poder monstruoso. Eles o confundem com sua beleza, dominam sua mente e fazem com que você fique estúpido. Você deve aprender a proteger sua mente contra eles, como eu aprendi.

Larch não tinha dúvidas de que Immiker estivesse certo, mas ainda assim não entendia.

– Que ideia horrorosa! – dizia ele. – Uma criatura com o poder de dominar a mente de alguém!

Immiker explodia em risadas satisfeitas e punha o braço em torno do pai. E ainda assim Larch não entendia, mas as exibições de afeto de Immiker eram raras, e elas sempre dominavam Larch com uma felicidade que entorpecia o desconforto de sua confusão.

EM SEUS RAROS momentos de lucidez mental, Larch tinha certeza de que Immiker havia crescido, de que ele próprio ficara mais estúpido e mais esquecido. Immiker explicou a ele as instáveis políticas da terra, as facções militares que a dividiam, o mercado negro que florescia nas passagens subterrâneas que a ligavam. Dois senhores feudais dellianos diferentes, lorde Mydogg no norte e lorde Gentian no sul, estavam tentando implantar seus próprios impérios na paisagem e se apossar do poder do rei delliano. No distante norte havia uma segunda nação de lagos e picos montanheses, chamada Pikkia.

Larch não conseguia assimilar as informações em sua memória. Ele sabia apenas que não havia Gracelings ali. Ninguém tomaria dele o filho cujos olhos eram de duas cores diferentes.

Olhos de duas cores diferentes. Immiker era um Graceling. Larch pensava nisso de vez em quando, nas ocasiões em que sua mente estava clara o bastante para pensar. Ele ficava imaginando quando o Dom de seu filho iria aparecer.

Em seus momentos de maior clareza, que lhe vinham apenas quando Immiker o deixava sozinho por um momento, Larch ficava pensando se isso já não acontecera.

IMMIKER TINHA PASSATEMPOS. Ele gostava de brincar com os monstros pequenos. Gostava de amarrá-los e arrancar suas garras, suas escamas vivamente coloridas ou punhados de seus pelos e penas. Um dia, no décimo ano do garoto, Larch surpreendeu Immiker arrancando fatias do estômago de um coelho que era colorido como o céu.

Mesmo sangrando, mesmo trêmulo e com os olhos desvairados, o coelho era belo para Larch. Ele olhou fixamente para a criatura e esqueceu por que fora procurar Immiker. Como era triste ver uma coisa tão pequena e desamparada, uma coisa tão bela, destruída por brincadeira! O coelho começou a fazer ruídos, horríveis guinchos de pânico, e Larch ouviu um lamento brotar de dentro de si mesmo.

Immiker lançou um olhar para Larch.

– Isso não o machuca, pai.

Imediatamente Larch sentiu-se melhor, sabendo que o monstro não sentia dor. Mas então o coelho soltou um gemido muito apagado, muito desesperado, e Larch ficou confuso. Ele olhou para seu filho. O garoto carregava um punhal que pingava sangue diante dos olhos da criatura trêmula, e sorriu para seu pai.

Em algum lugar, nas profundezas da mente de Larch, uma pontada de desconfiança se instalou. Larch lembrou-se do motivo pelo qual fora procurar Immiker.

– Eu tenho uma ideia – disse Larch lentamente – sobre a natureza do seu Dom.

Os olhos de Immiker se viraram calma e cuidadosamente para os do pai.

– Sério?

– Você disse que os monstros dominam minha mente com sua beleza.

Immiker abaixou sua faca e inclinou a cabeça para o pai. Havia alguma coisa estranha no rosto do garoto. Descrença, pensou Larch, e um sorriso estranho, divertido. Como se o garoto estivesse jogando um jogo em que costumava ganhar, e dessa vez houvesse perdido.

– Às vezes eu acho que você domina minha mente – disse Larch. – Com suas palavras.

O sorriso de Immiker se ampliou, depois ele começou a rir. A risada deixou Larch tão feliz que ele começou a rir também. Como ele amava essa criança! O amor e as risadas borbulharam para fora dele, e, quando Immiker avançou em sua direção, Larch abriu os braços por completo. Immiker enfiou seu punhal no estômago do pai. Larch caiu como uma pedra no chão.

Immiker se inclinou sobre o pai.

— Você foi ótimo — disse o menino. — Sentirei falta de sua devoção. Se fosse tão fácil controlar todo mundo como é fácil controlar você! Se todo mundo fosse tão estúpido como você, pai!

ERA ESTRANHO ESTAR morrendo. Frio e atordoante, como a sua queda através das montanhas monseanas. Mas Larch sabia que não estava caindo; na morte, ele percebeu claramente, pela primeira vez em muitos anos, onde estava e o que estava acontecendo. Seu último pensamento foi que não havia sido a estupidez que permitira que seu filho o enfeitiçasse tão facilmente com palavras. Havia sido o amor. O amor de Larch havia impedido que ele reconhecesse o Dom de Immiker, porque, mesmo antes do nascimento do menino, quando Immiker não era mais que uma promessa dentro do corpo de Mikra, Larch já havia sido enfeitiçado.

QUINZE MINUTOS DEPOIS, o corpo de Larch e sua casa pegaram fogo, e Immiker subiu no lombo de seu pônei, abrindo caminho através das cavernas para o norte. Suas cercanias e seus vizinhos há muito tempo tinham ficado tediosos, e ele estava inquieto. Pronto para alguma outra coisa.

Decidiu demarcar essa nova era em sua vida com uma mudança no seu nome ridículo e sentimental. O povo dessa terra tinha um jeito estranho de pronunciar o nome de Larch, e Immiker sempre gostara da maneira como soava.

Mudou seu nome para Leck.

UM ANO SE PASSOU.

PARTE UM

Monstros

Capítulo 1

Não surpreendeu Fogo que o homem na floresta houvesse disparado contra ela. O que a surpreendeu foi que ele houvesse feito isso por acidente.

A flecha atingiu-a diretamente no braço e jogou-a de lado contra um grande bloco de pedra, o que a deixou sem respiração. A dor foi grande demais para ser ignorada, mas, por debaixo da dor, ela concentrou sua mente, tornou-a fria e penetrante como uma estrela única num céu negro de inverno. Se ele fosse um homem frio, seguro do que estava fazendo, estaria resguardado contra ela, mas Fogo raramente se deparara com um homem desse tipo. Com mais frequência, os homens que tentavam feri-la eram furiosos, arrogantes ou assustados o suficiente para que ela encontrasse uma brecha na fortaleza de seus pensamentos e penetrasse por ali.

Ela descobriu a brecha na mente desse homem imediatamente – tão aberta, tão acolhedora que ficou pensando se ele não seria um simplório contratado por outra pessoa. Remexeu na sua bota à procura de sua faca. Seus passos e depois sua respiração soaram através das árvores. Não tinha tempo a perder, pois ele dispararia nela outra vez assim que a localizasse. *Você não quer me matar. Você mudou de ideia.*

Então, ele circundou uma árvore, seus olhos azuis a avistaram e se arregalaram em espanto e horror.

— Uma garota. Não pode ser! — gritou ele.

Os pensamentos de Fogo ficaram confusos. Ele não tinha tido intenção de acertá-la? Sabia quem ela era? Ele teria querido matar Archer? Ela se esforçou por acalmar a voz.

— Quem era o seu alvo?

— Não era quem — disse ele. — Mas o quê. Seu manto é de couro marrom. Sua saia é marrom. Pedras vivas, garota — continuou num ímpeto de exasperação. Marchou em direção a ela e examinou a flecha em seu braço superior, o sangue que encharcava seu manto, sua manga, seu lenço de cabeça. — Alguém pensaria que você estava desejando ser atingida por um caçador.

Mais precisamente um caçador clandestino, já que Archer proibira a caça nessas florestas àquela hora do dia, e por isso Fogo podia passar por ali vestida daquele jeito. Além do mais, ela nunca vira esse homem de pequena estatura, cabelos castanhos e olhos claros. Bem, se ele não fosse apenas um caçador clandestino, mas um caçador furtivo que acidentalmente havia atingido Fogo quando caçava ilegalmente, então não iria querer atrair o famoso mau gênio de Archer sobre si, mas era isso que ela iria fazê-lo querer. Fogo estava perdendo sangue e começava a ficar zonza. Precisaria de sua ajuda para ir para casa.

— Agora terei que matar você — disse ele soturnamente. E depois, antes que pudesse começar a pôr em prática essa declaração bizarra, continuou: — Espere. Quem é você? Diga-me que você não é ela.

— Não sou quem? — tergiversou ela, recorrendo outra vez à mente dele e encontrando-a estranhamente vazia, como se suas intenções estivessem flutuando, perdidas num nevoeiro.

— Seu cabelo está coberto — disse ele. — Seus olhos, seu rosto. Oh, salvem-me! — Ele recuou para bem longe dela. — Seus olhos são tão verdes! Sou um homem morto!

Ele era mesmo um homem estranho, com sua conversa de matá-la e de morrer e seu peculiar cérebro flutuante; agora parecia preparado para fugir, o que Fogo não podia permitir. Ela agarrou-se aos pensamentos dele e fez com que voltassem a seus lugares. *Você não acha que meus olhos ou meu rosto são assim tão notáveis.*

O homem olhou-a de esguelha, intrigado.

Quanto mais você olha para mim, mais notará que sou apenas uma garota comum. Você encontrou uma garota ferida na floresta e agora deve me resgatar. Deve me levar até lorde Archer.

Fogo se deparou com certa resistência do homem, representada pelo medo. Ela penetrou com força em sua mente e sorriu para ele, o mais belo sorriso que poderia esboçar enquanto latejava de dor e morria pela perda de sangue. *Lorde Archer vai recompensá-lo, mantê-lo em segurança, e você será honrado como um herói.*

Não houve hesitação. Ele soltou sua aljava e o estojo de violino de suas costas e lançou-os sobre o ombro, sobre sua própria aljava. Tirou seus dois arcos com uma das mãos e pôs o braço direito dela, o ferido, em torno do pescoço.

— Venha comigo, senhorita — disse ele. Ele a conduziu sutilmente através das árvores, em direção à propriedade de Archer.

Ele conhece o caminho, pensou ela, cansada, e depois deixou o pensamento de lado. Não importava quem ele fosse ou de onde vinha. Importava apenas que ela ficasse desperta e dentro da cabeça dele até que ele chegasse à sua casa e o povo de Archer o dominasse. Ela manteve seus olhos, ouvidos e mente alertas para os monstros, pois nem seu lenço de cabeça nem sua defesa mental contra eles iriam mantê-la escondida se sentissem o cheiro de seu sangue.

Ao menos ela podia confiar que esse caçador clandestino era um arqueiro decente.

ARCHER ABATIA UM raptor-monstro quando Fogo e o caçador clandestino saíram tropegamente de dentro da mata. Um belo e longo disparo do terraço superior que Fogo não estava em condições de admirar fez com que o caçador clandestino murmurasse baixinho alguma coisa sobre a apropriação da alcunha do jovem senhor. O monstro despencou do céu e desabou no trilho da entrada. Sua cor era do vívido alaranjado-ouro de um girassol.

Archer se erguia alto e gracioso no terraço de pedra, os olhos voltados para o céu, segurando de leve o arco de mão. Ele estendeu a mão para a aljava em suas costas, preparou outra flecha e vasculhou as copas das árvores. Então os viu, o homem arrastando-a da floresta enquanto ela sangrava. O homem girou nos calcanhares e correu para dentro da casa, e, mesmo dali, mesmo dessa distância e com as paredes de pedra entre eles, Fogo pôde ouvi-lo gritar. Ela enviou palavras e sentimentos para dentro da mente dele; nada de controle mental, mas apenas uma mensagem: *Não se preocupe. Amarre-o e desarme-o, mas não o fira. Por favor*, acrescentou ela, se isso pudesse valer alguma coisa para Archer. *Ele é um bom homem e eu tive que tapeá-lo.*

Archer irrompeu pela grande porta dianteira com o capitão Palla, o curandeiro e cinco membros de sua guarda. Ele saltou sobre o raptor e correu para Fogo.

— Eu a encontrei na floresta! — gritou o caçador clandestino. — Eu a encontrei na floresta! Eu salvei a vida dela!

Assim que os guardas se apoderaram do caçador clandestino, Fogo relaxou sua mente. O alívio provocado por isso enfraqueceu seus joelhos e ela tombou sobre Archer.

— Fogo — dizia seu amigo. — Fogo. Você está bem? Onde mais você foi ferida?

Ela não conseguia ficar em pé. Archer agarrou-a, baixando-a para o chão. Ela balançou a cabeça, aturdida.

— Em nenhum lugar.

— Deixe-a sentar-se — aconselhou o curandeiro. — Deixe-a estender-se. Tenho que estancar o fluxo de sangue.

Archer estava desesperado.

— Ela vai ficar bem?

— Com toda certeza — afirmou laconicamente o curandeiro. — Se você sair do meu caminho e me deixar estancar o fluxo de sangue. Meu senhor.

Archer soltou um suspiro entrecortado e beijou a testa de Fogo. Ele se afastou do corpo dela e se agachou, apertando e desapertando os punhos. Depois, virou-se para examinar o caçador furtivo preso por seus guardas, e Fogo advertiu-o, pois sabia que, com suas ansiedades não aplacadas, ele estava agora se encaminhando para a fúria.

— Um bom homem que deve, no entanto, ser amarrado... – sibilou ele para o caçador clandestino, levantando-se. – Vejo que a flecha no braço dela veio de sua aljava. Quem é você e quem o mandou?

O caçador clandestino mal notou Archer. Ele baixou os olhos sobre Fogo, aturdido.

— Ela está bela novamente – disse ele. – Sou um homem morto.

— Ele não vai matá-lo – disse-lhe Fogo, tranquilizando-o. – Ele não mata caçadores furtivos e, de qualquer modo, você me salvou.

— Se você atirou nela, matarei você com prazer – afirmou Archer.

— Não faz diferença aquilo que você fizer – respondeu o caçador clandestino.

Archer baixou um olhar feroz sobre o homem.

— E, se você tinha tanta intenção de salvá-la, por que não retirou sua flecha e amarrou a ferida antes de arrastá-la por quase meio mundo?

— Archer – disse Fogo, e depois parou, sufocando um grito quando o curandeiro rasgou sua manga cheia de sangue. – Ele estava sob o meu controle, e eu não pensei nisso. Deixe-o em paz.

Archer virou-se para ela.

— E por que não pensou nisso? Onde está o seu bom senso?

— Lorde Archer – interrompeu o curandeiro, afirmativo. – Não pode haver gritos com pessoas que estão sangrando até a inconsciência. Faça alguma coisa útil. Segure-a, por favor, enquanto eu retiro esta flecha; e é melhor que o senhor olhe para os céus.

Archer ajoelhou-se ao lado dela e agarrou seus ombros. O rosto dele estava endurecido, mas sua voz vibrava de emoção:
— Perdoe-me, Fogo. — E disse ao curandeiro: — Somos loucos de fazer isso ao ar livre. Eles sentem o cheiro do sangue.

E então a dor surgiu repentinamente, ofuscante e brilhante. Fogo virou bruscamente a cabeça e lutou contra o curandeiro, contra a pressão de Archer. Seu lenço se soltou e revelou o prisma cintilante de seu cabelo; aurora, papoula, cobre, fúcsia, chama. E vermelho, vermelho mais vivo que o sangue encharcando o chão da entrada.

ELA JANTOU EM SUA própria casa de pedra, que ficava bem depois da casa de Archer e sob a proteção de sua guarda. Ele havia mandado o raptor-monstro morto para a sua cozinha. Archer era uma das poucas pessoas que faziam com que ela não sentisse vergonha de gostar do sabor da carne de monstro.

Fogo comeu na cama, e ele sentou-se a seu lado. Cortou um pedaço de carne para ela e encorajou-a. Comer doía, tudo doía.

O caçador clandestino estava preso numa das jaulas de monstros ao ar livre que o pai de Fogo, lorde Cansrel, havia construído em cima da colina atrás da casa.

— Torço para que haja uma tempestade de raios — disse Archer. — Torço por um dilúvio. Eu gostaria que o chão sob seu caçador furtivo se abrisse e o engolisse.

Ela o ignorou. Sabia que era apenas conversa-fiada.

— Eu passei por Donal na entrada — continuou ele —, saindo furtivamente com uma pilha de cobertores e travesseiros. Você está fazendo uma cama para seu assassino lá fora, não está? E provavelmente está alimentando-o tão bem quanto a si mesma.

– Ele não é um assassino, apenas um caçador clandestino com a visão atrapalhada.

– Você acredita nisso até menos do que eu.

– Está bem, mas eu realmente acredito que, quando disparou em mim, ele achava que eu fosse um veado.

Archer recuou para se acomodar e cruzou os braços.

– Talvez. Vamos conversar com ele novamente amanhã. Ouviremos a história de sua própria boca.

– Eu preferiria não ajudar.

– E eu preferiria não interrogá-la, querida, mas preciso saber quem é esse homem e quem o mandou. Ele é o segundo desconhecido a ser visto na minha terra nestas duas semanas.

Fogo se pôs em posição horizontal, fechou os olhos, forçou o queixo a mastigar. Todos eram desconhecidos. Desconhecidos saíam das rochas, das colinas e era impossível saber a verdade sobre todos. Ela não queria saber – nem queria usar seus poderes para descobrir. Uma coisa era penetrar na mente de um homem para impedir sua própria morte, e outra, completamente diferente, era roubar seus segredos.

Quando ela se virou para Archer novamente, ele estava observando-a em silêncio, seu cabelo louro branqueado, os profundos olhos castanhos, o sorriso orgulhoso. As feições lhe eram familiares, e ela as conhecia desde que era um bebê que engatinhava e ele, uma criança, sempre carregando consigo um arco tão grande quanto a própria altura... Fora ela quem primeiro modificara o nome verdadeiro dele, Arklin, para Archer, e ele lhe ensinara a disparar. E, olhando para seu rosto agora, o rosto de um homem adulto responsável por uma propriedade a extremo norte, por seu dinheiro e suas fazendas, Fogo compreendeu a ansiedade dele. Não era uma época pacífica nos Dells. Na Cidade do Rei, o jovem rei Nash estava se agarrando, com algum desespero, ao trono, enquanto senhores feudais rebeldes como lorde Mydogg ao norte e lorde Gentian ao sul montavam exércitos e pensavam em como desestabilizá-lo.

A guerra estava próxima. E as montanhas e florestas enxameavam de espiões, ladrões e outros fora da lei. Os desconhecidos eram sempre preocupantes.

A voz de Archer era suave.

— Você não vai poder sair sozinha até que consiga atirar novamente. Os raptores estão fora de controle. Sinto muito, Fogo.

Fogo engoliu em seco. Vinha tentando não pensar sobre essa desolação em particular.

— Não faz diferença. Eu também não posso tocar violino, harpa, flauta ou qualquer um dos meus instrumentos. Não tenho necessidade de sair de casa.

— Nós informaremos seus alunos. — Ele suspirou e esfregou o pescoço. — E verei quem posso colocar na casa deles em seu lugar. Até que você se cure, seremos forçados a confiar em nossos vizinhos sem a ajuda de seu controle mental. — Mesmo a confiança não era presumida nesses dias, mesmo entre vizinhos de longa data, e uma das tarefas de Fogo, enquanto dava aulas de música, era manter os olhos e ouvidos abertos. Ocasionalmente, captava alguma coisa — informações, conversas, a impressão de alguma coisa errada – que eram de ajuda para Archer e seu pai, Brocker, ambos aliados leais ao rei.

Era também um longo tempo para Fogo viver sem sua música. Ela fechou os olhos outra vez e respirou lentamente. Estas haviam sido sempre suas piores feridas, as que a deixavam incapaz de tocar violino.

Ela cantarolou para si mesma uma canção que os dois conheciam sobre os Dells a extremo norte, que o pai de Archer sempre gostara que ela tocasse quando se sentava ao seu lado.

Archer tomou a mão de seu braço ferido e beijou-a. Ele beijou seus dedos, seu pulso. Seus lábios roçaram seu antebraço.

Ela parou de cantarolar. Abriu os olhos e encontrou os dele, travessos e castanhos, sorrindo para os seus.

Você não pode estar falando sério, pensou ela para ele.

Ele tocou seu cabelo, que brilhava sobre os cobertores.

– Você parece triste.

Archer. Dói quando me mexo.

– Você não precisa se mexer. E eu posso apagar a sua dor.

Ela sorriu, a despeito de si mesma, e falou em voz alta:

– Sem dúvida. Mas assim eu posso dormir. Vá para casa, Archer. Tenho certeza de que você pode encontrar outra pessoa cuja dor possa apagar.

– Tão insensível! – disse ele provocativamente. – E você sabe o quão preocupado com você eu estive hoje.

Ela realmente sabia o quão preocupado ele estivera. Apenas duvidava de que a preocupação houvesse mudado o modo dele de ser.

NATURALMENTE, DEPOIS QUE ele se foi, ela não conseguiu dormir. Tentou, mas pesadelos fizeram-na despertar várias vezes seguidas. Seus pesadelos eram piores nos dias em que ela passava horas entre as jaulas, pois havia sido lá que seu pai morrera.

Cansrel, seu belo pai-monstro. Monstros nos Dells nasciam de monstros. Um monstro podia cruzar com um não monstro de sua espécie – sua mãe não havia sido um monstro –, mas a prole era sempre monstruosa. Cansrel tinha cabelo prateado cintilante com lampejos de azul e olhos de um profundo azul-escuro. Seu corpo, seu rosto empolgante, liso e belamente recortado como cristal que reflete a luz, reluzia com aquele algo a mais intangível que todos os monstros possuíam. Ele era o mais assombroso dos homens vivos enquanto viveu, ou pelo menos Fogo achava isso. Era melhor que ela no controle da mente de humanos. Tivera muito mais oportunidade de praticar.

Fogo se estendia em sua cama e lutava contra a lembrança de seus sonhos. O leopardo-monstro rugidor, de uma cor profundamente azul-escura com manchas douradas, montado sobre seu pai. O cheiro do sangue de seu pai, seus lindos olhos postos nela, incrédulos. Morrendo.

Ela desejava agora não ter mandado Archer para casa. Ele entendia seus pesadelos e era vivo e apaixonado. Ela desejava sua companhia, sua vitalidade.

Em sua cama ela ficou cada vez mais inquieta e por fim fez uma coisa que teria deixado Archer em choque. Arrastou-se até seus armários e vestiu-se, lenta, doloridamente, com um casaco e uma calça de tons marrons e negros para se camuflar na noite. Sua tentativa de prender o cabelo quase a fez voltar para a cama, já que ela precisava dos dois braços para fazê-lo, e levantar o braço esquerdo era uma agonia. De algum modo ela conseguiu, cedendo a certa altura ao uso do espelho para ter certeza de que os cabelos não estavam aparecendo nas suas costas. Geralmente, ela evitava espelhos. Deixava-a embaraçada perder o próprio fôlego à vista de si mesma.

Enfiou uma faca em seu cinto, ergueu uma lança e ignorou sua consciência clamando, cantando, bradando que ela não poderia sequer proteger-se de um porco-espinho nesta noite, quanto mais de um raptor ou um lobo-monstro.

A parte a seguir foi a mais difícil de todas, pois ela pôde usar apenas um braço. Teve que sair sorrateiramente de sua casa pelo caminho da árvore que ficava do lado de fora de sua janela, pois os guardas de Archer faziam sentinela em todas as portas, e eles nunca permitiriam que ela ficasse perambulando ferida e sozinha pelas colinas – a menos que usasse seu poder para controlá-los, mas isso não faria. Os guardas de Archer confiavam nela.

Archer fora quem notara quão intimamente essa antiga árvore abraçava a casa e com que facilidade pôde subir nela no escuro, havia dois anos, quando Cansrel ainda vivia. Archer tinha dezoito anos e Fogo, quinze, e a amizade entre eles havia evoluído de uma maneira particular que os guardas de Cansrel não necessitavam saber. Uma maneira que havia sido inesperada e doce para ela e aumentara seu pequeno quinhão de felicidade. O que Archer não sabia era que Fogo tinha começado ela própria a usar a rota quase imediatamente. Primeiro para se desviar dos homens de Cansrel e, a seguir, depois da morte de Cansrel, para se esquivar dos homens de Archer. Não para fazer alguma coisa chocante ou proibida; apenas para caminhar sozinha à noite, sem que ninguém soubesse.

Ela arremessou sua lança para fora da janela. O que se seguiu foi um calvário que envolveu muito praguejar e rasgar de panos e unhas. Em terra firme, suando, tremendo e avaliando por completo agora a ideia ridícula que tivera, usou sua lança como uma muleta e se afastou da casa mancando. Não queria ir longe, só se distanciar das árvores para poder ver as estrelas. Elas sempre acalmavam sua solidão. Pensava nelas como belas criaturas, ardentes e frias; cada uma delas tão solitária, triste e silenciosa quanto ela.

A NOITE ERA CLARA e perfeita no céu.

Em pé sobre um trecho rochoso que se erguia além das jaulas para monstros de Cansrel, ela se banhou com a luz das estrelas e tentou absorver um pouco do silêncio delas. Respirando profundamente, esfregou o lugar em seu quadril que ainda doía de vez em quando devido a uma cicatriz que já tinha meses de idade causada por uma flecha. Era sempre uma das provações de uma nova ferida: todas as velhas feridas gostavam de emergir e começar a doer novamente.

Ela nunca fora ferida acidentalmente até então. Era difícil saber como classificar esse ataque em sua mente; chegava a parecer engraçado. Tinha uma cicatriz de punhal no antebraço e outra em sua barriga. Uma em formato de goiva, causada por uma flecha, anos antes, em suas costas. Era uma coisa que acontecia de vez em quando. Para cada homem pacífico, havia outro que queria feri-la, até matá-la, porque ela era uma criatura deslumbrante que ele não poderia possuir. Ou porque ele havia desprezado o pai dela. E, para cada ataque que deixara uma cicatriz, havia cinco ou seis outros ataques que ela conseguira deter.

Marcas de dentes em um pulso: um lobo-monstro. Marcas de garras sobre um ombro: um raptor-monstro. Outras feridas também, de tipos pequenos e invisíveis. Na manhã desse mesmo dia, na cidade, os olhos ardentes de um homem sobre seu corpo e da esposa do homem ao seu lado haviam queimado Fogo com ciúme e ódio. Ou havia ainda a humilhação mensal de precisar de um guarda durante seus sangramentos para protegê-la de monstros que poderiam sentir o cheiro de seu sangue.

– A atenção não deve deixá-la embaraçada – teria dito Cansrel a ela. – Deve alegrá-la. Você não sente a alegria de exercer um efeito sobre todos e tudo por simplesmente *ser*?

Cansrel nunca achava nada disso humilhante. Ele mantinha predadores-monstros como bichos de estimação – um raptor de cor lavanda-prateada, um leão da montanha púrpura como sangue, um urso da cor da relva que tinha lampejos dourados, o leopardo de um azul-escuro profundo com manchas douradas. Ele não os alimentava de propósito e andava entre suas jaulas com o cabelo descoberto, arranhando sua própria pele com uma faca para que o sangue pingasse sobre o focinho deles. Um de seus passatempos favoritos era fazer os monstros gritarem, rugirem e arranharem com os dentes as barras de metal, ansiando desesperadamente por seu corpo de monstro.

Ela sequer conseguia imaginar sentir-se daquele jeito, sem medo ou vergonha.

O AR COMEÇAVA A ficar úmido e frio, e a paz estava longe demais de seu alcance essa noite.

Lentamente, ela rumou de volta para a árvore. Tentou se agarrar e subir, mas não precisou levar muitos arranhões no tronco para compreender que não seria, sob nenhuma circunstância, capaz de entrar em seu quarto do mesmo modo que saíra.

Inclinada sobre a árvore, dolorida e fatigada, Fogo amaldiçoou sua estupidez. Tinha duas opções agora, e nenhuma era aceitável. Ou poderia ir até os guardas que vigiavam as portas e no dia seguinte travar uma batalha por sua liberdade com Archer, ou penetraria na mente de um deles e confundiria seus pensamentos.

Fogo estendeu as mãos, tateando para ver quem estava por perto. A mente adormecida do caçador clandestino em sua jaula bateu de leve contra ela. Em guarda na sua casa havia vários homens cujas mentes ela reconhecia. À entrada lateral havia um indivíduo mais velho chamado Krell, que era uma espécie de amigo para ela – ou teria sido, se não tivesse a tendência de admirá-la demais. Era músico, tão talentoso quanto ela e mais experiente, e eles às vezes tocavam juntos, Fogo com seu violino e Krell na flauta ou no apito. Krell era convicto demais de sua perfeição para sequer suspeitar dela. Um alvo fácil.

Fogo suspirou. Archer era um amigo melhor quando não conhecia todos os detalhes de sua vida e de sua mente. Ela teria que fazer isso.

Subiu sorrateiramente até a casa e penetrou nas árvores perto da porta lateral. Era sutil a sensação de um monstro tateando o portão de entrada para a mente das pessoas. Alguém forte e experiente poderia aprender a reconhecer a penetração sorrateira e fechar a entrada com força. Essa noite a mente de Krell estava alerta para invasores, mas não para esse tipo de invasão; ele estava distraído e entediado, e ela penetrou furtivamente. Ele percebeu uma mudança e ajustou seu foco, assustado, mas ela trabalhou rapidamente para distraí-lo. *Você ouviu alguma coisa. Lá está ela, pode ouvi-la outra vez? Gritos próximos à frente da casa. Afaste-se da porta e vire-se para olhar.*

Sem pausa, ele se deslocou da entrada e deu as costas para ela. Fogo saiu escondida das árvores, em direção à porta.

Você não está ouvindo nada por trás de você, só em frente. A porta atrás de você está fechada.

Ele nunca se virou para examinar, nunca sequer duvidou dos pensamentos que ela implantara em sua mente. Ela abriu a porta atrás dele, atravessou e deslizou em silêncio, depois se encostou à parede do corredor por um momento, estranhamente deprimida com a facilidade com que aquilo fora feito. Parecia-lhe que não devia ser tão fácil fazer um homem de bobo.

Agora, um pouco desolada e desestimulada, tomou, cabisbaixa, caminho para seu quarto lá no alto. Uma canção em particular estava soando em sua cabeça, tocando sem parar, embora ela não pudesse saber por quê. Era o lamento de funeral cantado nos Dells para prantear a perda de uma vida.

Ela supôs que os pensamentos sobre seu pai haviam lhe trazido a canção à mente. Nunca a cantara para ele ou a tocara em seu violino. Ficara entorpecida demais com o sofrimento e a confusão para tocar qualquer coisa depois que ele morrera. Uma pira havia sido acesa para ele, mas ela não fora vê-la.

Seu violino havia sido um presente de Cansrel. Uma de suas estranhas gentilezas, porque ele nunca tivera paciência para a música que ela tocava. E agora Fogo estava sozinha, o único monstro humano remanescente nos Dells, e seu violino era uma das poucas coisas felizes que tinha para lembrar seu pai.

Felizes.

Bem, ela supunha que havia uma espécie de alegria na lembrança dele, em algumas ocasiões. Mas isso não alterava a realidade. De um modo ou de outro, tudo o que havia de errado nos Dells poderia ser atribuído a Cansrel.

Não era um pensamento que trouxesse paz. Mas agora, delirante de fadiga, ela dormiu profundamente, o lamento delliano tornando-se o pano de fundo para seus sonhos.

Capítulo 2

Fogo despertou primeiro com a dor e depois com a consciência de um nível incomum de agitação em sua casa. Os guardas estavam alvoroçados lá embaixo, e Archer se encontrava entre eles.

Quando uma serviçal passou pela porta de seu quarto, Fogo tocou a mente da garota, convocando-a. A garota entrou no quarto, não olhando para Fogo, mas olhando ferozmente para seu espanador de pó de plumas na própria mão. Ainda assim, ao menos entrara. Algumas delas corriam para longe, fingindo não ouvir.

Ela disse rigidamente:

– Sim, lady?

– Sofie, por que há tantos homens lá embaixo?

– O caçador clandestino foi encontrado morto na jaula esta manhã, lady – disse Sofie. – Uma flecha em sua garganta.

Sofie virou-se, batendo a porta com força atrás de si, deixando Fogo profundamente triste na cama.

Não conseguia deixar de pensar que isso era culpa sua, de algum modo, por ter ficado parecida com um veado.

Ela se vestiu e desceu até seu mordomo, Donal, que era grisalho e cabeçudo e lhe havia servido desde quando ela era um bebê. Donal ergueu uma sobrancelha cinzenta para ela e empinou a cabeça na direção do terraço dos fundos.

– Eu não acredito que ele se importe muito em tirar a vida de alguém – disse.

Fogo sabia que ele se referia a Archer, cuja exasperação ela podia sentir no outro lado do muro. A despeito de todas as suas palavras coléricas, Archer não gostava que pessoas aos seus cuidados morressem.

– Ajude-me a cobrir meus cabelos, sim, Donal?

Um minuto depois, com o cabelo coberto por um lenço marrom, Fogo saiu para ficar ao lado de um Archer infeliz. O ar no terraço estava úmido, como se a chuva estivesse se aproximando. Archer usava uma longa capa marrom. Tudo nele estava eriçado – o arco em sua mão e a flecha em suas costas, seus frustrados ímpetos de movimento, sua expressão enquanto olhava ferozmente para as colinas. Ela se encostou ao corrimão ao lado dele.

– Eu devia ter previsto isso – disse ele, sem olhar para ela. – Ele bem que nos contou que isso iria acontecer.

– Você não podia ter feito nada. Sua guarda já é escassa demais.

– Eu poderia tê-lo aprisionado do lado de dentro.

– E quantos guardas isso exigiria? Vivemos em casas de pedra, Archer, não em palácios, e não possuímos masmorras.

Suas mãos se debateram no ar.

– Somos loucos, sabe? Loucos por pensar que podemos viver aqui, tão longe da Cidade do Rei, e nos proteger dos pikkianos, saqueadores e espiões dos senhores feudais rebelados.

— Ele não tinha nem a aparência nem a fala de um pikkiano — disse ela. — Era delliano, como nós. E era limpo, asseado e civilizado, não como qualquer saqueador que já tenhamos visto.

Os pikkianos eram os refugiados da terra acima dos Dells, e era verdade que eles atravessavam as fronteiras às vezes para roubar madeira e até trabalhadores do norte delliano. Mas os homens de Pikkia, embora não fossem todos parecidos, tendiam a ser grandes e ligeiramente mais magros que os vizinhos dellianos — de qualquer modo, não pequenos e escuros como era o caçador clandestino de olhos azuis. E os pikkianos falavam com uma voz grossa peculiar.

— Bem — disse Archer, determinado a não ser tranquilizado —, então ele era um espião. Lorde Mydogg e lorde Gentian têm espiões formigando por todo o reino, espiando o rei, espiando o príncipe, espiando uns aos outros. Espiando você, até onde sabemos — acrescentou ele, mal-humorado. — Nunca lhe ocorreu que os inimigos do rei Nash e do príncipe Brigan podem querer sequestrá-la e usá-la como uma ferramenta para destronar a família real?

— Você acha que todo mundo quer me sequestrar — afirmou Fogo docilmente. — Se seu próprio pai houvesse me prendido e vendido para um zoológico de monstros para ficar de reserva, você afirmaria que suspeitara dele o tempo todo.

Ele se atrapalhou ao ouvir isso.

— Você *deveria* suspeitar de seus amigos ou no mínimo de alguém que não eu e Brocker. E deveria ter um guarda ao seu lado toda vez que saísse de casa e ser mais rápida para manipular as pessoas que conhece. Assim, eu teria menos motivos para me preocupar.

Essas discussões eram antigas, e ele já sabia as respostas de cor. Ela o ignorou.

— Nosso caçador clandestino não era um espião nem de lorde Mydogg nem de lorde Gentian — falou ela calmamente.

— Mydogg montou um exército completo para si mesmo no nordeste. Se ele decidir "tomar emprestada" nossa terra mais central para usar como fortaleza numa guerra contra o rei, nós não seremos capazes de detê-lo.

— Archer, seja razoável. O Exército do Rei não nos deixaria sozinhos para que pudéssemos nos defender. E, de qualquer maneira, o caçador furtivo não foi mandado para cá por um senhor feudal rebelde; ele era insosso demais. Mydogg nunca usaria um patrulheiro insosso, e, se Gentian não tem a inteligência de Mydogg, bem, ainda assim ele não é tolo o bastante a ponto de mandar um homem com uma cabeça flutuante e vazia para fazer espionagem para si.

— Tudo bem — disse Archer, com a voz se erguendo em exasperação —, então eu volto à teoria de que tem algo a ver com você. No momento em que ele a reconheceu, falou sobre um homem morto e claramente estava bem-informado nesse aspecto. Pode explicar isso para mim? Quem era o homem, e por que diabos ele está morto?

Ele estava morto porque a tinha ferido, pensou Fogo; ou talvez porque ele a vira e falara com ela. Havia pouco sentido nisso, mas daria uma boa piada, se Archer estivesse no estado de espírito propício para qualquer tipo de brincadeira. O assassino do caçador clandestino era um homem disposto a ferir o próprio coração de Archer, pois Archer também não gostava de homens que ferissem Fogo ou tivessem familiaridade com ela.

— E era um arqueiro razoável — disse ela em voz alta.

Ele ainda estava a distância, como se esperasse que o assassino surgisse por trás de um rochedo ou de uma onda.

— Hein?

— Você se entenderia bem com esse assassino, Archer. Ele teve que disparar através das duas barras do cercado pelo lado de fora e das barras da jaula do caçador, não teve? Deve ser um bom arqueiro.

A admiração por outro arqueiro pareceu animá-lo ligeiramente.

— Mais que isso. Pela profundidade da ferida e do ângulo, acho que ele disparou de longo alcance, das árvores por trás daquela elevação. — Ele apontou para o trecho desnudo que Fogo havia galgado na noite anterior. — Duas barras já são suficientemente impressionantes, e ainda por cima diretamente na garganta do homem? No mínimo, podemos ter certeza de que nenhum de nossos vizinhos fez isso pessoalmente. Nenhum deles poderia ter feito um disparo desses.

— E você, poderia?

A pergunta foi um pequeno presente para melhorar seu humor, pois não havia arqueiro com o qual Archer não pudesse se comparar. Ele olhou de relance para ela, sorrindo. Olhou-a novamente mais de perto. Seu rosto havia se suavizado.

— Sou um animal por demorar tanto tempo para perguntar como você se sente esta manhã.

Os músculos das costas dela pareciam nós de corda apertados e seu braço envolto em bandagem doía; seu corpo todo estava pagando caro pelo abuso da noite anterior.

— Eu estou bem.

— Está aquecida o bastante? Tome minha capa.

Eles se sentaram por algum tempo nos degraus do terraço, Fogo envolta na capa de Archer. Falaram sobre os planos de Archer para arar os campos. Em breve seria tempo dos plantios de primavera, e o solo do extremo norte, pedregoso e frio, sempre resistia a uma nova temporada de plantação.

De vez em quando, Fogo percebia um raptor-monstro lá no alto. Mantinha sua mente escondida deles para que não reconhecessem o monstro-presa que ela era; mas, naturalmente, na falta de monstros-presas, eles comiam qualquer criatura viva disponível. Um deles, que avistou Fogo e Archer, abaixou-se e começou a circular, aparecendo sem vergonha, adoravelmente inacessível, tentando penetrar em suas mentes, irradiando uma sensação que era ávida, primitiva e estranhamente tranquilizadora. Archer ergueu-se e disparou contra ele, e depois disparou contra o outro que fez o mesmo, o primeiro deles violeta como o sol nascente e o segundo de um amarelo tão esmaecido quanto a lua desaparecendo no céu.

Ao menos despedaçados no chão, pensou Fogo, os monstros adicionavam cores à paisagem. Havia pouca cor no norte dos Dells no início da primavera – as árvores estavam cinzentas, a grama que brotava entre as fendas das pedras, e tinha ainda o castanho do inverno. Na verdade, mesmo no alto verão, o norte dos Dells não era um lugar que pudesse se chamar de colorido, mas pelo menos no verão o cinzento com toques de castanho tornava-se cinzento com toques de verde.

— Quem encontrou o caçador, afinal? – perguntou Fogo preguiçosamente.

— Tovat — disse Archer. — Um dos guardas mais novos. Você não deve tê-lo conhecido ainda.

— Oh, sim. O jovem com o cabelo laranja-escuro que as pessoas chamam de vermelho. Ele tem uma mente independente e sabe se proteger.

— Você conhece Tovat? Você admira seu cabelo, é? — perguntou Archer num tom penetrante e familiar.

— Archer, francamente. Eu não disse nada sobre admirar o cabelo dele. E conheço o nome e o rosto de todos os homens que você traz à minha casa. É uma simples cortesia.

— Não vou mais levar Tovat à sua casa — disse ele, com um tom desagradável em sua voz que a fez ficar em silêncio por um momento, para que não tivesse que responder algo desagradável sobre o direito dúbio — e meio hipócrita — dele de ser ciumento. Ele provocou nela um sentimento que ela não queria, em particular, sentir nesse exato momento. Reprimindo um suspiro, escolheu palavras que protegeriam Tovat.

— Espero que mude de opinião. Ele é um dos poucos guardas que me respeitam tanto com seu corpo quanto com sua mente.

— Case-se comigo — disse Archer — e more em minha casa. Eu serei seu guarda.

Dessa vez, ela não conseguiu reprimir o suspiro.

— Você sabe que não me casarei. Gostaria que parasse de me pedir. — Uma gota de chuva graúda caiu subitamente na manga da capa. — Eu acho que vou visitar seu pai.

Ela se ergueu, gemendo de dor, e deixou a capa dele escorregar de seu colo. Tocou seu ombro outra vez, delicadamente. Mesmo quando não gostava de Archer, ela o amava.

E, enquanto ela entrava na casa, a chuva começou a cair.

O PAI DE ARCHER morava na casa do filho. Fogo pediu a um guarda – que não era Tovat – para acompanhá-la pela trilha debaixo de chuva. Carregava uma lança, mas, ainda assim, sem seu arco de mão e aljava, ela se sentia nua.

Lorde Brocker estava no arsenal de seu filho, bradando instruções para um homem grandalhão que Fogo reconheceu como o ajudante do ferreiro da cidade. Ao vê-la, lorde Brocker não interrompeu seus gritos, mas momentaneamente deixou de prestar atenção em seu ouvinte. O ferreiro virou-se para olhar e encarar Fogo, com alguma coisa ordinária em seus olhos e em seu sorriso bobo e estúpido.

Esse homem conhecia Fogo há tempo suficiente para ter aprendido a proteger-se contra o poder de sua estranha beleza monstruosa, de modo que, se não estava se protegendo, era porque não queria. Sua prerrogativa era a de abrir mão de sua mente em troca do prazer de sucumbir a ela, mas não era um sentimento que ela tinha vontade de estimular. Fogo conservou seu lenço de cabeça. Repeliu a mente dele para longe e passou por ele, entrando num aposento lateral a fim de não ser vista. Um cubículo escuro, na verdade, com prateleiras cheias de óleos e polidores e equipamentos antigos e enferrujados que ninguém nunca usava.

Era humilhante ter que se esconder num velho aposento fedorento. O ferreiro, sim, é que devia se sentir humilhado, pois fora ele o cretino que escolhera abrir mão de seu autocontrole. E se, enquanto ele ficava boquiaberto com ela e imaginava qualquer coisa que sua mente limitada estivesse sugerindo, ela o convencesse de sacar sua faca e arrancar o próprio olho? Era o tipo de coisa que Cansrel teria gostado de fazer. Ele nunca voltava atrás.

As vozes dos homens se calaram, e a mente do ferreiro desapareceu do arsenal. As grandes rodas da cadeira de lorde Brocker guincharam quando ele rolou em direção a ela. Ele parou à porta do cubículo.

— Saia daí, filha; ele se foi. O idiota. Se um rato-monstro roubasse a comida desse sujeito debaixo do seu nariz, ele coçaria a cabeça e pensaria por que não se lembrava de tê-la comido. Vamos para os meus aposentos. Você parece estar precisando se sentar.

A casa de Archer havia sido de Brocker antes que ele houvesse cedido a administração da propriedade ao filho, e Brocker já usava uma cadeira de rodas mesmo antes de Archer nascer. A casa era organizada de tal modo que tudo, à exceção dos aposentos de Archer e dos serviçais, ficava no primeiro andar, onde Brocker podia alcançá-los.

Fogo caminhou ao lado dele por um corredor de pedra envolto numa penumbra, iluminado apenas por uma luz cinzenta que se infiltrava pelas altas janelas. Passaram pela cozinha, pela sala de jantar, pela escadaria e pela sala dos guardas. A casa estava cheia de gente, serviçais e guardas vindo do lado de fora e descendo do segundo andar. As serviçais que passaram por eles saudaram Brocker, mas cautelosamente ignoraram Fogo, suas mentes protegidas e distantes. Como sempre. Se tais mulheres não se ressentiam porque ela era um monstro e filha de Cansrel, ficavam-no por estarem apaixonadas por Archer.

Fogo ficou feliz por afundar-se numa cadeira macia na biblioteca de Brocker e tomar a taça de vinho que um serviçal inamistoso colocou em sua mão. Brocker posicionou sua cadeira diante da de Fire e pousou seus olhos cinzentos no rosto dela.

— Eu lhe deixarei sozinha, querida — disse ele —, se deseja tirar um cochilo.

— Talvez mais tarde.

— Quando foi a última vez que você teve uma boa noite de sono?

Brocker era uma pessoa com quem ela se sentia à vontade para admitir sua dor e fadiga.

— Não consigo lembrar. Não é uma coisa que acontece com muita frequência.

— Você sabe que há drogas que podem induzi-la ao sono.

— Elas me deixam grogue e estúpida.

— Eu acabo de escrever uma história da estratégia militar nos Dells. Será bom você levá-la. Vai ajudá-la a dormir, ao mesmo tempo que a deixa inteligente e invencível.

Fogo sorriu e deu um gole no amargo vinho delliano. Ela duvidava de que a história de Brocker fosse fazê-la dormir. Tudo o que ela sabia sobre exércitos e guerra vinha de Brocker, e ele nunca era maçante. Há vinte e poucos anos, no auge do velho rei Nax, Brocker havia sido o comandante militar mais brilhante que os Dells haviam conhecido. Até o dia em que o rei Nax o subjugara e despedaçara suas pernas — não as quebrando, mas despedaçando, oito homens se revezando com um malho —, mandando-o para casa semimorto, para a sua esposa, Allis, nos Dells no extremo norte.

Fogo não sabia que coisa terrível Brocker teria feito para justificar tal tratamento da parte de seu rei. Nem Archer sabia.

O episódio todo havia acontecido antes de eles terem nascido, e Brocker nunca falava do fato. E os ferimentos foram apenas o começo, pois um ano ou dois depois, quando Brocker havia se recuperado tão bem quanto possível, Nax ainda estava furioso com seu comandante. Ele escolheu a dedo um homem de suas prisões, sujo, bruto e selvagem, e mandou-o para o norte a fim de punir Brocker, castigando a própria esposa do comandante. Era por isso que Archer tinha olhos castanhos, cabelo claro e era bonito e alto, enquanto Brocker tinha olhos cinzentos e aparência comum. Lorde Brocker não era o verdadeiro pai de Archer.

Em alguns lugares e épocas, a história de Brocker teria sido considerada confusa, mas não na Cidade do Rei e na época em que o rei Nax havia governado sob as decisões de seu conselheiro mais próximo, Cansrel.

Brocker falou, interrompendo os pensamentos sombrios de Fogo:

— O que eu acho é que você teve o raro prazer de ser atingida por um homem que não estava tentando matá-la — disse ele. — Você se sentiu diferente?

Fogo riu:

— Nunca fui atingida mais prazerosamente.

Ele deu uma risada, analisando-a com olhos dóceis.

— É gratificante fazê-la sorrir. A dor em seu rosto desaparece.

Ele sempre fora capaz de fazê-la sorrir. Era um alívio para ela o estado de espírito seguramente leve de Brocker, especialmente nos dias em que o humor de Archer parecia carregado. E isso era admirável, visto que ele sentia dores a todo o momento.

– Brocker – disse ela –, você acha que poderia ter sido diferente?

Ele inclinou a cabeça, intrigado.

– Quero dizer, com Cansrel – completou ela – e o rei Nax. Você acha que a parceria deles poderia ter sido diferente? Os Dells poderiam ter sobrevivido a eles?

Brocker analisou-a, o rosto silenciando e endurecendo à simples menção do nome Cansrel.

– O pai de Nax era um rei decente – disse ele. – E o pai de Cansrel foi um conselheiro-monstro de valor para ele. Mas, querida, Nax e Cansrel eram criaturas totalmente diferentes. Nax não herdou a força de seu pai, e você sabe tão bem quanto qualquer outra pessoa que Cansrel tampouco herdou um traço da empatia do progenitor. E eles cresceram juntos como meninos, de modo que, quando Nax assumiu o trono, já dominara a mente de Cansrel durante toda a vida. Oh, Nax tinha bom coração, estou certo disso, pois às vezes eu o via. Mas isso não importava, porque ele era também o sujeito mais preguiçoso e ansiava por uma pessoa que se dispusesse a pensar por ele – e isso era toda a abertura de que Cansrel precisava. Nax nunca teve uma chance – disse Brocker, balançando a cabeça, apertando os olhos para lembrar. – Desde o início, Cansrel usou Nax para obter tudo o que queria, isto é, satisfazer os próprios prazeres. Era inevitável, querida – continuou, atraindo a atenção dela de volta para seu rosto. – Enquanto viveram, Cansrel e Nax só fizeram conduzir o reino à ruína.

Ruína. Fogo sabia, pois Brocker lhe havia contado sobre cada passo que levara o reino à ruína assim que o jovem Nax assumira o trono. No início, foram mulheres e festas, o que não foi um grande problema, pois Nax havia se apaixonado por uma dama de cabelos negros do extremo norte dos Dells chamada Roen e se casado com ela. O rei Nax e a rainha Roen haviam gerado um filho, um belo garoto moreno chamado Nash, e, mesmo com um rei um pouco negligente em seu governo, o reino parecia um local de estabilidade.

Exceto pelo fato de que Cansrel sentia-se entediado. Sua satisfação era obtida com excessos, e agora ele começava a demandar mais mulheres e mais festas, vinho e crianças da corte para aliviar a monotonia das mulheres. E drogas. Nax concordava com tudo; ele fora como uma concha para abrigar a mente de Cansrel e respondia com sinal afirmativo para tudo o que seu conselheiro afirmava ser melhor.

– No entanto, você me disse que no fim foram as drogas que destruíram Nax – disse Fogo. – Ele poderia ter resistido se não fossem elas?

– Talvez – disse Brocker superficialmente. – Cansrel sempre conseguia manter o autocontrole com veneno circulando em suas veias, mas Nax, não; as substâncias o tornaram hipertenso, paranoico, descontrolado e mais vingativo do que ele jamais fora.

Ele parou nesse ponto, olhando fixa e tristemente para suas próprias pernas inúteis. Fogo guardou seu sentimento para si mesma, evitando que Brocker fosse engolfado pela curiosidade dela. Ou pela compaixão; sua compaixão não devia nunca afetá-lo.

Um momento depois ele ergueu os olhos e sustentou o olhar dela novamente. Sorriu muito ligeiramente.

— Talvez fosse justo dizer que Nax poderia não ter se tornado um louco se não fosse pelas drogas. Mas eu creio que essas substâncias eram tão inevitáveis quanto o resto. E o próprio Cansrel era a pior das drogas para a mente de Nax. As pessoas viam o que estava acontecendo: viam Nax punindo homens cumpridores da lei, fazendo alianças com criminosos e desperdiçando todo o dinheiro dos cofres reais. Aliados do pai de Nax começaram a retirar seu apoio, como era inevitável. E sujeitos ambiciosos como Mydogg e Gentian começaram a tramar e fazer intrigas e a treinar esquadrões de soldados, a pretexto de autodefesa. E quem poderia culpar um senhor feudal da montanha por isso, com as coisas andando tão instáveis? Não havia mais leis, não fora da cidade, pois Nax não queria ser obrigado a ir até onde fosse preciso. As estradas não eram mais seguras, você tinha que estar louco ou desesperado para viajar pelas rotas subterrâneas; saqueadores, assaltantes e bandoleiros do mercado negro surgiam por toda a parte. Até os pikkianos. Durante eras haviam se satisfeito em brigar lá, entre eles. Agora, subitamente, nem eles conseguiam resistir a tirar vantagem de nossa falta de leis.

Fogo sabia de tudo isso; ela conhecia sua própria história. Por fim, um reino ligado por túneis subterrâneos e crivado de cavernas e abrigos ocultos nas montanhas não podia suportar tanta volatilidade. Havia lugares demais para esconder coisas ruins.

As guerras irromperam nos Dells; não propriamente guerras com adversários políticos bem-definidos, mas desajeitadas disputas entre glebas das montanhas, um vizinho contra a outro, um grupo de invasores das cavernas contra alguma propriedade de um pobre senhor, uma aliança de senhores feudais dellianos contra o rei. Brocker ficou incumbido de apaziguar todas as rebeliões que surgiam por todos os Dells. Ele era um líder militar muitíssimo melhor do que Nax merecia, e, por vários anos, fez um trabalho impressionante. Mas ele e seu exército atuavam sozinhos; na Cidade do Rei, Cansrel e Nax se ocupavam preenchendo seus dias com mulheres e drogas.

O rei Nax teve um par de gêmeos com uma garota da lavanderia do palácio. Depois, Brocker cometeu sua misteriosa ofensa, e Nax retaliou. E, no dia em que Nax destruiu seu próprio comandante militar, desfechou um golpe fatal sobre qualquer esperança de ordem em seu reino. As lutas haviam ficado rapidamente fora de controle. Roen deu a Nax outro filho de cabelos escuros chamado Brigan. Os Dells entraram numa época de desespero.

CANSREL GOSTOU MUITO de ficar cercado pelo desespero. Esmagar as coisas com o seu poder o divertira muito, e ele era insaciável por diversão.

Ele estuprava as poucas mulheres que não conseguia seduzir com o poder de sua beleza ou de sua mente. As poucas que ele engravidava, matava. Ele não queria bebês-monstro crescendo para se tornarem crianças e adultos-monstro que poderiam abalar seu poder.

Brocker nunca pudera dizer a Fogo por que Cansrel não havia matado a mãe dela. Era um mistério, mas ela sabia bem que não podia esperar por uma explicação romântica. Fogo foi concebida numa época de pandemônio depravado. Cansrel havia provavelmente esquecido que levara Jessa para a cama ou nunca notara a gravidez – ela era apenas uma serviçal do palácio, afinal. Ele provavelmente não percebera que a gravidez era obra dele até que a criança nasceu com um cabelo tão assombroso que inspirou Jessa a batizá-la como *Fogo*.

Por que Cansrel permitira que Fogo vivesse? A jovem tampouco tinha resposta para isso. Curioso, ele fora vê-la, provavelmente com a intenção de sufocá-la. Mas então, olhando para seu rosto, ouvindo os ruídos que ela fazia, tocando sua pele – absorvendo sua pequenina, intangível, perfeita monstruosidade –, ele resolveu, por alguma razão, que ali estava algo que não queria destruir.

Quando ela era ainda um bebê, Cansrel tomou-a de sua mãe. Um monstro humano tinha inimigos demais, e ele queria que ela crescesse em um lugar isolado, longe da Cidade do Rei, onde ficaria a salvo. Ele a levou para seus próprios domínios nos Dells a extremo norte, uma propriedade que raramente ocupava. Deixou-a com seu mordomo, Donal, mudo de espanto, e uma variedade de cozinheiras e criadas.

– Criem-na – disse ele.

Do resto Fogo se lembrava. Seu vizinho, Brocker, tomou-se de interesse pela órfã monstruosa e cuidou de sua educação em história, escrita e matemática. Quando ela demonstrou interesse por música, ele encontrou um professor para ela. Archer se tornou o companheiro de Fogo e finalmente seu amigo do peito. Aliss morreu de uma demorada enfermidade que se havia instalado nela depois do nascimento de Archer. Fogo soube, pelos relatos que Brocker recebia, que Jessa morrera também. Cansrel fazia visitas frequentes.

Suas visitas eram confusas, porque a lembravam de que tinha dois pais. Dois pais que nunca ficavam um na presença do outro se fosse possível evitar, nunca conversavam nada além do que a civilidade exigia e nunca concordavam entre si.

Um era silencioso, rabugento e simples numa cadeira com grandes rodas.

— Filha — dizia-lhe ele delicadamente —, assim como respeitamos você protegendo nossas mentes e nos comportando decentemente em sua presença, você deve respeitar nossos amigos não usando nunca seus poderes de forma deliberada contra nós. Isso faz sentido para você? Você entende? Eu não quero que faça nada, a menos que entenda.

O outro pai era um homem iluminado e, naqueles anos iniciais, feliz na maior parte do tempo. Ele a beijava, a girava e a carregava para a cama no segundo andar, o corpo quente e elétrico, seu cabelo era cálida seda quando ela o tocava.

— O que Brocker lhe ensinou? — perguntava ele numa voz macia como chocolate. — Você tem praticado o uso do poder de sua mente contra os serviçais? Os vizinhos? Os cavalos e cães? É certo você agir assim, Fogo. É certo e é direito *seu*, porque você é minha bela filha, e a beleza tem direitos que as pessoas comuns nunca terão.

Fogo sabia qual dos dois era seu pai verdadeiro. Era aquele que ela chamava de "pai" em vez de "Brocker", aquele que ela amava mais desesperadamente, porque sempre estava chegando ou indo embora, e porque, nos momentos que passavam juntos, ela deixava de sentir-se uma aberração da natureza. As pessoas que a desprezavam ou a amavam em excesso tinham precisamente os mesmos sentimentos por Cansrel, embora o comportamento deles quanto a ele fosse diferente. A comida que ela desejava – e que era motivo de deboche entre as cozinheiras – era a mesma que Cansrel desejava, e, quando ele estava em casa, as serviçais paravam de rir. Cansrel podia sentar-se com Fogo e fazer algo que ninguém mais podia: dar-lhe lições para melhorar a habilidade de sua mente. Eles conseguiam se comunicar sem dizer uma palavra, conseguiam se tocar mesmo se estivessem em extremos opostos da casa. O pai verdadeiro de Fogo era como ela – era, de fato, a única pessoa do mundo parecida com ela.

Ele sempre fazia as mesmas perguntas ao chegar:

– Minha querida garota-monstro! Alguém fez alguma maldade com você enquanto estive ausente?

Maldade? Crianças haviam atirado pedras nela na estrada. Ela às vezes era levada a tropeçar, esbofeteada, insultada. As pessoas que gostavam dela abraçavam-na, mas com força demais, e tinham as mãos muito atrevidas.

E, ainda assim, Fogo aprendeu muito cedo a responder "não" à sua pergunta – a mentir e resguardar sua mente dele para que não percebesse que ela estava mentindo. Esse foi o início de outra de suas confusões: desejar muito as visitas do pai verdadeiro, mas começar a mentir imediatamente assim que ele chegava.

Quando tinha quatro anos, pegou um cachorro de uma ninhada nos estábulos de Brocker. Ela o escolheu, e Brocker deixou-a levá-lo para casa porque o animal tinha três pernas boas e uma que se arrastava, e nunca teria nenhuma utilidade como trabalhador. Ele era cinza-escuro e tinha olhos brilhantes. Fogo chamou-o de Crepus, numa abreviação de Crepúsculo.

Crepus era um tipo feliz e ligeiramente descerebrado, sequer fazia ideia de que lhe faltava uma coisa que os outros cães tinham. Era agitado e pulava bastante por todo lado, com uma tendência de mordiscar as pessoas de quem gostava de vez em quando. E nada o deixava num maior frenesi de excitação, ansiedade, alegria e terror do que a presença de Cansrel.

Um dia, no jardim, Cansrel surgiu diante de Fogo e Crepus inesperadamente. Confuso, o cão saltou contra Fogo e mordeu-a com muito mais força do que costumava fazer, e ela gritou.

Cansrel correu para ela, ajoelhou-se e carregou-a em seus braços, deixando os dedos da filha sangrarem por sobre sua camisa.

— Fogo! Você está bem? — Ela pendurou-se nele, porque, por um momento, Crepus a tinha assustado. Mas depois, quando sua própria mente clareou, ela viu e sentiu Crepus se lançando sem parar em direção a um pedaço de pedra pontiaguda.

— Pare, pai! Pare com isso!

Cansrel puxou uma faca de seu cinturão e avançou sobre o cão. Fogo gritou e agarrou-o.

— Não o machuque, pai, por favor! Você não vê que ele não tinha más intenções?

Ela tentou interferir na mente de Cansrel, mas ele era forte demais para ela. Agarrada à sua calça, socando-o com seus pequenos punhos, ela irrompeu em lágrimas.

Ouvindo isso, Cansrel parou, enfiou a faca de volta no cinturão e ficou lá, com as mãos nos quadris, fervendo de raiva. Crepus se afastou mancando, gemendo, com o rabo entre as pernas. E então Cansrel pareceu mudar, ajoelhando-se até ficar novamente na altura de Fogo, abraçando-a, beijando-a e murmurando até ela parar de chorar. Ele limpou os dedos e envolveu-os numa bandagem. Sentou-a para dar uma lição sobre o controle da mente dos animais. Quando finalmente soltou-a, ela correu à procura de Crepus, que fugira para o quarto dela e estava encolhido, perplexo e envergonhado, num cantinho.

Na manhã seguinte, ela despertou com o silêncio, e não com o som habitual de Crepus dando passadas do lado de fora de seu quarto. Procurou por ele durante o dia inteiro, em seu próprio quintal e no de Brocker, mas não conseguiu encontrá-lo. O cão desaparecera. Cansrel disse, com afável simpatia:

– Suponho que ele tenha fugido. Cachorros fazem dessas coisas, você sabe. Pobre querida!

E assim Fogo aprendeu a mentir para o pai quando ele perguntava se alguém a havia ferido.

À MEDIDA QUE os anos se passavam, as visitas de Cansrel se tornaram menos frequentes, mas mais duradouras, pois as estradas estavam inseguras. Às vezes, surgindo à porta após meses de ausência, ele trazia mulheres consigo. Ou comerciantes que negociavam com seus animais e drogas, ou novos monstros para suas jaulas. Às vezes, ele passava todo o tempo da visita embriagado pelo veneno de alguma planta; ou, completamente sóbrio, tinha estranhos, arbitrários, sombrios ataques de mau humor, que afetavam a todos, exceto Fogo. Noutras vezes, ele era tão lúcido e adorável quanto as notas altas que ela alcançava em sua flauta. Ela temia suas chegadas, suas estridentes, grandiosas e dissolutas invasões à sua vida tranquila. E, depois de cada uma de suas partidas, ficava tão solitária que sua música era a única coisa a consolá-la, e ela mergulhava de cabeça em suas aulas, sem sequer se importar com os momentos em que seu professor ficava odioso ou despeitado pela sua crescente habilidade.

Brocker nunca lhe poupara da verdade sobre Cansrel.

Eu não quero acreditar em você, dizia-lhe ela em pensamento depois que ele relatava algo mais que Cansrel havia feito. *Mas eu sei que é verdade, porque o próprio Cansrel me conta as histórias, e ele nunca fica envergonhado. Ele as toma como lições para guiar meu próprio comportamento. Preocupa-o que eu não use meu poder como uma arma.*

– Ele não entende como você é diferente dele? – perguntava Brocker. – Ele não vê que você foi feita de um molde inteiramente diferente?

Fogo não conseguia descrever a solidão que sentia quando Brocker falava desse modo. Como ela desejava, de vez em quando, que seu discreto, simples e bom vizinho houvesse sido seu pai verdadeiro! Ela queria ser como Brocker, feita ao seu molde. Mas sabia quem ela própria era e do que era capaz. Mesmo depois que sumira com os espelhos, via tudo nos olhos de outras pessoas e sabia o quanto seria fácil tornar sua própria vida infeliz só um pouquinho mais agradável, da maneira como Cansrel fazia o tempo todo. Ela nunca disse nada a ninguém, nem mesmo a Archer, sobre o quanto essa tentação a envergonhava.

Quando Fogo tinha treze anos, as drogas mataram Nax, e um Nash de vinte e três anos tornou-se rei de um reino destruído por carnificinas. Os ataques de fúria de Cansrel tornaram-se mais frequentes. E também mais frequentes ficaram seus períodos de melancolia.

Quando ela fez quinze anos, Cansrel abriu a porta da jaula que prendia seu leopardo-monstro da cor azul-escura como a noite e separou-se de Fogo pela última vez.

Capítulo 3

Fogo não percebeu que havia caído no sono na biblioteca de lorde Brocker e descobriu-se lá de repente. Foi o gatinho-monstro dele quem a despertou, dependurado na borda de sua saia como um homem na ponta de uma corda. Ela piscou, ajustando os olhos à luz granulada, absorvendo a consciência do bebê-monstro. Estava chovendo ainda. Não havia mais ninguém no aposento. Ela massageou o ombro de seu braço ferido e se esticou na cadeira, rija e dolorida, mas sentindo-se mais descansada.

O gatinho subiu por sua saia, afundou as garras em seu joelho e ficou perscrutando-a, dependurado. Ele sabia o que ela era, pois seu lenço de cabeça havia recuado um pouco. Os monstros se avaliaram mutuamente. Esse gatinho era de um verde luminoso com pés dourados e sua pequena mente tentou penetrar na dela.

Naturalmente, nenhum animal-monstro conseguia controlar a mente de Fogo, mas esse não deixou de tentar fazê-lo das formas mais tolas. Ele era pequeno e bobo demais para pensar em comê-la, mas queria brincar, mordiscar seus dedos, lamber um pouco de sangue, e Fogo poderia muito bem ter ficado sem as mordidas da brincadeira de um gato-monstro.

Ela o levantou em seu colo e coçou-o atrás das orelhas, murmurando besteiras sobre quão forte, grande e inteligente ele era. Por medida de segurança, lançou nele uma faísca de sono mental. O animal girou em seu colo e desmoronou.

Gatos-monstro domésticos eram valorizados por controlar a população de ratos-monstro e de ratos comuns também. Esse bebê ficaria grande e gordo, viveria uma vida longa e satisfeita e provavelmente geraria vintenas de gatinhos-monstro.

Monstros humanos, por outro lado, tinham a tendência de não viver muito. Predadores demais, inimigos demais. Era melhor que Fogo fosse a única remanescente; e ela decidira havia muito tempo, antes mesmo de levar Archer para a sua cama, que seria a última. Não haveria mais Cansrels.

Sentiu Archer e Brocker no corredor do lado de fora da porta da biblioteca e depois ouviu suas vozes. Penetrantes, agitadas. Um dos ataques de temperamento de Archer – ou teria acontecido algo enquanto ela dormia? Fogo tocou suas mentes para indicar que estava acordada.

Um momento depois, Archer abriu a porta da biblioteca e escancarou-a para seu pai. Eles entraram juntos, conversando, o filho espetando o ar furiosamente com o arco.

– Malditos guardas de Trilling por tentarem, sozinhos, pegar o homem!

– Talvez ele não tivesse escolha – disse Brocker.

– Os homens de Trilling são impacientes demais.

Brocker se espantou alegremente:

– Acusação interessante, garoto, vindo de você...

— Sou impaciente com minha língua, pai, não com minha espada. — Archer olhou de relance para Fogo e seu gatinho adormecido. — Amor. Como você se sente?

— Melhor.

— Nosso vizinho, Trilling. Você confia nele?

Trilling era um dos homens menos tolos com que Fogo se relacionava regularmente. Sua esposa a havia contratado não apenas para ensinar música aos seus filhos como também para ensiná-los a proteger suas mentes contra os poderes dos monstros.

— Ele nunca me deu motivos para desconfiar dele — disse ela. — O que aconteceu?

— Ele encontrou dois homens mortos na floresta — informou Archer. — Um é seu próprio guarda, e lamento dizer que o outro é mais um desconhecido. Ambos têm ferimentos de faca e arranhões, como se tivessem lutado um contra o outro, mas o que matou os dois foram flechas. O guarda de Trilling foi atingido de certa distância pelas costas. O desconhecido foi atingido na cabeça bem de perto. As duas flechas eram feitas da mesma madeira branca da arma que matou seu caçador clandestino.

A mente de Fogo se apressou em tentar entender.

— O arqueiro foi até eles enquanto lutavam, atirou no guarda de Trilling de longe e depois correu até o desconhecido e executou-o.

Lorde Brocker deu uma tossida.

— Possivelmente uma execução mais pessoal. Isto é, supondo que o arqueiro e o desconhecido fossem companheiros, e realmente parece provável que todos esses desconhecidos violentos em nossas florestas têm alguma coisa a ver uns com os outros, não têm? O de hoje trazia graves ferimentos de faca em suas pernas que poderiam não tê-lo matado, mas certamente teriam dado problemas ao arqueiro para levá-lo embora assim que o guarda de Trilling estivesse morto. Será que o arqueiro não disparou contra o guarda de Trilling para proteger seu companheiro, depois percebeu que ele estava ferido demais para ser salvo e então decidiu liquidá-lo também?

Fogo ergueu as sobrancelhas ao ouvir isso, refletindo, e afagou o gato-monstro distraidamente.

Archer olhou fixamente para o chão, batendo a ponta de seu arco na madeira dura. Pensando.

— Eu vou para a fortaleza da rainha Roen — disse ele.

Fogo lançou-lhe um olhar penetrante.

— Por quê?

— Preciso pedir mais soldados a ela e quero as informações de seus espiões. Ela pode saber se esses desconhecidos têm alguma coisa a ver com Mydogg ou Gentian. Eu quero saber o que está acontecendo em minha floresta, Fogo, e eu quero esse arqueiro.

— Eu vou com você — disse Fogo.

— Não — respondeu Archer enfaticamente.

— Vou sim.

— Não. Você não pode nem defender a si mesma. Não pode nem cavalgar.

— É apenas um dia de viagem. Espere uma semana. Deixe-me repousar, e depois eu irei com você.

Archer ergueu uma das mãos e virou-se, afastando-se dela.

— Você está desperdiçando seu tempo. Por que eu iria permitir uma coisa dessas?

Porque Roen é sempre infinitamente amável comigo quando eu a visito em sua fortaleza no extremo norte, quis dizer Fogo. *Porque Roen conhecia minha mãe. Porque Roen é uma mulher determinada, e há algo consolador a respeito de uma mulher. Roen nunca me deseja, e, se deseja, não é a mesma coisa.*

— Porque — disse ela em voz alta — Roen e seus espiões me farão perguntas sobre o que aconteceu quando o caçador clandestino me atingiu e sobre o pouco que consegui captar de sua mente. E porque — acrescentou, quando Archer se moveu para objetar — você não é nem meu marido nem meu pai; sou uma mulher de dezessete anos, tenho meus próprios cavalos e meu próprio dinheiro e decido por mim mesma para onde vou e quando. Você não tem o direito de me proibir isso.

Archer bateu a ponta de seu arco contra o chão com força, mas lorde Brocker estava rindo.

— Não discuta com ela, garoto. Se for informação o que está buscando, será um tolo se não levar o monstro ao seu lado.

— As estradas são perigosas — disse Archer, praticamente cuspindo.

— É perigoso aqui — retrucou Brocker. — Ela não ficará mais segura com seu arco para defendê-la?

— Ela ficará mais segura dentro de casa, num quarto com a porta trancada.

Brocker virou sua cadeira para a saída.

— Ela tem pouquíssimos amigos, Archer. Seria cruel você partir para ver Roen e deixá-la para trás.

Fogo percebeu que estava segurando o gatinho bem apertado, embalando-o contra o peito, como se estivesse protegendo-o de algo. Protegendo-se da sensação de ter seus passos, seus sentimentos colocados em debate por dois homens exasperados. Ela teve o súbito desejo louco de que essa criatura de pelos verdes em seus braços fosse seu próprio bebê, para segurar, adorar e libertar de pessoas que não a entendiam. *Idiota*, pensou ela consigo mesma. *Nem pense nisso. Por que o mundo precisaria de outro bebê ladrão de pensamentos?*

Lorde Brocker agarrou a mão de Archer e olhou dentro de seus olhos, firmando seu filho, acalmando-o. Depois, rolou a cadeira até a saída e fechou a porta, encerrando a discussão.

Archer olhou para Fogo, com uma expressão incerta. E a jovem suspirou, finalmente perdoando seu amigo teimoso e o pai teimoso que o adotara. Suas discussões, muito embora a oprimissem, brotavam de dentro de dois corações muito grandes.

Ela pôs o gatinho no chão e se ergueu, pegando a mão de Archer como o pai dele havia feito. Archer baixou os olhos sobre suas mãos unidas e as observou com seriedade. Levou os dedos dela à sua boca, beijou-lhe os nós e fez menção de examinar sua mão, como se nunca a tivesse visto.

– Vou fazer minhas malas – disse Fogo. – Só me avise quando vamos partir.

Ela ficou na ponta dos pés para beijá-lo no rosto, mas ele a interceptou e começou a beijá-la na boca, delicadamente. Ela permitiu por um breve momento. Depois, livrou-se do beijo e saiu do quarto.

Capítulo 4

O CAVALO DE FOGO chamava-se Pequeno, e ele era mais um dos presentes de Cansrel. Ela o tinha escolhido em meio a todos os outros cavalos porque sua pele era escura e pardacenta e pelo modo silencioso com que a seguira de um lado para outro, tendo a cerca do pasto entre eles, no dia em que ela fora a uma das apresentações de Cutter para fazer a escolha.

Os outros cavalos a tinham ignorado ou ficado assustadiços e agitados em torno dela, empurrando-se uns aos outros e dando-se dentadas. Pequeno ficara do lado de fora da tropa, onde estava a salvo de seus empurrões. Ele trotara ao lado de Fogo, parando quando ela parara, piscando esperançosamente para ela; e, toda vez que ela se afastara da cerca, ele ficara esperando até que ela retornasse.

– Seu nome é Pequeno – dissera Cutter – porque seu cérebro é do tamanho de uma ervilha. Não consigo ensinar-lhe nada. Não é bonito, tampouco.

Cutter era o negociante de cavalos e o contrabandista de monstros favorito de seu pai. Ele vivia nas Grandes Cinzentas ocidentais e, uma vez por ano, transportava sua mercadoria por todo o reino em grandes caravanas, exibindo seus artigos e vendendo-os. Sua boca era larga e frouxa, e os olhos estavam sempre pousando sobre ela de uma maneira possessiva e repugnante que a fazia querer enrolar-se como uma bola para se esconder.

    Ele também estava errado quanto a Pequeno. Fogo conhecia a expressão de olhos estúpidos e a sensação de uma mente presunçosa em animais e em homens, e não havia sentido nada disso com Pequeno. O que ela sentira era o modo como o animal castrado tremia e empacava toda vez que Cutter se aproximava, e como o tremor parava quando Fogo o tocava e lhe sussurrava cumprimentos. Fogo estava acostumada a ser querida por sua beleza, mas não a ser necessária por sua gentileza.

    Quando Cutter e Cansrel se afastaram por um momento, Pequeno esticou o pescoço sobre a cerca e pousou o queixo no ombro dela. Ela o coçou por trás das orelhas, e ele emitiu alguns ruídos de satisfação e espirrou saliva sobre seu cabelo. Ela riu, e uma porta se abriu em seu coração. Aparentemente, havia realmente algo como o amor à primeira vista, ou amor à primeira cuspida.

    Cutter lhe falou que ele era tolo, e Cansrel tentou convencê-la de ficar com uma estonteante égua negra que se ajustava à sua própria beleza extravagante. Mas era Pequeno que ela queria, e foi Pequeno que Cutter lhe entregou três dias depois. Trêmulo, aterrorizado, porque Cutter, em sua desumanidade, havia enfiado o cavalo dentro de um vagão junto com o leão da montanha-monstro que Cansrel havia capturado, com nada além do que parecia uma trêmula armação de ripas de madeira separando-os. Pequeno saíra do vagão escoiceando e gritando, e Cutter bateu nele com seu chicote e o chamou de covarde.

Fogo correu em direção ao cavalo, sufocada de indignação, e pôs todo o sentimento de calma de que dispunha para tranquilizar a mente do animal. E disse a Cutter furiosamente, com palavras de um tipo que jamais usara, exatamente o que pensava de sua maneira de lidar com suas mercadorias.

Cutter riu e disse que ela era duas vezes mais bela quando estava furiosa – o que foi, naturalmente, um grave erro de sua parte, pois qualquer um com o mínimo de inteligência teria achado melhor não tratar lady Fogo com desrespeito na presença de seu próprio pai. Fogo puxou Pequeno rapidamente para seu lado, porque ela sabia o que estava por vir. Primeiro Cansrel fez com que Cutter rastejasse, pedisse desculpas e chorasse. Depois fez com que acreditasse estar com dores agonizantes devido a ferimentos imaginários. Finalmente, fez com que a realidade voltasse, dando-lhe pontapés na virilha, tranquila e repetidamente, até que ficou satisfeito por ele haver compreendido.

Enquanto isso, Pequeno se tranquilizou com o primeiro afago de Fogo, e, desde esse primeiro momento, passou a fazer tudo o que ela pedia.

Hoje, enquanto ela caminhava ao lado de Pequeno, agasalhada contra a aurora, Archer se aproximou dela e ofereceu sua mão. Ela balançou a cabeça e agarrou o pomo da espada com uma das mãos. Deu-se um impulso para subir no cavalo, prendendo o fôlego para reprimir a dor.

Tivera apenas sete dias de repouso, e seu braço, agora desconfortável, estaria doendo ao fim dessa cavalgada. Mas estava decidida a não ser tratada como uma inválida. Lançou um sopro de serenidade sobre Pequeno, um delicado apelo para que ele galopasse suavemente com ela nesse dia. Era outra razão pela qual Pequeno e ela eram tão bem ajustados um ao outro. Ele tinha uma mente cálida e receptiva.

— Leve minhas saudações para a senhora rainha — disse lorde Brocker de sua cadeira no meio do passadouro. — Diga-lhe que venha visitar um velho amigo, se chegar o dia em que ela possa ter um momento de paz.

— Faremos isso — respondeu Archer, puxando suas luvas. Ele pôs a mão atrás da cabeça para tocar nos arqueiros em suas costas, como sempre fazia antes de montar em seu cavalo (como se alguma vez na vida houvesse se esquecido de sua aljava), e depois se ajeitou em sua própria sela. Fez um sinal para os guardas à frente e para Fogo atrás deles. Tomou posição atrás da menina, e eles partiram.

Cavalgavam com oito soldados. Era mais do que Archer teria levado se houvesse ido sozinho, mas não muito mais. Ninguém nos Dells viajava com menos que seis outras pessoas, a menos que fosse desesperado, um suicida ou tivesse algum motivo perverso para querer ser atacado por salteadores. E a desvantagem da presença de Fogo, como uma amazona ferida e um alvo atraente, era quase negada por sua habilidade em sentir tanto a proximidade quanto a atitude da mente dos desconhecidos que se aproximavam.

Longe de casa, Fogo não se dava o luxo de evitar o uso de seu poder mental. Geralmente, as mentes não atraíam sua atenção da mesma forma, a menos que ela estivesse procurando por elas. A tangibilidade de uma mente dependia de força, propósito, familiaridade, proximidade, abertura, consciência da presença de Fogo e de uma porção de outros fatores. Nessa viagem, ela não devia permitir que ninguém escapasse à sua percepção; vasculharia as cercanias constantemente e, se possível, se apossaria de todas as mentes com as quais se deparasse até estar segura de suas intenções. Com cuidados extras, esconderia sua própria mente do reconhecimento de predadores-monstro. De resto, as estradas eram perigosas demais para todo mundo.

A fortaleza da rainha Roen ficava a uma distância de um longo dia de viagem. Os guardas mantinham um passo rápido, contornando os limites da cidade, próximos o bastante para ouvir galos cantando, mas distantes o bastante para não serem vistos. A melhor maneira de um viajante ser roubado ou assassinado era tornar sua viagem pública.

Havia túneis sob as montanhas que os teriam levado a Roen mais depressa, mas eles planejaram evitá-los também. Pelo menos ao norte, as trilhas íngremes e elevadas eram mais seguras do que o desconhecido que vagava furtivamente no escuro.

Claro que o cabelo de Fogo estava bem encoberto, e suas roupas de montaria eram comuns. Ainda assim, tinha esperança de que eles não se deparassem com ninguém. Predadores-monstro tendiam a deixar passar os encantos de um rosto e de um corpo se não vissem um cabelo interessante, mas essa não era a atitude dos homens. Se ela fosse vista, seria examinada. E, uma vez examinada, ela seria reconhecida, e os olhos de desconhecidos nunca eram confortantes.

A ROTA PELA SUPERFÍCIE terrestre até a fortaleza da rainha Roen era alta e desprovida de árvores, pois as montanhas chamadas de Pequenas Cinzentas dividiam a terra de Fogo e de seus vizinhos da terra da senhora rainha. "Pequenas" porque eram ultrapassáveis a pé e mais facilmente habitáveis que as Grandes Cinzentas, que formavam a fronteira a extremo oeste e extremo sul dos Dells com a terra desconhecida.

Povoados se equilibravam em topos de rochedos nas Pequenas Cinzentas ou se agachavam nos vales próximos às aberturas dos túneis – toscamente entalhados, frios, incolores e rígidos. Fogo havia observado esses povoados distantes e pensado neles todas as vezes que viajara para Roen. Hoje ela notou que um deles havia desaparecido.

– Havia uma aldeia naquele rochedo – disse ela, apontando. E então percebeu. Viu as fundações de pedra das velhas construções quebradas apontando para fora da neve, e, ao pé do rochedo onde a aldeia um dia se erguera, uma pilha de pedras, madeira e entulhos. Rastejando por sobre toda a pilha, viu lobos-monstro; circulando-os pelo alto, raptores-monstro.

Um novo truque inteligente para os saqueadores: depenar uma aldeia inteira de uma montanha, pedra por pedra. Archer desceu de seu cavalo, com o queixo rijo.

– Fogo. Há mentes de humanos vivos naquela pilha?

Muitas mentes vivas, mas nenhuma humana. Uma boa quantidade de ratos, monstros e comuns. Fogo balançou a cabeça.

Archer fez o disparo, porque eles não tinham flechas para desperdiçar. Primeiro, atingiu os raptores. Depois, enrolou um pano em torno de uma flecha, ateou fogo nele e disparou-o sobre a pilha de monstros e ruínas. Atirou flechas flamejantes seguidamente na pilha até incendiá-la por completo.

Nos Dells, o fogo era o meio de enviar os corpos dos mortos para onde suas almas haviam ido – o nada. Para reverenciar o fato de que todas as coisas tinham um fim, exceto o mundo.

O grupo continuou se movendo rapidamente, porque, ao vento, o fedor era terrível.

Eles haviam passado da metade do caminho quando tiveram uma visão que animou seus espíritos: o Exército do Rei, irrompendo de uma cavidade na base de um rochedo bem abaixo deles e retumbando por sobre uma planície de pedra chata. Pararam em seu ponto elevado para observar. Archer apontou para a dianteira da carga.

– O rei Nash está com eles – disse ele. – Podem vê-lo? O homem alto, no ruão, perto do porta-estandarte. E aquele ao lado dele é seu irmão, o comandante príncipe Brigan, com o arco de mão, sobre a égua negra. Vestido de marrom, podem vê-lo? Dellianos, não é uma visão magnífica?

Fogo nunca vira os filhos de Nax e certamente nunca contemplara uma divisão tão grande do Exército do Rei. Havia milhares deles – alguns com as cotas de malha reluzindo, outros no uniforme cinzento-escuro do exército, os cavalos fortes e ligeiros fluindo por sobre a terra como um rio. O homem com o arco de mão, o príncipe e comandante, moveu-se para o lado direito e recuou; falou com um ou dois homens no meio da coluna, depois avançou novamente para a dianteira. Estavam tão distantes que pareciam pequenos como ratos, mas ela podia ouvir o baque dos cascos dos cerca de cinco mil cavalos, e sentir a enorme presença da consciência de cerca de dez mil homens. E podia ver as cores da bandeira erguida pelo porta-estandarte, que ficava ao lado do príncipe para onde quer que ele fosse: um vale de florestas, cinzento e verde, com um sol vermelho-sangue num céu alaranjado.

O príncipe Brigan virou-se em sua sela de repente, seus olhos postos em algum ponto das nuvens lá no alto, e nesse mesmo momento Fogo percebeu os raptores. Brigan girou sua égua negra e ergueu a mão num sinal que fez com que uma parte do grupo se separasse e puxasse flechas de suas costas. Três raptores, dois em tons de fúcsia e violeta e um de verde-maçã, circulavam por sobre o rio de soldados, atraídos pelas vibrações ou pelo cheiro dos cavalos.

Archer e seus guardas também prepararam flechas. Fogo prendeu suas rédeas firmemente com uma das mãos, acalmou Pequeno e tentou decidir se devia submeter seu braço à agonia de preparar seu próprio arco.

Não foi necessário. Os homens do príncipe foram eficientes e usaram apenas quatro flechas para derrubar os pássaros fúcsia. O verde foi mais esperto; circulou irregularmente, mudando de altura e velocidade, baixando cada vez mais e sempre para mais perto da coluna de cavaleiros. A flecha que finalmente o acertou foi a de Archer, um disparo veloz pairando, descendente, sobre as cabeças do exército galopante.

O pássaro-monstro caiu e se esmagou na planície. O príncipe virou seu cavalo e olhou para as trilhas da montanha, procurando a origem da flecha, enquanto sua própria flecha permanecia em riste para o caso de não gostar do arqueiro com que se deparasse. Quando ele avistou Archer e os guardas, baixou seu arco e ergueu o braço numa saudação. Depois, apontou para a carcaça do pássaro verde na planície e de volta para Archer. Fogo entendeu o gesto: matar, para Archer, era parte de sua natureza.

Archer gesticulou em resposta: você fica com ela. Brigan ergueu os dois braços em agradecimento, e seus soldados lançaram o corpo do monstro sobre o lombo de um cavalo sem cavaleiro. Fogo viu certo número de cavalos sem cavaleiros, agora que estava olhando para eles, carregando sacos, suprimentos e os corpos de outras caças, algumas delas monstruosas. Ela sabia que, fora da Cidade do Rei, o Exército do Rei se alojava e se alimentava com seus próprios recursos. Supôs que devia exigir prodigalidade alimentar tantos homens famintos.

Ela se corrigiu. Tantos homens *e mulheres* famintos. Qualquer pessoa que pudesse montar, lutar e caçar era bem-vinda ao protetorado atual do reino, e o rei Nash não exigia que essa pessoa fosse um homem. Ou, mais particularmente, o príncipe Brigan não exigia. Era chamado de Exército do Rei, mas realmente era de Brigan. As pessoas diziam que aos vinte sete anos Nash era digno do trono, mas, quando a disputa ficava acirrada, o irmão mais novo era quem se destacava.

Ao longe, o rio de cavaleiros começou a desaparecer numa rachadura na base de outro rochedo.

– Os túneis foram feitos para passar com segurança hoje em dia, afinal – disse Archer –, no rastro daquela gente toda. Gostaria de ter sabido que eles estavam tão perto de nós. Da última vez que ouvi falar, o rei estava em seu palácio na Cidade do Rei e o príncipe no norte distante, investigando problemas com os pikkianos.

Na planície abaixo, o príncipe virou sua égua para juntar-se à retaguarda de sua força armada, mas primeiro seus olhos pousaram na forma de Fogo. Ele não podia ter apreciado suas feições daquela distância e com a luz do sol batendo ferozmente em seu rosto. Não podia ter deduzido nada além do fato de que ela era amiga de Archer, vestida como um garoto, mas que era mulher, com o cabelo encoberto. Ainda assim, o rosto de Fogo ardeu. Ele sabia quem ela era; ela teve certeza disso. Seu olhar feroz quando olhou para trás ao girar para a frente foi prova disso, também a sua ferocidade ao esporear seu cavalo para que avançasse. Sua mente estava enfurecida, próxima a ela, e fria.

Era esse o motivo pelo qual ela evitara encontrar-se com Nash e Brigan anteriormente. Era natural que os filhos do rei Nax a desprezassem. Fogo ficou violentamente ruborizada pela vergonha do legado de seu pai.

Capítulo 5

Fogo supôs que era esperar demais que o rei e o guerreiro passassem tão perto da propriedade de sua mãe sem parar. A parte final da jornada levou-os por colinas pedregosas formigando de soldados do rei em repouso.

Os soldados não haviam acampado, mas estavam tirando uma soneca, cozinhando carne em fogueiras, jogando baralho. O sol estava baixo. Ela não conseguia lembrar, em sua mente cansada, se exércitos viajavam através da escuridão. Esperava que esse, em particular, não ficasse à noite nessas colinas.

Archer e seus guardas formaram um muro em torno dela quando passaram pelos soldados, ele tão perto de seu lado ferido que o ombro esquerdo de Fogo roçava seu braço direito. Ela manteve o rosto abaixado, mas ainda assim sentia os olhos dos soldados sobre seu corpo. Estava muito exausta, absurdamente dolorida, mas mantinha sua consciência alerta, pairando sobre as mentes em torno dela, tentando detectar problemas. Tentando também detectar o rei e seu irmão, mas desejando desesperadamente não encontrá-los.

Havia mulheres entre os soldados, mas não muitas. Ela ouvia de vez em quando um assovio baixo, às vezes um grunhido. Epítetos também, e mais que uma briga irrompeu entre os homens quando ela passou, mas ninguém a ameaçou.

E então, quando eles se aproximaram da rampa para a ponte levadiça de Roen, ela se agitou, olhou para o alto e ficou agradecida, subitamente, pela presença dos soldados. Sabia que ao sul das Pequenas Cinzentas raptores-monstro se moviam em enxames ocasionalmente, descobriam áreas de povoamento denso e circulavam por sobre elas, mas nunca vira nada parecido a isso. Devia haver cerca de duzentos raptores, reluzindo com suas cores vivas contra um céu alaranjado e rosa, bem lá no alto, onde apenas a mais certeira das flechas poderia alcançá-los. Seus guinchos deixaram-na gelada. Sua mão voou para as bordas de seu lenço de cabeça para verificar se não tinha cabelos à mostra, pois sabia que, se os raptores descobrissem o que ela era, cessariam até de perceber o exército humano. Todos os duzentos se voltariam contra ela.

— Você está bem, amor — murmurou Archer ao seu lado. — Rápido agora. Estamos quase entrando.

Dentro do pátio coberto da fortaleza da rainha Roen, Archer ajudou-a quando, descendo do lombo de Pequeno, ela pareceu cair. Fogo se equilibrou entre o cavalo e seu amigo, e prendeu o fôlego.

— Você está segura agora — disse Archer, seu braço em torno dela, apertando-a. — E haverá tempo para descanso antes do jantar.

Fogo concordou vagamente com a cabeça.

— Ele precisa de uma pessoa com mão delicada — conseguiu dizer ela ao homem que pegou as rédeas de Pequeno.

Fogo mal percebeu a garota que a conduziu até seu quarto.

Archer estava lá; ele colocara seus homens à sua porta e, antes de sair, avisou à garota para tomar conta de seu braço.

Depois, Archer se foi. A garota acomodou Fogo na cama. Ela ajudou-a a despir suas roupas e desamarrou seu lenço de cabeça, e Fogo desmontou sobre os travesseiros. E, se a garota ficou fitando Fogo com olhos arregalados, tocando seu cabelo luminoso com admiração, ela não se importou; já estava dormindo.

Quando Fogo despertou, seu quarto bruxuleava à luz de velas. Uma pequena mulher num vestido marrom as estava acendendo. Fogo reconheceu a mente de Roen, ágil e calorosa. Então a mulher virou-se para olhá-la, e Fogo reconheceu os olhos escuros da rainha, a boca belamente recortada e a listra branca que crescia na frente e no centro de sua longa cabeleira negra.

Roen baixou sua vela e sentou-se à beira da cama. Ela sorriu ao ver a expressão grogue de Fogo.

– Prazer em vê-la, lady Fogo.

– Prazer em vê-la, senhora rainha.

– Eu falei com Archer – disse Roen. – Como está seu braço? Você está com fome? Vamos jantar agora, antes que meus filhos cheguem.

Seus filhos.

– Eles não chegaram ainda?

– Eles ainda estão por aí com a Quarta Divisão. Brigan está passando o comando da Quarta a um de seus capitães e mandando-os para o leste hoje à noite, e eu sei que isso envolve preparativos intermináveis. A Terceira chegará aqui dentro de um ou dois dias. Brigan vai conduzi-los até a Cidade do Rei e deixar Nash em seu palácio, depois os levarão para o sul.

A Cidade do Rei. Ela ficava na terra verde onde o rio Alado se encontrava com o Mar de Inverno. Acima das águas se erguia o palácio do rei, feito de pedra negra brilhante. O povo dizia que a cidade era bela, um lugar de arte, medicina e ciência, mas Fogo não a via desde sua infância. Ela não tinha lembrança alguma do lugar.

Fez um esforço para voltar a si. Estava devaneando.

– Conduzi-los? – perguntou Fogo, sua mente ainda confusa de sono. – Conduzir quem?

– Brigan passa a mesma quantidade de tempo com cada divisão do exército – explicou Roen. Ela deu um tapinha no colo de Fogo. – Venha, querida. Jante comigo. Eu quero saber sobre a vida no outro lado das Pequenas Cinzentas, e nossa oportunidade é agora. – Ela se ergueu e tirou rapidamente sua vela da mesa. – Eu vou mandar alguém aqui para ajudá-la.

Roen atravessou rapidamente a porta, fechando-a com força atrás de si. Fogo retirou as pernas de baixo das cobertas e gemeu. Sonhava com o dia em que abrisse os olhos, saindo do sono, para descobrir que podia movimentar o braço sem essa dor interminável.

FOGO E ARCHER jantaram com Roen numa pequena mesa em sua sala de visitas. A fortaleza da rainha fora seu lar havia anos, antes que ela se casasse com o imperador do reino, e era seu lar novamente agora que Nax estava morto. Era um castelo modesto com altos muros cercando-o, estábulos enormes, torres de vigia e pátios ligando os alojamentos de serviço com os aposentos de visita e dormitórios. O castelo era grande o suficiente para que, em caso de um cerco, as pessoas das cidadezinhas das cercanias a certa distância pudessem caber em seus domínios. Roen governava o lugar com mão firme e dali prestava assistência aos senhores e senhoras feudais do extremo norte que haviam demonstrado desejo de paz. Guardas, comida, armas, espiões; tudo o que fosse preciso, Roen fornecia.

– Enquanto você estava descansando, eu escalei o muro externo – disse Archer a Fogo – e esperei que os raptores-monstro baixassem o suficiente para alvejá-los. Matei apenas dois. Você os sente? Eu consigo sentir a avidez de cada um deles por nós até daqui desta sala.

– Animais malignos – disse Roen. – Eles ficarão lá no alto até que os exércitos partam. Depois, descerão novamente e esperarão as pessoas saírem do portão. Eles são mais espertos em enxames, os raptores, e mais belos, claro, e seu poder mental é mais forte. Não estão tendo um efeito benéfico sobre o ânimo de meu povo, posso lhes garantir. Tenho dois ou três serviçais que precisam ser vigiados, ou irão diretamente para fora e se oferecerão para ser comidos. Faz dois dias agora. Eu fiquei tão aliviada quando a Quarta Divisão apareceu hoje! É a primeira vez em dois dias que posso mandar alguém para fora dos muros. Não devemos deixar esses seres bestiais avistá-la, minha querida. Tome um pouco de sopa.

Fogo ficou grata pela sopa que a garota serviçal pôs em sua tigela, porque era comida que ela não tinha que cortar. Pousou a mão esquerda no colo e calculou em sua mente. Um enxame de raptores-monstro era impaciente. Ficaria pairando ao redor por uma semana no máximo e depois iria embora, mas, enquanto permanecessem, ela e Archer ficariam imobilizados. A menos que partissem dentro de um ou dois dias, quando a próxima onda de soldados chegasse para apanhar seu comandante e seu rei.

Ela perdeu momentaneamente o apetite.

— Para piorar o problema de ficarmos presos aqui dentro — disse Roen —, eu odeio fechar os telhados. Nossos céus já são suficientemente escuros sem eles. Com eles, ficam totalmente deprimentes.

Na maior parte do ano, os pátios de Roen e sua passagem para os estábulos eram a céu aberto, mas chuvas torrenciais caíam na maioria dos outonos, e os enxames de raptores chegavam de modo imprevisível. E assim a fortaleza tinha telhados de lona retráteis sobre encaixes de madeira que giravam sobre gonzos, dobravam-se através dos espaços abertos e se fechavam com estalos, um de cada vez, em seus lugares, fornecendo proteção, mas vedando toda a luz que vinha de fora, à exceção da que penetrava pelas janelas.

— Meu pai sempre fala dos telhados de vidro do palácio do rei como uma extravagância — disse Archer —, mas eu já passei tempo suficiente sob telhados como os seus para apreciá-los.

Roen sorriu enquanto tomava a sopa.

— Uma vez a cada três anos, Nax tinha realmente uma boa ideia. — Ela mudou de assunto abruptamente: — Essa visita servirá para fazer um balanço das coisas. Talvez amanhã possamos nos reunir com meu povo para discutir os acontecimentos em nossa terra. Depois que a Terceira Divisão chegar e for embora, nós teremos mais tempo.

Ela estava evitando uma menção específica àquilo que estava na mente dos três. Archer falou diretamente:

– Será que o rei ou o príncipe serão uma ameaça para Fogo?

Roen não fingiu que não havia entendido.

– Eu vou conversar com Nash e Brigan, e eu mesma a apresentarei a eles.

Archer não se tranquilizou.

– Eles serão uma ameaça para ela?

Roen olhou-o por um momento em silêncio, depois voltou os olhos para Fogo. Fogo viu simpatia ali, possivelmente até um pedido de desculpa.

– Eu conheço meus filhos – disse ela –, e eu conheço Fogo. Brigan não vai gostar dela e Nash vai gostar totalmente. Mas nenhum deles vai facilitar muito as coisas para ela.

Archer prendeu o fôlego e bateu seu garfo com força sobre a mesa. Ele se recostou na cadeira, com a boca cerrada. Fogo sabia que a presença de uma senhora rainha era o único motivo pelo qual ele não estava dizendo o que ela podia ler em seus olhos: ela não devia ter vindo.

Uma pequena chama de determinação acendeu em seu peito. Ela decidiu adotar a atitude de Roen.

Nem o rei nem o comandante seriam de muita importância para ela.

Naturalmente, as circunstâncias nem sempre se aliam às intenções humanas, e Roen não podia estar em todas as partes ao mesmo tempo. Fogo estava cruzando o pátio principal com Archer depois do jantar, a caminho dos dormitórios, quando algo aconteceu. No mesmo instante em que ela sentiu mentes se aproximando, os portões se escancararam. Dois homens a cavalo entraram estrepitosamente, dominando o espaço com seu ruído e sua presença, iluminados ao fundo por uma fogueira que ardia do lado de fora dos portões. Archer e todos os outros no pátio ficaram num joelho só, exceto Fogo, que ficou paralisada, chocada. O homem no primeiro cavalo parecia com todas as pinturas que ela conhecia do rei Nax, e o homem no segundo era seu pai.

Sua mente pegou fogo. Cansrel. À luz das chamas, seu cabelo emitia clarões de prata e azul, seus olhos azuis e belos. Ela olhou fixamente para Cansrel e percebeu o ódio e a raiva em seu olhar porque ele estava voltando da morte. E não havia meio de ela se esconder dele.

— Ajoelhe-se – disse Archer ao lado dela, mas foi desnecessário, pois ela se dobrou nos dois joelhos.

E então os portões se fecharam. A chama branca da fogueira recuou, e tudo ficou amarelo à luz dos archotes no pátio. O homem sobre o cavalo ainda continuava a olhá-la com ódio, mas, quando as sombras se assentaram, não era mais o ódio de Cansrel. Seu cabelo era escuro, seus olhos eram pálidos, e ela viu que ele não era nada senão um homem comum.

Ela estava tremendo, fria sobre o chão. E agora, naturalmente, reconhecera a égua negra, o belo irmão e o ruão dele. Não eram Nax e Cansrel, mas Nash e Brigan. Eles desceram de suas selas e ficaram discutindo por trás dos cavalos. Trêmula como ela estava, as palavras deles chegaram aos seus ouvidos lentamente. Brigan disse alguma coisa sobre jogar alguém aos raptores. Nash disse que ele era o rei, que a decisão era sua e que não jogaria uma mulher com aquela aparência para nenhum raptor.

Archer estava curvado à frente de Fogo, repetindo seu nome, a mão segurando o rosto dela. O arqueiro disse alguma coisa firmemente aos irmãos que discutiam. Ergueu Fogo, colocando-a entre seus braços, e carregou-a para fora do pátio.

Isso era algo que Fogo sabia a seu próprio respeito: sua mente cometia enganos às vezes, mas o verdadeiro traidor era seu corpo.

Archer baixou-a sobre sua cama e sentou-se ao seu lado. Tomou suas mãos frias e esfregou-as. Lentamente, seu tremor se dissipou.

Ela ouviu o eco da voz dele em sua mente. Gradualmente ela associou o que Archer dissera ao rei e ao príncipe antes de levantá-la e carregá-la para longe: "Se vocês vão jogá-la aos raptores, terão que me jogar também."

Ela pegou as mãos de Archer, segurando-as.

– O que aconteceu com você lá fora? – perguntou ele baixinho.

O que havia acontecido com ela?

Fogo olhou dentro de seus olhos, que estavam retesados de preocupação.

Ela explicaria tudo a ele depois. No momento, estava presa a uma coisa que queria expressar para Archer, uma coisa que ela queria urgentemente de seu amigo vivo. Então puxou suas mãos.

Archer sempre entendia rápido. Ele curvou o rosto sobre o dela e beijou-a. Quando Fogo estendeu as mãos para sua camisa, ele deteve seus dedos. Disse a ela para pousar seu braço e deixá-lo fazer o trabalho.

Ela se rendeu à sua generosidade.

Em seguida, eles tiveram uma conversa entre sussurros:

– Quando ele entrou no pátio – disse Fogo a ele, estendendo-se ao seu lado, encarando-o –, pensei que fosse meu pai ressuscitado.

Um choque pairou sobre seu rosto, depois ele entendeu. Ele roçou o cabelo de Fogo com os dedos.

– Oh, Fogo. Não se admire. Mas Nash não se parece em nada com Cansrel.

– Nash não. Brigan.

– Brigan menos ainda.

– Foi a luz – afirmou ela. – E o ódio em seus olhos.

Ele tocou seu rosto e seu ombro delicadamente, sempre cauteloso com seu braço envolto em bandagem. Beijou-a.

– Cansrel está morto. Ele não pode feri-la.

Ela engasgou com as palavras; não conseguiu articulá-las. Então disse mentalmente para Archer: *Ele era meu pai.*

O braço dele envolveu-a e apertou-a. Ela fechou os olhos e enterrou seus pensamentos de tal modo que restaram apenas o cheiro e o toque de Archer contra seu rosto e seus seios, seu estômago, seu corpo. Ele expulsou as lembranças dela.

– Fique aqui comigo – disse ele um pouco depois, ainda apertando-a, sonolento. – Você não está segura sozinha.

Como era estranho que o corpo dele pudesse entendê-la tão bem! Que seu coração pudesse entendê-la tão bem quando disse a verdade sobre Cansrel, mas ainda assim as ideias mais simples nunca o penetravam. Não havia nada que ele pudesse ter dito que fosse mais capaz de fazê-la partir.

Para ser justa, ela provavelmente teria partido de qualquer modo.

Cheia de amor por seu amigo, ela esperou até que ele adormecesse.

Fogo não queria problemas, queria apenas as estrelas, para fatigá-la de tal modo que mais tarde ela pudesse dormir sem sonhos. Ela sabia que teria que descobrir um caminho para uma janela exterior para vê-las. Decidiu tentar os estábulos, porque era improvável que se deparasse com quaisquer reis ou príncipes lá a essa hora da noite. E, se não encontrasse lá janelas que dessem para o céu, ao menos estaria com Pequeno.

Cobriu o cabelo antes de sair e vestiu roupas escuras. Passou por guardas e serviçais, e naturalmente alguns deles olharam-na fixamente, mas, como sempre nessa propriedade, ninguém a importunou. Roen cuidara para que as pessoas sob seu teto aprendessem a resguardar suas mentes o melhor possível. Ela sabia o valor que isso tinha.

A passagem coberta para os estábulos estava vazia e cheirava confortavelmente a feno limpo e cavalos. Os estábulos estavam escuros, iluminados por uma única lanterna em cada extremo. Eles estavam adormecidos, os cavalos, a maioria deles, incluindo seu Pequeno. Ele tirava uma soneca, direto e silencioso, inclinando-se de lado, como um edifício prestes a cair. Poderia tê-la deixado preocupada, mas sempre dormia desse modo, inclinando-se para um lado ou outro.

Havia uma janela para o céu no fim da construção, mas, quando ela foi até lá, não viu nenhuma estrela. Uma noite nublada. Ela voltou, descendo pela longa fileira de cavalos, e parou novamente em frente a Pequeno, sorrindo diante de sua postura ao dormir.

Abriu a porta devagar e entrou furtivamente na cocheira dele. Ficaria ao lado dele por um momento enquanto ele dormia e cantarolaria para si mesma até cansar-se. Nem Archer poderia se opor a isso. Ninguém a encontraria; enroscada como estava contra a porta de Pequeno, ninguém que entrasse nos estábulos sequer a veria. E, se Pequeno despertasse, não o deixaria surpreso encontrar sua senhora cantarolando baixinho aos seus pés. Pequeno estava acostumado ao seu comportamento noturno.

Ela se acomodou logo abaixo e sussurrou uma canção sobre um cavalo inclinado.

PEQUENO CUTUCOU-A PARA despertar, e ela notou imediatamente que não estava sozinha. Ouviu uma voz masculina, de barítono, muito baixa, muito próxima.

– Luto contra esses saqueadores e contrabandistas porque eles se opõem ao governo do rei. Mas que direito a governar nós temos realmente?

– Você me assusta quando fala assim – disse Roen. Fogo recuou contra a porta de Pequeno.

– O que o rei fez em trinta anos para merecer apoio?

– Brigan...

– Eu entendo as motivações de alguns dos meus inimigos melhor do que as minhas.

– Brigan, é seu cansaço falando por você. Seu irmão tem uma mente justa, você sabe disso, e sob sua influência ele age corretamente.

— Ele tem algumas das tendências de papai.

— Bem, o que você vai fazer? Deixar os invasores e os contrabandistas fazerem o que querem? Deixar o reino para lorde Mydogg e sua irmã bandida? Ou para lorde Gentian? Preservar o trono é a melhor opção para os Dells. E, se você romper com ele, provocará uma guerra civil de quatro facções. A sua, a de Nash, a de Mydogg e a de Gentian. Temo pensar quem ficará na frente. Não você, com a aliança do Exército do Rei rachada entre você e seu irmão.

Essa era uma conversa que Fogo não devia estar ouvindo, sob quaisquer circunstâncias, em lugar algum. Ela entendia isso agora; mas não havia meio de evitar, pois revelar sua presença seria desastroso. Ela não se mexia e mal respirava. Mas, ainda assim, ouvia com atenção porque a dúvida no coração do comandante do rei era uma coisa espantosa.

Ele se fizera dócil agora, com um tom de concessão:

— Mamãe, você vai longe demais. Eu nunca poderia romper com meu irmão, sabe disso. E você sabe que eu não quero o trono.

— Outra vez com isso, e não me reconforta. Se Nash for morto, você terá que ser o rei.

— Os gêmeos são mais velhos que eu.

— Você está sendo propositadamente obtuso esta noite. Garan está doente, Clara é mulher, e ambos são ilegítimos. Os Dells não vão atravessar este período sem um rei que seja capaz de chegar ao trono.

— Eu não sou elegível.

— Vinte e dois anos, comandando o Exército do Rei como Brocker fez? Seus soldados se matariam por você. Você é elegível, sim.

— Tudo bem. Mas que droga, mamãe, eu espero nunca ser chamado de rei.

— Você uma vez teve esperança de nunca ser um soldado.

— Não me faça lembrar. — A voz dele estava cansada. — Minha vida é uma desculpa pela vida de meu pai.

Um longo silêncio se fez. Fogo permanecia sem fôlego. Uma vida que era uma desculpa pela vida de seu pai era uma ideia que ela podia entender, além das palavras e do pensamento. E entendeu-a do mesmo modo como entendia a música.

Pequeno se agitou e esticou a cabeça para fora da cocheira para examinar os visitantes de vozes baixas.

— Diga-me apenas que cumprirá seu dever, Brigandell — disse Roen, usando deliberadamente o nome real de Brigan.

Houve uma mudança na voz dele. Estava rindo baixinho.

— Eu me tornei um guerreiro tão impressionante que você acha que eu vagueio pelas montanhas enfiando espadas nas pessoas porque gosto.

— Quando fala assim, não pode me culpar por ficar preocupada.

— Eu cumprirei meu dever, mamãe, como faço todos os dias.

— Você e Nash transformarão os Dells em algo digno de ser defendido. Vocês restabelecerão a ordem e a justiça que Nax e Cansrel destruíram com sua negligência.

De repente, e sem humor na voz, ele disse:

— Eu não gosto deste monstro.

A voz de Roen abrandou:

— Nashdell não é Naxdell, e Fogo não é pai dele.

— Não, é pior; ela é mulher. Ela é uma coisa a que eu não acho que Nash seja capaz de resistir.

A rainha disse firmemente:

— Brigan. Fogo não tem interesse por Nash. Ela não seduz os homens e os aprisiona.

— Espero que você esteja certa, mamãe, porque não me importo com que alta consideração a senhora a tenha. Se ela for como Cansrel, vou quebrar seu pescoço.

Fogo se encolheu ainda mais num canto. Ela estava acostumada ao ódio, mas ainda assim ele era uma coisa que a deixava sempre fria e cansada. Ela ficou cansada ao pensar nas defesas que teria que construir contra esse homem.

E então, acima dela, algo incongruente aconteceu. Brigan estendeu a mão para o focinho de Pequeno.

— Pobre sujeito! — disse ele, afagando o nariz do cavalo. — Nós despertamos você. Volte a dormir.

— É o cavalo dela — falou Roen. — O cavalo do monstro que você ameaçou.

— Ah, bem. Você é uma beleza — disse Brigan a Pequeno, com a voz animada. — E sua dona não é culpa sua.

Pequeno aninhou-se na mão de seu novo amigo. E, quando Roen e Brigan se afastaram, Fogo estava apertando sua saia com as duas mãos, engolindo uma afeição enfurecida que ela não conseguia controlar.

Se ele decidisse feri-la, ao menos ela podia confiar que ele não feriria seu cavalo.

Capítulo 6

Essa longa noite não havia terminado, pois aparentemente ninguém na família real dormira. Fogo havia acabado de cruzar o pátio novamente e deslizado para dentro dos corredores dos dormitórios quando se deparou com o rei vagando, belo e feroz, à luz dos archotes. Seus olhos ficaram vidrados quando ele a viu. Ela achou que seu hálito cheirava a vinho. Quando ele se aproximou dela de repente, espremendo-a contra a parede, e tentou beijá-la, não teve mais nenhuma dúvida.

Ele a tinha surpreendido, mas o vinho que prejudicava seu raciocínio tornou fácil o trabalho de Fogo. *Você não quer me beijar.*

Nash parou de tentar beijá-la, mas continuou a pressionar-se contra ela, apalpando seus seios e suas costas. Machucando seu braço.

— Estou apaixonado por você — disse ele, lançando um ar azedo sobre seu rosto. — Quero me casar com você.

Você não quer se casar comigo. Você nem mesmo quer me tocar. Você quer me soltar.

Nash se distanciou de Fogo e ela se afastou, engolindo ar fresco, alisando suas roupas. Virou-se para empreender sua fuga.

Depois, virou-se novamente para ele e fez algo que nunca fizera. *Peça-me desculpas*, pensou ela com força para ele. *Eu já estou farta disso. Peça desculpas.*

Imediatamente, o rei ajoelhou aos seus pés, elegante, cavalheirescamente, os olhos negros transbordando de arrependimento.

— Perdoe-me, lady, por meu insulto à sua pessoa. Vá para a sua cama com segurança.

Ela se afastou depressa, antes que alguém visse o espetáculo absurdo do rei ajoelhado diante dela. Estava envergonhada de si mesma. E novamente ansiosa pelo estado dos Dells, agora que havia tomado conhecimento do rei.

Fogo estava quase chegando ao seu quarto quando Brigan surgiu dentre as sombras, deixando-a perplexa.

Nem precisou entrar em contato com a mente dele para saber que estava fechada ao seu controle, uma fortaleza murada sem nenhuma brecha. Contra Brigan ela não possuía nada senão sua força menor e palavras.

Ele empurrou-a contra a parede como Nash havia feito. Pegou seus dois pulsos com uma só mão e puxou os braços para cima de sua cabeça com tanta violência que água brotou de seus olhos pela dor do braço ferido. Ele a esmagou com seu corpo para que ela não pudesse se mover. Seu rosto era uma máscara feroz de ódio.

— Demonstre o mais ligeiro interesse em tornar-se amiga do rei — disse ele — e eu a matarei.

Sua exibição superior de força era humilhante, e ele a estava ferindo mais do que poderia saber. Ela não tinha fôlego para falar. *Como você é parecido com seu irmão!*, pensou ela ardentemente junto ao seu rosto. *Apenas é menos romântico.*

O aperto dele em torno dos pulsos de Fogo se intensificou.

– Comedora de monstros mentirosa!

Ela ofegou.

Você é um tanto decepcionante, não é? As pessoas falam de você como se fosse alguma coisa especial, mas não há nada de especial num homem que ataca uma mulher indefesa e a insulta. É apenas ordinário.

Ele arreganhou os dentes.

– Devo acreditar que você é indefesa?

Eu sou contra você.

– Mas não contra o reino.

Eu não me ergo em oposição a este reino. Ao menos – acrescentou ela – *não mais que você, Brigandell.*

Ele pareceu ter sido esbofeteado por ela. A ferocidade deixou seu rosto e seus olhos ficaram subitamente cansados e confusos. Brigan soltou os pulsos dela e recuou um pouco, o suficiente para que ela pudesse se afastar dele e da parede, virar-se de costas e amparar seu braço esquerdo com a mão direita. Fogo tremia. O ombro de seu vestido estava viscoso; ele fizera sua ferida sangrar. Ele a tinha ferido, e ela estava furiosa, mais do que jamais estivera.

Ela não soube de onde lhe veio o fôlego, mas deixou suas palavras fluírem tal como vieram:

– Vejo que você analisou o exemplo de seu pai antes de decidir que tipo de homem queria ser – silvou ela para ele. –

Os Dells estão em boas mãos, não estão? Você e seu irmão, os dois, podem ser jogados aos raptores.

– Seu pai foi a ruína do meu pai *e dos* Dells – cuspiu ele de volta. – Meu único arrependimento é que ele não tenha morrido por minha espada. Eu o desprezo por ter se matado e me recusado esse prazer. Invejo o monstro que dilacerou a sua garganta.

Ao ouvir isso, ela se virou para encará-lo. Pela primeira vez, ela olhou para ele, realmente olhou para ele. Ele respirava rapidamente, apertando e desapertando os punhos. Seus olhos eram luminosos e de um cinzento muito claro e reluziam com um sentimento que estava além da fúria, algo desesperado. Ele tinha pouco mais que a altura e a constituição médias. Tinha a fina boca da mãe, mas, a não ser por isso e pelos pálidos olhos de cristal, não era bonito. Olhava-a fixamente, tão tenso que parecia prestes a dar um bote, e de repente lhe pareceu jovem, sobrecarregado e muito no limite da exaustão.

– Eu não sabia que você havia sido ferida – acrescentou ele, olhando para o sangue em seu vestido; e confundindo-a, porque realmente parecia lastimar por isso.

Ela não queria suas desculpas. Queria odiá-lo, porque ele era odioso.

– Você é inumano. Não faz nada além de ferir as pessoas – disse ela, porque era a pior coisa que podia imaginar para dizer. – Você é o monstro, não eu.

Ela se virou e deixou-o ali.

FOGO FOI AO QUARTO de Archer primeiro, para limpar o sangue que escorria e enfaixar novamente seu braço. Depois entrou furtivamente em seu próprio quarto, onde Archer ainda dormia. Despiu-se e vestiu a camisa dele, que encontrara estendida no chão. Ele gostaria que ela a tivesse escolhido para usar, e nunca lhe ocorreria que ela queria apenas ocultar seus pulsos, azulados pelas feridas que ele não devia ver. Não tinha energia para as perguntas de Archer nem para sua fúria vingativa.

Fuçou em meio aos pertences dele e encontrou as ervas que evitavam a gravidez. Engoliu-as em seco, enfiou-se ao lado de Archer e caiu num sono sem sonhos.

De manhã, despertar foi como se afogar. Ela ouviu Archer fazendo um grande estardalhaço no quarto. Lutou para chegar à consciência e se pôs em pé e parou de gemer com a velha dor em seu braço e a nova dor em seus pulsos.

– Você é bela de manhã – disse Archer, parando diante dela, beijando seu nariz. – Você está absurdamente linda com a minha camisa.

Poderia ser verdade, mas ela se sentia morta. E alegremente faria a troca: como seria abençoado parecer sentir-se absolutamente linda, e não parecer morta!

Ele estava vestido, faltando-lhe apenas a camisa, e visivelmente a caminho de abrir a porta.

– Por que a pressa?

– Uma fogueira de advertência está acesa – disse ele.

As cidadezinhas nas montanhas acendiam fogueiras de advertência quando estavam sob ataque, para invocar a ajuda de seus vizinhos.

– Em qual cidade?

— Em Porto Cinzento, ao norte. Nash e Brigan partiram imediatamente, mas eles têm certeza de que perderão homens para os raptores-monstro antes de chegarem aos túneis. Eu vou atirar nos animais do muro, junto com qualquer outra pessoa que puder fazê-lo.

Como um mergulho em água fria, ela despertou.

— A Quarta Divisão se foi, então? Quantos soldados Nash e Brigan têm?

— Meus oito soldados, e Roen tem mais quarenta da fortaleza a oferecer.

— Apenas quarenta?!

— Ela mandou uma grande parte de sua guarda embora junto com a Quarta — disse Archer. — Soldados da Terceira devem substituí-los, mas claro que os homens não chegaram aqui ainda.

— Mas cinquenta homens no total para enfrentar duzentos raptores? Eles estão loucos?

— A única outra opção é ignorar o pedido de socorro.

— Você não foi com eles?

— O comandante acredita que meu arco pode causar mais prejuízo daqui da muralha.

O comandante. Ela gelou.

— Ele esteve aqui?

Archer olhou-a de cima a baixo.

— Claro que não. Quando seus homens não puderam me encontrar, Roen veio sozinha.

Não importava, ela já tinha se esquecido disso. Sua mente estava girando diante de outro detalhe — a loucura de cinquenta homens tentando passar por um enxame de duzentos raptores-monstro. Fogo saltou da cama e procurou suas roupas, indo ao banheiro para que Archer não visse seus pulsos quando se trocasse. Quando ela voltou, ele havia saído.

Ela cobriu seu cabelo e prendeu seu protetor de braço. Pegou seu arco e flecha e correu atrás dele.

Nos momentos de desespero, Archer não deixava de fazer ameaças. Nos estábulos, com os homens gritando ao redor e os cavalos inquietos, ele disse a Fogo que a amarraria à cocheira de Pequeno se precisasse, para mantê-la longe do muro.

Era fanfarronice, e ela o ignorou e refletiu sobre o fato, passo a passo. Seu braço estava bom o bastante para disparar, contanto que ela pudesse suportar a dor. No tempo que levaria para os soldados penetrarem correndo nos túneis, ela poderia matar dois, talvez três dos monstros, e seriam dois ou três a menos para dilacerar os homens.

Era necessário apenas um raptor para matar um homem.

Alguns desses cinquenta homens morreriam antes que chegassem a qualquer batalha em Porto Cinzento.

Era onde o pânico se instalava e seu cálculo mental se desintegrava. Fogo desejava que eles não fossem. Desejava que eles não se expusessem ao risco para salvar uma cidadezinha da montanha. Não havia entendido o que as pessoas queriam dizer quando falavam que o príncipe e o rei eram corajosos. Por que eles tinham que ser tão corajosos?

Ela girou ao redor à procura dos irmãos. Nash estava sobre seu cavalo, inflamado, impaciente por partir, deixou de ser o bêbado sem juízo da noite anterior para se transformar numa figura que pelo menos dava a impressão de ser imperial. Brigan estava a pé, movendo-se com os soldados, encorajando-os, trocando uma palavra com sua mãe. Calmo, tranquilizador, até rindo de uma piada de um dos guardas de Archer.

E então, em meio ao mar de armaduras estridentes e couro de selas, ele a viu, e a alegria desapareceu de seu rosto. Seus olhos ficaram frios, sua boca, endurecida, e ele voltou a se comportar do jeito como ela se recordava.

Tê-la visto matou sua alegria.

Bem. Ele não era a única pessoa com o direito de arriscar a vida nem a única corajosa.

Tudo pareceu fazer sentido em sua mente quando ela se virou para Archer, para garantir-lhe que ela não queria disparar contra os raptores dos muros, afinal; e então se afastou em direção à baia de Pequeno para fazer algo que não tinha lógica alguma, exceto a de, talvez, esconder-se muito bem.

ELA SABIA QUE a tarefa toda tomaria apenas alguns minutos. Os raptores iriam mergulhar assim que percebessem seu número superior. O maior perigo era para os homens que estavam à retaguarda da fileira e teriam que diminuir a marcha quando os cavalos penetrassem no gargalo da entrada do túnel mais próximo. Os soldados que conseguissem entrar no túnel estariam a salvo. Os raptores não gostavam da escuridão, dos espaços apertados e não seguiam homens dentro das cavernas.

Fogo entendera, pela conversa que ouvira nos estábulos, que Brigan havia ordenado que o rei ficasse à frente da coluna e os melhores lanceiros e espadachins ficassem atrás, porque no momento de maior crise os raptores ficariam próximos demais para as flechas. O próprio Brigan deveria comandar a retaguarda.

Os cavalos estavam se enfileirando para sair e se juntando próximo aos portões quando ela preparou Pequeno, enganchando seu arco e uma lança ao couro de sua sela. Quando o conduziu pelo pátio, ninguém prestou muita atenção nela, em parte porque ela monitorava as mentes ao seu redor e as punha de lado quando as tocavam. Levou Pequeno o mais longe dos portões que lhe foi possível. Tentou lhe explicar como isso era importante, como ela lamentava e o quanto o amava. Ele babou contra seu pescoço.

Então, Brigan deu a ordem. Os serviçais abriram os portões, puxaram as portas de grade levadiça para cima, e os homens irromperam à luz do dia. Fogo pulou sobre sua sela e esporeou Pequeno para galopar atrás deles. Os portões estavam se fechando novamente quando ela e Pequeno passaram por eles e cavalgaram sozinhos, para longe dos soldados, em direção ao ermo leste rochoso da propriedade de Roen.

O foco dos soldados era em direção ao norte e para o alto; eles não a viram. Alguns dos raptores, sim, e, curiosos, apartaram-se da leva que se abatia sobre os soldados, em número pequeno o bastante para que ela os atingisse de sua sela, apertando seus dentes para resistir à dor. Os arqueiros nos muros com toda certeza tinham-na visto. Ela percebeu isso pelo choque e o pânico que Archer estava emitindo na direção dela. *Será mais provável que eu sobreviva a isso se você permanecer nesse muro e continuar disparando*, falou ela em pensamento para ele com força, esperando que isso fosse o suficiente para impedi-lo de ir na sua perseguição.

E agora ela estava a uma boa distância dos portões e os primeiros soldados haviam chegado ao túnel, e viu que uma luta entre monstros e homens havia começado na retaguarda da fileira. Era a hora. Ela puxou seu cavalo para cima e girou-o. Arrancou o lenço em sua cabeça. Seus cabelos rolaram sobre seus ombros como um rio de chamas.

Por um instante nada aconteceu, e ela começou a entrar em pânico porque não estava funcionando. Abaixou a guarda de sua mente contra seu reconhecimento. Nada, ainda. Ela forçou sua mente para atrair-lhes a atenção.

Então, um raptor lá no alto do céu sentiu-a, e depois a avistou, e gritou com um som horrível, como o de metal guinchando contra metal. Fogo sabia o que aquele som significava, e os outros raptores também. Como uma nuvem de mosquitos, eles se ergueram dos soldados. Dispararam para o céu, girando desesperadamente, farejando presa de monstros e encontrando-a. Os soldados foram esquecidos. Todos os raptores-monstro restantes mergulharam em direção a ela.

Agora Fogo tinha dois trabalhos: voltar com o cavalo para os portões, se pudesse, e impedir os soldados de fazerem algo heroico e tolo quando vissem o que ela havia feito. Esporeou Pequeno para a frente. Penetrou nos pensamentos de Brigan com a maior força que lhe foi possível, não como manipulação, o que ela sabia que seria inútil – apenas para enviar uma mensagem: *Se vocês não continuarem seguindo para Porto Cinzento neste instante, eu terei feito tudo isso por nada.*

Ela viu que ele hesitou. Não conseguia vê-lo nem sentir seus pensamentos, mas conseguia sentir que sua mente ainda estava lá, sobre seu cavalo, sem se mover. Supôs que pudesse manipular o cavalo dele, se quisesse.

Deixe-me fazer isso, pediu a ele. *Minha vida é minha para que eu a arrisque, assim como a sua é sua.*

A consciência dele desapareceu dentro do túnel.

E agora era a velocidade de Fogo e Pequeno contra o enxame que descia sobre ela do norte e de mais longe. Debaixo dela, Pequeno estava desesperado e maravilhoso. Ele nunca havia fugido com tanta velocidade.

Ela se curvou ainda mais baixo na sela. Quando o primeiro raptor abateu sobre seu ombro com suas garras, Fogo lançou seu arco por trás deles. Era inútil agora, com um pedaço de pau obstruindo seu caminho. A aljava em suas costas poderia servir como uma espécie de armadura. Ela pegou sua flecha e a enfiou na aljava, algo a mais para dar trabalho aos pássaros. Apertou a faca em sua mão e estocou para trás toda vez que sentia uma garra ou um bico espetando seu ombro ou seu couro cabeludo. Não sentia mais dor. Apenas o ruído, que poderia ser de sua própria cabeça gritando; a claridade, que era seu cabelo e seu sangue; e o vento, que era a velocidade impetuosa de Pequeno. E de repente sentiu as flechas, passando rapidamente muito rente à sua cabeça.

Uma garra agarrou seu pescoço e puxou, ergueu-a em seu assento e finalmente lhe ocorreu que estava prestes a morrer. Mas então uma flecha atingiu o raptor que a puxava, e mais flechas se seguiram à primeira. Fogo olhou para a frente e viu os portões muito próximos, se abrindo com um estalo, e Archer na abertura, disparando mais rápido do que ela sabia que ele poderia disparar.

Logo ele se pôs de lado e Pequeno passou com força pela abertura, e atrás dela corpos de monstros bateram com violência contra as portas que se fechavam. Eles gritavam, arranhavam. E ela deixou por conta de Pequeno adivinhar para onde ir e quando parar. As pessoas se juntaram ao seu redor, Roen estava estendendo as mãos para pegar suas rédeas, e Pequeno mancava, pelo que ela pôde notar. Ela olhou para suas costas, seu traseiro e suas pernas, e viu-os dilacerados, viscosos de sangue. Soltou um grito de aflição ao observar-se. E vomitou.

Alguém a agarrou por sob os braços e puxou-a de sua sela. Archer, rígido e trêmulo, parecendo estar com vontade de matá-la. Em seguida, ele ficou brilhante e por fim tornou-se escuro.

Capítulo 7

Ela acordou com uma dor lancinante e com a sensação de uma mente hostil se movendo no corredor do lado de fora de sua porta. A mente de um desconhecido. Tentou se erguer, e soltou um gemido.

— Você precisa descansar – disse uma mulher que estava sentada numa cadeira encostada à parede. A curandeira de Roen.

Fogo ignorou a advertência e ergueu-se cautelosamente.

— Meu cavalo?

— Seu cavalo está mais ou menos nas mesmas condições que você – informou a curandeira. – Ele sobreviverá.

— Os soldados? Algum deles morreu?

— Todos os homens que passaram pelo túnel estão vivos – respondeu a mulher. – Uma boa quantidade de monstros morreu.

Fogo ficou imóvel, esperando pelo latejar de sua cabeça diminuir para que ela pudesse se levantar e investigar a mente suspeita no corredor.

— Quão gravemente estou ferida?

— Você ficará com cicatrizes nas costas, em seus ombros e sob seu cabelo pelo resto de sua vida. Mas temos aqui todos os remédios que eles têm na Cidade do Rei. Você será curada com toda a higiene, sem nenhuma infecção.

— Posso andar?

— Eu não recomendo isso; mas, se você precisar, poderá.

— Eu só preciso verificar uma coisa — disse ela, sem fôlego devido ao esforço de sentar-se. — Você me ajudará a pôr meu roupão? — E depois, notando a manga reduzida que vestia: — Lorde Archer viu meus pulsos?

A mulher se aproximou de Fogo com um roupão liso e branco e ajudou-a a enfiá-lo pelos ombros que ardiam.

— Lorde Archer não veio aqui.

Fogo decidiu se fixar na agonia de enfiar seus braços nas mangas, em vez de tentar calcular quão furioso Archer devia estar, se ele não fora vê-la.

A MENTE QUE ela sentira estava próxima, sem oferecer resistência e consumida por algum propósito secreto. Tudo constituía bom motivo para atrair a atenção de Fogo, embora ela não estivesse certa do que esperava obter mancando pelo corredor abaixo à procura da tal mente, desejando absorver quaisquer que fossem as emoções que ela deixara vazar acidentalmente, mas sem vontade de se apoderar dela e sondá-la a fim de saber suas intenções verdadeiras.

Era uma mente culpada, furtiva.

Fogo não podia ignorá-la. *Eu vou apenas segui-la*, pensou para si mesma. *Verei para onde ela vai.*

Fogo ficou atônita, um momento depois, quando uma garota serviçal que observava sua marcha parou e ofereceu-lhe o braço.

— Meu marido estava na retaguarda daquele ataque, lady Fogo — disse a garota. — A senhora salvou a vida dele.

Fogo continuou mancando pelo corredor abaixo apoiada no braço da garota, feliz por ter salvado a vida de alguém, se isso significava que agora ela possuía alguém para impedi-la de despencar no chão. Cada um dos passos aproximou-a ainda mais de sua estranha caça.

— Espere — sussurrou ela finalmente, encostando-se à parede. — De quem são os aposentos por trás desta parede?

— Do rei, lady Fogo.

Fogo então sentiu com certeza absoluta que um homem furtivo, que não devia estar naquele quarto, estava nos compartimentos do rei. Precipitação, medo da descoberta, pânico: tudo a dominou.

Um confronto estava além de suas forças atuais para sequer ser levado em consideração; e então, descendo pelo corredor, em seu próprio quarto, ela pressentiu Archer. Agarrou o braço da garota serviçal.

— Corra até a rainha Roen e diga-lhe que há um homem no quarto do rei que não devia estar lá — disse Fogo.

— Sim, lady. Obrigada, lady — disse a garota, e saiu em disparada. Fogo continuou a descer sozinha pelo corredor.

Quando chegou ao quarto de Archer, encostou-se à porta. Ele estava junto à janela e olhava fixamente para o pátio coberto, com as costas viradas para ela. Ela deu uma batidinha na mente dele.

Os ombros de Archer se enrijeceram. Ele girou e saiu para procurá-la, sem olhar para ela nem uma vez sequer. Passou roçando por Fogo e correu pelo corredor abaixo. A surpresa que isso lhe causou deixou-a zonza.

Foi melhor assim. Ela não estava em condições de fitá-lo, se ele estava furioso daquele jeito.

Ela entrou em seu quarto e sentou-se numa cadeira, só por um momento, para acalmar sua cabeça latejante.

Levou-lhe uma eternidade para chegar aos estábulos, a despeito de um bom número de mãos ajudantes; e, quando ela viu Pequeno, não conseguiu se controlar. Começou a chorar.

– Vamos, não chore, lady Fogo – disse o curandeiro dos animais de Roen. – Todas são feridas superficiais. Ele ficará tão bem quanto um arco-íris dentro de uma semana.

Tão bem quanto um arco-íris, com suas costas todas meio costuradas e enfaixadas e sua cabeça pendendo para baixo. O animal ficou feliz por vê-la, mesmo que aquilo fosse obra dela. Encostou-se à porta da baia e, quando ela entrou, apoiou-se contra ela.

– Acho que ele andou preocupado com a senhora – disse o curandeiro. – Está animado, agora que a senhora está aqui.

Sinto muito, disse Fogo em pensamento para ele, seus braços envolvendo o pescoço do animal o mais que podia. *Sinto muito. Sinto muito.*

Ela supôs que os cinquenta homens fossem ficar nas Pequenas Cinzentas até que a Terceira Divisão chegasse e conduzisse os raptores-monstro para o alto novamente. Os estábulos ficariam sossegados até então.

E assim Fogo ficou com Pequeno, encostando-se nele, recolhendo a saliva depositada nos cabelos da dona e usando sua mente para acalmar sua própria sensação de dor lancinante.

Ela estava enroscada numa fresca cama de feno no canto da cocheira de Pequeno quando Roen chegou.

— Lady — disse Roen, erguendo-se do lado de fora da porta da cocheira, com os olhos ternos. — Não se mexa — disse ela, quando Fogo tentou se erguer. — O curandeiro me disse que você deve descansar, e eu suponho que descansar aqui é o melhor que podemos esperar. Posso lhe trazer alguma coisa?

— Comida?

Roen fez que sim.

— Algo mais?

— Archer?

Roen deu uma tossida.

— Eu lhe mandarei Archer assim que tiver certeza de que ele não vai dizer nenhuma coisa intolerável.

Fogo engoliu em seco.

— Ele nunca ficou tão furioso comigo.

Roen baixou o rosto e examinou suas mãos à porta da cocheira. Depois, entrou e se curvou diante de Fogo. Estendeu a mão apenas uma vez e alisou o cabelo da menina. Ela segurou algumas mechas em suas mãos, contemplando-o cuidadosamente, muito imóvel com seus joelhos sobre o feno, como se estivesse tentando desvendar o significado de alguma coisa.

— Bela garota — disse ela. — Você fez uma boa coisa hoje, não importa o que Archer esteja pensando. Da próxima vez, revele a alguém de antemão para que fiquemos mais preparados.

— Archer nunca me deixaria fazer aquilo.

— Não. Mas eu teria deixado.

Por um momento, seus olhos se encontraram. Fogo entendeu que Roen falava sério. A jovem engoliu em seco.

— Alguma notícia de Porto Cinzento?

— Não, mas a Terceira foi avistada da vigia, de modo que poderemos ter nossos cinquenta homens de volta já nesta noite. — Roen limpou o colo e ficou em pé, toda atarefada novamente. — A propósito, não encontramos ninguém nos aposentos do rei. E, se você insistir em ficar grudada no seu cavalo desse jeito, suponho que o mínimo que podemos fazer é trazer-lhes travesseiros e cobertores. Durmam um pouco aqui, sim? Vocês dois, garota e cavalo. E eu espero que você vá me revelar algum dia, Fogo, por que tomou aquela atitude.

Com um rodar de saias e um estalo do trinco, Roen se foi. Fogo fechou os olhos e refletiu sobre a questão.

Ela fizera porque tivera que fazer. Um pedido de desculpa pela vida de seu pai, que criara um mundo sem leis onde cidadezinhas como Porto Cinzento caíam sob o ataque de saqueadores. E fizera para mostrar ao filho de Roen que ela estava ao seu lado. E também para mantê-lo vivo.

FOGO ESTAVA DORMINDO em seu quarto naquela noite quando todos os cinquenta homens chegaram ruidosamente de volta de Porto Cinzento. O príncipe e o rei não perderam tempo, partindo para o sul imediatamente com a Terceira Divisão. Quando Fogo acordou, na manhã seguinte, eles já haviam ido embora.

Capítulo 8

Cansrel sempre deixara Fogo penetrar em sua mente para que ela pudesse praticar, mudando os pensamentos dele. Ele estimulava isso, como parte de seu treinamento. Ela penetrava, mas todas as vezes era como penetrar num pesadelo acordado.

Fogo ouvira histórias de pescadores que lutavam corpo a corpo por suas vidas com os monstros aquáticos no Mar de Inverno. A mente de Cansrel era como uma enguia monstruosa, fria, escorregadia e voraz. Toda vez que penetrava nela, sentia espirais viscosas envolvendo-a e puxando-a para baixo. Ela lutava loucamente, primeiro para simplesmente se apoderar dela; depois, para transformá-la em algo suave e aquecido. Um gatinho. Um bebê.

O aquecimento da mente de Cansrel demandava um enorme gasto de energia. Depois exigia calma, para apaziguar o apetite ilimitado, e então ela começaria a lidar com a natureza daquela mente com toda a sua força, para dar forma a pensamentos que Cansrel, por si só, jamais teria. Compaixão por um animal preso. Respeito por uma mulher. Contentamento. Isso exigia toda a sua força. Uma mente lasciva e cruel resiste a mudanças.

Cansrel nunca disse, mas Fogo acreditava que a droga favorita dele era tê-la no interior de sua mente, manipulando-o para conduzi-lo ao contentamento. Ele estava acostumado a ter emoções, mas o contentamento era uma novidade, um estado que Cansrel nunca parecera capaz de conquistar senão com a ajuda da filha. Calor e delicadeza eram duas coisas que raramente o tocavam. Ele nunca recusava Fogo quando ela pedia permissão para entrar. Confiava nela, pois sabia que ela usava seu poder para o bem, e nunca para fazer mal a alguém.

Ele apenas se esquecia de levar em consideração a linha entrecortada que separava o bem do mal.

Hoje não havia meio de penetrar na mente de Archer. Ele estava trancado para Fogo. Não que isso importasse em particular, pois ela nunca penetrara em sua mente para alterá-la, apenas para testar suas disposições, e não tinha interesse na natureza das disposições hoje. Não iria pedir desculpas e não cederia à briga que ele estava querendo ter. Não que ela tivesse que procurar muito para encontrar alguma coisa de que acusá-lo. Condescendência. Mandonismo. Obstinação.

Eles se sentaram a uma mesa quadrada com Roen e um número de espiões discutindo sobre o arqueiro invasor que viera atrás de Fogo, os homens que Archer havia abatido e o sujeito que Fogo havia pressentido nos aposentos do rei na noite anterior.

– Há montes de espiões e montes de arqueiros por aí – disse o chefe dos espiões de Roen –, embora poucos tão hábeis quando seu misterioso arqueiro parece ser. Lorde Gentian e lorde Mydogg formaram esquadrões inteiros de arqueiros. E alguns dos melhores do reino estão a serviço de contrabandistas de animais.

Sim. Fogo se lembrava disso. Cutter, o contrabandista, havia se orgulhado de seus arqueiros. Era como ele apreendia a sua mercadoria, utilizando dardos que traziam pontas embebecidas em soníferos.

– Os pikkianos também têm ótimos arqueiros – disse outro dos homens de Roen. – E eu sei que gostamos de achá-los tribais e simplórios, interessados em nada, a não ser construção de barcos, pesca no fundo do mar e saque ocasional de nossas cidades de fronteira, mas eles seguem a nossa política. Eles não são estúpidos, e não estão do lado do rei. São nossos impostos e regulamentações que os têm mantido pobres nestes trinta anos.

– Murgda, irmã de Mydogg, acaba de se casar com um pikkiano – disse Roen –, um explorador naval dos mares orientais. E temos motivo para crer que ultimamente Mydogg tem recrutado pikkianos para seu exército delliano. E tem sido, de certa forma, bem-sucedido nisso.

Fogo estava espantada; isso era novidade, e não do tipo promissora.

– Quanto o exército de Mydogg cresceu?

– Ainda não é tão grande quanto o Exército do Rei – disse Roen firmemente. – Mydogg disse na minha cara que ele tem vinte e cinco mil soldados no lado de baixo, mas nossos espiões na sua propriedade a noroeste estimam a conta em mais ou menos vinte mil. Só Brigan tem vinte mil patrulhando nas quatro divisões, e cinco mil adicionais nas linhas auxiliares.

– E Gentian?

– Não temos certeza. Nosso melhor palpite é mais ou menos dez mil, todos vivendo em cavernas abaixo do rio Alado, perto de sua propriedade.

— Números à parte – disse o chefe dos espiões –, todos têm arqueiros e espiões. Seu arqueiro poderia estar a serviço de qualquer um deles. Se você deixar a flecha e o arco conosco, poderemos eliminar algumas possibilidades ou ao menos determinar de onde seu equipamento provém. Mas serei honesto com você: eu não alimentaria muitas esperanças. Você não nos deu muitos elementos para investigar.

— O homem que foi morto em suas jaulas – disse Roen. — Aquele que você chama de caçador furtivo. Ele não lhe deu nenhuma indicação de seu propósito? Nem a você, Fogo?

— Sua mente estava vazia – explicou Fogo. – Nenhuma má intenção, nenhuma intenção honrada. Ele me dava a sensação de ser um simplório, de estar sendo usado por alguém.

— E o homem no quarto do rei ontem – disse Roen. – Ele lhe deu essa sensação?

— Não. Ele certamente podia estar a serviço de outra pessoa, mas sua mente estava consumida por um propósito e carregada de culpa. Ele pensava por si mesmo.

— Nash disse que seus pertences foram remexidos – falou Roen –, mas que nada foi roubado. Nós pensamos se o homem não estaria procurando por certo número de cartas que eu por acaso carregava pessoalmente na ausência de Nash. E por segurança também. Um espião... Mas de quem? Fogo, você reconheceria o homem se ele cruzasse seu caminho novamente?

— Eu reconheceria. Não creio que ele esteja no castelo agora. Talvez tenha partido sob a cobertura da Terceira Divisão.

— Perdemos um dia – comentou o chefe dos espiões. – Poderíamos ter usado você ontem para encontrá-lo e interrogá-lo.

E então Fogo teve a prova de que, mesmo quando Archer não a olhava no rosto, ele era seu amigo, pois disse prontamente:

— Lady Fogo estava precisando de descanso ontem, e, de qualquer modo, ela não é uma ferramenta para seu uso.

Roen bateu com as unhas sobre a mesa, sem prestar atenção, mas apenas seguindo seus pensamentos.

— Todo homem é um inimigo: Mydogg, Gentian, o mercado negro, Pikkia. Há pessoas deles se infiltrando sorrateiramente, tentando saber os planos de Brigan para as tropas, roubar nossos aliados de nós, descobrir um bom lugar e ocasião para dar um fim em Nash ou Brigan, em um dos gêmeos ou até em mim. — Ela balançou a cabeça. — E, neste ínterim, estamos tentando saber quais são seus números, seus aliados e os números de seus aliados. Seus planos de ataque. Estamos tentando roubar seus espiões e convertê-los para o nosso lado. Não há dúvida de que eles estão fazendo o mesmo com nossos espiões. Apenas as pedras sabem em quem, dentre nosso próprio povo, devemos confiar. Um desses dias um mensageiro entrará por meus portões para dizer-me que meus filhos estão mortos.

Ela falou sem emoção; não estava tentando obter conforto ou ser contraditório, estava apenas declarando fatos.

— Nós realmente precisamos de você, Fogo — acrescentou a rainha. — E não fique com essa aparência de pânico. Não para mudar os pensamentos das pessoas. Apenas para tirar vantagem da percepção maior das pessoas que você possui.

Não havia dúvida de que Roen falava sério. Mas, com o reino nessa situação instável, a menor expectativa iria crescer e se tornar maior mais cedo do que tarde. A cabeça de Fogo começou a latejar com mais força do que ela achava que pudesse suportar. Deu uma olhada em Archer, que respondeu evitando seus olhos, franzindo o cenho à mesa e mudando de assunto abruptamente:

— Pode me fornecer mais soldados, senhora rainha?

— Suponho que não possa negar a você meus soldados quando, ontem, Fogo salvou suas vidas — disse Roen. — Brigan me ajudou deixando-me dez dúzias de homens da Terceira Divisão. Você pode levar oito dos soldados da minha guarda original que foi a Porto Cinzento.

— Eu preferiria oito das dez dúzias da Terceira — respondeu Archer.

— Todos eles estão no Exército do Rei — falou Roen. — Todos treinados por gente de Brigan, todos igualmente competentes, e os homens que foram a Porto Cinzento já têm uma aliança natural com sua senhora, Archer.

Aliança não era exatamente a palavra adequada. Os soldados que haviam ido a Porto Cinzento pareciam reverenciar Fogo, o que, agora, era algo parecido com veneração; ou seja, certamente a razão pela qual Archer não os queria. Um grupo deles a tinha procurado hoje e se ajoelhado diante dela, beijado sua mão e se comprometido a protegê-la.

— Muito bem — resmungou Archer, e Fogo desconfiou, tentando abrandar a situação, porque Roen havia se referido a ela como sua senhora. Ela acrescentou "imaturidade" às palavras de que poderia acusá-lo na briga que estavam por travar.

— Vamos voltar ao encontro mais uma vez — disse o chefe dos espiões. — Cada um dos encontros, com todos os detalhes. Lady Fogo? Por favor, comece outra vez com a floresta.

ARCHER FALOU COM ela finalmente, depois de uma semana inteira, quando os raptores tinham partido e também haviam cessado as dores que a acometiam, e a partida de ambos era iminente. Eles estavam à mesa na sala de visitas de Roen, esperando que ela viesse reunir-se a eles para o jantar.

– Não posso mais suportar seu silêncio – disse Archer.

Fogo teve que parar de rir da piada. Notou os dois serviçais em pé ao lado da porta, seus rostos cuidadosamente neutros enquanto suas mentes se agitavam nervosamente – provavelmente com uma fofoca para levar de volta à cozinha.

– Archer – disse ela. – É você quem vem fingindo que eu não existo.

Archer deu de ombros. Ele se recostou na cadeira e olhou-a, com um desafio no olhar.

– Posso confiar em você agora? Ou devo ficar sempre preparado para esse tipo de loucura heroica?

Fogo tinha uma resposta para aquilo, mas não podia dizer em voz alta. Inclinou-se para a frente e sustentou os olhos dele. *Não foi a primeira coisa louca que eu já fiz por este reino. Talvez você, que sabe a verdade das coisas, não devesse estar surpreso. Brocker não ficará, quando nós contarmos a ele o que eu fiz aqui.*

Depois de um momento, os olhos dele baixaram diante dos de Fogo. Seus dedos realinharam os garfos sobre a mesa.

– Desejaria que você não fosse tão corajosa.

Ela não tinha resposta para isso. Era precipitada, às vezes, e um pouco louca, mas não era corajosa.

– Você está determinada a deixar-me vivendo neste mundo sem meu coração? – perguntou Archer. – Porque foi quase o que você fez.

Ela ficou olhando seu amigo brincar com a franja da toalha de mesa, seus olhos evitando os dela, sua voz cuidadosamente superficial, tentando parecer que estava falando de alguma coisa menor, como um compromisso que ela esquecera e o tinha aborrecido.

Estendeu o braço até o outro lado da mesa e lhe ofereceu a mão aberta.

– Faça as pazes comigo, Archer.

Nesse momento, Roen entrou apressada e deslizou rumo a uma cadeira entre os dois. Ela se virou para Archer, os olhos apertados e sérios.

– Archer, haverá uma garota serviçal em minha fortaleza que você não tenha levado para a cama? Eu anuncio sua partida e em minutos duas delas estão se pegando, uma agarrando a garganta da outra, e outra está chorando de gritar na copa. Francamente. Ao todo, você só esteve aqui somente nove dias... – Ela deu uma olhada na mão aberta de Fogo. – Eu interrompi alguma coisa.

Archer fitou a mesa por um momento, seus dedos afagando a borda de seu copo, a mente visivelmente em outro lugar. Ele suspirou na direção de seu prato.

– Paz, Archer – disse Fogo novamente.

Os olhos de Archer pousaram sobre o rosto de Fogo.

– Tudo bem – disse ele relutantemente, pegando a mão dela. – Paz, porque a guerra é insuportável.

Roen riu desdenhosamente.

– Vocês dois têm a relação mais estranha dos Dells.

Archer sorriu ligeiramente.

– Fogo não consente em transformá-la num casamento.

– Não sei o que a está impedindo. Suponho que você não pensou em ser menos liberal com seu amor?

– Você se casaria comigo, Fogo, se eu não dormisse em outra cama além da sua?

Ele sabia a resposta para isso, mas não custava lembrá-lo.

– Não, e eu acharia minha cama muito apertada.

Archer riu e beijou sua mão, depois a soltou cerimoniosamente; e Fogo pegou sua faca e garfo, sorrindo. Balançando a cabeça com incredulidade, Roen se virou de lado para pegar um bilhete de um serviçal que se aproximara.

– Ah – disse ela, lendo o bilhete e franzindo o cenho. – É bom que vocês estejam partindo. Lorde Mydogg e lady Murgda estão a caminho.

– A caminho? – perguntou Fogo. – Você quer dizer que estão vindo para cá?

– Só para fazer uma visita.

– Uma visita! Certamente vocês não se visitam?

– Oh, é tudo uma farsa, naturalmente – explicou Roen, sacudindo a mão fatigadamente. – É o modo de eles mostrarem que a família real não os intimida, e o nosso modo de mostrarmos que estamos abertos ao diálogo. Eles virão e eu terei que deixá-los entrar, porque, se os recusasse, isso seria interpretado como um gesto hostil, e eles teriam uma desculpa para voltar com seu exército. Nós nos sentamos uns diante dos outros, tomamos vinho, eles me fazem perguntas intrometidas, que não respondo, sobre Nash e Brigan e os gêmeos reais, contam-me segredos que seus próprios espiões supostamente descobriram sobre Gentian, informações que eu já sei ou que eles fabricaram. Fingem que o inimigo real do rei é Gentian e que Nash deveria aliar-se a Mydogg contra ele. Eu finjo que é uma boa ideia e sugiro que Mydogg ceda seu exército para o uso de Brigan como uma prova de fé. Mydogg recusa; concordamos que chegamos a um impasse; ele e Murgda se põem de partida, enfiando seus narizes em quantos aposentos puderem espiar na saída.

Archer levantou as sobrancelhas, cético.

– Esse tipo de coisa não é um pouco mais arriscada do que sensata? Para todos os envolvidos?

– Eles estão vindo num bom momento. Brigan acabou de me deixar todos os seus soldados. E, quando eles estão aqui, estamos tão pesadamente protegidos o tempo todo que eu não suponho que algum dos lados vá tentar alguma coisa, por medo de que todos nós morramos. Estou tão segura como sempre. Mas – acrescentou ela, olhando os dois seriamente – eu quero que vocês partam amanhã à primeira luz do dia. Não vou querer que vocês os encontrem. Não há motivo para envolver vocês e Brocker nessa bobagem de Mydogg, Archer. E eu não quero que eles vejam Fogo.

O DESEJO QUASE foi realizado. Na verdade, Fogo, Archer e seus guardas já haviam se afastado até certa distância da fortaleza de Roen e estavam prestes a tomar uma trilha diferente quando o grupo do norte se aproximou. Vinte soldados amedrontadores – escolhidos porque tinham aspecto de piratas, com dentes quebrados e cicatrizes? Grandalhões e lívidos, alguns deles. Pikkianos? E um homem e uma mulher de aspecto severo que tinham a aura de um vento de inverno. Com toda certeza eram irmão e irmã, os dois atarracados, de lábios cerrados e com expressões geladas, até que seus olhos esquadrinharam o grupo de Fogo e pousaram, com autêntico e incalculável assombro, somente sobre ela.

Os irmãos se entreolharam. Um entendimento silencioso se passou entre eles.

— Venham — murmurou Archer, fazendo um movimento para seus guardas e Fogo para seguirem em frente. Os grupos passaram ruidosamente um pelo outro sem um cumprimento sequer.

Estranhamente desconcertada, Fogo tocou a crina de Pequeno, afagando seu pelo duro. O lorde e a lady haviam sido apenas nomes anteriormente, um ponto no mapa delliano e uma certa quantidade desconhecida de soldados. Agora eles eram reais, sólidos e frios.

Ela não gostou do olhar de relance que eles haviam trocado ao vê-la. Nem apreciou a sensação de seus olhos duros sobre suas costas quando Pequeno a levou embora.

Capítulo 9

Aconteceu outra vez: passados poucos dias depois que Fogo e Archer retornaram para casa, outro homem foi capturado ao invadir a floresta de Archer, um desconhecido. Quando os soldados o levaram para dentro de casa, Fogo sentiu o mesmo nevoeiro mental que percebera no caçador clandestino. E então, antes que ela pudesse sequer começar a pensar *se* e *como* usaria seu poder para arrancar informações dele, uma flecha penetrou pela janela aberta, indo direto para o meio do quarto da guarda de Archer, e atingiu o invasor entre as omoplatas. Archer se jogou sobre Fogo, puxando-a para baixo. O invasor tropeçou e caiu ao lado dela, um fio de sangue no canto da boca. Sua mente vazia se dissolveu em mente nenhuma, e de sua posição esborrachada no chão, os pés dos soldados prendendo o cabelo dela e Archer berrando ordens acima dela, Fogo estendeu o braço para o arqueiro que fizera o disparo.

Ele estava apagado, a uma boa distância, mas ela o avistou. Tentou apontá-lo, mas uma bota pisou no dedo dela e a explosão de dor a distraiu. Quando ela estendeu o braço para ele novamente, ele já se fora.

Ele está fugindo para o oeste para entrar nas florestas de Trilling, pensou ela para Archer, porque não tinha fôlego para falar. *E sua mente é tão vazia quanto a dos outros.*

Seu dedo não estava quebrado, só terrivelmente dolorido quando ela o movimentou. Era o segundo dedo de sua mão esquerda, de modo que ela deixou de lado a harpa e a flauta por um ou dois dias, mas se recusou a poupar-se do violino. Ficara sem o instrumento por tempo longo demais. Simplesmente tentou não pensar na dor, porque toda pontada de dor era acompanhada agora por uma pontada de vergonha. Fogo estava cansada de ser ferida.

Ela sentou-se no quarto de dormir um dia, cantando uma canção animada, para dançar, mas alguma coisa em seu ânimo diminuiu o ritmo, e Fogo descobriu partes tristes na música. Por fim, ela se flagrou mudando para uma canção totalmente diferente, que era manifestamente melancólica, e seu violino bradou seu sentimento.

Fogo parou e baixou o instrumento sobre o colo. Olhou fixamente para ele, depois o enlaçou contra o peito como um bebê, pensando no que haveria de errado com ela.

Tinha na mente a imagem de Cansrel no momento em que havia lhe dado esse violino.

– Disseram-me que ele tem um belo som, querida – dissera o pai, estendendo-o para ela quase displicentemente, como se ele fosse uma bugiganga que não havia lhe custado uma pequena fortuna. Ela o pegara, apreciando a sua beleza, mas sabendo que o valor real do instrumento dependeria de seu tom e sentimento, nenhum dos quais Cansrel poderia avaliar de modo algum. Ela deslizou o arco sobre suas cordas para experimentar. O violino respondeu imediatamente, desejando seu toque, falando com ela numa voz delicada que ela entendeu e reconheceu.

Um novo amigo em sua vida.

Fora incapaz de esconder seu prazer de Cansrel. Sua própria alegria havia se inflado.

– Você é assombrosa, Fogo – afirmara ele. – Você é uma fonte de deslumbramento para mim. Eu nunca fico mais feliz do que quando a faço feliz. Não é estranho? – dissera, rindo. – Você realmente gosta dele, querida?

Em sua cadeira no quarto, Fogo forçou-se a olhar ao redor para as janelas e as paredes e tomar consciência do presente. A luz estava se apagando. Archer voltaria logo dos campos, onde estava ajudando com a aradura. Ele poderia ter alguma notícia sobre o andamento da busca pelo arqueiro. Ou Brocker poderia ter uma carta de Roen com atualizações sobre Mydogg e Murgda, Gentian, Brigan ou Nash.

Ela pegou seu longo arco e sua aljava e, sacudindo a cabeça para afastar lembranças como se fossem fios de cabelos soltos, saiu da casa à procura de Archer e Brocker.

Não havia notícias. Não havia cartas.

Um mês se passou penosamente para Fogo, com todas as suas dores e embaraços decorrentes. Todos em sua casa, na casa de Archer e na cidade sabiam o que significava toda vez que ela saía para dar uma volta com uma escolta de guardas. Finalmente, outro mês se passou como o primeiro. O verão estava próximo. Os fazendeiros estavam fazendo votos para que as batatas e cenouras tomassem conta da terra pedregosa.

Suas aulas progrediam muito, como sempre.

– Parem, eu imploro – disse ela um dia na floresta de Trilling, interrompendo um clamor de flautas e cornetas de rachar os ouvidos. – Vamos começar novamente pelo topo da página, está bem? E, Trotter – pediu ela ao garoto mais velho –, tente não soprar com tanta força; eu lhe garanto que o ruído de guincho vem de soprar com muita força. Tudo bem? Preparados?

O massacre entusiástico recomeçou. Ela realmente amava as crianças. Eram uma de suas pequenas alegrias, mesmo quando eram cruéis umas com as outras, mesmo quando imaginavam que estavam conseguindo esconder coisas dela, como sua própria preguiça ou, em alguns casos, seu talento. Crianças eram espertas e maleáveis. O tempo e a paciência as tornavam fortes e faziam com que parassem de temê-la e adorá-la demais. E suas frustrações eram familiares para ela, e queridas.

Mas, pensava ela, *no fim do dia eu devo devolvê-las. Elas não são meus filhos – outra pessoa as alimenta e conta histórias para elas. Eu nunca terei filhos. Estou presa nesta cidade onde nada acontece e nada nunca acontecerá. E nunca há nada de novo. Estou tão inquieta que poderia pegar a horrível flauta de Renner e quebrá-la em sua cabeça.*

Ela tocou a própria cabeça, tomou fôlego e se assegurou de que o segundo filho de Trilling não percebesse nada de seu desejo.

Devo recuperar minha estabilidade, pensou. *O que é que eu estou esperando, afinal? Outro assassinato nas florestas? Uma visita de Mydogg e Murgda e seus piratas? Uma emboscada de lobos-monstro?*

Devo parar de desejar que as coisas aconteçam. Porque alguma coisa vai acontecer por fim, e ficarei inclinada a desejar que não houvesse acontecido.

No dia seguinte, ela estava caminhando na trilha que unia sua casa à de Archer, com a aljava nas costas e o arco na mão, quando um dos guardas gritou para ela do terraço dos fundos da casa de Archer:

– Que tal uma dança escocesa, lady Fogo?

Era Krell, o guarda que ela enganara na noite que fora capaz de subir na janela do seu quarto. Um homem que sabia como uma flauta devia ser tocada; e ali estava ele, oferecendo-se para salvá-la de suas inquietações desesperadas.

– Espere só até eu apanhar meu violino.

Uma dança escocesa com Krell era sempre um jogo. Eles se revezavam, inventando uma passagem que era um desafio para o outro captar e harmonizar; sempre se mantendo no ritmo, mas aumentando o tempo gradualmente, para que finalmente toda a concentração e a habilidade dos dois ficassem no mesmo nível. Eles eram dignos de uma plateia, e hoje Brocker e um grupo de guardas saíram do terraço dos fundos para ver a exibição.

Fogo estava na disposição correta para ginásticas técnicas, o que era uma sorte, porque Krell tocava como se estivesse determinado a fazê-la arrebentar uma corda. Seus dedos voavam, seu violino era uma orquestra inteira, e cada nota lindamente extraída atingia uma corda sensível de satisfação dentro dela. Ela ficou pensando no que seria a estranha leveza em seu peito e percebeu que estava rindo.

Tão grande era a sua concentração que lhe levou algum tempo para perceber a estranha expressão no rosto de Brocker enquanto ele escutava, o dedo dando batidinhas no braço de sua cadeira. Seus olhos estavam fixados atrás de Fogo e à sua direita, na direção da porta dos fundos de Archer. Fogo compreendeu que alguém devia estar na entrada de Archer, alguém que Brocker observava com olhos assustados.

    E então tudo aconteceu imediatamente. Fogo reconheceu a mente na entrada; ela girou, com o violino e o arco se separando com um guincho; encarou o príncipe Brigan encostado à moldura da porta.

    Por trás dela, o sopro rápido de Krell parou. Os soldados no terraço tossiram e se viraram, ficando atentos ao reconhecerem seu comandante. Os olhos de Brigan eram inexpressivos. Ele se moveu e ficou ereto, e ela percebeu que ele iria falar.

    Fogo virou-se e desceu correndo os degraus do terraço em direção à trilha.

Assim que ficou fora de vista, Fogo diminuiu sua corrida e parou. Encostou-se a um bloco grande de rocha, seu violino batendo contra a pedra com um grito agudo e dissonante de protesto. O guarda Tovat, aquele dos cabelos alaranjados e a mente determinada, veio correndo atrás dela. Parou ao seu lado.

    – Perdoe-me por minha intrusão, lady – disse ele. – Saiu desarmada. Está se sentindo mal, lady?

    Ela encostou a testa no bloco de rocha, envergonhada porque ele estava certo; além de fugir, ela estava desarmada.

    – Por que ele está aqui? – perguntou ela a Tovat, ainda apertando o violino, o arco e a testa contra o bloco de rocha. – O que ele quer?

    – Eu saí depressa demais para saber – respondeu Tovat. – Devemos voltar? Precisa de uma ajuda, lady? Precisa do curandeiro?

Ela duvidava de que Brigan fosse do tipo dado a fazer visitas, e ele raramente viajava sozinho. Fogo fechou os olhos e estendeu sua mente para além das colinas. Ela não conseguiu sentir o exército, mas descobriu vinte homens, mais ou menos, num agrupamento próximo. Não do lado de fora da porta de Archer, mas da sua própria.

Fogo suspirou sobre a rocha. Ergueu-se, verificou seu lenço de cabeça e enfiou o violino e o arco sob o braço. Virou-se em direção a sua casa.

– Venha, Tovat. Saberemos bem depressa, pois ele veio atrás de mim.

Os soldados do lado de fora da porta não eram como os homens de Roen ou de Archer, que a admiravam e tinham razões para confiar nela. Eram soldados comuns, e, quando ela e Tovat foram avistados por eles, ela sentiu várias das reações habituais. Desejo, assombro, desconfiança. E também imunidade. Esses homens estavam mentalmente imunes, mais do que ela teria esperado de um agrupamento aleatório. Brigan devia tê-los selecionado por sua capacidade de imunização, ou tê-los advertido para se lembrarem de usá-la.

Ela se corrigiu. Não eram todos homens. Três dentre eles tinham cabelos longos amarrados por detrás e os rostos e as impressões de mulheres. Ela aguçou sua mente. Mais cinco deles eram homens cuja apreciação que haviam feito dela carecia de um foco particular. Ela ficou pensando, esperançosamente, se eles poderiam ser homens que não desejavam mulheres.

Parou diante deles. Todos a olharam fixamente.

— Prazer em vê-los, soldados – disse ela. – Querem entrar e sentar-se?

Uma das mulheres, alta, com olhos cor de avelã e uma voz poderosa, falou:

— Nossas ordens são esperar até que nosso comandante retorne da casa de lorde Archer, lady.

— Muito bem – disse Fogo, um tanto aliviada de que as ordens não fossem apanhá-la e jogá-la dentro de um saco de estopa. Ela passou pelos soldados em direção à porta, com Tovat atrás. Deteve-se ao pensar em algo e virou-se novamente para a mulher.

— Você está na chefia, então?

— Sim, lady, na ausência do comandante.

Fogo tocou novamente nas mentes do grupo, procurando alguma reação à escolha de uma oficial que fora eleita por Brigan. Ressentimento, ciúme, indignação. Não encontrou nenhuma.

Esses não eram soldados comuns, afinal. Ela não podia ter certeza dos motivos dele, mas alguma coisa pesara na escolha de Brigan.

Fogo entrou com Tovat e fechou a porta diante deles.

ARCHER HAVIA ESTADO na cidade durante o concerto no terraço, mas devia ter voltado para casa pouco depois. Ao retornar à porta de Fogo, Brigan dessa vez estava acompanhado por Brocker e ele.

Donal conduziu os três homens até a sua sala de visitas. Numa tentativa de esconder seu embaraço e também para garantir que não iria disparar em fuga para as colinas novamente, Fogo falou rapidamente:

— Senhor príncipe, se seus soldados desejam sentar-se ou tomar alguma coisa, são bem-vindos à minha casa.

— Obrigado, lady — disse ele —, mas eu não pretendo ficar muito tempo.

Archer estava agitado por algum motivo, e Fogo não precisou de quaisquer poderes mentais para perceber isso. Ela se moveu em direção a Brigan e Archer para se sentar, mas ambos permaneceram em pé.

— Lady — começou Brigan. — Eu vim em nome do rei.

Ele não olhava diretamente para o rosto dela ao falar, seus olhos tocando o ar ao redor, mas a evitando. Fogo decidiu tomar isso como um convite para analisá-lo com seus próprios olhos, pois sua mente era tão fortemente protegida contra ela que, daquele modo, a jovem não podia colher nada.

Ele estava armado com arco e espada, mas sem armadura, trajando escuros trajes de montaria. Barbeado. Mais baixo que Archer, mas mais alto do que ela recordava. Mantinha-se alheio, o cabelo escuro e as sobrancelhas inamistosas e o rosto severo, e, além de sua recusa a olhar para ela, Fogo não pôde detectar nenhum dos sentimentos dele sobre essa entrevista. Ela percebeu uma pequena cicatriz cortando a sobrancelha direita, fina e recurvada dele. Combinava com as cicatrizes em seu próprio pescoço e ombros. Um raptor-monstro havia quase levado seu olho, então. Mais uma cicatriz em seu queixo. Essa era reta, feita por alguma faca ou espada.

Ela supôs que o comandante do Exército do Rei provavelmente teria tantas cicatrizes quanto um monstro humano.

– Há três semanas no palácio do rei – estava dizendo Brigan –, um desconhecido foi encontrado nos aposentos do rei e capturado. O rei lhe pediu para que fosse à Cidade do Rei para conhecer o prisioneiro, lady, e dizer se é o mesmo homem que estava nos aposentos do rei na fortaleza de minha mãe.

Cidade do Rei. Sua terra natal. O lugar onde sua própria mãe havia vivido e morrido. A maravilhosa cidade perto do mar que se perderia ou se salvaria na guerra que se aproximava. Ela nunca vira a Cidade do Rei, exceto em sua imaginação. Naturalmente, ninguém nunca havia lhe sugerido ir até lá e vê-la realmente.

Fogo forçou sua mente a refletir seriamente sobre a questão, muito embora seu coração já houvesse se decidido. Ela teria muitos inimigos na Cidade do Rei e homens demais que gostariam demais dela. Seria encarada, e atacada, e nunca teria a opção de deixar sua defesa mental em repouso. O rei do reino iria desejá-la. E ele e seus conselheiros desejariam que ela usasse seu poder contra prisioneiros, inimigos, contra cada uma das milhões de pessoas em quem eles não confiavam.

E ela teria que viajar com esse homem brutal que não gostava dela.

– O rei está pedindo isso – perguntou Fogo – ou é uma ordem?

Brigan olhou para o chão friamente.

– Foi decretado como uma ordem, lady, mas eu não vou forçá-la a ir.

E então o irmão, aparentemente, sentia-se autorizado a desobedecer às ordens do rei; ou talvez fosse uma medida que representava o quão pouco Brigan queria entregá-la ao seu irmão de cabeça fraca, e quanto ele estava desejoso de recusar a ordem.

— Se o rei espera que eu use meu poder para interrogar seus prisioneiros, ficará decepcionado — disse Fogo.

Brigan abriu e fechou sua mão habilidosa com a espada uma única vez. Um sinal de alguma coisa — impaciência ou raiva. Ele olhou dentro dos olhos dela pelo mais fugaz dos momentos, depois desviou o olhar.

— Eu não imagino que o rei vá forçá-la a fazer qualquer coisa que você não queira.

Por isso, Fogo entendeu que o príncipe considerava dentro do alcance de seu poder e vontade controlar o rei. Seu rosto ardeu, mas ela ergueu o queixo um pouquinho e disse:

— Eu irei.

Archer lançou um perdigoto. Antes que ele pudesse falar, ela se virou para ele e ergueu os olhos em sua direção. *Não discuta comigo na frente do irmão do rei*, disse-lhe ela em pensamento. *E não arruíne esta paz de dois meses.*

Ele retribuiu com um olhar feroz.

— Não sou eu quem a está arruinando — disse ele, com a voz baixa.

Brocker estava acostumado a isso, mas como eles deviam parecer a Brigan, encarando-se mutuamente, tomando ares de uma discussão? *Eu não farei isso agora. Você pode ficar embaraçado, mas não me embaraçará.*

Archer tomou um fôlego que pareceu um silvo, girou nos calcanhares e saiu apressadamente da sala. Bateu a porta com força, deixando um silêncio desconfortável em seu rastro.

Fogo bateu com a mão em seu lenço de cabeça e virou-se para Brigan.

– Por favor, perdoe nossa grosseria – disse ela.

Não houve um só movimento naqueles olhos cinzentos.

– Certamente.

– Como vai garantir a segurança dela na jornada, comandante? – perguntou Brocker baixinho. Brigan virou-se para ele, depois sentou-se numa cadeira, pousando os cotovelos sobre os joelhos, e todas as suas maneiras pareceram mudar. Com Brocker, ele ficou subitamente tranquilo, confortável e respeitoso, um jovem comandante militar dirigindo a palavra a um homem que poderia ser o seu mentor:

– Senhor, cavalgaremos até a Cidade do Rei na companhia da Primeira Divisão inteira. Eles estão posicionados bem a oeste daqui.

Brocker sorriu.

– Você me entendeu mal, filho. Como garantirá que ela ficará a salvo da Primeira Divisão? Numa tropa de cinco mil homens, deverá haver alguns com a intenção de molestá-la.

Brigan fez que sim.

– Eu escolhi a dedo uma guarda de vinte soldados de confiança para tomar conta dela.

Fogo cruzou os braços e mordeu os lábios com força.

– Eu não preciso que tomem conta de mim. Posso me defender sozinha.

– Não duvido disso, lady – disse Brigan suavemente, olhando para as mãos –, mas, se quiser ir conosco, terá uma guarda, seja de que modo for. Não posso transportar uma mulher civil num grupo de cinco mil homens numa jornada de quase três semanas e não providenciar uma guarda. Confio que entenderá a lógica disso.

Ele estava evitando falar do fato de que ela era um monstro que provocava todos os piores tipos de comportamento. E, agora que seu gênio havia se estabilizado, ela viu a lógica da coisa. Na verdade, ela nunca se voltara contra cinco mil homens. Sentou-se.

— Muito bem.

Brocker deu uma risada.

— Se apenas Archer estivesse aqui para ver os poderes do argumento racional!

Fogo deu um riso desdenhoso. Archer não consideraria a permissão da guarda como prova dos poderes do argumento racional. Ele a tomaria como uma prova de que ela estava apaixonada por quem fosse o mais bonito de seus guardas.

Ela ergueu-se novamente.

— Vou me preparar — disse ela — e pedir a Donal para preparar Pequeno.

Brigan ergueu-se com ela, seu rosto fechado novamente, impassível.

— Muito bem, senhora.

— Você esperará aqui comigo, comandante? — perguntou Brocker. — Tenho algumas coisas para lhe dizer.

Fogo penetrou na mente de Brocker: *Oh! O que você precisa dizer a ele?*

Brocker tinha classe demais para emitir um argumento unilateral. Também possuía uma mente tão clara e forte que poderia revelar um sentimento a ela com perfeita precisão, de modo que soava praticamente como uma sentença. *Eu quero dar a ele um aconselhamento militar*, pensou Brocker para ela. Docemente convencida, Fogo se afastou deles.

Quando ela chegou ao seu quarto de dormir, Archer estava sentado numa cadeira contra a parede, tendo tomado a liberdade de estar ali sem ser convidado. Mas ela o perdoou. Archer não podia abandonar a responsabilidade de sua casa e fazendas tão de repente a fim de viajar com ela. Ele ficaria para trás, e eles permaneceriam separados por um longo tempo – quase seis meses para ir e voltar, e mais tempo ainda se ela permanecesse algum tempo na Cidade do Rei.

Quando Brocker tinha lhe perguntado, no seu aniversário de catorze anos, exatamente quanto poder Fogo tinha sobre a mente de Cansrel quando a penetrava, Archer fora o único a defendê-la:

– Onde está o seu coração, pai? O homem é o pai dela. Não torne a relação dela com ele mais difícil do que já é.

– Estou só questionando – respondera Brocker. – Ela tem o poder de mudar as atitudes dele? Ela poderia mudar suas ambições permanentemente?

– Qualquer um pode ver que não são questões banais.

– São questões necessárias – havia dito Brocker –, embora eu desejasse que elas não fossem.

– Eu não me importo. Deixe-a em paz – dissera Archer, tão apaixonadamente que Brocker a deixou em paz, ao menos naquele momento.

Fogo supôs que sentiria falta de Archer defendendo-a nessa viagem. Não porque quisesse a sua defesa, mas simplesmente porque era o que ele fazia quando estava por perto.

Ela desenterrou seus alforjes de uma pilha no fundo de seu armário e começou a dobrar roupas de baixo e equipamentos de montaria sobre eles. Não havia necessidade de se incomodar com saias. Ninguém nem reparava no que ela vestia, e depois de três semanas em suas bagagens elas estariam impróprias para vestir, de qualquer modo.

— Vai abandonar seus alunos? — disse Archer finalmente, inclinando-se sobre seus joelhos, observando-a fazer as malas.

— Assim, sem mais nem menos?

Ela deu as costas para ele, fingindo procurar por seu violino, e sorriu. Ele nunca havia ficado tão preocupado com os alunos dela.

— Você não demorou muito para tomar uma decisão — acrescentou ele.

Ela falou com simplicidade o que achava ser óbvio:

— Eu nunca conheci a Cidade do Rei.

— Não é tão maravilhosa assim.

Mas tal certeza ela queria concluir por si mesma. Remexeu em meio às pilhas sobre sua cama e não disse nada.

— Será mais perigoso que qualquer outro lugar aonde você já tenha ido — disse ele. — Seu pai a retirou daquele lugar porque você não estava a salvo lá.

Ela colocou o estojo de seu violino ao lado de seus alforjes.

— Devo então escolher uma vida de desolação, Archer, só para continuar viva? Eu não vou me esconder num quarto com as portas e janelas trancadas. Isso não é vida.

Ele passou o dedo sobre a ponta de uma pena na aljava que repousava ao seu lado. Olhou com raiva para a porta, com o queixo sobre o punho.

— Você vai se apaixonar pelo rei.

Ela sentou-se na beira da cama encarando-o, e sorriu.

— Eu não poderia me apaixonar pelo rei. Ele tem juízo fraco e bebe vinho demais.

Ele a olhou ardilosamente.

— E daí? Eu sou ciumento e durmo com mulheres demais.

O sorriso de Fogo se ampliou.

— Para sorte sua, eu já o amava antes dessas duas coisas.

— Mas você não me ama tanto quanto eu a amo – disse ele. – E é isso que me torna assim.

Isso era duro de ouvir, vindo de um amigo pelo qual ela daria a sua vida. E era duro que ele dissesse tal coisa bem quando ela estava para deixá-lo por tão longo tempo. Fogo se ergueu e deu as costas para ele. *O amor não se mede assim,* pensou ela para ele. *E você pode me responsabilizar por seus sentimentos, mas não é justo me responsabilizar por como você escolheu se comportar.*

— Sinto muito – disse ele. – Você está certa. Perdoe-me, Fogo.

E ela o perdoou de novo, facilmente, porque sabia que sua raiva geralmente se dissolvia tão rapidamente quanto brotava, e por trás de tal sentimento o coração dele estava repleto de emoções. Mas ficou só no perdão. Podia imaginar o que Archer queria, ali em seu quarto de dormir, antes que ela partisse, e não daria isso para ele.

Fora fácil um dia levar Archer para a sua cama; há pouco tempo fora simples. E depois, de algum modo, o equilíbrio havia se abalado entre eles. As propostas de casamento, a paixão doentia. Mais e mais, a decisão mais simples a se tomar era dizer "não".

Ela lhe responderia delicadamente. Virou-se para ele e estendeu a mão. Ele se ergueu e se aproximou.

– Eu preciso colocar minhas roupas de montaria e juntar mais algumas coisas – disse ela. – Vamos nos despedir agora. Você deve descer e dizer ao príncipe que eu já estou indo.

Ele fitou a ponta dos sapatos e depois ergueu os olhos para o rosto dela, compreendendo-a. Puxou o lenço de cabeça até soltá-lo e os cabelos de Fogo caíram sobre os ombros. Ele juntou os cabelos numa das mãos, curvou-se até eles, beijou-os. Puxou Fogo para si e beijou seu pescoço e sua boca, de tal modo que o corpo dela desejou que a própria mente não estivesse tão tensa. Depois, ele se afastou e virou-se para a porta, e o rosto de Archer era a própria pintura da infelicidade.

Capítulo 10

Ela tivera medo de que o exército se movimentasse rápido demais ou que cada um dos cinco mil soldados tivesse que diminuir o ritmo devido à sua presença. E o exército realmente cavalgava rápido, quando a terra sob os pés era plana o suficiente para permiti-lo, mas na maior parte do tempo o ritmo era moderado. Isso se devia parcialmente às restrições de túneis e campos de operações bélicas e parcialmente aos objetivos de um exército armado, que pela própria natureza perseguiam exatamente os problemas que outros grupos de viajantes esperavam evitar.

A Primeira Divisão era uma maravilha de organização; uma base móvel dividida em seções e subdividida em pequenas unidades que se distanciavam periodicamente, avançando para um galope, desaparecendo dentro de cavernas ou no alto de trilhas montanhosas e reaparecendo algum tempo depois. Unidades de sentinela avançada cavalgavam rápido à frente deles e de unidades de patrulha de todos os lados e mandavam subunidades correndo de volta às vezes para trazer relatos ou, no caso de problemas terem sido encontrados, pedir apoio. Às vezes, os soldados que retornavam estavam sangrando e vinham feridos, e Fogo acabou por reconhecer as túnicas verdes das unidades de curandeiros que corriam em seu socorro.

A seguir, havia as unidades de caça, que se moviam em rotação, cavalgando em torno, de vez em quando, com sua caça aprisionada. Havia as unidades de suprimento, que lidavam com os cavalos de carga e faziam os inventários. As unidades de comando entregavam mensagens de Brigan ao resto da tropa. As unidades de arqueiros mantinham os olhos atentos a animais ou predadores-monstro tolos o bastante para procurar presas na coluna principal de cavaleiros. A guarda pessoal de Fogo era uma unidade também. Criava uma barreira entre ela e todo o resto enquanto a jovem cavalgava e ajudava-a em tudo o que precisava, o que, a princípio, consistiu principalmente em respostas às suas perguntas sobre por que metade do exército parecia sempre estar indo ou vindo.

– Há uma unidade para rastrear todas as outras unidades? – perguntou ela à chefe dos guardas, a mulher de olhos de avelã, cujo nome era Musa.

Musa riu. A maior parte das perguntas de Fogo parecia fazê-la rir.

– O comandante não precisa disso, lady. Ele segue o rastro em sua cabeça. Olhe o tráfego ao redor do porta-estandarte. Cada unidade que vem ou vai se reporta primeiro ao comandante.

Fogo ficara olhando o porta-estandarte – e seu cavalo – com considerável simpatia, na verdade porque ele parecia cavalgar duas vezes mais que o resto do exército. A única incumbência do porta-estandarte era ficar perto do comandante de tal modo que pudesse sempre ser localizado; e o comandante estava sempre fazendo reviravoltas, se distanciando, disparando para a frente, dependendo, presumia Fogo, de questões de grande importância militar, o que quer que elas pudessem significar nos Dells. O porta-estandarte ficava sempre girando em círculos com ele, escolhido para esse serviço, Fogo supunha porque era um bom cavaleiro.

Então, o príncipe e o porta-estandarte se aproximaram, e novamente Fogo corrigiu-se. Uma boa amazona.

– Musa, quantas mulheres há na Primeira Divisão?

– Umas quinhentas, lady. Duas mil e quinhentas em todas as quatro divisões, junto com as linhas auxiliares.

– Onde ficam as linhas auxiliares quando o resto do exército está patrulhando?

– Nos fortes e estações de sinalização espalhados por todo o reino, lady. Alguns dos soldados que trabalham nesses postos são mulheres.

Duas mil e quinhentas mulheres que entraram como voluntárias para viver no lombo de um cavalo e lutar, comer, dormir em meio a uma turba de machos. Por que uma mulher escolheria uma vida assim? Seria sua natureza selvagem e violenta, como a de alguns homens já haviam provado ser?

Quando ela e seu séquito saíram a princípio das florestas de Trilling, entrando nos planos pedregosos onde o exército estava posicionado, ocorrera uma única briga por Fogo, curta e brutal. Dois homens ficaram fora de si ao vê-la e discordaram em algum ponto de vista (a honra dela, as chances respectivas) o suficiente para se dar empurrões, se socar, ficando ambos com o nariz quebrado, sangrando. Brigan desceu de seu cavalo acompanhado de três homens da guarda de Fogo antes que ela houvesse compreendido totalmente o que estava acontecendo. E uma palavra abrupta saída da boca de Brigan terminou com a discussão:

– Basta.

Fogo mantivera os olhos nos flancos de Pequeno, penteando sua crina com os dedos, até que uma sensação de remorso escorreu até ela, vinda das mentes dos dois briguentos. Então ela se permitiu dar uma olhadela nas cabeças suspensas, em seus olhares fúnebres direcionados a Brigan, no sangue que pingava no chão dos lábios e narizes partidos. Eles a tinham esquecido. Ela sentiu isso claramente. Com a vergonha sentida diante de seu comandante, tinham se esquecido dela por completo.

Era estranho. Os olhos de Fogo se voltaram para Brigan com curiosidade. Sua expressão havia sido fria; sua mente, impenetrável. Ele falara baixinho aos briguentos, sem olhar para ela uma só vez.

Voltaram aos seus cavalos, e dentro de pouco tempo chegou uma mensagem das unidades de comando de que qualquer soldado que tivesse uma rixa por qualquer assunto relativo à lady Fogo seria banido do exército e desprovido de seus benefícios, desarmado, exonerado e mandado de volta para casa. Fogo deduziu, pelos assovios baixinhos e pelas sobrancelhas erguidas entre os homens de sua guarda, que era uma punição muito severa para uma rixa.

Ela não sabia sobre exércitos o bastante para generalizar. Uma punição severa tornava Brigan um comandante severo? A severidade era o mesmo que a crueldade? Seria a crueldade a razão do poder de Brigan sobre seus soldados?

E onde estava o castigo em exonerar um soldado de uma força militar num tempo de guerra iminente? Para Fogo, isso parecia mais com uma suspensão.

Fogo imaginou Archer cavalgando por esses campos no fim do dia, parando para falar com os fazendeiros, rindo, praguejando contra a teimosa terra pedregosa do norte, como sempre fazia. Archer e Brocker sentando-se para jantar sem ela.

Quando o exército finalmente parou à noite, ela insistiu em escovar o seu cavalo. Inclinou-se sobre Pequeno e sussurrou para ele, confortando-se em apalpá-lo, sentindo o único coração familiar num mar de desconhecidos.

Eles acamparam numa gigantesca caverna subterrânea, a meio caminho entre a casa de Fogo e a fortaleza de Roen, que, como aquela, ela nunca vira. Nem podia particularmente ver agora, pois estava escuro, a luz escoando entre rachaduras no teto e vazando de aberturas laterais. Quando o sol se pôs, a caverna se tornou absolutamente escura, e a Primeira Divisão tornou-se uma composição de sombras móveis que se espalhavam sobre o chão inclinado da câmara.

O som na caverna era denso, musical. Quando o comandante deixou o acampamento com uma tropa de duzentos homens, duzentos haviam ecoado como dois mil, e os passos haviam tilintado como sinos ao seu redor. Ele partiu assim que viu todo mundo acomodado – seu rosto tão indecifrável como sempre. Uma unidade de sentinelas avançadas de cinquenta soldados não havia retornado no tempo e no lugar devido. Ele partira à procura dela.

Fogo estava inquieta. As sombras mutáveis de seus cinco mil companheiros a incomodavam. Sua guarda a mantinha separada da maioria desses soldados, mas ela não podia separar-se das impressões que recolhia em sua mente. Era exaustivo rastrear tantas impressões. Eles estavam, em maioria, conscientes da presença dela em algum nível, mesmo aqueles que ficavam mais distantes. Muitos deles queriam alguma coisa dela. Alguns se aproximavam demais.

— Eu gosto do sabor de monstros — sibilou um com o nariz duas vezes partido para ela.

— Eu amo você. Você é linda — sussurraram outros três ou quatro homens para ela, perseguindo-a, pressionando-se contra as barreiras de sua guarda para tocá-la.

Brigan dera à guarda dela ordens estritas antes de se afastar. Fogo tinha que ser abrigada numa tenda, muito embora o exército estivesse sob o teto de uma caverna, e duas de suas guardas deviam acompanhá-la sempre no interior da tenda.

— Nunca terei privacidade? — interveio ela, entreouvindo a ordem de Brigan para Musa.

Brigan havia pegado uma luva comprida de um homem jovem, que Fogo supôs ser o escudeiro do príncipe, e puxou-a sobre a mão.

— Não — disse ele. — Nunca. — E, antes que ela sequer fosse capaz de tomar fôlego para protestar, ele vestiu a outra luva e chamou seu cavalo. O ritmo dos cascos aumentou e depois se dissipou.

EM SUA TENDA, o cheiro de carne de monstro assada chegou até ela. Ela cruzou os braços e tentou não olhar ferozmente para suas duas guardas de companhia, cujos nomes não conseguiu lembrar. Retirou o lenço de cabeça. Com certeza, na presença dessas mulheres, podia obter algum alívio do envoltório apertado em torno de seu cabelo. Elas não queriam nada dela; a emoção mais forte que conseguiu captar de ambas foi tédio.

Naturalmente, assim que ela expôs os cabelos, o tédio das guardas diminuiu. Elas a observaram com olhares curiosos. Fogo retribuiu o olhar cansadamente.

— Esqueci os nomes de vocês. Sinto muito.

— Margo, lady — disse a que tinha um rosto largo e agradável.

— Mila, lady — disse a outra, de ossatura delicada, cabelos claros e muito jovem.

Musa, Margo e Mila. Fogo reprimiu um suspiro. Ela reconhecia a sensação de quase todos os seus vinte guardas a essa altura, mas os nomes levariam mais algum tempo.

Ela não soube mais o que dizer, de modo que tateou o estojo de seu violino. Abriu-o e inalou o cheiro caloroso de verniz. Puxou uma corda e a acústica da resposta, como a reverberação de um sino badalado sob as águas, deu foco à sua desorientação. A porta da tenda estava aberta, e a própria tenda estava disposta num nicho encostado de um lado da caverna, um teto baixo e curvado acima dele, não tão diferente do bojo de um instrumento. Ela enfiou o violino sob o queixo e afinou-o; depois, muito baixinho, começou a tocá-lo.

Um acalanto tranquilizante para acalmar seus próprios nervos. O exército desapareceu ao longe.

O SONO NÃO VEIO com facilidade naquela noite, mas ela sabia que seria inútil sair em busca das estrelas. A chuva vazava através de rachaduras no teto e escorria pelas paredes até o chão; o céu, nessa noite, devia estar negro.

Talvez uma tempestade de meia-noite pudesse apaziguar seus sonhos. Ela atirou seu cobertor de lado, achou suas botas, deslizou pelas formas adormecidas de Margo e Mila e empurrou a porta da tenda para abri-la.

Lá fora, ela tomou cuidado para não tropeçar sobre os outros guardas adormecidos, que estavam dispostos em torno de sua tenda como alguma espécie de fosso humano. Quatro dos guardas estavam acordados: Musa e três homens cujos nomes ela não conseguiu lembrar. Jogavam baralho à luz de uma vela. Velas bruxuleavam aqui e ali por todo o chão da caverna. Fogo supôs que a maioria das unidades mantinha alguma espécie de vigilância durante a noite toda. Ela sentiu pena dos soldados que estavam nesse momento em guarda do lado de fora do abrigo, na chuva. E do grupo de busca de Brigan e das sentinelas avançadas pelas quais eles procuravam. Todos eles ainda tinham que retornar.

Os quatro guardas pareceram um pouco confusos ao vê-la. Ela pôs a mão no cabelo, lembrando-se de que ele estava à mostra.

Musa se recompôs.

– Há algo de errado, lady?

– Existe nesta caverna alguma abertura para o céu? – perguntou Fogo. – Eu quero ver a chuva.

– Existe, sim – disse Musa.

– Você me mostra o caminho?

Musa baixou suas cartas e começou a despertar os guardas nos cantos mais distantes do fosso humano.

– O que você está fazendo? – sussurrou Fogo. – Musa, não é necessário. Por favor. Deixe-os dormir – disse, mas Musa continuou a sacudir os ombros, até que quatro dos homens acordaram. Ela deu ordem a dois dos jogadores de baralho para que se sentassem e mantivessem vigilância. Fez um sinal para os outros se armarem.

Com seu cansaço misturado agora à culpa, Fogo se agachou de volta dentro da tenda procurando por um lenço de cabeça e seu próprio arco e flecha. Ela emergiu e se juntou a seus seis armados e sonolentos companheiros. Musa acendeu velas e passou-as ao redor. Baixinho, em procissão, a fileira dos sete contornou a caverna.

A ESTREITA E INCLINADA trilha que escalaram alguns minutos depois os conduziu a uma perfuração num flanco da montanha. Fogo conseguiu ver pouca coisa pela abertura, mas o instinto lhe dizia que não devia se aventurar longe demais nem perder seu apoio sobre as bordas da rocha que formavam uma espécie de porta de cada um de seus lados. Ela não queria cair.

A noite era ventosa, úmida e fria. Ela sabia que era absurdo se molhar, mas, mesmo assim, encharcou-se na chuva e na indomada sensação da tempestade, enquanto sua guarda se ajuntou confusamente bem dentro da abertura e tentou proteger as velas.

Houve uma mudança em sua consciência: pessoas próximas, cavaleiros. Difícil distinguir a diferença entre duzentas e duzentos e cinquenta pessoas a essa distância, conhecendo tão poucas delas pessoalmente. Ela se concentrou e concluiu que estava tendo a percepção de bem mais que duzentas. E que elas estavam cansadas, mas em nenhum estado incomum de aflição. O grupo de busca devia ter tido sucesso em sua tarefa.

— O grupo de busca está retornando – disse ela à sua guarda atrás de si. – Eles estão próximos. Creio que a unidade de sentinelas avançadas está com eles.

Ao silêncio da guarda, ela se virou para dar uma olhada para eles e flagrou seis pares de olhos fitando-a em variados estados de inquietação.

— Eu achei que vocês gostariam de saber – disse Fogo mais baixinho. – Mas eu não consigo guardar minhas percepções só para mim mesma, se é que elas os incomodam.

— Não – disse Musa. – É conveniente para você que nos revele, lady.

— O comandante está bem, lady? – perguntou um dos homens.

Fogo havia tentado determinar a informação por si mesma, achando o homem irritantemente difícil de isolar. Ele estava lá, disso ela estava certa. Supunha que a contínua impenetrabilidade de sua mente devia indicar alguma medida de força.

— Eu não posso afirmar com certeza absoluta, mas acho que sim.

E então a música dos cascos ecoou pelo corredor quando, em algum ponto, em alguma fenda da montanha abaixo deles, os cavaleiros penetraram nos túneis que os conduziam até a parte da caverna onde dormiam.

Um pouco depois, arrastando-se para baixo, Fogo recebeu uma resposta abrupta à sua preocupação quando sentiu o comandante subindo pela passagem em direção a eles. Ela se deteve, fazendo com que a guarda atrás de si sussurrasse alguma coisa de modo bem grosseiro quando ele se contorceu para evitar atear fogo ao lenço de cabeça dela com sua tocha.

– Há algum outro caminho que leve à caverna a partir daqui? – perguntou ela sem pensar; depois, soube a resposta e encolheu-se de arrependimento por sua própria exibição de covardia.

– Não, lady – disse Musa, com a mão sobre a espada. – Você sente alguma coisa à frente?

– Não – disse Fogo lastimosamente. – Apenas o comandante. – Viera apanhar o monstro extraviado, que se provara selvagem e irresponsável. Ele a manteria acorrentada a partir de agora.

O comandante surgiu à vista poucos minutos depois, subindo com uma vela na mão. Quando se aproximou deles, parou, fez um sinal de cabeça respondendo aos cumprimentos formais dos soldados e falou baixinho com Musa. A unidade de sentinelas avançadas havia sido recuperada sem feridos. Eles haviam perseguido um grupo de bandidos de cavernas duas vezes maiores que eles, e, após havê-los dispersado, retornaram pelo mesmo caminho nas trevas. Seus ferimentos eram irrelevantes. Dentro de dez minutos todos estariam adormecidos.

– Espero que tenha um bom sono também, senhor – disse Musa. De repente, Brigan sorriu. Ele deu um passo de lado para deixá-los passar e olhou por um momento para os olhos de Fogo. Estava exausto. Ele apresentava uma barba de um dia sem fazer e estava encharcado de suor.

E, aparentemente, não havia aparecido para apanhá-la, afinal. Assim que ela e seus ajudantes passaram, ele se afastou e continuou subindo pelo íngreme corredor.

Capítulo 11

ELA DESPERTOU NA manhã seguinte rígida e dolorida devido à cavalgada da noite anterior. Margo estendeu-lhe pão e queijo e uma bacia de água para lavar o rosto. Em seguida, Fogo estendeu a mão para apanhar seu violino e tocou uma única dança escocesa, primeiro lentamente e depois com velocidade crescente, para se despertar. O esforço para tornar-se consciente cristalizou sua mente.

— O comandante não mencionou essa vantagem de nosso dever de guarda — disse Mila, sorrindo timidamente. Musa enfiou a cabeça pela porta da tenda.

— Lady — disse Musa —, o comandante me ordenou a dizer que passaremos perto da fortaleza da rainha Roen por volta do meio-dia. Ele tem negócios a tratar com o domador de cavalos. Haverá tempo para partilhar uma refeição rápida com a senhora rainha, se for de seu gosto.

— VOCÊ ESTÁ CAVALGANDO desde ontem — disse Roen, tomando as mãos de Fogo —, por isso adivinho que não se sinta tão bonita quanto parece. Vamos lá, esse sorriso me revela que eu estou certa.

— Estou tensa como uma corda de arco — admitiu Fogo.

— Sente-se, querida. Fique à vontade. Tire esse lenço, e eu não deixarei que nenhum imbecil boquiaberto entre aqui pela próxima meia hora.

Que grande alívio soltar seus cabelos! O peso deles era grande e, depois de uma manhã de cavalgada, o lenço grudava e coçava. Fogo o afundou com gratidão numa cadeira, esfregou o couro cabeludo e deixou que a rainha de Nax empurrasse legumes e um assado para seu prato.

— Você nunca pensou em cortá-lo curto? — perguntou Roen.

Ah, cortá-lo curto. Podá-lo todo, jogando-o de uma vez por todas no fogo! Tingi-lo de preto, se os cabelos de monstros pudessem pegar cor! Quando ela e Archer eram muito jovens, haviam chegado a arrancá-lo uma vez por experiência. Imediatamente, ele apareceu de novo em seu couro cabeludo.

— Ele cresce extremamente rápido — disse Fogo, fatigada. — E descobri que é mais fácil controlar quando está longo. Tufos curtos irrompem e escapam do meu lenço.

— Foi o que eu supus — disse Roen. — Bem. Estou feliz por vê-la. Como estão Brocker e Archer?

Fogo lhe disse que Brocker estava ótimo, e Archer, como sempre, estava furioso.

— Sim, supus que ele estaria — disse Roen vigorosamente —, mas não se importe com ele. Você está certa em agir assim, indo para a Cidade do Rei a fim de ajudar Nash. Creio que você pode lidar com sua corte. Não é mais uma criança. Como está o seu assado?

Fogo pegou um bocado, que estava muito bom, realmente, e lutou contra a expressão de incredulidade que tentou se instalar em seu rosto. Não era mais uma criança? Ela não era mais uma criança havia muito tempo.

E então, naturalmente, Brigan apareceu à porta para dizer "olá" para sua mãe e para levar Fogo de volta ao seu cavalo, e imediatamente ela sentiu-se voltar a ser criança. Alguma parte de seu cérebro desaparecia toda vez que o comandante se aproximava. Ela congelava diante da frieza dele.

– Brigandell – disse Roen, erguendo-se de sua cadeira para abraçá-lo. – Você veio me roubar minha convidada!

– Em troca de quarenta soldados – comentou Brigan. – Doze deles feridos, de modo que vou lhe deixar também um curandeiro.

– Podemos nos virar sem o curandeiro, se você precisar dele, Brigan.

– A família do curandeiro está nas Pequenas Cinzentas – disse Brigan –, e eu prometi a ele uma estada aqui, quando pudesse vir. Nós nos viraremos com nossos homens até o Forte do Meio.

– Então, está bem – concordou Roen animadamente. – Você tem dormido?

– Sim.

– Vamos lá. Uma mãe percebe quando seu filho mente. Você tem comido?

– Não – disse Brigan seriamente. – Eu não como há dois meses. É uma greve de fome em protesto contra a primavera que se derrama ao sul.

– Gozador – brincou Roen, estendendo a mão para a tigela de frutas. – Coma uma maçã, querido.

Fogo e Brigan não se falaram ao deixar juntos a fortaleza para prosseguir na jornada para a Cidade do Rei. Mas Brigan comeu uma maçã, e Fogo arrumou o cabelo no alto e se flagrou sentindo-se mais à vontade ao lado dele.

De algum modo, ajudava saber que ele poderia fazer uma piada.

E depois três gentilezas.

A guarda de Fogo esperava com Pequeno junto à retaguarda da fila de tropas. Quando Fogo e Brigan se moveram em direção ao lugar, ela se deu conta de que alguma coisa estava errada. Tentou se concentrar, o que foi difícil, com tantas pessoas treinando intensivamente ao redor. Esperou que Brigan parasse de falar com um capitão que aparecera ao lado deles perguntando sobre o programa do dia.

– Eu acho que meus guardas prenderam um homem – disse ela a Brigan baixinho, quando o capitão se foi.

A voz dele baixou:

– Por quê? Que homem?

Fogo tinha apenas a informação básica e os fatos mais importantes:

– Eu não sei nada além do fato de que ele me odeia e de que não feriu meu cavalo.

Brigan fez que sim.

– Eu não havia pensado nisso. Tenho que fazer alguma coisa para impedir que as pessoas atinjam seu cavalo.

Eles apressaram a marcha sob a advertência de Fogo. Agora, finalmente, deparavam-se com uma feia cena: os guardas de Fogo, dois deles, segurando um soldado que soltava xingamentos e cuspia sangue e dentes, enquanto um terceiro guarda esmurrava sua boca repetidamente para fazê-lo calar-se. Horrorizada, Fogo penetrou na mente do guarda para deter seus murros.

E depois ela absorveu os detalhes que transformavam a cena numa história. Seu estojo de violino caído aberto no chão, sujo de lama. Os restos de seu violino ao lado dele. O instrumento estava esmagado, rachado de modo quase irreconhecível, o cavalete cravado no bojo como se fosse obra de uma bota cruel e odiosa.

Era, de certo modo, pior que ser atingida por uma flecha. Fogo despencou sobre Pequeno e enterrou o rosto em seus flancos; não teve controle sobre as lágrimas que corriam pelo seu rosto e não queria que Brigan as visse.

Por trás dela, Brigan praguejou agudamente. Alguém – Musa – estendeu um lenço de mão sobre o ombro de Fogo. O prisioneiro ainda estava xingando, e, agora que via Fogo, gritava coisas horríveis sobre o corpo dela, dizendo o que faria com ela, soando inteligível mesmo com a boca inchada e partida. Brigan caminhou a passos firmes até ele.

Não bata mais nele, Brigan, por favor, pensou Fogo desesperadamente, pois o som de ossos raspando uns nos outros não a ajudaria nas suas tentativas de parar de chorar. Brigan proferiu outra praga, depois deu uma ordem áspera, e Fogo entendeu, pelo súbito silêncio do soldado, que o homem estava sendo amordaçado. Em seguida ele foi arrastado para longe, para algum ponto da retaguarda em direção à fortaleza, Brigan e um número de guardas de Fogo acompanhando-o.

O cenário ficou subitamente silencioso. Fogo tornou-se consciente de seu próprio fôlego entrecortado e forçou-se a ficar calma. *Homem horrível*, pensou ela junto à crina de Pequeno. *Homem horrível, horrível. Oh, Pequeno. Aquele homem foi horrível.*

Pequeno fez um pequeno ruído resfolegado e depositou um pouco de baba muito reconfortante em seu ombro.

– Sinto tanto, lady! – disse Musa por trás dela. – Ele nos dominou completamente! De agora em diante não deixaremos ninguém se aproximar que não tenha sido mandado pelo comandante.

Fogo enxugou o rosto com o lenço de mão e virou-se de lado em direção à capitã de sua guarda. Ela não conseguia olhar para a pilha de lenha sobre o chão.

– Eu não a culpo por isso.

– O comandante culpará – disse Musa. – Como deve ser.

Fogo tomou um fôlego regular.

– Eu devia saber que tocar o violino seria uma provocação.

– Lady, eu a proíbo de culpar a si mesma. Não vou permitir que o faça.

Fogo sorriu ao ouvir isso e estendeu o lenço de mão para Musa.

– Obrigada.

– Não é meu, lady. É de Neel.

Fogo reconheceu o nome de um de seus guardas.

– De Neel?

– O comandante pegou-o de Neel e deu-o para mim para que eu lhe entregasse. Guarde-o. Neel não sentirá falta dele, ele tem milhares. Era um violino muito caro, lady?

Sim, claro que ele era. Mas Fogo nunca o valorizara por isso. Ela o valorizara por causa de uma rara e estranha delicadeza que agora desaparecera.

Ela analisou o lenço de mão de Neel.

– Não importa – disse ela, avaliando suas palavras. – O comandante não bateu naquele homem. Eu pedi a ele mentalmente que não o fizesse, e ele não o fez.

Musa aceitou a aparente mudança de assunto.

– Eu fiquei pensando nisso. Via de regra, como sabe, ele não bate em seus próprios soldados. Mas, dessa vez, achei que nós poderíamos presenciar uma exceção. Seu rosto tinha ânsia de morte.

E ele assumira o risco de pegar o lenço de mão de outro homem. E havia compartilhado a preocupação dela com seu cavalo. Três gentilezas.

Fogo entendeu então que ela havia temido Brigan porque temia que seu coração fosse ferido por uma pessoa que não podia deixar de apreciar e ficara inibida também com a dureza e impenetrabilidade dele. Ainda estava inibida. Mas não tinha mais medo.

Eles cavalgaram penosamente pelo resto do dia. Quando a noite chegou, acamparam numa massa plana de rocha. Tendas e fogueiras se ergueram ao redor dela, parecendo se estender até o infinito. Ocorreu a Fogo que ela nunca estivera tão longe assim de casa. Archer devia estar sentindo falta dela, isso ela sabia, e saber disso aliviava um pouco sua própria solidão. A fúria dele, se ele fosse informado sobre o seu violino, seria uma coisa terrível. Normalmente, os momentos de fúria dele eram uma irritação para ela, mas até que as acolheria bem nesse momento; se ele estivesse ali, ela poderia extrair força de seu ardor.

Um pouco depois, os olhares dos soldados próximos fizeram com que ela preferisse entrar em sua tenda. Não conseguia parar de pensar nas palavras do homem que destruíra seu violino. Por que o ódio fazia os homens pensarem em estupro com tanta frequência? E ali estava o defeito em seu poder de monstro. O poder de sua beleza tanto tornava um homem fácil de controlar quanto tornava outro incontrolável e insano.

Um monstro exalava tudo o que era ruim, especialmente um monstro feminino, por causa do desejo e dos infindáveis canais pervertidos para a expressão da maldade. Para todos os homens fracos, a mera visão dela era uma droga para as suas mentes. Que homem poderia usar bem o ódio ou o amor quando estava drogado?

A consciência de cinco mil homens pesava sobre ela.

Mila e Margo haviam-na seguido até o interior da tenda, naturalmente, e se sentado na proximidade, com as mãos sobre as espadas. Silenciosas, alertas e entediadas. Fogo lastimou ser uma carga tão incômoda. Ela desejava sair para ficar com Pequeno sem ser vista. Desejava poder trazê-lo para dentro.

Musa olhou pela porta da tenda.

– Perdoe-me, lady. Um soldado veio das unidades de sentinelas avançadas para lhe emprestar seu violino. O comandante se responsabiliza por ele, mas pediu para que perguntássemos suas impressões antes de deixá-lo aproximar-se de você. Ele está bem ali fora, lady.

– Sim – disse Fogo surpresa, avistando o homem estranho entre os guardas. – Creio que ele é inofensivo.

Inofensivo e enorme, Fogo viu quando saiu de sua tenda. Seu violino era como um brinquedo em suas mãos; a espada desse homem devia parecer com um facão de açougueiro quando ele a brandia. Mas o rosto que se erguia acima de seu corpo grosso como um tronco de árvore era discreto, pensativo e dócil. Ele baixou os olhos diante dela e estendeu-lhe o violino.

Fogo balançou a cabeça.

— Você é muito generoso — disse ela —, mas eu não quero tomá-lo de você.

A voz do homem era tão profunda que soava como se viesse da terra:

— Todos nós conhecemos a história do que fez na fortaleza da rainha Roen meses atrás, lady. Salvou a vida de nosso comandante.

— Bem — respondeu Fogo, porque ele parecia esperar que ela dissesse alguma coisa —, não foi nada.

— Os homens não conseguem parar de falar disso — continuou ele, curvando-se, depois pondo o violino nas mãos pequenas dela com suas mãos enormes. — E, além do mais, é a melhor violinista.

Fogo ficou olhando o homem afastar-se com movimentos difíceis, comovida, imensamente reconfortada pela voz, pelo enorme sentimento delicado que ele apresentava.

— Agora eu entendo como nossas unidades de sentinelas avançadas podem dizimar grupos de bandidos duas vezes maiores que elas — disse Fogo em voz alta.

Musa deu uma risada.

— Ele é um homem bom para termos do nosso lado.

Fogo dedilhou as cordas de seu novo violino. Ele estava bem afinado. Seu tom era agudo, estridente – não era um instrumento de mestre. Mas era uma ferramenta com a qual ela poderia fazer música.

E um agradecimento.

Fogo se agachou em sua tenda à procura de seu arco e saiu novamente. Caminhou vigorosamente pela área plana cheia de soldados em direção a uma elevação de rocha que conseguiu avistar a certa distância. Sua guarda a seguia e cercava; os olhos dos soldados mantinham-se fixos nela enquanto passava. Ela chegou ao montículo de blocos de rocha e subiu. Sentou-se e enfiou o violino sob seu queixo.

Com todos a ouvindo, tocou qualquer música que lhe apetecesse.

Capítulo 12

Se Fogo conseguisse apenas induzir seu "eu" adormecido a ter a mesma coragem!

Eram os olhos agonizantes de seu pai que nunca a deixavam dormir.

A resposta à pergunta de Brocker em seu décimo quarto aniversário, sobre se ela poderia alterar a mente de Cansrel de modo duradouro, fora simples, assim que ela se permitiu refletir sobre a questão. Não. A mente de Cansrel era forte como um urso e dura como o aço de uma armadilha, e, toda vez que ela deixava a mente do pai, a mente do homem fechava-se com violência atrás de si. Não havia alterações permanentes na mente de Cansrel. Não havia mudanças em quem ele era. Isso a aliviara, saber que não havia nada que pudesse fazer, porque significava que ninguém poderia esperar que ela o fizesse algum dia.

Então, naquele mesmo ano, Nax se drogou até a morte. Quando os contornos do poder mudaram e se rearranjaram, Fogo viu o que Brocker, Archer e Roen viam: um reino que estava à beira de várias permutas de possibilidade. Um reino que, subitamente, poderia mudar.

Ela estava maravilhosamente bem-informada. Por um lado, ouvia as confidências de Cansrel; por outro, sabia tudo o que Brocker recebia dos espiões dele e de Roen. Sabia que Nash era mais forte que Nax, forte o suficiente para às vezes frustrar Cansrel, mas ainda uma brincadeira para ele, comparado ao irmão mais jovem, o príncipe. Aos dezoito anos, o garoto Brigan, o comandante absurdamente jovem, era tido como o mais determinado, estável, vigoroso, persuasivo e corajoso, a única pessoa de influência em toda a Cidade do Rei que não era persuadida por Cansrel. Alguns dentre os homens esclarecidos falavam como se esperassem que Brigan fosse a diferença entre a mudança e a continuidade da presente falta de leis e do depravado estado de coisas.

— O príncipe Brigan está ferido — anunciou Brocker numa manhã de inverno, quando ela fora visitá-lo. — Eu acabo de receber uma mensagem de Roen.

— O que aconteceu? — perguntou Fogo, sobressaltada. — Ele está bem?

— Há uma grande festa no palácio do rei todo mês de janeiro — explicou Brocker. — Centenas de convidados, dança e uma grande quantidade de vinhos e asneiras, e mil corredores pelos quais as pessoas podem se esgueirar. Parece que Cansrel contratou quatro homens para encurralar Brigan e cortar sua garganta. Brigan soube disso e ficou preparado para eles. Então matou todos os quatro...

— Todos os quatro sozinho? — perguntou Fogo, aflita e confusa, sentando-se com violência numa poltrona.

— O jovem Brigan é bom de espada — disse Brocker seriamente.

— Mas ele está seriamente ferido?

— Ele sobreviverá, embora os cirurgiões tenham ficado preocupados a princípio. Ele foi perfurado na perna num ponto que sangra terrivelmente. — Brocker moveu sua cadeira para junto da lareira e atirou a carta de Roen nas chamas crepitantes. — Foi quase o fim do garoto, Fogo, e eu não duvido de que Cansrel vá tentar novamente.

Naquele verão, na corte de Nash, uma flecha do arco de um dos capitães de maior confiança de Brigan havia atingido Cansrel nas costas. Quando beirava seus quinze anos – na verdade, em seu décimo quarto aniversário –, Fogo recebera uma mensagem da Cidade do Rei dizendo que seu pai estava ferido e que provavelmente morreria. Ela se trancou em seu quarto e soluçou, sem ainda saber, com certeza, por que estava chorando, mas incapaz de parar. Pressionou o rosto contra um travesseiro para que ninguém pudesse ouvi-la.

Naturalmente, a Cidade do Rei era famosa por seus curandeiros, por seus avanços na medicina e na cirurgia. Lá, as pessoas sobreviviam a ferimentos dos quais se morreriam em outros lugares. Especialmente pessoas com poder para controlar a atenção de um hospital inteiro.

Algumas semanas depois, Fogo recebeu a notícia de que Cansrel iria sobreviver. Ela correu para o seu quarto mais uma vez. Lançou-se sobre a cama, totalmente entorpecida. Quando o entorpecimento passou, alguma coisa azeda subiu de seu estômago e ela começou a vomitar. Um vaso havia se rompido em seu olho, uma mancha roxa de sangue se formando na borda de sua pupila.

Seu corpo podia ser, às vezes, um poderoso revelador, quando ela estava tentando ignorar uma verdade particular.

Exausta e nauseada, Fogo entendera a mensagem de seu corpo: era hora de repensar a pergunta de até onde seu poder sobre Cansrel poderia chegar.

Levada à insônia novamente pelos mesmos sonhos cansativos, Fogo chutou seus cobertores para longe. Cobriu o cabelo, apanhou botas e armas, e passou sorrateiramente por Margo e Mila. Lá fora, a maior parte do exército dormia sob coberturas de lona, mas sua guarda se estendia ao ar livre, mais uma vez disposta em volta de sua tenda. Sob o vasto céu, fulgurante de estrelas, Musa e três outros guardas jogavam baralho à luz de uma vela, como na noite anterior. Fogo segurou-se na abertura da tenda para enfrentar a vertigem ao olhar para o céu lá no alto.

— Lady Fogo — disse Musa. — O que podemos fazer por você?

— Musa — respondeu Fogo —, temo que vocês tenham o azar de tomar conta de uma insone.

Musa riu.

— Vai haver outra escalada esta noite, lady?

— Sim, com minhas desculpas.

— Estamos felizes por isso, lady.

— Acho que você está dizendo isso para diminuir minha culpa.

— Não, é verdade, lady. O comandante gosta de vaguear à noite também, e ele não aceita companhia de guardas, mesmo quando o rei ordena isso. Se sairmos com você, teremos uma desculpa para ficar de olho nele.

— Entendo — disse Fogo, talvez um pouco sardonicamente. — Menos guardas hoje à noite — acrescentou, mas Musa ignorou o comentário e despertou tantos quantos havia despertado na noite anterior.

— São ordens — disse Musa, quando os homens se sentaram, confusos, e penduraram suas armas.

— E, se o comandante não segue as ordens do rei, por que vocês devem seguir as do comandante?

A pergunta de Fogo gerou mais do que um conjunto de sobrancelhas erguidas.

— Lady — disse Musa —, os soldados neste exército obedeceriam ao comandante se ele lhes pedisse para pular de um rochedo.

Fogo estava começando a ficar irritada.

— Que idade você tem, Musa?

— Trinta e um anos.

— Então o comandante deve ser uma criança para você.

— E a lady, um bebê — respondeu Musa secamente, fazendo aflorar um sorriso no rosto de Fogo. — Estamos prontos. A lady vai à frente.

Ela rumou em direção ao mesmo montículo de rochas que escalara anteriormente, porque ele a aproximaria do céu e porque sentia que faria com que sua guarda chegasse mais perto do insone de quem eles não deviam estar tomando conta. Brigan estava em meio àqueles blocos de rocha em alguma parte, e a elevação era ampla o suficiente para que pudessem compartilhá-la sem se chocar uns com os outros.

Ela encontrou uma rocha achatada e alta para sentar-se. Sua guarda se espalhou em torno dela. Fechou os olhos e deixou a noite banhá-la, esperando que, depois disso, ficasse cansada o suficiente para dormir.

Não se moveu quando percebeu a aproximação de Brigan, mas, ao recuo de sua guarda, ela abriu os olhos.

O comandante encostou-se em uma rocha a vários passos dela. Estava olhando para as estrelas.

— Lady — disse ele, com uma saudação.

— Senhor príncipe — respondeu ela baixinho.

Ele se inclinou ali por um momento, virou a cabeça para o alto, e Fogo perguntou-se se essa seria a conversa toda entre eles.

— Seu cavalo se chama Pequeno — comentou ele finalmente, sobressaltando-a com a fala aleatória.

— Sim.

— O meu se chama Grande.

E agora Fogo estava sorrindo.

— A égua negra? Ela é muito grande?

— Não para meus olhos — disse Brigan —, mas eu não a batizei assim.

Fogo lembrou-se da origem do nome de Pequeno. Na verdade, ela nunca conseguira esquecer o homem que Cansrel maltratara por sua causa.

— Um contrabandista de animais deu a Pequeno o seu nome. Um homem estúpido chamado Cutter. Ele achava que qualquer cavalo que não reagisse bem a um castigo tinha cérebro pequeno.

— Ah. Cutter — disse Brigan, como se conhecesse o homem, o que, afinal de contas, não seria surpreendente, já que Cansrel e Nax provavelmente compartilharam os mesmos fornecedores. – Bem, eu vi do que seu cavalo é capaz. Obviamente ele não tem cérebro pequeno.

Era um truque sujo, sua contínua gentileza com o cavalo dela. Fogo levou um momento para engolir sua gratidão, tudo fora de proporção, ela sabia, porque estava sozinha. Decidiu mudar de assunto:

– Você não consegue dormir?

Ele se esquivou dela, dando uma risada curta.

– Às vezes, à noite, minha cabeça gira.

– Sonhos?

– Eu não chego a dormir o suficiente para tê-los. Preocupações.

Cansrel costumava cantar acalantos para que ela dormisse, às vezes, nas noites insones. Se Brigan a deixasse, se numa hipótese muito remota ele a deixasse, ela poderia abrandar suas preocupações; poderia ajudar o comandante do Exército do Rei a pegar no sono. Seria um uso nobre de seu poder, um uso prático. Mas ela sabia que não devia sugerir isso.

– E você? – perguntou Brigan. – Parece fazer uma porção de andanças noturnas.

– Eu tenho pesadelos.

– Sonhos com falsos terrores? Ou com coisas que são reais?

– Coisas reais – disse ela. – Sempre. Sempre tive sonhos com coisas horríveis que são reais.

Ele ficou em silêncio. Esfregou as costas da mão.

– É difícil despertar de um pesadelo quando é real – disse ele, a mente ainda sem conceder a ela nada do que ele estava sentindo; mas em sua voz e suas palavras ela ouviu algo que se parecia com simpatia.

— Boa noite a você, lady — completou ele um momento depois. Virou-se e retirou-se para a parte mais baixa do acampamento.

Seu guarda voltou a ficar em torno dela, que ergueu o rosto para as estrelas novamente e fechou os olhos.

DEPOIS DE QUASE uma semana de cavalgada com a Primeira Divisão, Fogo caiu numa rotina — se uma sucessão de experiências perturbadoras pudesse ser chamada assim.

Cuidado!, disse ela em pensamento para seus guardas uma manhã no desjejum, quando derrubaram um homem ao chão depois de ele vir correndo na direção dela com uma espada. *Aí vem outro sujeito com a mesma ideia. Oh, Deus*, acrescentou ela. *Também percebo uma matilha de lobos-monstro em nosso lado ocidental.*

— Informe a um dos capitães caçadores de lobos, por favor, lady — dizia Musa, ofegante, puxando os pés de sua presa e gritando para três ou quatro guardas para que esmurrassem o novo atacante no nariz.

Era duro para Fogo nunca ter permissão para ficar sozinha. Mesmo nas noites em que o sono parecia próximo, ela continuava a dar suas caminhadas tardias com sua guarda, porque isso era o mais próximo à solidão que ela podia ficar. Na maior parte das noites, seu caminho cruzava com o do comandante, e eles trocavam algumas palavras em voz baixa. Era surpreendentemente fácil conversar com ele.

— Deixa alguns homens atravessarem suas defesas mentais intencionalmente, lady — disse Brigan para ela numa noite. — Não deixa?

— Alguns deles me pegam de surpresa — respondeu ela, com as costas repousando na rocha e os olhos postos no céu.

— Sim, tudo certo — concordou Brigan. — Mas, quando um soldado marcha através de um acampamento inteiro com a mão na faca e a mente totalmente aberta, você sabe que ele está chegando, e na maioria dos casos poderia mudar suas intenções e fazê-lo retroceder se quisesse. Se esse homem tenta atacar você, é porque você permitiu.

A rocha em que Fogo estava sentada se ajustava à curva do seu corpo; ela poderia dormir ali. Fechou os olhos e refletiu sobre como reconhecer que ele estava certo.

— Eu faço um monte de homens retrocederem realmente, como você diz, e algumas mulheres de vez em quando. Meus guardas nem mesmo sabem deles. Mas esses são os que apenas querem me olhar, tocar ou me dizer coisas: os que são apenas assanhados ou acham que me amam e são delicados em seus sentimentos. — Ela hesitou. — Os que me odeiam e querem realmente me fazer mal... Sim, você está certo. Às vezes eu deixo os homens mais malignos me atacarem. Se me atacam, eles acabam presos, e a cadeia é o único lugar além da morte onde eles não serão mais um perigo para mim. Seu exército é grande demais, príncipe — disse ela, dando uma olhadela nele. — Gente demais para eu controlar de uma vez só. Preciso me proteger do jeito que puder.

Brigan manifestou irritação:

— Eu não discordo. Sua guarda é mais que competente. Conquanto você possa suportar o perigo disso.

— Eu suponho que deveria estar mais acostumada à sensação de perigo agora — disse ela. — Mas eu fico acovardada de vez em quando.

— Soube que seus caminhos se cruzaram com os de Mydogg e Murgda quando deixou a fortaleza de minha mãe na primavera — falou ele. — Eles pareceram perigosos para você?

Fogo lembrou-se daquele inquietante olhar duplo.

— Obscuramente. Eu não poderia dizer o quanto se você me perguntasse, mas, sim, eles me deram a impressão de ser perigosos.

Ele fez uma pausa.

— Haverá uma guerra — disse Brigan baixinho. — E, no fim dela, eu não sei quem será rei. Mydogg é um homem frio, ganancioso e um tirano. Gentian é pior que um tirano, porque ele também é um tolo. Nash é o melhor dos três, sem discussão. Ele pode ser imprudente; é impulsivo. Mas ele é justo e não é motivado pelo interesse pessoal e tem uma disposição para a paz, além de lampejos de sabedoria de vez em quando. — Ele se interrompeu e, quando falou novamente, soou um tanto desesperançado: — Haverá uma guerra, lady, e o desperdício de vidas será terrível.

Fogo permaneceu em silêncio. Ela não esperava que a conversa tomasse uma direção tão séria, mas isso não a surpreendeu. Nesse reino ninguém estava imune a pensamentos graves, e esse homem estava menos imune que a maioria. *Esse garoto*, pensou ela, quando Brigan bocejou e amarfanhou o próprio cabelo.

— Devemos tentar dormir um pouco — disse ele. — Amanhã espero conduzir-nos até o Lago Cinzento.

— Bom — concordou Fogo. — Porque eu quero tomar um banho.

Brigan jogou a cabeça para trás e sorriu para o céu.

— Bem dito, lady. O mundo pode estar caindo aos pedaços, mas ao menos um banho podemos tomar.

BANHAR-SE NUM LAGO frio reservou alguns desafios imprevistos — como o pequeno peixe-monstro, que veio em cardumes em torno dela quando ela molhou os cabelos, e os insetos-monstro que tentaram comê-la viva, e a necessidade de uma guarda especial para prevenção contra os predadores. Mas, a despeito de disso tudo, foi bom ficar limpa. Fogo enrolou seu cabelo molhado em toalhas e sentou-se junto ao fogo o mais próximo que pôde sem se queimar. Chamou Mila até perto de si e enfaixou novamente o corte superficial que corria ao longo do cotovelo da garota, feito por um homem que Mila subjugara havia três dias, um homem dotado de talento para luta de facas.

Fogo estava agora conhecendo sua guarda e entendia melhor do que antes as mulheres que haviam escolhido juntar-se ao exército. Mila era das montanhas a extremo sul, onde toda criança, menino ou menina, aprendia a lutar, e toda garota tinha ampla oportunidade de praticar o que havia aprendido. Ela mal teria quinze anos, mas como guarda era audaciosa e veloz. Tinha uma irmã mais velha com dois bebês e nenhum marido, e seus soldos os mantinham. O Exército do Rei era bem pago.

A Primeira Divisão continuou sua jornada rumo ao sudeste até a Cidade do Rei. Quase duas semanas de jornada e faltando cerca de uma semana de marcha, eles chegaram ao Forte do Meio, uma tosca fortaleza de pedra que se erguia das rochas com altos muros e barras de ferro em janelas estreitas e sem vidro: o abrigo de cerca de quinhentos soldados auxiliares. Um lugar de aparência mesquinha, áspera, mas todos, incluindo Fogo, ficaram felizes por chegarem lá. Por uma noite, ela teve uma cama para dormir e um teto de pedra acima de sua cabeça, o que significava que também a sua guarda estava protegida.

No dia seguinte, a paisagem mudou. Muito subitamente, o terreno tornou-se de pedras arredondadas em vez de pontiagudas: pedras lisas se desenrolando quase como colinas. Às vezes as pedras ficavam verde-claras com o musgo, com uma grande relva, ou se tornavam mesmo um campo de grama alta, macio sob os seus pés. Fogo nunca havia visto tanto verde. Achou aquela a mais bela e a mais assombrosa paisagem do mundo. A relva parecia um longo cabelo brilhante, como se os próprios Dells fossem um monstro. Era uma ideia tola, ela sabia, mas, com o reino dela tornando-se deslumbrante com as cores, sentiu de repente que pertencia a esse lugar.

Não dividiu esse pensamento com Brigan, naturalmente, mas expressou seu choque com o súbito verdor do mundo. A isso ele respondeu sorrindo silenciosamente para o céu noturno, um gesto que ela estava começando a associar a ele.

— Vai ficar cada vez mais verde à medida que formos nos aproximando da Cidade do Rei, e cada vez mais macio — explicou ele. — Você verá que há uma razão para este reino ser chamado de Dells.

— Eu perguntei uma vez ao meu pai... — balbuciou ela; e depois se calou, horrorizada por ter começado a falar afetuosamente de Cansrel diante dele.

Quando ele finalmente rompeu seu silêncio, sua voz foi mansa:

— Eu conheci sua mãe, lady. Você sabia disso?

Fogo não sabia, mas supôs que deveria saber, pois Jessa havia trabalhado nos quartos das crianças reais numa época em que Brigan devia ser muito jovem.

— Eu não sabia, senhor príncipe.

— Jessa era a pessoa a quem eu recorria sempre que estava mal — disse ele, acrescentando de esguelha: — Isto é, depois que minha mãe brigava comigo.

Fogo não conseguiu deixar de sorrir.

— E você ficava mal com frequência?

— Pelo menos uma vez ao dia, lady, que me lembre.

Com seu sorriso crescendo, Fogo olhou para ele como se olhasse para o céu.

— Talvez você não fosse muito bom para seguir ordens.

— Pior que isso. Eu costumava fazer armadilhas para Nash.

— Armadilhas?!

— Ele tinha cinco anos a mais. O perfeito desafio, discreto e matreiro, como vê, para compensar minha falta de tamanho. Eu armava redes para caírem sobre ele. Fechava-o dentro de armários. — Brigan deu uma risada. — Ele era um irmão de bom gênio. Mas, toda vez que nossa mãe sabia disso, ficava furiosa, e, quando ela brigava comigo, eu recorria a Jessa, porque a raiva dela era muito mais fácil de suportar do que a de Roen!

— O que quer dizer com isso? — perguntou Fogo, sentindo um pingo de chuva e torcendo para que ele se afastasse.

Brigan pensou por um momento.

— Ela me dizia que estava raivosa, mas não parecia. Ela nunca erguia a voz. Ficava lá costurando, ou o que quer que estivesse fazendo. Nós analisávamos meus crimes, e invariavelmente eu dormia em minha cadeira. Quando eu acordava, estava atrasado demais para o jantar e ela me alimentava nos quartos das crianças. Uma festa e tanto para um garoto pequeno que geralmente tinha que se vestir para o jantar e ficar sério e silencioso em torno de um monte de pessoas aborrecidas.

– Um garoto malvado, ao que parece.

O rosto dele se iluminou com um sorriso. A água pingou em sua testa.

– Quando eu tinha seis anos, Nash caiu numa armadilha e quebrou a mão. Meu pai ficou sabendo. Isso pôs um fim em minhas travessuras por algum tempo.

– Você cede tão facilmente?

Ele não respondeu ao tom provocador de Fogo. Ela olhou para ele, suas sobrancelhas enrugadas para o céu, o rosto sombrio, e ficou assustada, de repente, com o que eles estavam conversando; pois, novamente, de súbito, parecia que poderiam estar conversando sobre Cansrel.

– Eu acho que entendo agora por que Roen ficava furiosa toda vez que eu me portava mal – disse ele. – Ela ficava com medo de que Nax descobrisse e pusesse em sua cabeça que devia me castigar. Ele não era... um homem racional na época em que o conheci. Seus castigos não eram racionais.

Então, estavam conversando sobre Cansrel, e Fogo ficou envergonhada. Ela sentou-se, com a cabeça curvada, e ficou pensando no que Nax havia feito, o que Cansrel havia dito a Nax para fazer a fim de punir um garoto de seis anos que provavelmente já naquela época devia ser inteligente o bastante para ver Cansrel como realmente era.

Gotas de chuva tamborilaram em seu lenço de cabeça e nos ombros.

— Sua mãe tinha cabelos ruivos — disse Brigan, animadamente, como se os dois não sentissem a presença de dois homens mortos em meio àquelas rochas. — Nada parecidos aos seus, é claro. E ela era musical, como você. Eu me lembro de quando você nasceu. E me lembro de que ela chorou quando você foi levada embora.

— Chorou?

— Minha mãe não lhe contou nada sobre Jessa?

Fogo engoliu um nó na garganta.

— Sim, senhor príncipe, mas eu sempre gosto de ouvir outra vez.

Brigan enxugou a chuva de seu rosto.

— Então, sinto muito por não me lembrar de mais coisas. Se soubéssemos que uma pessoa estava para morrer, nós prestaríamos mais atenção às lembranças.

Fogo corrigiu-o, com um sussurro:

— Às boas lembranças. — Ela se levantou. Essa conversa fora uma mistura de muitas tristezas. E ela não se importava com a chuva, mas parecia injusto impô-la aos seus guardas.

Capítulo 13

Na manhã de seu último dia de cavalgada, Fogo despertou com as costas doloridas, os seios doloridos, os músculos de seu pescoço e ombros cheios de nós. Nunca houvera qualquer previsão de como a fase anterior ao seu sangramento mensal se manifestaria. Às vezes, passava quase sem sintomas. Noutras ocasiões, ela se tornava uma prisioneira infeliz de seu próprio corpo.

E ao menos estaria sob os tetos de Nash quando o sangramento começasse; não teria que se embaraçar com uma explicação para o aumento do ataque dos monstros.

No lombo de Pequeno ela estava confusa, ansiosa, nervosa. Desejava sua própria cama; desejava não ter vindo. Não estava com ânimo para a beleza, e, quando passaram por uma grande colina rochosa com flores silvestres brotando de todas as fendas, ela teve que dar uma ordem a si mesma para que seus olhos não ficassem enevoados pelo deslumbramento.

A terra ficava cada vez mais verde, e finalmente eles se depararam com um desfiladeiro que se estendia à esquerda e à direita diante deles, repleto de árvores que se erguiam da base, e trovoando com as águas do rio Alado. Uma estrada corria de leste para oeste sobre o rio, e uma trilha de relva, visivelmente muito transitada, seguia paralela à estrada. O exército se virou para o leste e moveu-se rapidamente ao longo da trilha. A estrada estava cheia de gente, carroças, carretos, que rumavam para as duas direções. Muitos pararam para observar a Primeira Divisão passar e ergueram os braços em saudação.

Fogo decidiu imaginar que ela havia saído para galopar com sua guarda e que ninguém desses outros milhares de pessoas existia. Não havia rio ou estrada à sua direita, nem a Cidade do Rei diante dela. Pensar desse modo era reconfortante, e seu corpo clamava por conforto.

QUANDO A PRIMEIRA parou para uma refeição ao meio-dia, Fogo não tinha apetite. Sentou-se na grama, com os cotovelos sobre os joelhos, segurando sua cabeça latejante.

— Lady — disse a voz do comandante acima dela.

Fogo assumiu uma expressão plácida e ergueu os olhos.

— Sim, senhor príncipe?

— Está precisando de um curandeiro, lady?

— Não, senhor príncipe. Eu estava apenas refletindo sobre uma coisa.

Ele não acreditou nela, como ela pôde perceber pelo movimento cético de sua boca; mas ele deixou a coisa passar.

— Eu recebi uma convocação urgente do sul — disse ele. — Partirei assim que chegarmos à corte do rei. Fiquei pensando se haveria alguma coisa que quisesse, que eu pudesse providenciar antes de partir.

Fogo puxou um tufo de relva e engoliu em seco o próprio desapontamento. Ela não conseguia pensar em nada que quisesse, nada que alguém pudesse providenciar, exceto a resposta para uma pergunta. Ela a formulou muito baixinho:

– Por que você é tão gentil comigo?

Ele fez uma pausa, olhando as mãos que puxavam a relva. Abaixou-se até o nível de seu olhar.

– Porque eu confio em você.

O mundo, então, parou ao redor de Fogo, e ela fixou o olhar com força na relva. O verde era radiante à luz do sol.

– Por que você deveria confiar em mim?

Ele deu uma olhada nos soldados ao redor dos dois e balançou a cabeça.

– Uma conversa que fica para outra ocasião.

– Pensei numa coisa que você pode fazer por mim – disse ela. – Pensei nela neste exato momento.

– Diga.

– Você pode levar uma guarda quando sair para caminhar à noite. – E então, quando suas sobrancelhas se ergueram e ela o viu formulando uma recusa, disse: – Por favor, senhor príncipe. Há pessoas que poderiam matá-lo, e muitas outras que morreriam para impedir que isso acontecesse. Mostre algum respeito àqueles que valorizam tanto sua vida.

Ele desviou o olhar, franzindo o cenho. Sua voz não estava satisfeita:

– Muito bem.

Essa frase encerrou a questão, e lastimando agora, muito provavelmente por ter ele mesmo dado início à conversa, Brigan retornou ao seu cavalo.

Sobre a sela novamente, Fogo ficou pensando na confiança do comandante, ruminando-a como um doce em sua boca, tentando concluir se acreditava nela. Não que pensasse que pudesse ser mentira. Era apenas que ela achava Brigan não muito confiável – não completamente, de qualquer modo, não do jeito que Brocker ou Donal eram, ou mesmo Archer, nos dias em que resolvia confiar nela.

O problema com Brigan era que ele era muito fechado. Quando foi que ela tivera que julgar uma pessoa só por suas palavras? Ela não tinha uma fórmula para entender alguém como ele, pois ele era a única pessoa assim que conhecera.

O RIO ALADO fora batizado assim porque, antes que suas águas atingissem o fim de sua jornada, elas levantavam voo. No lugar onde o rio saltava de um grande rochedo verde e mergulhava no Mar de Inverno, a Cidade do Rei havia crescido, começando pela margem norte e se espalhando pelo exterior e pelo sul do outro lado do rio. Juntando a cidade mais velha com a mais nova, havia pontes cujas construções haviam lançado para a morte ao longo das quedas mais de um engenheiro infeliz. Um canal de eclusas escarpadas pelo lado extremo norte ligava a cidade ao porto da Adega, bem abaixo.

Passando pelos muros das cercanias da cidade com sua escolta de cinco mil homens, Fogo sentiu-se uma garota tola do campo. Tantas pessoas nessa cidade, tantos cheiros e ruídos, construções pintadas com cores vivas, com telhados proeminentes, casas estreitamente amontoadas, casas de madeira vermelha com remates verdes, roxos e amarelos, azuis e alaranjados! Fogo nunca tinha visto uma construção que não fosse feita de pedra. Não ocorrera a ela que as casas poderiam ser de qualquer cor além do cinza.

As pessoas se dependuravam nas janelas para ver a Primeira Divisão passar. Mulheres na rua flertavam com os soldados e atiravam flores (tantas que Fogo não podia acreditar na extravagância). Essas pessoas jogaram sobre a cabeça de Fogo mais flores do que ela vira em toda a sua existência.

Uma flor se esparramou contra o peito de um dos espadachins de elite de Brigan, que cavalgava à direita de Fogo. Quando ela riu para ele, ele ficou radiante e lhe entregou a flor. Nessa jornada pelas ruas da cidade, Fogo estava cercada não só por sua guarda, mas também pelos lutadores mais competentes de Brigan, com o próprio Brigan à sua esquerda. O comandante usava a cor cinza de suas tropas, e havia posicionado o porta-estandarte a alguma distância atrás de si. Tudo isso era uma tentativa de reduzir a atenção que Fogo atraía, e ela sabia que não estava interpretando seu papel na história. Ela devia estar numa postura séria, seu rosto curvado sobre as mãos, não olhando para os olhos de ninguém. Em vez disso, estava rindo – rindo e sorrindo, indiferente aos seus achaques e dores e animadíssima com a estranheza e o alvoroço do lugar.

E então, pouco tempo depois – ela não saberia dizer se sentira ou ouvira a princípio – houve uma mudança no pessoal da Divisão. Um sussurro pareceu abrir caminho entre as saudações, depois um silêncio estranho e por fim uma calmaria. Ela sentiu: eram espanto e admiração. E entendeu que, mesmo com seus cabelos encobertos, mesmo com suas roupas desleixadas e sujas de montaria, mesmo que essa cidade não a visse nem provavelmente pensasse nela há dezessete anos, seu rosto, seus olhos e seu corpo tinham revelado a eles quem ela era. E seu lenço de cabeça o havia confirmado, pois para que mais ela cobriria seus cabelos? Ela se tornou consciente de que sua animação estava apenas fazendo com que seu brilho fosse mais intenso. Desmanchou seu sorriso e baixou os olhos.

Brigan acenou para seu porta-estandarte a fim de que se adiantasse e cavalgasse atrás deles.

Fogo falou baixinho:

— Não farejo perigo.

— Mesmo assim, é melhor ter precaução – disse Brigan soturnamente. – Se um arqueiro sair dessas janelas, eu quero que ele perceba nós dois. Um homem que queira se vingar de Cansrel não vai disparar se ele se arriscar a me atingir.

Ela pensou em fazer piada com isso. Se seus inimigos eram amigos de Brigan e seus amigos eram inimigos dele, os dois poderiam atravessar o mundo de braços dados e nunca ser atingidos por flechas novamente.

Mas um som estranho se erguera agora do silêncio.

— Fogo! – gritou uma mulher de uma janela lá do alto. Um bando de crianças de pés descalços na porta de uma casa fez eco ao grito:

— Fogo. Fogo! – Outras vozes se juntaram, e o grito se ampliou, até que de repente as pessoas estavam gritando seu nome, cantando-o, algumas com veneração, outras quase com acusação – algumas sem razão alguma, exceto o fato de terem sido apanhadas pelo fervor contagiado e irracional de uma multidão. Fogo cavalgou em direção aos muros do palácio de Nash, aturdida, confusa, pela música de seu próprio nome.

A FACHADA DO palácio do rei era negra, disso Fogo já havia ouvido falar. Mas a informação não a preparara para a beleza ou a luminosidade da pedra. Era um negro que cambiava, dependendo do ângulo em que fosse focalizado, e aquilo tremeluzia e refletia a luz de outras coisas, de modo que a impressão que Fogo tinha era de serem painéis mutáveis de negro, cinza e prata, de azul refletido do céu oriental e de alaranjado e vermelho do sol poente.

Os olhos de Fogo eram famintos pelas cores da Cidade do Rei mesmo sem tê-la conhecido. Como seu pai devia ter brilhado nesse lugar!

Os cinco mil soldados mudaram de direção quando Fogo, sua guarda e Brigan se aproximaram da rampa dos portões. Lanças foram erguidas e os portões se abriram. Os cavalos passaram por uma guarita de pedra negra e emergiram num pátio branco que ofuscava com o reflexo do pôr do sol nas paredes de quartzo, e o céu cor-de-rosa lá no alto reluzia sobre os telhados de vidro. Fogo esticou o pescoço e ficou impressionada com as paredes e telhados. Um emissário se aproximou deles e ficou boquiaberto com Fogo.

– Ponha os olhos em mim, Welkley – disse Brigan, descendo de seu cavalo.

Welkley, baixo, magro, impecavelmente vestido e penteado, tossiu e se virou para Brigan.

– Perdoe-me, senhor príncipe. Eu mandei alguém aos escritórios para avisar a princesa Clara sobre a sua chegada.

– E Hanna?

– Na casa verde, senhor príncipe.

Brigan fez um sinal de assentimento e ergueu uma das mãos para Fogo.

– Senhora Fogo, este é o primeiro emissário do rei, Welkley.

Fogo sabia que essa era a deixa para desmontar e dar a mão para Welkley, mas, quando ela se moveu, um espasmo de dor irradiou da parte baixa de suas costas. Ela prendeu o fôlego, rangeu os dentes, puxou sua perna por sobre a sela e perdeu o equilíbrio, deixando aos instintos de Brigan impedi-la de cair de costas diante do primeiro emissário do rei. Ele a apanhou friamente e apoiou-a sobre seus pés, com o rosto impassível, como se fosse rotina para ela lançar-se sobre ele toda vez que desmontava; e lançou um olhar mal-humorado sobre o piso de mármore enquanto ela estendia a mão para Welkley.

Então, entrou no pátio uma mulher que Fogo não poderia deixar de pressentir, uma força da natureza. Virou-se para localizá-la e viu uma cabeça de cabelo castanho farto, olhos faiscantes, um sorriso brilhante e uma bela e ampla figura. Ela era alta, quase tão alta quanto Brigan. Lançou seus braços em torno dele, rindo, e beijou seu nariz.

– Isto é uma festa – disse ela. E depois, para Fogo: – Sou Clara. E agora eu entendo Nash: você é ainda mais estonteante que Cansrel.

Fogo não conseguiu encontrar palavras para respondê-la, e o olhar de Brigan, de repente, ficou atormentado. Mas Clara simplesmente riu outra vez e afagou o rosto de Brigan.

– Tão sério! – disse ela. – Vá em frente, irmãozinho. Eu tomarei conta da senhora.

Brigan fez um sinal de assentimento.

— Lady Fogo, eu a encontrarei antes da minha partida. Musa — disse ele, virando-se para a guarda de Fogo, que se erguia em silêncio com os cavalos. — Vão com a senhora, todos vocês, aonde quer que a princesa Clara a leve. Clara, providencie para que um curandeiro a visite hoje. Uma mulher. — Ele beijou o rosto de Clara apressadamente. — Para o caso de eu não vê-la novamente. — Ele girou para se afastar e praticamente entrou correndo em uma das portas arqueadas que conduziam ao interior do palácio.

— Ele está sempre agitado, o Brigan — disse Clara. — Venha, lady, eu a levarei aos seus aposentos. Você gostará deles, dão vista para a casa verde. O sujeito que toma conta dos jardins da casa verde? Confie em mim, lady, você o deixaria cuidar de seus tomates.

Fogo estava sem fala devido ao espanto. A princesa agarrou-lhe o braço e empurrou-a em direção ao palácio.

A SALA DE ESTAR de Fogo de fato tinha vista para uma curiosa casa de madeira incrustada nos jardins do palácio. A casa era pequena, pintada de verde-escuro e cercada por jardins e árvores luxuriantes de tal modo que parecia se misturar com eles, como se ela houvesse brotado do chão como a vegetação que crescia em torno dela.

Não se via o famoso jardineiro em lugar algum, mas, quando Fogo olhou da janela, a porta da casa se abriu. Uma mulher jovem, de cabelos castanhos, num vestido amarelo pálido, veio para fora e passou pelo pomar em direção ao palácio.

— É a casa de Roen, tecnicamente — disse Clara, apoiada no ombro de Fogo. — Ela a construiu porque acreditava que a rainha tinha que ter um lugar onde se refugiar. Viveu lá o tempo todo depois que rompeu com Nax. Ela a cedeu para o uso de Brigan, por enquanto, até que Nax escolha uma rainha.

E então aquela jovem mulher devia estar associada a Brigan. Interessante, de fato, e uma visão bastante bela, até que Fogo foi até as janelas de sua alcova e se deparou com uma visão que ela apreciou ainda mais: os estábulos. Ela estendeu sua mente e encontrou Pequeno, e ficou imensamente reconfortada por saber que ele ficaria próximo o bastante para que ela o sentisse.

Seus aposentos eram grandes demais, mas confortáveis, as janelas abertas e dotadas de telas de arame; uma consideração que alguém tivera para com ela especialmente, suspeitava, para que pudesse passar por sua janela com o cabelo descoberto e não ter que se preocupar com raptores-monstro ou uma invasão de insetos-monstro.

Ocorreu-lhe então que talvez esses houvessem sido os aposentos de Cansrel ou as telas de arame dele. Tão rapidamente quanto lhe ocorrera, ela descartou a possibilidade. Cansrel devia ter tido mais quartos, e maiores, próximos ao rei, com vista para um dos brancos pátios internos, com uma sacada em todas as janelas altas, como ela vira quando entrara no pátio a princípio.

E então seus pensamentos foram interrompidos pela consciência do rei. Ela olhou para a porta de sua alcova, intrigada, e depois sobressaltada, quando Nash entrou.

– Irmão rei – disse Clara, muito surpresa. – Não poderia esperar que ela lavasse a poeira da estrada de suas mãos?

Os guardas que acompanhavam Fogo puseram-se de joelhos. Nash nem mesmo viu ou ouviu Clara, andou firmemente pelo aposento até a janela onde Fogo estava. Ele prendeu a mão em torno de seu pescoço e tentou beijá-la.

Fogo sentiu que isso aconteceria, mas a mente dele foi rápida e ágil, e ela não havia se movido rápido o bastante para assumir o controle. E, durante seu encontro anterior, ele estava bêbado. Não estava agora, e a diferença era notável. Para evitar seu beijo, ela caiu de joelhos numa imitação de subserviência. Ele a agarrou, lutando para que ela se levantasse.

– Você a está sufocando – disse Clara. – Nash. Nash, pare!

Ela agarrou-se desesperadamente à mente de Nash, captou-a, perdeu-a novamente; e resolveu, num ataque de fúria, que ficaria inconsciente antes de beijar esse homem. Então, muito subitamente, a mão de Nash foi puxada com violência para longe de sua garganta por uma nova pessoa, que ela logo reconheceu. Fogo deu um grande e aliviado suspiro e subiu na janela.

A voz de Brigan foi perigosamente calma:

– Musa, deixe o quarto livre.

A guarda desapareceu. Brigan pegou o colarinho de Nash e empurrou-o com força contra a parede.

– Veja o que você está fazendo – cuspiu Brigan. – Tenha bom-senso!

– Perdoe-me – disse Nash, parecendo autenticamente aterrorizado. – Perdi a cabeça. Perdoe-me, lady.

Nash tentou virar o rosto para Fogo, mas a mão de Brigan apertou em torno de seu colarinho e pressionou contra sua garganta para detê-lo.

– Se ela for ficar sem segurança aqui, eu a levarei embora neste instante. Ela irá para o sul comigo, você está entendendo?

– Tudo bem – disse Nash. – Tudo bem.

– Não está tudo bem. Este é o quarto de dormir dela. Pelos céus, Nash! Por que você ainda está aqui?

– Tudo *bem* – concordou Nash, afastando o punho de Brigan com as mãos. – Basta. Eu reconheço que estava errado. Quando eu olho para ela, perco a cabeça.

Brigan soltou a mão do pescoço de seu irmão. Deu um passo para trás e esfregou o rosto com as mãos.

– Então, não olhe para ela – disse ele fatigadamente. – Eu tenho um assunto a tratar com você antes de partir.

– Venha ao meu escritório.

Brigan fez um sinal com a cabeça, apontando a porta.

– Estarei com você dentro de cinco minutos.

Nash se virou e saiu tropegamente do quarto, expulso. O mais velho dos filhos de Nax, e rei em teoria, era um enigma de inconsistências; mas quem desses irmãos era o rei na prática?

– Está bem, lady? – perguntou Brigan, franzindo o cenho depois da saída de Nash.

Fogo não estava totalmente bem. Ela pôs as mãos em suas costas doloridas.

– Sim, senhor príncipe.

– Pode confiar em Clara, lady – disse Brigan –, e em meu irmão Garan. E em Welkley e em um ou dois dos homens do rei que Clara pode indicar para você. Na ausência de lorde Archer, gostaria de escoltá-la pessoalmente para casa na próxima vez em que eu passar ao norte da cidade. É uma rota pela qual viajo com frequência. Isso não deve tardar mais que umas poucas semanas. É aceitável para você?

Não era aceitável, era tempo demais para esperar. Mas Fogo fez que sim, engolindo penosamente.

– Devo partir – disse ele. – Clara sabe como mandar mensagens para mim.

Fogo concordou novamente. Brigan se virou e desapareceu.

ELA RECEBEU UM banho, uma massagem e uma compressa quente de uma curandeira tão habilidosa que não se importou com o fato de que a mulher não conseguisse tirar as mãos de seus cabelos. Vestida com o traje mais simples entre as muitas opções que uma serviçal de olhos arregalados trouxera para ela, Fogo sentiu-se mais como ela mesma, tão igual a si mesma quanto pôde, nesses aposentos estranhos, e não sabendo o que esperar em seguida dessa estranha família real. E privada de música, pois ela havia devolvido seu violino emprestado ao seu dono de direito.

A Primeira Divisão teria uma parada de uma semana na Cidade do Rei e depois pegaria a estrada novamente sob qualquer comandante que Brigan houvesse deixado em seu lugar. Brigan, ela descobriu ao emergir de sua banheira, havia resolvido designar toda a sua guarda particular para ela permanentemente, com as mesmas regras de antes: seis guardas para acompanhá-la a qualquer lugar que fosse, e duas mulheres em sua alcova quando ela dormisse. Fogo lamentava isso, que esses soldados devessem continuar sob uma incumbência tão monótona, e lamentava mais tê-los ainda o tempo todo atrás dela. A sua interminável falta de solidão era pior que uma bandagem irritante num ferimento.

Na hora do jantar, ela reclamou de uma dor nas costas, para evitar ter que aparecer tão depressa diante de Nash e sua corte. Nash mandou serviçais ao seu quarto, empurrando carrinhos que carregavam um banquete que poderia ter alimentado todos os moradores de sua própria casa de pedra ao norte e também da casa de Archer. Ela pensou em Archer, depois pôs o pensamento de lado. Archer fez com que as lágrimas ficassem iminentes demais.

Welkley apareceu com quatro violinos depois do jantar, dois pendendo dos dedos de cada mão. Violinos assombrosos, com nada de modesto, cheirando maravilhosamente a madeira e verniz e cintilando em marrom, alaranjado, vermelhão. Foram os melhores que ele fora capaz de encontrar num tempo tão curto, explicou Welkley. Era para ela escolher um dos quatro, como presente da família real.

Fogo pensou que poderia adivinhar qual membro da família real havia dispensado um minuto em meio às suas preocupações para ordenar uma pesquisa dos melhores violinos da cidade, e de novo ela ficou perturbada até as lágrimas. Pegou os instrumentos do emissário um por um, cada um mais belo que o outro. Welkley esperou pacientemente enquanto ela os tocava, testando a sensação deles junto ao seu pescoço, a agudez das cordas nas pontas de seus dedos, a profundidade de seu som. Houve um que ela continuou tocando, tinha um verniz vermelho-cobre e uma claridade parecida com a ponta de uma estrela, preciso e solitário, fazendo-a se lembrar de casa de um modo obscuro. *Este aqui*, pensou ela para si mesma, *este é o que eu quero.* Seu único defeito, disse a Welkley, era que ele era bom demais para a sua habilidade.

Naquela noite as lembranças e também as dores, a ansiedade, a mantiveram acordada. Assustada com o alvoroço da corte cheia de gente mesmo até tarde da noite e sem saber a rota para qualquer visão tranquila do céu, ela foi com seis dos guardas para os estábulos. Encostou-se à porta da cocheira diante de seu cavalo inclinado de lado e sonolento.

Por que eu vim para cá?, perguntou ela a si mesma, *No que eu me meti? Eu não sou deste lugar. Oh, Pequeno. Por que eu estou aqui?*

Do calor da afeição por seu cavalo ela extraiu uma sensação frágil e mutável que quase se parecia com a coragem. Esperou que fosse suficiente.

Capítulo 14

O BISBILHOTEIRO QUE havia sido capturado no palácio não era o mesmo homem que Fogo pressentira nos aposentos do rei na fortaleza de Roen, mas sua consciência dava uma impressão parecida.

— O que isso significa? — perguntou Nash. — Que ele foi mandado pelo mesmo homem?

— Não necessariamente, senhor rei.

— Isso significa que ele é da mesma família? Eles são irmãos?

— Não necessariamente, senhor rei. Membros de uma família podem ter consciências amplamente diferentes, como pode haver dois homens na mesma função. Neste ponto, eu consigo apenas determinar que suas atitudes e aptidões são parecidas.

— E de que ajuda isso é? Nós não a trouxemos para tão longe para que você pudesse revelar-nos que ele é de natureza e inteligência medianas, lady.

No escritório do rei Nash, com suas deslumbrantes vistas da cidade, suas estantes se erguendo do piso ao mezanino até o teto abobadado, seus ricos tapetes verdes e lâmpadas douradas e muito especialmente seu belo e altamente tenso monarca, Fogo estava num estado de excitação mental que lhe tornava difícil concentrar-se no prisioneiro ou dar importância às exigências de lógica por parte do rei. Ele era inteligente, fútil, poderoso e caprichoso. Era isso que impressionava Fogo, que esse homem, com sua boa aparência sombria, fosse todas as coisas ao mesmo tempo, aberto como o céu e desesperadamente difícil de controlar.

Quando ela entrou inicialmente pela porta do escritório com seis de seus guardas, o rei a havia saudado taciturnamente.

— Você penetrou em minha mente antes de penetrar nesta sala, lady.

— Sim, senhor rei — concordou ela, assustada a ponto de ser franca diante dele e de seus homens.

— Estou feliz por isso — disse Nash — e a autorizo a falar assim. Com você eu não posso me responsabilizar pelo meu comportamento.

Ele sentou-se à sua escrivaninha, olhando fixamente para o anel de esmeralda em seu dedo. Enquanto esperavam que o prisioneiro fosse trazido diante deles, a sala se transformou num campo de batalha mental. Nash estava agudamente consciente da presença física dela; lutava para não olhá-la. Também estava agudamente consciente de presença dela dentro da mente dele, e ali estava o problema, pois ele se agarrava a ela nessa circunstância, perversamente, para saborear a excitação dela enquanto pudesse. E isso não funcionava de nenhuma das duas maneiras. Não podia ignorá-la e agarrar-se a ela ao mesmo tempo.

Ele era fraco demais e forte demais em todos os pontos errados. Quanto mais ela se apossava de sua consciência, mais ele a puxava para continuar se apossando, de modo que o controle dela se transformava em algo como controle e posse dele. E então ela lutava contra os sugadores mentais que ele possuía, mas tampouco isso adiantava. Era muito mais como soltá-lo e abandonar o corpo à volatilidade da mente dele.

Ela não conseguia encontrar o jeito certo de controlá-lo. Sentiu-o deslizando para longe. E ele ficou mais e mais agitado, e finalmente seus olhos deslizaram para o rosto dela; levantou-se e começou a andar para lá e para cá. Então o prisioneiro chegou, e suas respostas às perguntas de Nash só fizeram incrementar a sua frustração.

– Lamento se não sirvo de ajuda para o senhor, Majestade – disse ela. – Há limites para a minha percepção, especialmente com um desconhecido.

– Nós sabemos que você capturou invasores em sua própria casa, lady – afirmou um dos homens do rei –, que possuíam uma conformação diferente em suas mentes. Este homem é como aqueles?

– Não, senhor, não é. Aqueles homens tinham uma espécie de vazio mental. Este homem pensa por si mesmo.

Nash parou diante dela e franziu o cenho.

– Assuma o controle da mente dele – pediu ele. – Obrigue-o a contar-nos o nome de seu chefe.

O prisioneiro estava exausto, embalando um braço ferido, assustado com a senhora-monstro, e Fogo sabia que podia fazer o que o rei mandara bem facilmente. Agarrou a consciência de Nash o mais forte que pôde.

– Sinto muito, senhor rei. Eu só assumo o controle da mente das pessoas para a minha defesa.

Nash atingiu-a no rosto, com força. O golpe lançou-a de costas. Ela se equilibrou confusamente sobre os pés antes de atingir o tapete, preparada para fugir, lutar ou fazer o que fosse necessário para se proteger contra ele, não importando quem ele fosse, mas todos os seis guardas a cercaram nesse momento e puxaram-na para longe do alcance do rei. No canto de sua visão, ela viu sangue em sua bochecha. Uma lágrima se misturou com o sangue, e sua face ardia terrivelmente. Ele a cortara com a grande esmeralda quadrada de seu anel.

Eu odeio valentões, pensou ela furiosamente para ele.

O rei estava agachado no chão, a cabeça entre as mãos, seus homens ao seu lado, confusos, murmurando uns para os outros. Ele ergueu os olhos para Fogo. Ela sentiu a mente de Nash, agora clara, compreendendo o que fizera. Seu rosto estava desfigurado pela vergonha.

Sua fúria desapareceu tão rapidamente como viera. Ela lamentou por ele.

Enviou-lhe uma mensagem firme: *Esta é a última vez que aparecerei diante de você, até que tenha aprendido a resguardar-se contra mim.*

Ela se virou para a porta sem esperar ser dispensada.

FOGO PENSAVA SE um hematoma e um corte em forma de quadrado em sua face poderiam deixá-la feia. Em seu banheiro, curiosa demais para se deter, ela segurou um espelho diante do rosto.

Bastou uma olhadela para que enfiasse o espelho debaixo de uma pilha de toalhas, com sua pergunta respondida. Espelhos eram artefatos inúteis e irritantes. Ela devia saber.

Musa estava empoleirada na borda de sua banheira, com o cenho franzido, como ficara desde que seu contingente de guardas retornou com Fogo sangrando. Incomodava Musa, Fogo sabia, ficar presa entre as ordens de Brigan e a soberania do rei.

— Por favor, não fale sobre isso ao comandante — disse Fogo.

Musa franziu ainda mais o cenho.

— Lamento, lady, mas ele pediu especificamente para ser informado se o rei tentasse feri-la.

A princesa Clara bateu no umbral da porta.

— Meu irmão diz que fez uma coisa indesculpável — disse ela; e depois, vendo o rosto de Fogo: — Oh, meu Deus. A marca do anel do rei tão clara como o dia, o bruto. A curandeira veio?

— Ela acabou de sair, senhora princesa.

— E qual é seu plano para seu primeiro dia na corte, lady? Eu espero que você não se esconda só porque ele a marcou.

Fogo percebeu que iria se esconder, e o corte e o hematoma eram apenas uma parte disso. Que grande alívio o pensamento de ficar nesse quarto com suas dores e seus nervosismos até que Brigan voltasse e a levasse para sua casa!

— Pensei que você poderia gostar de um passeio pelo palácio — disse Clara —, e meu irmão Garan quer conhecê-la. Ele é mais parecido com Brigan que com Nash. Tem controle sobre si mesmo.

O palácio do rei e um irmão parecido com Brigan... A curiosidade levou a melhor sobre as apreensões de Fogo.

NATURALMENTE, AONDE QUER que fosse, ela era atentamente observada.

O palácio era gigantesco, como uma cidade a portas fechadas, com panoramas enormes: as cascatas, o porto, navios de velas brancas sobre o mar. As grandes envergaduras das pontes da cidade. A cidade propriamente dita, seu esplendor e sua dilapidação, estendendo-se por sobre campos dourados e colinas de rochas e flores. E, naturalmente, o céu, sempre a visão dele de todos os sete pátios internos da corte e de todos os corredores mais elevados, onde os tetos eram feitos de vidro.

— Eles não veem você — disse Clara a Fogo, quando um par de raptores-monstro empoleirados num telhado transparente fez com que se sobressaltasse. — O vidro é reflexivo pelo lado de fora. Eles veem apenas a si mesmos. E, diga-se de passagem, lady, toda janela do palácio que se abre é equipada com tela de arame, até as janelas do teto. Isso foi obra de Cansrel.

Não foi a primeira menção a Cansrel feita por Clara. Toda vez que ela dizia o nome dele, Fogo se encolhia, de tão acostumada que estava em ver as pessoas o evitarem.

— Suponho que seja para o melhor — continuou Clara. — O palácio fervilha de coisas monstruosas: tapetes, plumas, joias, coleções de insetos. As mulheres usam as peles. Diga-me, você sempre encobre seus cabelos?

— Geralmente — explicou Fogo —, se vou ser vista por estranhos.

— Interessante — disse Clara. — Cansrel nunca encobriu seus cabelos.

Bem, Cansrel amava atrair atenções, Fogo pensou secamente. Mais exatamente, ele era um homem. Não teve os mesmos problemas que ela.

O PRÍNCIPE GARAN era magro demais e não tinha a óbvia robustez de sua irmã; apesar disso, tinha muito boa aparência. Seus olhos eram escuros e ardentes sob um cabelo quase negro, e havia alguma coisa furiosa e elegante em seus modos que o tornavam intrigante de olhar. Atraente. Ele era muito parecido com seu irmão, o rei.

Fogo sabia que ele era doente – que, quando criança, fora atacado pela mesma febre que havia matado a sua mãe e tinha sobrevivido com a saúde arruinada. Ela também soubera, pelas suspeitas murmuradas por Cansrel e pelas certezas de Brocker, que Garan e sua gêmea Clara eram a força central do sistema de espionagem do reino. Ela achou difícil acreditar nisso quanto a Clara, seguindo a princesa por todo o palácio. Mas agora, na presença de Garan, o comportamento de Clara mudara para uma postura séria e sagaz, e Fogo entendeu que uma mulher que tagarelava sobre sombrinhas de seda e seu último romance de amor poderia saber guardar um segredo muito bem.

Garan estava sentado a uma longa mesa com uma pilha alta de documentos, numa sala pesadamente protegida, cheia de secretários de aparência preocupada. O único ruído além do farfalhar dos papéis vinha um tanto incongruentemente de uma criança que parecia estar brincando de cabo de guerra com um cachorrinho no canto. A criança encarou Fogo momentaneamente quando ela entrou, e depois, polidamente, evitou encará-la mais uma vez.

Fogo sentiu que a mente de Garan estava resguardada contra ela. Percebeu de repente, com surpresa, que a de Clara também estava e que assim permaneceu por todo o tempo. Sua personalidade era tão aberta que Fogo não avaliara o grau com que sua mente estava fechada. A mente da criança também estava cuidadosamente precavida.

Garan, além de estar resguardado, foi um tanto inamistoso. Ele pareceu fazer questão de não formular as costumeiras perguntas educadas, tais como se fizera uma boa viagem, se ela gostara de seus aposentos e se seu rosto estava doendo demais por ter sido esmurrado por seu irmão. Ele avaliou o ferimento em seu rosto afavelmente.

– Brigan não pode saber disso até acabar de fazer o que está fazendo – disse ele, sua voz baixa o bastante para que a guarda de Fogo, que rondava ao fundo, não pudesse ouvir.

– Concordo – disse Clara. – Não podemos tê-lo correndo de volta para espancar o rei.

– Musa vai relatar a ele – avisou Fogo.

– Os relatos dela passam por mim – disse Clara. – Eu darei um jeito nisso.

Com dedos manchados de tinta, Garan remexeu alguns papéis e estendeu uma única página do outro lado da mesa para Clara. Enquanto ela a lia, ele enfiou a mão num bolso e deu uma olhada no relógio. Falou por sobre o ombro para a criança:

– Doçura – disse ele –, não finja para mim que você não sabe as horas.

A criança deu um grande suspiro melancólico, arrancou o sapato do cachorrinho preto e branco, calçou-o e se moveu em direção à porta para sair. O cachorrinho esperou por um momento, e depois trotou atrás de sua – dona? Sim, Fogo concluiu que, na corte do rei, cabelos negros longos provavelmente encobriam seu aspecto infantil e faziam da criança uma mulher. De cinco anos provavelmente, ou seis, e presumivelmente filha de Garan. Ele não era casado, mas isso não significava que não tinha filhos. Fogo tentou ignorar seu involuntário lampejo de ressentimento pela maioria da humanidade que tinha filhos sem querer.

— Humm... — disse Clara, franzindo o cenho para o documento que estava diante dela. — Eu não sei o que fazer com isso.

— Discutiremos depois — falou Garan. Seus olhos deslizaram para o rosto de Fogo, e ela encarou o olhar com curiosidade. Suas sobrancelhas baixaram, tornando-o feroz e estranhamente parecido com Brigan.

— Então, lady Fogo — disse ele, dirigindo-se diretamente a ela pela primeira vez. — Você vai fazer o que o rei pediu e usar seu poder mental para interrogar nossos prisioneiros?

— Não, senhor príncipe. Eu só uso meu poder mental para autodefesa.

— Muito nobre de sua parte — comentou Garan, soando exatamente como se não quisesse dizer isso, de modo que a deixou perplexa. Olhou de volta para ele calmamente e não disse nada.

— *Seria* autodefesa — interrompeu Clara distraidamente, ainda franzindo o cenho com o papel diante dela. — A autodefesa deste reino. Não que eu não entenda sua resistência a satisfazer Nash quando ele foi tão grosseiro, lady, mas nós precisamos de você.

— Precisamos mesmo? Eu ainda não me resolvi quanto à questão — interrompeu Garan. Ele mergulhou sua caneta num tinteiro. Pingou cuidadosamente e garatujou algumas sentenças sobre o papel diante dele. Sem olhar para Fogo, abriu seu sentimento para ela, friamente e com controle perfeito. Ela o sentiu agudamente. Desconfiança. Garan não confiava nela e queria que ela soubesse disso.

Naquela noite, quando Fogo sentiu a aproximação do rei, trancou a entrada para seus aposentos. Ele não se objetou, resignado, aparentemente, a manter uma conversa através da porta de carvalho da sala de estar dela. Não era uma conversa muito particular, ao menos pelo lado dela, pois seus guardas em serviço retrocederam só um pouco em seus aposentos. Antes que o rei falasse, ela o advertiu que seria ouvido.

A mente dele estava aberta e perturbada, mas clara.

– Se me tolerar, lady, tenho apenas duas coisas a dizer.

– Vá em frente, senhor rei – disse Fogo baixinho, sua testa encostada à porta.

– A primeira é um pedido de desculpa, de todo o meu ser.

Fogo fechou os olhos.

– Não é todo o seu ser que precisa se desculpar. Apenas a parte que quer ser dominada pelo meu poder.

– Eu não posso mudar essa parte, lady.

– Pode sim. Se você for forte demais para que eu o controle, então é forte o bastante para controlar-se.

– Não consigo, lady, juro que não.

Você não quer conseguir, ela o corrigiu silenciosamente, *Você não quer desistir da sensação que tem de mim, e esse é seu problema.*

– Você é um monstro muito estranho – disse ele, quase sussurrando. – Monstros, em geral, querem dominar os homens.

E o que ela poderia responder a isso? Ela era um mau monstro e uma mulher ainda pior.

— O senhor disse que eram duas coisas, Majestade.

Ele tomou fôlego, como se para clarear a mente, e falou um pouco mais firme:

— A outra é pedir a você, lady, para reconsiderar a questão do prisioneiro. Esta é uma hora de desespero. Não me admira que você tenha uma opinião baixa de minha habilidade para raciocinar, mas eu juro, senhora, que em meu trono, quando você não está em meus pensamentos, eu vejo claramente o que é certo. O reino está à beira de alguma coisa importante. Pode ser a vitória, pode ser a derrota. Seu poder mental poderia nos ajudar enormemente, e não apenas com um prisioneiro.

Fogo deu as costas para a porta e se curvou contra ela. Manteve a cabeça erguida, pegando nos cabelos.

— Eu não sou esse tipo de monstro — disse ela tristemente.

— Reconsidere, lady. Poderíamos fazer regras, estabelecer limites. Há homens racionais entre meus conselheiros. Eles não exigiriam demais de você.

— Deixe-me sozinha para pensar sobre isso.

— Você pensará? Pensará realmente sobre isso?

— Deixe-me — disse ela, com mais força agora. Sentiu que o pensamento do rei mudava de foco, voltando então aos seus sentimentos por ela. Houve um silêncio demorado.

— Eu não quero ir embora — concluiu ele.

Fogo cerrou os dentes por sua frustração crescente.

— Vá embora.

— Case-se comigo, lady — sussurrou ele. — Eu lhe suplico.

A mente do rei estava consciente quando fez o pedido, e ele sabia o quão ridículo estava sendo. Ela sentiu direta e claramente que ele simplesmente não conseguia se controlar.

Fogo fingiu dureza, embora não fosse o que estivesse sentindo. *Vá embora, antes que você arruíne a paz entre nós.*

Assim que ele se foi, ela sentou-se no chão, com o rosto entre as mãos, desejando ficar sozinha. Até que Musa lhe trouxe uma bebida, e Mila, timidamente, uma compressa quente para as suas costas. Ela lhes agradeceu e bebeu; e, porque não tinha nenhuma escolha, tranquilizou-se na companhia silenciosa das duas.

Capítulo 15

A HABILIDADE DE Fogo para controlar seu pai havia dependido da confiança dele.

Como uma experiência, no inverno depois do acidente que ele sofrera, Fogo conseguiu que ele enfiasse a mão nas chamas da lareira de seu quarto de dormir. Ela fez isso para que a mente dele acreditasse que havia flores na grelha, e não chamas. Ele estendeu a mão para pegá-las e recuou; Fogo aplicou uma força maior e o fez ser mais determinado. Ele estendeu a mão novamente, obstinadamente decidido a apanhar flores, e dessa vez acreditou que as estava colhendo, até que a dor trouxe seu juízo e sua realidade de volta de maneira esmagadora. Ele gritou e correu para a janela, escancarou-a, lançando sua mão sobre a neve empilhada contra a vidraça. Virou-se para ela, praguejando, quase chorando, para perguntar o que, pelos diabos, ela pensava estar fazendo.

Não foi algo fácil de explicar, e ela irrompeu em lágrimas muito sinceras que brotavam da confusão de emoções conflitantes. Aflição, ao ver a pele do pai com bolhas, suas unhas escurecidas e um cheiro terrível que ela não havia previsto. Terror de perder seu amor, agora que ela o forçara a se ferir. Terror de perder sua confiança e com ela seu poder de forçá-lo a fazer aquilo novamente. Ela se jogou em soluços sobre os travesseiros da cama dele.

— Eu queria ver como era ferir alguém — cuspiu ela para ele —, como você sempre me disse para fazer. E agora eu sei, e eu estou horrorizada com nós dois, e eu nunca farei isso outra vez, não farei com ninguém.

Ele se aproximou dela, e não havia mais raiva em seu rosto. Estava claro que suas lágrimas o tinham afligido, então ela deixou que elas rolassem. Ele sentou-se ao lado dela, sua mão queimada agarrada ao flanco, mas seu foco claramente voltado para ela e a tristeza que a menina sentia. Ele afagou seus cabelos com sua mão sã, tentando acalmá-la. Ela pegou a mão do pai, pressionou-a contra seu rosto molhado e beijou-a.

Depois de um momento, ele se mexeu, libertando sua própria mão da dela.

— Você é velha demais para isso — disse ele.

Ela não o entendeu. Ele tossiu. Sua voz estava endurecida pela própria dor:

— Você deve se lembrar de que é uma mulher agora, Fogo, e uma beldade sobrenatural. Os homens vão achar seu toque irresistível. Até mesmo seu pai.

Ela viu que ele de fato teve intenção de ser direto, sem ameaças nem sugestões. Estava sendo apenas franco, como era em todas as questões que se relacionavam ao poder dos monstros e ensinando-lhe uma coisa importante, para sua própria segurança. Mas os instintos de Fogo pressentiram uma oportunidade. Um meio de assegurar a confiança de Cansrel era inverter a situação: fazer Cansrel sentir a necessidade de provar sua própria confiabilidade para ela.

Ela se afastou dele correndo, fingindo horror. Fugiu do quarto.

Naquela noite, Cansrel se pôs do lado de fora da porta fechada de Fogo, argumentando com ela para que entendesse.

— Filha querida — disse ele. — Você não precisa nunca ter medo de mim; sabe que eu nunca agirei com tais instintos baixos com você. É só que eu me preocupo com os homens que agiriam. Você deve entender os perigos que seu poder representa para você mesma. Se fosse homem, eu não ficaria tão preocupado.

Ela deixou-o dar suas explicações por algum tempo e ficou espantada, de dentro de seu quarto, em como era fácil manipular o mestre manipulador. Aturdida e consternada. Entendendo que ela aprendera a fazer isso com ele.

Finalmente, ela saiu e se postou diante dele.

— Eu entendo — disse ela. — Sinto muito, papai. — As lágrimas rolaram pelo seu rosto e ela fingiu que eram devido à mão dele enfaixada, o que, em parte, era verdade.

— Eu desejava que você fosse mais cruel com seu poder — confidenciou ele, tocando seu cabelo e beijando-a. — Crueldade é uma forte autodefesa.

E assim, ao fim de sua experiência, Cansrel ainda confiava nela. E tinha razão para isso, pois Fogo não achava que poderia fazer nada parecido àquilo novamente.

Então, chegada a primavera, Cansrel começou a falar de sua necessidade de um novo plano, um plano dessa vez infalível, para acabar com Brigan.

Quando o sangramento de Fogo começou, ela se sentiu obrigada a explicar à sua guarda por que os pássaros-monstro haviam começado a se juntar do lado de fora de suas janelas de tela, e por que os raptores-monstro desciam em ataque de vez em quando, dilaceravam os pássaros menores e depois se empoleiravam nos peitoris para olhar para dentro, guinchando. Ela achou que os guardas compreenderam razoavelmente. Musa mandou os dois com a melhor pontaria para os jardins da parte de baixo dos quartos a fim de caçar alguns raptores, em vez de caçá-los perigosamente próximo aos muros do palácio.

Os Dells não eram famosos pelos verões quentes, mas um palácio feito de pedra negra com tetos de vidro ficava aquecido; nos dias claros, as janelas dos tetos eram abertas. Quando Fogo passava pelo pátio da corte ou pelo corredor durante seu sangramento, os pássaros chilreavam e os raptores guinchavam através daquelas telas também. Às vezes, insetos-monstro voadores seguiam em seu rastro. Fogo imaginava que isso não era de muita ajuda para sua reputação junto à corte, mas, de qualquer modo, muito pouca coisa ajudava. A marca quadrada em seu rosto era reconhecida e muito comentada. Ela conseguia sentir os cochichos prolongados que cessavam toda vez que entrava num aposento e recomeçavam quando saía.

Fogo havia dito ao rei que refletiria sobre a questão do prisioneiro, mas não o fez, não mesmo; ela não precisava fazê-lo. Conhecia sua mente. Gastou certa quantidade de energia monitorando os paradeiros do monarca para que pudesse evitá-lo. E um pouquinho mais para desviar a atenção das pessoas da corte. Ela sentia a curiosidade e a admiração delas, antecipadamente. Também pressentia alguma hostilidade, principalmente da parte dos serviçais. Pensava se os serviçais da corte não teriam recordações mais claras dos pormenores da crueldade de Cansrel. Pensou se ele não teria sido ainda mais cruel com eles.

As pessoas às vezes a seguiam, a certa distância, tanto homens quanto mulheres, serviçais e nobres, geralmente sem nenhum antagonismo definido. Algumas tentavam conversar com ela, chamavam-na. Uma mulher de cabelos grisalhos caminhou até ela uma vez e disse:

— Lady Fogo, você é parecida a uma flor delicada. — E a teria abraçado se Mila não houvesse lhe estendido a mão, impeditiva. Fogo, com seu abdômen pesado e dolorido de cãibras e sua pele flácida e ardente, sentia-se o mais longe possível de ser uma flor delicada. Ela não conseguiu resolver se deveria esbofetear a mulher ou ceder ao seu abraço, chorando. E então um raptor-monstro arranhou na tela de uma janela acima, e a mulher ergueu os olhos e levantou os braços para ele, tão fascinada pelo predador quanto estava por Fogo.

De outras damas da corte, Fogo sentia inveja e ressentimento, e ciúmes pelo coração do rei, que se agitava por ela como um garanhão impedido atrás de uma cerca, e pouco fazia para esconder sua contemplação frustrada. Quando ela se deparava com os olhares dessas mulheres, algumas com plumas de monstros em seus cabelos ou sapatos revestidos com peles de lagartos-monstro, baixava os olhos e seguia andando. Ela fazia suas refeições em seus próprios aposentos. Ficava temerosa da severa etiqueta citadina da corte, certa da impossibilidade de sequer se harmonizar com os modos, e, além disso, desejava evitar o rei.

Um dia, atravessando um pátio luminosamente branco, Fogo testemunhou uma luta espetacular entre um grupo de crianças pequenas de um lado e a filha do príncipe Garan, entusiasticamente ajudada por seu cãozinho, do outro. A filha de Garan era a provocadora dos punhos em riste, pelo que Fogo viu claramente. E, pelas emoções tumultuadas no bando, Fogo percebeu que ela mesma devia ser a questão da disputa. *Parem*, pensou ela em direção às crianças do outro lado do pátio, *agora*; ao que todas elas soltaram a filha de Garan, viraram-se para olhá-la fixamente e depois voltaram para dentro do palácio, correndo e gritando.

Fogo pediu que Neel saísse em busca de um curandeiro e correu com o resto de sua guarda até a garota, cujo rosto estava inchado e de cujo nariz escorria sangue.

– Menina – disse Fogo. – Você está bem?

A garota estava empenhada numa discussão com seu cãozinho, que pulava, latia e se debatia contra a mãozinha em seu pescoço.

– Manchinha – disse ela, agachando-se à altura dele, sua voz congestionada pelo sangue –, quieto. Quieto, eu disse! Pare com isso! Pelos deuses! – Mas Manchinha continuou a pular e bater contra o rosto ensanguentado da menina.

Fogo se apossou da mente do cãozinho e o induziu a se acalmar.

– Oh, graças aos céus! – agradeceu a garota doloridamente, despencando sobre o piso de mármore ao lado de Manchinha. Ela passou os dedos ansiosos sobre suas bochechas e seu nariz. Estremeceu e afastou o cabelo viscoso de seu rosto. – Papai vai ficar desapontado.

Como antes, a criança estava muito próxima da mente de Fogo, de modo impressionante, mas ela conhecia o suficiente sobre outros sentimentos de crianças para interpretar o que a menina queria dizer.

— Porque você tomou minha defesa, é o que você queria dizer.

— Não, porque me esqueci de resguardar meu lado esquerdo. Ele me lembra disso o tempo todo. Eu acho que meu nariz está quebrado. Ele vai me castigar.

Verdade que Garan não era a personificação da delicadeza, mas ainda assim Fogo não conseguia imaginá-lo punindo uma filha por não ter vencido uma briga contra cerca de oito adversários.

— Porque alguém quebrou seu nariz? Certamente ele não vai puni-la.

A menina soltou um suspiro fúnebre.

— Não, porque eu dei o primeiro soco. Ele disse que eu não devia fazer isso. E porque eu não estou na sala de aula. Eu devia estar tomando minhas lições.

— Bem, menina – disse Fogo, tentando não ficar espantada. – Nós buscamos um curandeiro para você.

— É que há tantas lições! – prosseguiu a garota, não muito interessada no curandeiro. – Se papai não fosse um príncipe, eu não teria todas elas. Eu gosto de minhas lições de montaria, mas prefiro morrer a ter lições de história. E agora ele não vai me deixar montar em seus cavalos nunca mais. Ele me deixa colocar nomes em seus cavalos, mas nunca me deixa montá-los, e o tio Garan vai dizer a ele que eu faltei às minhas lições. Papai dirá que eu nunca poderei montar neles. Ele deixa você montar nos cavalos dele de vez em quando? – perguntou a menina a Fogo tragicamente, como se soubesse que estava predestinada a receber a mais calamitosa das respostas.

Mas Fogo não conseguiu responder, pois estava boquiaberta, sua mente lutando confusamente para extrair algum sentido das coisas que ela achara que havia entendido. Essa menina, de olhos e cabelos escuros e um rosto esmurrado, com um tio Garan e um pai principesco e uma propensão incomum para a aproximação mental!

– Eu só tenho montado em meu próprio cavalo – conseguiu dizer ela.

– Você conheceu os cavalos dele? Ele tem muitos. É louco por eles.

– Eu acho que só conheci um – disse Fogo, ainda incrédula. Lentamente, ela começou a se esforçar para fazer uma aritmética mental.

– Era a Grande? Grande é uma égua. Papai diz que a maioria dos soldados prefere garanhões, mas a Grande é destemida e ele não a trocaria por garanhão nenhum. Ele disse que você é destemida também. Que salvou sua vida. Foi por isso que eu defendi você – disse ela tristemente, seu dilema atual voltando à mente outra vez. Ela tocou a proximidade de seu nariz. – Talvez não esteja quebrado. Talvez esteja apenas torcido. Você acha que ele ficará menos bravo se o meu nariz estiver apenas torcido?

Fogo havia começado a bater em sua própria testa.

– Quantos anos você tem, menina?

– Vou fazer seis no próximo inverno.

Então, Neel surgiu correndo do outro lado do pátio com um curandeiro, um homem sorridente vestido de verde.

— Lady Fogo — disse o curandeiro, cumprimentando-a com um sinal de cabeça. Ele se agachou diante da menina. — Princesa Hanna, eu acho que é melhor vir comigo até a enfermaria.

Os dois se afastaram rapidamente, a menina ainda tagarelando com sua voz anasalada. Manchinha esperou por um momento, depois saiu atrás deles.

Fogo ainda estava boquiaberta. Ela se virou para a guarda.

— Por que ninguém me disse que o comandante tinha uma filha?

Mila deu de ombros.

— Aparentemente, ele mantém isso em segredo, lady. Tudo o que sabemos são boatos.

Fogo pensou na mulher de cabelos castanhos na casa verde.

— E a mãe da menina?

— O que se fala é que ela morreu, lady.

— Há quanto tempo?

— Eu não sei. Musa deve saber, ou a princesa Clara poderia lhe dizer.

— Bem — disse Fogo, tentando lembrar-se do que estivera fazendo antes que tudo acontecesse. — Podemos muito bem ir para algum lugar onde os raptores não fiquem guinchando.

— Estávamos a caminho dos estábulos, lady.

Ah, sim, aos estábulos, para visitar Pequeno. E também seus muitos amigos equinos – um bom número dos quais, provavelmente, tinha nome curto e descritivo.

FOGO PODERIA TER ido até Clara imediatamente para saber a história de como um príncipe de vinte e dois anos acabara por ter uma filha secreta de quase seis. Em vez disso, ela esperou até que seu sangramento cessasse, depois se dirigiu a Garan.

— Sua irmã me disse que você trabalha demais — falou ela ao chefe dos espiões.

Ele ergueu os olhos de sua longa mesa de documentos e apertou-os.

— De fato.

— Poderia dar uma volta comigo, senhor príncipe?

— Por que você quer dar uma volta comigo?

— Porque estou tentando decidir o que pensar de você.

As sobrancelhas do homem se ergueram.

— Oh, um teste, é isso? Você espera que eu represente para você, então?

— Eu não me importo com o que você faz, mas irei de qualquer modo. Faz cinco dias que eu não saio.

Ela se virou e saiu da sala; e ficou satisfeita ao mover-se pelo corredor, sentindo-o passar por sua guarda e se colocar num lugar ao seu lado.

— Minha razão é a mesma que a sua — disse ele numa voz claramente hostil.

— Tudo bem. Eu posso fazer uma apresentação para você, se quiser. Podemos parar para eu tocar violino.

Ele deu uma risada desdenhosa.

— Seu violino. Sim, ouvi falar muito dele. Brigan pensa que temos muito dinheiro.

— Você ouve falar de tudo, suponho.

— É o meu trabalho.

— Então talvez possa me explicar por que ninguém nunca me falou sobre a princesa Hanna.

Garan a olhou de esguelha.

— Por que você deveria se importar com a princesa Hanna?

Era uma pergunta lógica e tocava numa ferida de que Fogo não tinha ainda total consciência.

— Apenas para saber por que pessoas como a rainha Roen e lorde Brocker nunca a mencionaram para mim.

— Por que deveriam?

Fogo esfregou a nuca sob o lenço de cabeça e suspirou, entendendo agora por que, dentre todas as pessoas, fora com Garan que quisera ter essa conversa.

— A senhora rainha e eu falamos livremente uma com a outra — disse ela. — E Brocker compartilha tudo o que sabe comigo. A questão não é por que eles deveriam tê-la mencionado. É por que eles tomaram cuidado para não fazê-lo.

— Ah — disse Garan. — Essa é uma conversa sobre confiança.

Fogo tomou fôlego.

— E por que a menina deve ser mantida em segredo? Ela é apenas uma criança.

Garan ficou em silêncio por um momento, pensando, e olhando de vez em quando para ela. Ele conduziu-a através do pátio central do palácio. Fogo ficou feliz por deixá-lo escolher a rota. Ela ainda ficava perdida nos labirintos do palácio e nessa mesma manhã havia se surpreendido na lavanderia, quando estivera procurando a oficina do ferreiro.

— Ela é apenas uma criança — disse Garan finalmente —, mas sua identidade tem sido mantida em segredo desde que nasceu. O próprio Brigan não sabia de sua existência até que ela já estivesse com quatro meses de vida.

— Por quê? Quem era a mãe? A esposa de um inimigo? A esposa de um amigo?

— Não era a esposa de ninguém. Era uma serviçal dos estábulos.

— Então, por quê...?

— A menina nasceu como terceira herdeira ao trono – disse Garan, bem baixinho. – E é filha de Brigan. Não de Nash, não de Clara, não minha. De Brigan. Pense na época, senhora, seis anos atrás. Se, tal como afirma, foi educada por Brocker, saberá o perigo com que Brigan se deparou ao se tornar adulto. Ele era, na corte, o único inimigo declarado de Cansrel.

Isso silenciou Fogo. Ela escutou, envergonhada, Garan revelar a história:

— Ela era a garota que tomava conta de seus cavalos. Mal tinha dezesseis anos e era também muito bonita. Só Deus sabe como havia pouca alegria na vida dele. O nome dela era Rose.

— Rose – repetiu Fogo estupidamente.

— Ninguém sabia deles, exceto quatro membros da família: Nash, Clara, Roen e eu. Brigan a manteve em segredo para que ficasse em segurança. Ele queria se casar com ela. – Garan deu uma risada curta. – Ele era um cabeça-dura romântico. Felizmente, não conseguiu e a manteve em segredo.

— E por que *felizmente*?

— O filho de um rei e uma garota que dormia com os cavalos?

Parecia a Fogo que não bastava que se conhecesse a pessoa com quem quisesse se casar. Que injusto, então, conhecer uma pessoa e ser impedida disso porque o seu leito era feito de feno, e não de plumas!

– De qualquer modo – prosseguiu Garan –, naquele tempo Cansrel convenceu Nax a enfiar Brigan no exército e mandá-lo para além das fronteiras, onde provavelmente esperava que fosse assassinado. Brigan ficou furioso como um animal, mas ele não tinha outra escolha senão ir. Pouco tempo depois, ficou claro para nós, que conhecíamos Rose, que ele deixara uma parte de si para trás.

– Ela estava grávida.

– Exatamente. Roen providenciou para que suas necessidades fossem atendidas. Tudo secretamente, é claro. E Brigan não foi assassinado, afinal, mas Rose morreu dando à luz à criança. Brigan voltou para casa, com dezessete anos completos, para saber em apenas um dia que Rose estava morta, que ele tinha uma filha e que Nax o havia nomeado comandante do Exército do Rei.

Fogo lembrava-se dessa parte. Cansrel havia convencido Nax a promover Brigan muito além de sua capacidade, na esperança de que Brigan destruísse sua própria reputação com uma demonstração de incompetência militar. Fogo recordou o prazer e o orgulho de Brocker quando Brigan, por meio de alguma absurda proeza de determinação, havia se transformado primeiro num líder confiável e depois num líder fora do comum. Ele montou todo o Exército do Rei, não apenas a cavalaria, mas também a infantaria e os arqueiros. Elevou o padrão dos treinamentos e a remuneração dos homens. Aumentou suas fileiras, convidou mulheres a juntarem-se a eles, construiu postos de sinalização nas montanhas e por todo o reino para que lugares distantes pudessem se comunicar uns com os outros. Planejou novos fortes com vastas fazendas de cereais e enormes estábulos para cuidar dos recursos do exército, os cavalos que o tornavam móvel e ágil. Tudo com a finalidade de criar novos desafios para os contrabandistas, saqueadores, invasores pikkianos – e para os senhores feudais rebeldes, como Mydogg e Gentian, que foram então forçados a fazer uma trégua e reavaliar seus pequenos exércitos e ambições dúbias.

Pobre Brigan! Fogo quase não conseguia nem avaliar a fundo tudo de que ele fora capaz. Pobre rapaz magoado!

– Cansrel perseguia tudo o que pertencia a Brigan – disse Garan –, especialmente quando o poder dele cresceu. Envenenou os cavalos de Brigan, por despeito. Torturou um de seus escudeiros e o matou. Obviamente, nós, que sabíamos a verdade sobre Hanna, soubemos também como não deixar transparecer nada.

– Sim – sussurrou Fogo. – Naturalmente.

– Então Nax morreu – disse Garan –, e Brigan e Cansrel passaram os dois anos seguintes tentando matar um ao outro. E depois Cansrel se matou. Finalmente, Brigan foi capaz de nomear sua filha como herdeira, e a segunda herdeira ao trono, então. Mas ele procedeu assim apenas no âmbito da família. Não é um segredo oficial, pois a maioria da corte sabe que ela é filha dele, mas continua a permanecer um segredo. Em parte devido ao hábito e em parte para desviar as atenções da menina. Não foram todos os inimigos de Brigan que morreram quando Cansrel morreu.

– Mas como ela pode ser uma herdeira ao trono – perguntou Fogo – se você não o é? Nax foi seu pai, e você não é mais ilegítimo que ela. Além do mais, ela é mulher e criança.

Garan apertou os lábios e desviou os olhos dela. Quando falou, não foi para responder à sua pergunta:

— Roen confia em você — disse ele —, e Brocker também, de modo que não precisa deixar seu coração de monstro apertado. Se Roen nunca lhe contou sobre a neta, é porque ela tem o hábito de não falar disso a ninguém. E, se Brocker também não o fez, é provavelmente porque Roen nunca revelou a ele. E Clara confia em você também, pois Brigan confia em você. E eu reconheço que a confiança dele é uma forte recomendação, mas, naturalmente, nenhum homem é infalível.

— É claro — disse Fogo secamente.

Então um dos guardas de Fogo derrubou um raptor-monstro. Ele, que era de um verde dourado, caiu do céu e aterrissou num trecho de árvores fora da vista deles. Fogo de repente tornou-se consciente dos arredores. Eles estavam no pomar atrás do palácio, e, mais além, ficava a pequena casa verde.

Ela arregalou os olhos de espanto diante da árvore ao lado da casa, pensando em como falhara em notá-la de sua janela. Percebeu que falhara porque supusera lá do alto que fosse um bosque, e nunca um organismo só. Seu tronco monumental se repartia em seis direções, os galhos tantos e tão maciços que alguns deles se curvavam para baixo ao próprio peso, enfiavam-se pela grama e se erguiam novamente para o céu. Estacas de apoio haviam sido colocadas em alguns dos galhos mais pesados para mantê-los erguidos e impedi-los de se quebrarem.

Ao lado dela, Garan observou o assombro em seu rosto. Suspirando, ele caminhou até um banco ao lado da trilha para a casa, onde se sentou com os olhos fechados. Fogo notou seu rosto abatido e sua postura prostrada. Ele parecia extenuado. Ela se sentou perto dele.

— Sim, é extraordinário – disse ele, abrindo os olhos. – Ela cresceu tanto que vai se destruir. Todo pai nomeia seus herdeiros. Certamente você sabe disso.

Fogo se virou da árvore para dar uma olhada nele, sobressaltada. Garan olhou-a friamente.

— Meu pai nunca me nomeou – disse ele. – Ele nomeou Nash e Brigan. Brigan fez diferente. Hanna será sua primeira herdeira depois que ele se casar e tiver um exército de filhos. Naturalmente eu não me importei. Eu realmente nunca quis ser rei.

— E, claro – disse Fogo com suavidade –, nada disso importará assim que eu e o rei nos casarmos e darmos à luz a uma prole selvagem de herdeiros monstruosos.

Ele não estava esperando aquilo. Ficou imóvel por um momento, avaliando, e depois deu um meio-sorriso, a despeito de si mesmo, entendendo que era uma brincadeira. Mudou de assunto novamente:

— E o que tem feito de si mesma, lady? Está há dez dias na corte com nada senão um violino com que se ocupar.

— E por que você deveria se importar com isso? Há alguma coisa que queira que eu faça?

— Eu não tenho função para você até que resolva nos ajudar.

Ajudá-los – ajudar essa estranha família real! Ela flagrou-se desejando que isso não fosse tão impossível.

— Você disse que não queria que eu o ajudasse.

— Não, lady, eu disse que estava indeciso. Eu continuo indeciso.

A porta da casa verde se abriu, então, e a senhora de cabeleira castanha desceu pela trilha em direção a eles. E de repente a sensação da mente de Garan tornou-se mais leve. Ele se ergueu em um salto e se dirigiu à mulher, estendendo a mão para a dela. Ele a conduziu de volta até Fogo, seu rosto iluminado, e Fogo compreendeu que ele naturalmente a tinha conduzido até ali intencionalmente. Ela estivera envolvida demais na conversa para se dar conta disso.

– Lady Fogo – disse Garan –, esta é Sayre. Sayre tem a infelicidade de ser a professora de história de Hanna.

Sayre sorriu olhando para Garan, um sorriso que tinha tudo a ver com ele, de tal modo que Fogo não pôde deixar de entender o que estava vendo.

– Não é tão mau assim – disse Sayre. – Ela é mais do que capaz. É só que ela fica irrequieta.

Fogo estendeu a mão. As duas senhoras se cumprimentaram, Sayre com polidez excessiva e ainda assim levemente enciumada. Compreensível. Fogo teria que advertir Garan para que não levasse mulheres-monstro consigo em seus passeios para visitar a namorada. Alguns dos homens mais inteligentes levavam tempo demais para compreender o óbvio.

Então Sayre se despediu e Garan ficou olhando-a afastar-se, esfregando a cabeça distraidamente e cantarolando.

O filho de um rei e uma mulher que é uma professora do palácio?, pensou Fogo para ele, impelida por alguma estranha alegria a se atrever a fazer uma gozação, *Chocante*.

Garan baixou as sobrancelhas e tentou parecer sério.

– Se está desesperada por fazer alguma coisa, senhora, vá ao quarto das crianças e ensine sobre a proteção contra animais-monstro. Fique com as crianças ao seu lado para que a filha de Brigan ainda conserve alguns dentes na boca até que ele volte para vê-la.

Fogo virou-se para ir, um sorriso pairando sobre os lábios.

— Obrigada por caminhar comigo, senhor príncipe. Devo lhe dizer que sou difícil de enganar. Você pode não confiar em mim, mas sei que me aprecia.

E ela disse a si mesma que fora o olhar de Garan que levantara seu ânimo e que isso não tinha nada a ver com uma mulher cuja importância fora reconfirmada.

Capítulo 16

Fogo, de fato, estava com necessidade de fazer alguma coisa, porque, sem uma ocupação, tudo o que podia fazer era pensar. E pensar a trazia de volta, repetidamente, à sua falta de ocupação, e à questão de quanta ajuda, de fato, ela seria capaz de oferecer a esse reino – se seu coração e sua mente provavelmente não a impedissem de fazê-lo. A questão a ficava assediando durante a noite, quando ela não conseguia dormir. Tinha pesadelos com o que significava enganar e magoar as pessoas, com Cansrel fazendo Cutter rastejar numa dor imaginada.

Clara levou Fogo em visita aos pontos turísticos da cidade. O povo da cidade enfeitava-se com mais adornos de monstros que o povo da corte e com muito menos preocupação pela integração estética do conjunto. Plumas enfiadas ao acaso em botoeiras; as joias, realmente deslumbrantes, colares e brincos feitos de cascas de monstros, usados por uma padeira que se debruçava sobre sua tigela de massa e estava coberta de farinha. Uma mulher usava uma peruca azul-violeta extraída da pele de algum sedoso animal-monstro, coelho ou cão, os cabelos curtos e irregulares se salientando com pontas. E o rosto da mulher debaixo disso era muito comum, o efeito do conjunto tendendo a uma estranha caricatura da própria Fogo, mas, ainda assim, não havia modo de negar que ela tinha uma coisa adorável no alto da cabeça.

– Todo mundo quer ter um pouco de coisas bonitas – disse Clara. – Entre os ricos, são as peles e os casacos de peles vendidos no mercado negro. Com o resto, é qualquer coisa que eles encontrarem encalhada nos esgotos ou matarem nas armadilhas domésticas. Tudo isso equivale à mesma coisa, naturalmente, mas os ricos sentem-se melhores sabendo que gastaram uma fortuna.

Isso, naturalmente, era bobagem. Essa cidade, Fogo compreendia, era em parte sóbria e em parte tola. Ela gostou dos jardins e das velhas esculturas em ruínas, das fontes nas praças, dos museus, das bibliotecas e das luminosas fileiras de lojas pelas quais Clara a conduziu. Gostou das alvoroçadas ruas de paralelepípedos onde as pessoas estavam tão ocupadas com sua vida barulhenta que às vezes nem notavam a protegida excursão da senhora-monstro. Às vezes. Ela acalmou uma parelha de cavalos que entrou em pânico assim que algumas crianças correram perto demais dos seus calcanhares, murmurando, afagando seus pescoços. O comércio parou naquela rua e não voltou a se ativar até que ela e Clara houvessem dobrado uma esquina.

Fogo gostou das pontes. Gostou de ficar no meio e olhar para baixo, sentindo que poderia cair, mas sabendo que não cairia. A ponte mais distante das quedas era levadiça; ela gostou dos sinos que soaram quando a ponte se erguia e abaixava, suaves, quase melódicos, sussurrando ao redor e se misturando com os outros ruídos urbanos. Gostou dos armazéns e docas em torno do rio, dos aquedutos e esgotos e das comportas, rangentes e lentas, que levavam navios de suprimentos para cima e para baixo entre o rio e o porto. Gostou especialmente do Porto da Adega, onde as quedas criavam uma neblina de água do mar e abafavam todos os sons e sensações.

Ela até, relutantemente, gostou da sensação dos hospitais. Ficou pensando em qual deles teriam curado seu pai da flechada em suas costas, e esperou que os cirurgiões houvessem trazido de volta à vida boas pessoas também. Havia sempre pessoas do lado de fora dos hospitais, esperando e preocupando-se. Ela deu uma olhada nelas, tocando-as com votos subreptícios de que suas preocupações tivessem um final feliz.

– Havia escolas médicas por toda a cidade – disse Clara a ela. – Você ouviu falar do rei Arn e de sua conselheira-monstro, lady Ella?

– Lembro-me de ouvir os nomes nas aulas de história – respondeu Fogo, refletindo, mas não chegando a mais do que isso.

– Eles governaram há uma boa centena de anos – explicou Clara. – O rei Arn era herbanário e lady Ella, uma cirurgiã, e eles ficaram mesmo um tanto obcecados pelas descobertas. Há histórias sobre os dois fazendo experiências médicas bizarras com pessoas que provavelmente não teriam consentido com isso se um monstro não fosse o autor das sugestões, se é que entende o que digo, lady. E eles retalhavam corpos mortos e os estudavam, mas ninguém nunca soube de onde eles obtinham os cadáveres. Ah, bem – continuou Clara, com uma sardônica erguida de suas sobrancelhas. – Seja como for, eles revolucionaram nosso entendimento de medicina e cirurgia, lady. É graças a eles que conhecemos os usos para todas as estranhas ervas que crescem nas fendas e cavernas nas fronteiras do reino. Nossos remédios para estancar sangramentos e impedir que os machucados infeccionem, extirpar tumores, rejuntar ossos e fazer quase tudo o mais provêm de seus experimentos. Naturalmente, eles também descobriram as drogas que arruínam a mente das pessoas – acrescentou ela sombriamente. – E, de qualquer modo, as escolas estão fechadas agora; não há dinheiro para pesquisas. Ou para arte, por falar nisso, ou engenharia. Tudo vai para o policiamento, para o exército, para a guerra iminente. Suponho que a cidade começará a se deteriorar.

Já estava se deteriorando, pensou Fogo, mas não disse. Ela viu os andrajosos e escarrapachados arredores que faziam limite com as docas no lado sul do rio, e os becos arruinados que pipocavam em partes do centro da cidade onde parecia que não deveriam existir. Muitos, muitos trechos da cidade não eram devotados ao conhecimento e à beleza ou a qualquer espécie de benefício.

Clara levou-a uma vez para almoçar com a mãe dos gêmeos, que tinha uma casa pequena e agradável numa rua de floristas. Ela também tinha um marido, um soldado aposentado que se destacava como um dos espiões mais confiáveis dos gêmeos.

– Nos dias atuais, meu foco é o contrabando – disse ele a elas em confidência depois da refeição. – Quase toda pessoa rica na cidade mergulha no mercado negro de vez em quando, mas os que estão profundamente envolvidos também são inimigos do rei. Especialmente se estiver contrabandeando armas ou cavalos ou alguma coisa pikkiana. Quando temos sorte, conseguimos rastrear um comprador até o sujeito para o qual ele está comprando, e, se esse se revela um dos senhores feudais rebeldes, trazemos o comprador para interrogatório. Não podemos confiar sempre em suas respostas, naturalmente.

Previsivelmente, essa espécie de conversa era sempre combustível para aplicar suas táticas de pressão sobre Fogo.

– Com seu poder, seria fácil para nós sabermos quem está do lado de quem. Você poderia nos ajudar a descobrir se nossos aliados são fiéis – dizia Clara. Ou: – Você poderia deduzir onde Myddog está planejando atacar primeiro. – Ou, quando isso não funcionava: – Você poderia descobrir um complô de assassinato. Não se sentiria terrivelmente mal se eu fosse assassinada devido à omissão de sua ajuda? – E, num momento de desespero: – E se eles estiverem planejando matar você? Deve haver alguns que estejam, especialmente agora que as pessoas pensam que você poderá se casar com Nash.

Fogo nunca respondia à bateria interminável, nunca admitindo a dúvida – e culpa – que estava começando a sentir. Ela apenas guardava os argumentos para meditar sobre eles mais tarde, junto com os contínuos argumentos do rei. De vez em quando, depois do jantar – com frequência suficiente para Welkley instalar uma cadeira no corredor –, Nash vinha conversar com ela através da porta. Ele se portava decentemente, falava do tempo e dos visitantes nobres que a corte recebia, e sempre, sempre tentava convencê-la de reconsiderar a questão do prisioneiro.

– Você é do norte, lady – dizia ele, ou alguma coisa parecida. – Viu o domínio frouxo que a lei tem fora desta cidade. Um passo em falso, lady, e o reino inteiro pode escapar por entre nossos dedos.

E então ele ficava em silêncio, e ela sabia que a proposta de casamento viria a seguir. Ela o mandava embora com sua recusa e extraía o conforto possível na companhia de sua guarda. E refletia muito seriamente sobre o estado da cidade, do reino e do rei. Sobre qual devia ser seu lugar nisso tudo.

Para ocupar-se e abrandar sua sensação de inutilidade, ela seguiu o conselho de Garan e passou a visitar os quartos das crianças. Entrou cautelosamente a princípio, sentando-se em silêncio numa cadeira e observando as crianças enquanto brincavam, liam, discutiam, pois ali era o lugar onde sua mãe havia trabalhado, e ela queria mergulhar no ambiente lentamente. Tentou imaginar uma jovem mulher de cabelos alaranjados nesses aposentos, aconselhando as crianças com seu gênio estável. Jessa havia tido um lugar nesses quartos ruidosos e banhados pelo sol. De algum modo, o próprio pensamento fazia com que Fogo se sentisse menos estranha ali. Mesmo que também a fizesse sentir-se mais solitária.

Ensinar a proteção contra os animais-monstro era um trabalho delicado, e Fogo se deparou com alguns pais que não queriam nenhuma associação dela com seus filhos. Mas uma mistura de filhos da realeza e dos serviçais se tornou realmente alunos seus.

— Por que você fica tão fascinado por insetos? – perguntou ela a um dos estudantes mais inteligentes uma manhã, um garoto de onze anos chamado Cob que conseguia construir um muro contra os raptores-monstro em sua mente, mas não mataria um inseto-monstro mesmo se estivesse acampado sobre sua mão, fazendo um jantar de seu sangue. – Você não tem problemas com os raptores.

— Raptores — disse Cob com um desprezo agudo. — Eles não têm inteligência, apenas uma onda de sensações sem sentido com a qual acham que podem me hipnotizar. Não têm qualquer sofisticação.

— É verdade — disse Fogo. — Mas, comparados a insetos-monstro, eles são verdadeiros gênios.

— Mas os insetos-monstro são tão perfeitos! — exclamou Cob pensativamente, ficando estrábico quando uma libélula-monstro pairou na ponta de seu nariz. — Olhe para as suas asas. Olhe para suas pernas juntas e seus pequenos olhos de contas. E olhe como eles são espertos com suas pinças.

— Ele ama todos os insetos — disse a irmã mais nova de Cob, rolando os olhos. — Não apenas insetos-monstro.

Talvez seu problema, Fogo pensou para si mesma, fosse que ele era um cientista.

— Muito bem — disse ela. — Você pode permitir que os insetos-monstro o piquem, em reconhecimento às suas excelentes pinças. Mas — acrescentou ela severamente — há um ou dois insetos que lhe fariam mal se pudessem, e contra eles você deve aprender a se proteger. Você entende?

— Devo matá-los?

— Sim, você deve matá-los. Mas, assim que eles estiverem mortos, você sempre poderá dissecá-los. Você já pensou nisso?

Cob se animou:

— De verdade? Você vai me ajudar?

E assim Fogo se pegou emprestando bisturis, prendedores e bandejas de um curandeiro da enfermaria do castelo e empregando-os numa experiência mais ou menos peculiar, talvez semelhante àquelas que o rei Arn e lady Ella haviam feito centenas de anos antes. Numa escala menor, naturalmente, e com resultados muito menos brilhantes.

Seu caminho se cruzava frequentemente com o da princesa Hanna. De suas janelas, ela via a garota correndo de lá para cá da casa verde. Ela também via Sayre, outros professores, às vezes Garan e mesmo o lendário jardineiro de Clara, que era louro, bronzeado e musculoso, como se extraído de um romance heroico. E às vezes uma mulher de idade, pequenina e curvada, que usava um avental e tinha olhos de um verde pálido e era com frequência a plataforma para os saltos de ponta-cabeça de Hanna.

Ela era forte, essa pequena mulher, sempre carregando Hanna por ali, e parecia ser a governanta da casa verde. Seu amor pela criança era evidente, e ela não tinha afeição por Fogo, que havia se deparado com ela uma vez no pomar e descobriu que sua mente era tão fechada quanto a de Brigan. Seu rosto, ao ver a senhora-monstro, ficou frio e descontente.

O palácio tinha passadouros construídos na parte de pedra do telhado. À noite, longe de dormir, Fogo caminhava sobre eles com sua guarda. Das alturas ela conseguia ver o tremeluzir das grandes tochas sobre as pontes, mantidas acesas a noite toda para que os barcos nas águas revoltas abaixo sempre soubessem a distância exata a que estavam das quedas. E das alturas ela podia ver as cachoeiras rugindo. Nas noites claras, ela observava a cidade se espalhar, adormecida, em torno dela e o clarão das estrelas sobre o mar. Sentia-se uma rainha. Não uma rainha verdadeira, não a esposa do rei Nash. Era mais como uma mulher no topo do mundo. No topo da cidade, em particular, onde as pessoas estavam se tornando reais para ela; uma cidade pela qual ela estava ficando um tanto afeiçoada.

Brigan retornou à corte duas semanas depois que partira. Fogo sentiu o momento em que ele chegava. Uma consciência era como um rosto que você via uma vez e reconhecia para sempre. A de Brigan era discreta, impenetrável e forte, e, indubitavelmente, somente dele, desde o momento em que Fogo esbarrara com ela pela primeira vez.

Por acaso ela estava com Hanna e Manchinha no momento, ao sol da manhã num canto silencioso do pátio da corte. A garotinha estava examinando as cicatrizes do raptor no pescoço de Fogo e tentando arrancar dela persuasivamente, não pela primeira vez, a história de como ela arranjara aquelas cicatrizes e salvara os soldados de Brigan. Quando Fogo se recusou, a garota tentou persuadir Musa:

— Você nem estava aqui — objetou Fogo, rindo, quando Musa começou o relato.

— Bem — disse Musa —, já que ninguém que *esteve* lá vai contar...

— Está chegando alguém que conhece a história para contá-la — disse Fogo misteriosamente, fazendo Hanna ficar gelada e se erguer como um raio.

— Papai? — perguntou a menininha, girando em círculos imediatamente, rodopiando para olhar para cada uma das entradas. — Você quer dizer papai? Onde?

Ele passou por sob uma arcada no outro lado do pátio. Hanna soltou um grito e correu a toda velocidade pelo piso de mármore. Ele a pegou e ergueu e carregou-a nas costas pelo caminho que ela viera, fazendo um sinal de cabeça para Fogo e para a guarda, sorrindo em meio à torrente de tagarelice de Hanna.

E o que era essa sensação em relação a Brigan toda vez que ele reaparecia? Por que esse instinto de sair correndo? Eles eram amigos agora, e Fogo deveria estar além desse temor a ele. Ela se proibiu de fazer qualquer movimento e se concentrou em Manchinha, que ofereceu suas orelhas para serem afagadas.

Brigan pôs Hanna no chão e agachou diante da filha. Ele pôs os dedos no queixo dela e moveu o rosto de um lado para outro, examinando seu nariz ainda arranhado e enfaixado. Ele a interrompeu surdamente:

— E pode me contar o que aconteceu aqui?

— Mas, papai — disse ela, mudando de assunto no meio da frase. — Eles estavam dizendo coisas ruins sobre lady Fogo.

— Quem estava dizendo?

— Selin, Midan e os outros.

— E daí? Então um deles lhe deu um soco no nariz?

Hanna raspou seus sapatos no chão.

— Não.

— Conte-me o que aconteceu.

Outra raspada no chão, e Hanna falou desoladamente:

— Eu acertei o Selin. Ele estava errado, papai! Alguém tinha que mostrar para ele.

Brigan ficou em silêncio por um momento. Hanna pousou uma mão em seus dois joelhos e baixou os olhos para o chão. Suspirou dramaticamente sob sua cortina de cabelos.

— Olhe para mim, Hanna.

A garota obedeceu.

— Acertar o Selin foi um jeito racional de mostrar a ele que estava errado?

— Não, papai. Eu agi errado. Você vai me castigar?

— Eu vou lhe afastar de suas aulas de luta por enquanto. Não autorizei essas lições para que fizesse mau uso de seus ensinamentos.

Hanna suspirou novamente.

— Por quanto tempo?

— Até que eu fique convencido de que você entende para que elas servem.

— E você vai interromper minhas aulas de montaria?

— Você montou sobre alguém que não devia?

Ela deu uma risadinha.

— Claro que não, papai.

— Então você vai continuar com as aulas.

— Você vai me deixar montar seus cavalos?

— Você sabe a resposta para isso. Deve crescer mais antes de poder cavalgar cavalos de guerra.

Hanna estendeu a mão e esfregou a palma sobre a barba espetada do pai com uma afeição que Fogo achou difícil de suportar, de modo que teve que desviar os olhos e encarar ferozmente o cão Manchinha, que estava soltando pelos sedosos por toda a sua camisa.

— Quanto tempo você vai ficar, papai?

— Eu não sei, amor. Precisam de mim no norte.

— Você está com um ferimento também, papai. — Hanna pegou a mão esquerda de Brigan, que estava envolta por uma bandagem, e examinou-a. — Você deu o primeiro soco?

Brian deu um sorriso retorcido para Fogo. Focalizou-a mais detidamente. Depois seus olhos ficaram frios, e sua boca formou uma linha dura; Fogo ficou assustada e ferida por sua desconsideração.

Depois a razão retornou, e ela entendeu o que ele vira. Era a duradoura marca quadrada do anel de Nash sobre o rosto dela.

Foi há semanas, pensou Fogo para ele, *Ele se comportou bem desde então.*

Brigan se ergueu, levantando Hanna com ele. Falou baixinho com a garota:

— Eu não dei o primeiro soco. E nesse momento eu tenho que ter uma conversa com seu tio, o rei.

— Eu quero ir junto — disse Hanna, envolvendo-o com os braços.

— Você irá até o corredor, mas lá eu devo deixar você.

— Mas por quê? Eu quero ir.

— É uma conversa particular.

— Mas...

Firmemente:

— Hanna. Você me ouviu.

Houve um silêncio tristonho.

— Eu posso andar sozinha.

Brigan colocou Hanna no chão. Outro silêncio tristonho se fez quando olharam um para o outro, o lado mais alto muito mais calmamente que o mais baixo.

Depois se ouviu uma voz apagada:

— Você vai me carregar, papai?

E outro sorriso se iluminou.

— Eu acho que você não é grande demais, ainda.

Brigan carregou Hanna pelo pátio, e Fogo ouviu a música da voz da menina, que aos poucos foi desaparecendo. Manchinha estava fazendo o que sempre fazia – sentar-se e refletir, antes de seguir sua dona. Sabendo que não era ético, Fogo penetrou em sua mente e convenceu-o a ficar. Ela não podia deixar de fazê-lo; precisava dele. Suas orelhas eram macias.

Brigan estava com a barba por fazer, vestindo roupas escuras, e suas botas estavam salpicadas de lama. Seus olhos claros estavam desorbitados num rosto cansado.

Fogo começara a gostar muito de seu rosto.

E, naturalmente, entendeu agora por que seu corpo queria fugir sempre que ele aparecia. Era um instinto correto, pois não havia nada, a não ser tristeza a querer aproximar-se dele.

Ela desejou não ter visto seu jeito amável com a filha.

FOGO ERA ESPETACULARMENTE boa em não pensar sobre uma coisa quando queria, se aquilo fosse fonte causadora de sofrimento ou apenas algo simplesmente estúpido. Ela destratava, esmurrava, empurrava essa coisa para longe bem depressa. O próprio irmão dele apaixonado por ela, mesmo ela sendo filha de Cansrel?

Não era coisa sobre o que pensar.

No que ela realmente pensava, mais urgentemente agora, era na questão de seu propósito na corte, pois, se a próxima missão de Brigan a levaria para o norte, então ele tencionava levá-la para casa. E ela não estava preparada para partir.

Ela havia crescido entre Brocker e Cansrel e não era ingênua. Vira as partes da cidade com as construções abandonadas e o cheiro de imundície; entendeu a aparência e a sensação das pessoas da cidade que estavam famintas ou perdidas devido às drogas. Ela entendeu que isso significava que, mesmo com uma força militar em quatro grandes seções, Brigan não poderia impedir os saqueadores de roubarem uma cidade em um penhasco à beira-mar. E isso eram apenas os pequenos problemas, apenas questão de policiamento. A guerra estava chegando e, se Mydogg e Gentian devastassem esse reino com seus exércitos, se um deles se proclamasse rei, quão mais baixo iriam aqueles que já estavam no abismo?

Fogo não podia se imaginar partindo, fazendo todo o trajeto de volta para a sua casa de pedra onde as notícias chegavam lentamente e a única variação em sua rotina era o ocasional invasor descabeçado que ninguém sabia o que queria. Como ela poderia se recusar a ajudar quando havia tanta coisa em jogo ali? Como ela poderia ir embora?

— Você está desperdiçando uma coisa que tem — disse-lhe Clara uma vez, quase com ressentimento. — Uma coisa que o restante de nós apenas consegue imaginar como seria possuir. Desperdício é crime.

Fogo não respondeu. Mas ela ouviu, mais profundamente do que Clara percebeu.

NAQUELA NOITE, ENQUANTO ela se debatia consigo mesma no telhado, Brigan apareceu ao lado dela e encostou no corrimão. Fogo tomou um fôlego reforçado e fitou o tremeluzir das tochas na cidade, tentando não olhar para ele ou ficar satisfeita com sua companhia.

— Ouvi dizer que você é louco por cavalos — disse ela animadamente.

Ele irrompeu num sorriso.

— Alguma coisa está se aproximando e eu vou partir amanhã à noite, seguindo o rio a oeste. Estarei de volta daqui a dois dias, mas Hanna não me perdoará. Caí em desgraça.

Fogo lembrou-se de sua própria experiência aos cinco anos.

— Eu garanto que ela sente uma falta terrível de você quando você parte.

— Sim — disse ele —, e eu estou sempre partindo. Eu desejaria que as coisas não fossem assim. Mas eu quero conversar com você antes de partir, lady. Eu viajo para o norte em breve, dessa vez sem o exército. Será mais rápido e mais seguro, caso você queira retornar para casa.

Fogo fechou os olhos.

— Suponho que deveria dizer que sim.

Ele hesitou.

— Você preferiria que eu arranjasse uma escolta diferente?

— Pelos céus, não! — exclamou ela. — Não é isso. É só que todos os seus irmãos estão me pressionando para ficar na corte e usar meu poder mental para ajudá-los no trabalho de espionagem. Até o príncipe Garan, que ainda não resolveu se deve confiar ou não em mim.

— Ah — disse ele, entendendo. — Garan não confia em ninguém, você sabe. É sua natureza e seu trabalho. Ele a está tratando mal?

— Não. Ele é bastante gentil. Na verdade, todos são. Quero dizer, aqui não é mais difícil para mim do que é em toda a parte. Apenas diferente.

Ele pensou naquilo por um momento.

— Bem. Não deve deixá-los intimidarem você; eles veem apenas o lado que lhes interessa. Estão tão enredados nas questões do reino que não podem imaginar outro modo de viver.

Fogo ficou pensando que outro modo de viver Brigan imaginava; com que vida ele sonhava, e se não havia nascido para isso. Ela falou cuidadosamente:

— Você acha que devo ficar e ajudá-los, como eles pedem?

— Lady, não posso dizer o que deve fazer. Você deve fazer o que acha que é certo.

Fogo captou algo defensivo em seu tom, mas não estava certa de qual dos dois ele estava defendendo. Ela o pressionou novamente:

— E você tem alguma ideia do que pode ser o certo?

Ele ficou aturdido. Desviou os olhos dela.

— Eu não quero influenciá-la. Se você ficar, eu ficarei terrivelmente satisfeito. Você seria uma ajuda tão preciosa! Mas eu também lamentaria por aquilo que nós pediríamos de você, realmente lamentaria.

Era um desabafo raro – raro porque ele não era dado a desabafos, e raro porque a mais ninguém ocorreria lamentar. Um tanto perdida, Fogo apertou seu arco com força e disse:

— Apossar-se da mente de alguém e mudá-la numa invasão. Uma violência. Posso usar uma coisa dessas sem ultrapassar o limite dos meus direitos? Como saberei se não fui longe demais? Sou capaz de tantos horrores!

Brigan levou um momento para pensar, encarando atentamente as próprias mãos. Ele puxou a borda de sua bandagem.

— Eu entendo você – disse ele, falando baixinho. – Eu sei o que é ser capaz de horrores. Estou treinando 25 mil soldados para um banho de sangue. E há coisas que eu fiz que gostaria de nunca ter feito. Há coisas que eu farei no futuro. – Ele deu uma olhada para ela, depois voltou a olhar para as mãos. – Sem dúvida isso é presunçoso, lady. Mas, por tudo o que é mais sagrado, se quiser, posso prometer que lhe direi se achar que você está ultrapassando os limites de seu poder. E, escolhendo ou não aceitar essa promessa, eu gostaria muito de pedir que fizesse o mesmo por mim.

Fogo engoliu em seco, mal acreditando que ele estava lhe confiando uma coisa tão grande. Ela sussurrou:

– Você está me conferindo uma honra. Eu aceito sua promessa, e dou-lhe a minha em retribuição.

As luzes nas casas da cidade estavam se apagando uma por uma. E parte de se evitar pensar sobre uma coisa é não dar oportunidades para deixar essa coisa se fazer sentir.

– Obrigada pelo violino – disse ela. – Eu o toco todos os dias.

Ela o deixou, e caminhou com sua guarda de volta aos seus aposentos.

Foi no grande salão, na manhã seguinte, que ela veio a entender o que tinha que ser feito.

As paredes do aposento cavernoso eram feitas de espelhos. Passando por eles, num impulso súbito, Fogo olhou para si mesma.

Ela prendeu o fôlego e seguiu olhando, até que ultrapassou seu primeiro momento vacilante de descrença. Cruzou os braços e ajustou os pés, e olhou, olhou. Lembrou-se de algo que a deixava furiosa. Ela havia falado a Clara da sua intenção de nunca ter filhos, e Clara lhe falara de um remédio que a deixaria muito nauseada, mas apenas por dois ou três dias. Depois que ela se recuperasse, nunca mais teria que se preocupar com a chance de ficar grávida, não importando quantos homens levasse para a cama. O remédio a tornaria permanentemente incapaz de ter filhos. Uma das mais úteis descobertas do rei Arn e de lady Ella.

Aquilo deixou Fogo furiosa, a ideia de tal remédio, uma violência feita a si mesma para impedi-la de criar qualquer coisa parecida com ela mesma. E qual era a finalidade desses olhos, desse rosto absurdo, da maciez e das curvas de seu corpo, da força dessa mente? Qual era a utilidade, se nenhum dos homens que a desejavam iria dar-lhe qualquer bebê, e tudo o que isso lhe traria seria aflição? Qual era a finalidade de uma mulher-monstro?

A coisa lhe saiu num sussurro:

— Para que eu sirvo?

— O que disse, lady? — perguntou Musa.

Fogo balançou a cabeça.

— Nada. — Ela deu um passo para mais perto e puxou seu lenço de cabeça. Seu cabelo deslizou, cintilante. Um de seus guardas ficou boquiaberto.

Ela era inteiramente bela, como Cansrel. Na verdade, era muito parecida com ele.

Por trás dela, Brigan entrou no grande salão de repente e parou. Seus olhos se encontraram no espelho e se mantiveram fixos. Ficou claro que ele estava no meio de um pensamento ou de uma conversa — algo que a aparência dela interrompera completamente.

Era tão raro que ele a fitasse diretamente! Todos os sentimentos que ela vinha tentando repelir ameaçavam fluir mais uma vez.

E então Garan alcançou Brigan, falando agudamente. Ouviu-se a voz de Nash atrás de Garan, e Nash em pessoa apareceu, viu-a e parou abruptamente ao lado de seus irmãos. Em pânico, Fogo pegou seu cabelo para prendê-lo, revestindo-se de coragem contra qualquer maneira estúpida com que o rei pretendesse se comportar.

Mas tudo estava bem, eles estavam seguros, pois Nash estava tentando firmemente se controlar.

— Saudações, lady — disse ele com considerável esforço. Lançou os braços em torno dos ombros de seus dois irmãos e foi com eles para fora do salão, para fora das vistas dela.

Fogo ficou impressionada e aliviada. Ela prendeu suas sensações de novo em sua cela. E então, bem antes que os irmãos desaparecessem, seus olhos captaram o lampejo de alguma coisa na cintura de Brigan.

Era o cabo de uma espada. A espada do comandante do Exército do Rei. E, de repente, Fogo compreendeu.

Brigan fazia coisas terríveis. Ele enfiava espadas em homens nas montanhas. Treinava soldados para a guerra. Tinha um enorme poder destrutivo, tal como seu pai uma vez tivera — mas ele não usava aquele poder do modo como seu pai usara. Na verdade, ele preferiria não usá-lo de todo. Mas escolhera assim, para poder impedir outras pessoas de usar o poder de maneiras ainda piores.

Seu poder era seu fardo. Ele o aceitara.

E não era parecido em nada com seu pai. Nem Garan nem Clara eram; nem, na verdade, o próprio Nash era. Nem todos os filhos eram como seus pais. Um filho escolhia o homem que iria ser.

Fogo olhou para seu próprio rosto. A bela visão se borrou de repente sob suas lágrimas. Ela as afastou, fechando os olhos.

– Eu tenho tido medo de ser como Cansrel – disse ela em voz alta para seu reflexo. – Mas eu não sou Cansrel.

Atrás dela, Musa disse suavemente:

– Qualquer um de nós poderia ter lhe dito isso, lady.

Fogo olhou para a capitã de sua guarda e riu, porque ela não era Cansrel – ela não era ninguém senão ela mesma. Não tinha que seguir a trilha de ninguém; sua trilha era de sua livre escolha. E então parou de rir, porque estava assustada com o caminho que de repente sabia que escolheria. *Não posso fazer isso*, pensou ela, *Sou perigosa demais. Isso só vai piorar as coisas.*

Não, respondeu ela a si mesma, *Já estou me esquecendo. Não sou Cansrel; em cada passo desta trilha eu crio a mim mesma. E talvez eu sempre ache meu próprio poder aterrador e talvez eu nunca possa ser o que mais gostaria de ser.*

Mas posso ficar aqui e me transformar naquilo que eu devo ser.

Desperdício é crime. Usarei o poder que tenho para desfazer o que Cansrel fez. O usarei para lutar pelos Dells.

PARTE DOIS

Espiões

Capítulo 17

Muito do que Fogo sabia sobre o jogo do poder nos Dells fora extraído em largos bocados. Ela entendia isso agora, porque então possuía um mapa minucioso e específico em sua mente. Os pontos centrais eram a Cidade do Rei, a propriedade de Mydogg na fronteira pikkiana e a terra de Gentian nas montanhas a extremo sul abaixo do rio, não longe do Forte Dilúvio. Havia lugares no entremeio: os muitos outros fortes e postos avançados de Brigan, as propriedades dos senhores e senhoras com pequeninos exércitos e alianças mutáveis, as Grandes Cinzentas ao sul e a oeste, as Pequenas Cinzentas ao norte, o rio Alado, o rio Pikkia, a elevada e plana área ao norte da Cidade do Rei chamada de monte Mármore. Trechos rochosos de pobreza, claros de violência, pilhagem, desolação; paisagens e pontos de referência destinados a ser pedras angulares na guerra entre Nash, Mydogg e Gentian.

Seu trabalho nunca era o mesmo de um dia para outro. Ela nunca sabia que espécie de gente o pessoal de Garan e Clara iria escolher: contrabandistas pikkianos, soldados comuns do exército de Mydogg ou de Gentian, mensageiros de ambos, serviçais que haviam alguma vez trabalhado para eles. Homens suspeitos de serem seus espiões ou de seus aliados. Fogo acabou vendo que, num reino equilibrado delicadamente no topo de uma pilha de associações mutáveis, o artigo mais crítico era a informação. Os Dells espiavam seus amigos e seus inimigos; espiavam seus próprios espiões. E, na verdade, todos os jogadores do reino faziam a mesma coisa.

O primeiríssimo homem que levaram diante dela, um velho serviçal de um vizinho de Mydogg, arregalou os olhos ao vê-la e despejou todos os pensamentos que lhe borbulharam na cabeça:

— Tanto lorde Mydogg quanto lorde Gentian estão devidamente impressionados com o príncipe Brigan — contou-lhe o homem, de olhos fixos, trêmulo. — Ambos compraram cavalos e montaram seus exércitos nos últimos anos, tal como o príncipe fez, e recrutaram o povo e os saqueadores das montanhas para serem soldados. Eles respeitam o príncipe como um adversário, lady. E a senhora sabia que há pikkianos no exército de lorde Mydogg? Homens grandes e pálidos vagando como brutamontes pela terra dele.

Isso é fácil, pensou Fogo consigo mesma, *Eu tenho apenas que me sentar aqui e eles botam tudo pra fora.*

Mas Garan não se impressionou.

— Ele não nos falou nada que não soubéssemos. Você o sondou para obter mais coisas: nomes, lugares, segredos? Como você sabe que extraiu tudo dos conhecimentos dele?

O próximo par de sujeitos era menos acessível — dois espiões sentenciados, resistentes a ela e fortes. Ambos estavam arranhados por todo o rosto, macilentos, e um deles mancava e tinha os ombros caídos. Ele tremeu ao se encostar à cadeira, como se tivesse cortes e arranhões nas costas.

— Como vocês foram feridos? – perguntou-lhes ela, desconfiada. – E onde? – Eles permaneceram em silêncio diante dela, os olhos desviados, rostos pétreos, e não responderam nem a essa pergunta nem a qualquer outra que ela fez.

Quando o interrogatório terminou e os dois espiões voltaram às masmorras, ela pediu desculpas a Garan, que assistira a coisa toda.

— Eles eram fortes demais para mim, senhor príncipe. Não pude arrancar nada deles.

Garan examinou-a, mal-humorado, por cima de um maço de papéis.

— Você tentou?

— Claro que tentei.

— Realmente? Quão firme você tentou? – Ele se ergueu, com os lábios apertados. – Eu não tenho nem energia nem tempo a perder, lady Fogo. Quando resolver que quer mesmo fazer isso, me informe.

Ele enfiou seus papéis sob o braço e empurrou a porta da sala de interrogatórios, deixando-a sozinha com sua indignação. Ele estava certo, naturalmente. Ela não havia tentado, não de verdade. Sondara suas mentes e, encontrando-as fechadas, não fizera nada para forçar uma abertura. Nem mesmo tentara fazer com que eles olhassem diretamente para seu rosto. Como poderia? Esperavam honestamente que ela se pusesse diante de homens enfraquecidos por maus-tratos e abusasse ainda mais deles?

Ela se ergueu de um salto e correu atrás de Garan, encontrando-o numa escrivaninha em seu escritório, escrevendo loucamente com letras codificadas.

– Eu tenho regras – informou-lhe ela.

Ele parou sua caneta, ergueu olhos inexpressivos para seu rosto e esperou.

– Quando vocês me trouxerem um velho serviçal que for de boa vontade aonde os homens do rei o obrigarem, um homem que nunca foi condenado, nem acusado, por um crime – disse Fogo –, eu não vou penetrar em sua mente. Eu vou me sentar diante dele e fazer perguntas, e, se minha presença o tornar mais falante, muito bem. Mas eu não vou forçá-lo a dizer coisas que ele não diria em outras circunstâncias. Nem – acrescentou ela, erguendo a voz – vou me apossar da mente de uma pessoa que foi pouco alimentada, a quem foram recusados remédios ou que apanhou em sua cela. Eu não vou manipular um prisioneiro que vocês maltrataram.

Garan se recostou na cadeira e cruzou os braços.

– Essa é boa, não é? Sua própria manipulação é um mau tratamento; você mesma disse isso.

– Sim, mas a minha tenciona ser uma boa razão. A sua, não.

– Não é um mau tratamento *meu*. Eu não dou as ordens por aqui, eu não tenho nenhuma ideia do que acontece.

– Se quer que eu os interrogue, é melhor descobrir.

Para crédito de Garan, o tratamento dos prisioneiros dellianos mudou depois disso. Um homem particularmente lacônico, depois de uma sessão em que Fogo não captou absolutamente nada, agradeceu-lhe especificamente por isso.

– As melhores masmorras em que estive – disse ele, mascando um palito de dentes.

— Maravilhoso — resmungou Garan quando ele saiu. — Nós ganharemos uma boa reputação pela nossa gentileza com os fora da lei.

— Uma prisão com um monstro em sua equipe de interrogadores provavelmente não ganhará reputação de gentil — respondeu Nash baixinho.

Alguns gostavam de ser colocados diante dela, gostavam demais de sua presença para se importar com o que ela os forçava a revelar; mas, na maior parte, Nash estava certo. Ela interrogou dezenas e gradualmente centenas de diferentes espiões, contrabandistas e soldados que entravam tristemente na sala, às vezes lutando contra os guardas, precisando ser arrastados. Interrogava-os em suas mentes: *Quando foi a última vez que você conversou com Mydogg? O que ele disse? Diga tudo. Qual de nossos espiões ele está tentando atrair para seu lado? Quais de nossos soldados são traidores?* Ela tomava fôlego e forçava-se a sondar, revirar e golpear — às vezes até a ameaçar. *Uma mentira mais e você começará a sentir dor. Você acredita que eu posso lhe fazer sentir dor, não acredita?*

Estou fazendo isso pelos Dells, dizia ela a si mesma sem parar, quando sua própria capacidade de intimidação deixava-a entorpecida de vergonha e pânico. *Estou fazendo isso para proteger os Dells daqueles que querem destruí-los.*

— É uma guerra de três vias — disse um prisioneiro que fora capturado contrabandeando espadas e punhais para Gentian. — A mim parece que o rei tem a vantagem dos números. Não lhe parece também, lady? Alguém sabe os números de Mydogg com certeza?

Ele era um sujeito que ficava escapando ao seu domínio, polido, agradável e distraído num momento, lúcido no outro, lutando contra as algemas em torno de seus pulsos e tornozelos, gemendo ao vê-la.

Ela cutucava sua mente agora, afastando-o de suas próprias especulações e centralizando-o no seu conhecimento real.

— Fale-me sobre Mydogg e Gentian — disse ela. — Eles pretendem armar um ataque neste verão?

— Eu não sei, lady. Eu só ouvi boatos sobre isso.

— Você sabe quantos homens Gentian tem?

— Não, mas ele compra uma infinidade de espadas.

— Quanto é "uma infinidade"? Seja mais específico.

— Eu não sei o número exato — afirmou ele, ainda falando confiantemente, mas começando a se esquivar novamente, a realidade de sua situação na sala voltando a ele. — Não tenho nada mais a dizer à senhora — proclamou ele de repente, olhando-a com olhos bem abertos, começando a tremer. — Eu sei o que a senhora é. Não deixarei a senhora me usar.

— Não me agrada usar você — explicou Fogo fatigadamente, permitindo-se, por ao menos um momento, dizer o que sentia. Ela olhou-o quando ele puxou os pulsos, arfou e caiu de costas em sua cadeira, exausto e fungando. Então ela ergueu as mãos e puxou o seu lenço de cabeça para que seus cabelos caíssem soltos. A luminosidade o assustou; ele ficou boquiaberto diante dela, atônito; nesse instante, ela penetrou em sua mente outra vez e apossou-se dela facilmente. — Que boatos são esses que você ouviu sobre os planos dos senhores rebeldes?

— Bem, lady — disse ele, novamente transformado, sorrindo animadamente. — Eu soube que lorde Mydogg quer se tornar o rei dos Dells e de Pikkia. Depois, quer usar os barcos pikkianos para explorar o mar e encontrar novas terras para conquistar. Um contrabandista pikkiano me revelou isso, lady.

Estou ficando melhor nisso, pensou Fogo consigo mesma, *Estou aprendendo todos os truquezinhos baratos e repugnantes.*

E os músculos de sua mente estavam se desenvolvendo; a prática a estava tornando mais rápida e mais forte. O controle estava se tornando uma posição fácil — até *cômoda* — para ela assumir.

Mas tudo o que ela captava eram planos vagos de atacar brevemente algum lugar, violentas intenções aleatórias contra Nash ou Brigan, às vezes contra ela própria. Mudanças rápidas de alianças que voltavam ao seu lugar tão rapidamente quanto mudavam. Como Garan, Clara e todos mais, ela estava esperando descobrir alguma coisa sólida, grande e traiçoeira que pudesse servir como um chamado à ação.

Eles todos estavam ansiosos por uma ruptura. Mas às vezes Fogo desejava desesperadamente que lhe fosse permitido um ou outro momento de solidão.

Ela havia sido um bebê de verão, e em julho seu aniversário passou — com pouco estardalhaço, pois guardou o fato para si. Archer e Brocker mandaram flores. Fogo sorriu com isso, pois eles teriam enviado outra coisa se soubessem quantos homens da corte e da cidade lhes tinham mandado flores, constante, interminavelmente, flores e mais flores, desde que chegara, dois meses atrás. Seus quartos eram sempre uma estufa. Ela as teria jogado fora, as orquídeas e lírios seletos e as belas rosas gigantescas, pois não tinha interesse nas atenções desses homens; mas amava as flores, amava ficar cercada pela beleza delas. Ela descobrira que possuía um jeito para arrumá-las, cor com cor.

O rei nunca mandava flores. Seus sentimentos não haviam mudado, mas ele parara de lhe pedir que se casasse com ele. Na verdade, lhe pedira que o ensinasse a se proteger contra monstros, de modo que, por uma série de dias e semanas, cada um de um lado da porta, ela lhe ensinara o que ele já sabia, mas precisava de um empurrão para lembrar. Vontade, concentração e autocontrole. Com prática e com seu novo melancólico compromisso com a disciplina, sua mente ficou mais forte e eles mudaram as lições para o escritório dele. Ela podia confiar que ele não a tocaria agora, exceto quando tomava muito vinho, o que de vez em quando acontecia. Eram irritantes suas lágrimas de bêbado, mas ao menos bêbado ele era fácil de controlar.

Naturalmente, todos no palácio notavam quando eles estavam juntos, e as conversas impensadas rolavam com facilidade. Era uma aposta segura na roda dos boatos que a mulher-monstro acabaria se casando com o rei.

Brigan ficou ausente na maior parte de julho. Ele chegava e partia constantemente, e agora Fogo entendia por que ele estava sempre indo embora. Além do considerável tempo que passava com o exército, ele se encontrava com pessoas: senhores, senhoras, negociantes do mercado negro, amigos, inimigos, persuadindo um ou outro a fazer uma aliança, testando a lealdade de outros. Em alguns casos, espionagem era a única palavra para o que ele estava fazendo. E às vezes se debatia para sair de armadilhas em que ele, deliberadamente ou não, caíra, voltando com bandagens em sua mão, olhos roxos e com uma costela partida que teria impedido qualquer pessoa sã de cavalgar novamente. Eram horrendas, pensava Fogo, algumas situações em que Brigan se envolvia. Certamente outra pessoa deveria conduzir negociações com um traficante de armas que se sabia fazer favores para Mydogg em certas ocasiões. Certamente outra pessoa deveria ir à bem protegida e isolada mansão do filho de Gentian, Gunner, nos picos a extremo sul, para esclarecer as consequências que adviriam se Gunner permanecesse leal ao seu pai.

— Ele é bom demais nisso — disse-lhe Clara, quando Fogo questionou a sensatez desses encontros. — Ele tem jeito para convencer as pessoas de que elas querem o que ele quer. E, quando não consegue persuadir com suas palavras, em geral consegue com sua espada.

Fogo lembrou-se dos dois soldados que brigaram ao vê-la no dia em que ela se juntou à Primeira Divisão. Lembrou-se de como a ferocidade deles havia se transformado em vergonha e remorso depois que Brigan conversara com eles um pouquinho.

Nem todas as pessoas que inspiravam devoção eram monstros.

E, aparentemente, ele era renomado por sua habilidade com a espada. Hanna, naturalmente, falava como se ele fosse invencível:

— Eu herdei minha habilidade de lutar de papai — disse ela, e obviamente tinha ouvido isso em alguma parte. Parecia a Fogo que a maioria das crianças de cinco anos numa briga contra um bando de outras crianças teria escapado com mais que um nariz quebrado, se por acaso conseguisse escapar.

No último dia de julho, Hanna foi até ela com um punhado brilhante de flores silvestres, colhidas, Fogo supôs, das relvas do rochedo acima do Porto da Adega, por trás da casa verde.

– A vovó disse numa carta que ela achava que seu aniversário era em julho. Eu perdi o dia? Por que ninguém sabe o seu aniversário? O tio Garan disse que as senhoras gostam de flores. – Ela torceu o nariz com dúvidas ao dizer isso e enfiou as flores no rosto de Fogo, como se achasse que elas eram para comer e esperasse que ela se inclinasse e mastigasse, como Pequeno teria feito.

Ao lado das flores de Archer e Brocker, elas ficaram sendo as favoritas de Fogo.

NUM DIA PROBLEMÁTICO ao fim de agosto, Fogo estava nos estábulos, escovando Pequeno para aliviar a cabeça. Sua guarda recuou quando Brigan veio caminhando, um punhado de rédeas penduradas em seu ombro. Ele se inclinou junto à porta da cocheira e coçou o nariz de Pequeno.

– Saudações, lady.

Ele havia acabado de retornar de uma de suas últimas excursões naquela manhã.

– Príncipe Brigan. E onde está sua menina?

– Em sua aula de história. Ela foi sem se queixar e eu estou tentando me preparar para o que isso possa significar. Ou ela planeja me subornar para conseguir alguma coisa ou está doente.

Fogo tinha uma pergunta a fazer para Brigan, e era uma pergunta embaraçosa. Não havia nada a fazer senão forçar um ar digno e lançá-la sobre ele. Ela ergueu o queixo.

— Hanna me perguntou várias vezes, recentemente, por que os monstros ficam enlouquecidos por mim todo mês, e por que eu não posso pisar fora do quarto por quatro ou cinco dias por mês, a menos que seja levada por guardas extras. Eu gostaria de explicar isso a ela. E gostaria de obter sua permissão.

Foi impressionante a reação dele — o controle que tinha sobre sua expressão, vazia de emoção enquanto permanecia em pé do outro lado da porta. Ele afagou o pescoço de Pequeno.

— Ela tem cinco anos.

Fogo não respondeu nada, apenas esperou.

Ele coçou a cabeça e então olhou de esguelha para ela, inseguro.

— O que você acha? Aos cinco anos é cedo demais para compreender? Eu não quero que ela fique assustada.

— Eles não a assustam, senhor príncipe. Ela fala de me proteger deles com seu arco.

Brigan falou baixinho:

— Eu quis dizer as mudanças que vão acontecer com o corpo dela. Eu me pergunto se o conhecimento disso poderia assustá-la.

— Ah. — A voz de Fogo era suave. — Mas então talvez eu seja a pessoa certa para explicar, pois ela não é tão resguardada que eu não possa notar se isso for perturbá-la. Eu posso ajustar minha explicação à reação dela.

— Sim — disse Brigan, ainda hesitante e olhando de lado. — Mas você não acha que aos cinco anos é muito cedo?

Como era estranho, assim como perigosamente delicioso, encontrá-lo tão diferente, tão homem, e querendo um conselho dela sobre esse assunto! Fogo emitiu sua opinião francamente:

— Eu não acho que Hanna é jovem demais para entender. E acho que ela deve obter uma resposta honesta para uma coisa que a deixa intrigada.

Ele fez que sim.

— Eu fico pensando por que ela não me perguntou sobre isso. Ela não é tímida para fazer perguntas.

— Talvez ela perceba a natureza da coisa.

— Ela pode ser tão sensível?

— Crianças são gênios — disse Fogo firmemente.

— Sim — concordou Brigan. — Bem. Você tem minha permissão. Conte-me depois como transcorreu.

Mas, de repente, Fogo não o estava ouvindo, porque ficara perturbada, como ficara várias vezes naquele dia, pela sensação de uma presença estranha, familiar e deslocada. Ela pegou na crina de Pequeno e balançou a sua cabeça. Pequeno afastou o focinho do peito de Brigan e se voltou para olhá-la inquisitivamente.

— Lady — perguntou Brigan. — O que há?

— Parece que... Não, sumiu outra vez. Não se importe. Não é nada.

Brigan olhou para ela, intrigado. Ela sorriu, e explicou:

— Às vezes eu tenho que deixar uma percepção se instalar por um momento até que ela faça sentido para mim.

— Ah. — Ele avaliou a envergadura do longo focinho de Pequeno. — Era alguma coisa que tinha a ver com minha mente?

— O quê? — espantou-se Fogo. — Você está brincando?

— Estou?

— Você acha que eu capto qualquer coisa de sua mente?

— E não capta?

— Brigan — disse ela, assustada e perdendo o jeito. — Sua consciência é uma muralha sem nenhuma brecha. Nunca tive o mais vago sinal de qualquer coisa que se passe nela.

— Oh — disse ele eloquentemente. — Humm... — Ele rearrumou as correias de couro em seu ombro, parecendo um tanto satisfeito consigo mesmo.

— Suponho que você estava fazendo isso de propósito — comentou Fogo.

— Eu estava. Só que é difícil saber quão bem-sucedido se é nessas coisas.

— Seu sucesso é total.

— E que tal agora?

Fogo arregalou os olhos.

— O que quer dizer? Está me perguntando se eu percebo seus sentimentos agora? Claro que não.

— E agora?

A coisa veio a ela como a mais suave onda do profundo oceano da consciência dele. Fogo ficou em silêncio, absorveu-a e assumiu o controle de suas próprias sensações, pois o fato de Brigan liberar uma sensação para ela, a primeira sensação que ele lhe dera, a deixara desordenadamente feliz. Ela disse:

— Sinto que você está se divertindo com esta conversa.

— Interessante — disse ele, sorrindo. — Fascinante. E, agora que minha mente está aberta, pode se apoderar dela?

— Nunca. Você deixou só um sentimento de fora, mas isso não significa que eu possa avançar e tomar posse.

— Tente — pediu ele; e, muito embora seu tom fosse amigável e mostrasse sinceridade, Fogo ficou assustada.

— Eu não quero tentar.

— É só uma experiência.

A palavra deixou-a sem fôlego de pânico.

— Não. Eu não quero tentar. Não me peça para fazê-lo.

E agora ele estava se inclinando para mais perto da porta da cocheira e falando baixo:

— Lady, perdoe-me. Eu a deixei aflita. Não lhe pedirei isso novamente, juro.

— Você não entende. Eu nunca faria isso.

— Eu sei. Sei que não faria. Por favor, lady. Retiro minhas palavras.

Fogo descobriu que estava agarrando a crina de Pequeno com mais força do que queria. Ela soltou os pelos do pobre cavalo e alisou-os, lutando contra as lágrimas que forçavam seu caminho até a superfície de seu rosto. Pousou-o sobre o pescoço de Pequeno e aspirou seu cálido cheiro equino.

E agora estava rindo, um riso arfante que soava como um soluço.

— Uma vez eu pensei realmente em dominar sua mente, se você me pedisse. Pensei que poderia ajudá-lo a pegar no sono à noite.

Ele abriu a boca para dizer alguma coisa. Fechou-a novamente. Seu rosto se fechou por um momento, sua máscara insondável voltando ao lugar. Falou baixinho:

– Mas isso não seria justo, pois, depois que eu dormisse, você ficaria acordada sozinha, sem ninguém para ajudá-la a pegar no sono.

Fogo não estava mais certa sobre o que eles estavam conversando. E sentia-se desesperadamente infeliz, pois não era uma conversa que a distraísse daquilo que sentia por esse homem.

Welkley entrou, então, com um recado para Brigan, solicitando que ele se dirigisse ao rei. Fogo ficou aliviada por vê-lo ir embora.

A CAMINHO DE seus aposentos com sua guarda, aquela consciência estranha e familiar esvoaçou outra vez por sua mente. O arqueiro, o arqueiro de mente vazia.

Fogo soltou uma frustrada lufada de ar. O arqueiro estava no palácio, nos jardins ou na proximidade da cidade, ou pelo menos ela achara isso durante todo o dia. E ele nunca permanecia em sua mente o suficiente para que ela ficasse no controle ou soubesse o que fazer. Isso não era normal. Simplesmente não eram normais esses homens vagando a esmo e essas mentes tão vazias como se houvessem sido hipnotizadas por monstros. A sensação de que ele estava ali depois de todos esses meses não era bem-vinda.

Quando chegou aos seus aposentos, encontrou os guardas que estavam posicionados num estado peculiar.

— Um homem veio até a porta, lady — disse Musa —, mas ele não explicou nada. Disse que vinha em nome do rei e que viera examinar a vista de suas janelas, mas eu não o reconheci como homem do rei e não me fiei no que ele queria. Não o deixei entrar.

Fogo estava um tanto atônita:

— À vista das minhas janelas? Por que diabos?

— Ele não parecia bem, lady — disse Neel. — Havia alguma coisa engraçada nele. Nada do que dizia fazia sentido.

— Ele me pareceu muito bem — retrucou outro guarda rudemente. — O rei não ficará contente por termos desobedecido a sua ordem.

— Não — falou Musa aos seus soldados. — Basta com essa discussão. Neel está certo, o homem tinha alguma coisa errada.

— Ele me deixou zonza — confessou Mila.

— Era um homem honrado — discordou outro guarda —, e eu não creio que tenhamos autoridade para expulsar os homens do rei.

Fogo ficou à entrada da porta, sua mão encostada à moldura para se firmar. Teve certeza, ao ouvir a discórdia entre seus guardas — seus guardas, que nunca discutiam diante de sua senhora e nunca respondiam à sua capitã —, de que alguma coisa estava errada. Não era apenas que eles discutiam ou que esse visitante parecesse um sujeito digno de suspeita. Neel dissera que o homem não parecia bem; bom, um bom número de seus guardas neste momento não parecia bem. Eles estavam muito mais abertos para ela do que ficavam habitualmente, e um nevoeiro pairava sobre suas mentes. Os mais afetados eram os guardas que discutiam agora com Musa.

E ela percebeu, por algum instinto obscuro, monstruoso ou humano, que, se eles falavam desse homem como se ele fosse honrado, estavam enganados. Ela sentiu, com uma certeza que não conseguia explicar, que Musa agira corretamente ao expulsar o homem.

– Que aparência ele tinha, esse sujeito?

Alguns dos guardas coçaram a cabeça e resmungaram que não conseguiam lembrar, e Fogo quase conseguiu estender o braço e tocar o nevoeiro de suas mentes. Mas a mente de Musa estava clara:

– Ele era alto, senhora, mais alto que o rei, e magro, abatido. Tinha cabelos brancos e olhos escuros e não estava bem. Não tinha cores, estava acinzentado e tinha marcas em sua pele. Erupções.

– Erupções?

– Usava roupas simples e tinha um completo armamento de arcos em suas costas: uma balestra, um arco, flechas, um arco de mão realmente maravilhoso. Tinha uma aljava repleta e uma faca, mas não tinha espada.

– As flechas em sua aljava. Eram feitas de quê?

Musa apertou os lábios.

– Eu não reparei.

– De uma madeira branca – disse Neel.

E então o homem de mente nebulosa havia ido até seus aposentos para ver a sua vista. E deixara uma porção de seus guardas com expressões perplexas e com a cabeça nebulosa.

Fogo caminhou até o guarda mais afetado pelo nevoeiro, o primeiro a iniciar a discussão, um sujeito chamado Edler que era normalmente muito amigável. Pôs a mão sobre sua testa.

— Edler. Sua cabeça está doendo?

O homem levou um momento para lhe dar a resposta:

— Não dói exatamente, lady, mas eu não a sinto como se fosse minha.

Fogo refletiu sobre como compreender o fato.

— Você me dá permissão para que eu tente esclarecer o desconforto?

— Certamente, lady, se é o que a senhora deseja.

Fogo penetrou na consciência de Edler facilmente, como fizera na do caçador clandestino. Ela remexeu seu nevoeiro, tocou-o e contorceu-o, tentando concluir o que ele era exatamente. Parecia com um balão que preenchia a sua mente com vácuo, empurrando sua própria inteligência para as beiradas.

Fogo estocou o balão com força e ele estourou e assobiou. Os pensamentos de Edler se precipitaram para a frente e ocuparam seus lugares; e ele esfregou a cabeça com as duas mãos.

— Parece melhor, lady. Eu consigo ver aquele homem claramente. Não acho que ele estivesse a serviço do rei.

— Ele não estava a serviço do rei — concordou Fogo. — O rei não mandaria um sujeito adoentado, armado com um arco de mão para o meu quarto para admirar a vista.

Edler suspirou:

— Deuses, como estou cansado!

Fogo continuou se movendo até o guarda seguinte e pensou consigo mesma que ali estava uma coisa mais ameaçadora que qualquer outra que ela houvesse descoberto até agora nas salas de interrogatório.

Mais tarde, em sua cama, ela encontrou uma carta de Archer. Uma vez que a colheita de verão estava concluída, ele tencionava fazer uma visita. Era uma felicidade, mas não iluminava o estado de coisas.

Ela pensava que era a única pessoa nos Dells capaz de alterar mentes.

Capítulo 18

O ano que Fogo passou treinando seu pai a experimentar coisas que não existiam foi também, felizmente, o ano em que sua relação com Archer encontrou uma nova alegria.

Cansrel não se importara de experimentar coisas não existentes, pois aquela era uma época em que a realidade o deprimia. Nax havia sido seu canal para todos os prazeres, e agora o homem desaparecera. Brigan ficara mais influente e havia escapado de outro ataque sem ferimentos. Trazia algum alívio para Cansrel sentir o sol em sua pele no meio de semanas de garoa, ou sentir o gosto de carne de monstro quando não estava sendo servida. Havia consolo no toque da mente de sua filha – agora que ela sabia bem mais do que transformar chamas em flores.

O corpo de Fogo sofria; ela perdera seu apetite, ficara magra, tinha ataques de tontura, cãibras no pescoço e nos ombros que faziam com que tocar música produzisse uma sensação dolorosa e provocassem dores de cabeça de rachar. Ela evitava refletir sobre o que estava pensando em fazer. Tinha certeza de que, se refletisse diretamente sobre ela, perderia o controle de si mesma.

Archer não foi, na verdade, a única pessoa a lhe trazer conforto naquele ano. Uma mulher jovem chamada Liddy, doce e com olhos de avelã, era a criada dos aposentos de dormir de Fogo. Ela surgiu num dia de primavera em que Fogo estava enrolada na cama, debatendo-se contra um pânico vertiginoso. Liddy gostava de sua dócil jovem senhora e lastimou a sua aflição. Sentou-se ao lado de Fogo e afagou seus cabelos, sua testa e por trás de suas orelhas, seu pescoço, descendo para a parte de baixo de suas costas. O toque foi feito com delicadeza e foi o mais profundo e suave conforto do mundo. Fogo flagrou-se pousando sua cabeça no colo de Liddy enquanto a mulher seguia afagando. Foi um presente, oferecido sem mesquinhez, e Fogo o aceitou.

Naquele dia, daquele momento em diante, alguma coisa silenciosa cresceu entre as duas. Uma aliança. Elas escovavam o cabelo uma da outra às vezes, ajudavam-se mutuamente a se vestir e se despir. Passavam horas ociosas juntas, cochichando, como garotinhas que houvessem descoberto uma companheira de alma.

Certas coisas não podiam acontecer na proximidade de Cansrel sem que ele soubesse; os monstros sabiam coisas. Ele começou a queixar-se de Liddy. Não gostava dela, não gostava das horas que elas passavam juntas. Finalmente, perdeu a paciência e arranjou um casamento para Liddy, mandando-a embora para uma propriedade longe da cidade.

Fogo ficou sem fôlego, espantada e magoada. Claro que ficou satisfeita por ele ter apenas mandado Liddy, não a matou nem a levou para a sua cama para lhe dar uma lição. Mas, ainda assim, fora uma crueldade amarga e egoísta. Isso não a tornou compassiva.

Talvez sua solidão, depois que Liddy se foi, a tivesse preparado para Archer, embora Liddy e Archer fossem obviamente diferentes.

Durante aquela primavera e pelo verão adentro, quando ela fez quinze anos, Archer sabia a insanidade em que Fogo estava pensando. Ele sabia por que ela não conseguia comer e por que seu corpo sofria. Isso o atormentava, o fazia ficar fora de si de temor por ela. Ele brigava com ela por isso; brigava com Brocker, que também estava preocupado, mas que, a despeito disso, recusava-se a interferir. Repetidamente, Archer pedia a Fogo que se libertasse de todo aquele esforço. E, repetidamente, Fogo se recusava.

Numa noite de agosto, durante uma frenética discussão murmurada sob uma árvore do lado da casa dela, ele a beijou. Ela se enrijeceu, assustada, depois notou, quando as mãos dele se estenderam para ela e ele a beijou novamente, que ela queria isso, que precisava de Archer, que seu corpo precisava dessa agressividade que era também reconfortante. Ela se aconchegou nele; levou-o para dentro, para o alto da casa. E aconteceu: companheiros de infância tornaram-se amantes. Descobriram um ponto no qual concordavam, uma libertação da angústia e da infelicidade que ameaçava subjugá-los. Depois de fazer amor com seu amigo, Fogo sempre se flagrava desejando comer. Beijando-a e rindo, Archer a alimentava em sua própria cama com comida que ele transportava pela janela.

Cansrel ficou sabendo, claro, mas, enquanto o delicado amor de Fogo por Liddy havia sido intolerável para ele, a necessidade que ela tinha de Archer não provocou nada mais forte que uma aceitação divertida do inevitável. Ele não se importava, contanto que ela ingerisse as ervas quando era necessário.

— Dois de nós já bastam, Fogo — dizia ele suavemente. Ela ouvia nas entrelinhas a ameaça ao bebê que não devia ter. Ingeria as ervas.

Archer não agia com ciúmes ou de maneira possessiva naqueles dias. Isso veio depois.

Fogo sabia bem demais que nada nunca permanece igual. Começos naturais acabam em fins naturais ou não naturais. Ela estava ansiosa por ver Archer, até demais, mas sabia o que ele tinha esperança de encontrar vindo à Cidade do Rei. Não esperava colocar esse fim em palavras para ele.

Fogo se pusera a descrever o arqueiro nebuloso a todos que ela interrogava muito brevemente ao fim de cada entrevista. Até aí, isso não fora de proveito algum.

— Lady — disse-lhe Brigan um dia no quarto de Garan. — Não ficou sabendo ainda nada sobre aquele arqueiro?

— Não, senhor príncipe. Ninguém parece reconhecê-lo pela descrição.

— Bem — disse ele —, espero que continue perguntando.

A saúde de Garan teve uma recaída, mas ele se recusava a ir à enfermaria ou parar de trabalhar, o que significava que nos últimos dias seu quarto de dormir se tornara um centro de atividades. Respirar era uma dificuldade, e ele não tinha forças para se erguer. A despeito disso, permanecia mais do que capaz de sustentar uma discussão.

– Esqueça o arqueiro – aconselhou ele então. – Temos assuntos mais importantes para discutir, tal como o custo exorbitante de seu exército. – Ele olhou ferozmente para Brigan, que havia se apoiado no guarda-roupa, às vistas de Fogo, de modo que ela não poderia ignorá-lo, jogando com as mãos para o alto e pegando de novo uma bola que ela reconheceu como um brinquedo pelo qual vira Manchinha e Hanna brigando uma vez. – É caro demais – prosseguiu Garan, ainda olhando ferozmente de sua cama. – Você paga um salário muito alto aos soldados, e depois, quando estão feridos ou mortos e sem préstimo, continua a pagá-los.

Brigan deu de ombros.

– E daí?

– Você pensa que temos muito dinheiro.

– Não vou cortar os pagamentos deles.

– Brigan – continuou Garan desanimadamente. – Não temos recursos para isso.

– Devemos ter. A véspera de uma guerra não é época para se cortar o pagamento do exército. Como você acha que eu consegui recrutar tantos homens? Acha que eles são tão cheios de lealdade aos herdeiros de Nax que não passariam para o lado de Mydogg se ele lhes oferecesse mais?

– Pelo que eu entendo – disse Garan –, todos eles pagariam pelo privilégio de morrer em sua defesa e de mais ninguém.

Nash falou de sua cadeira junto à janela, onde ele parecia uma forma escura recortada contra a luz de um céu azul. Estivera sentado ali por algum tempo. Fogo sabia que ele a estava observando.

– E isso se deve ao fato de ele sempre apoiá-los, Garan, enquanto brutos como você tentam tirar o dinheiro deles. Eu desejaria que você pudesse descansar. Está com uma aparência de quem está para morrer.

— Não me trate com condescendência — contestou Garan, e então se dissolveu num ataque de tosse que tinha o som de uma lâmina de serra cortando madeira.

Fogo se inclinou de sua cadeira e tocou o rosto úmido de Garan. Ela havia se entendido com ele desde o novo ataque da doença. Ele insistia em trabalhar, e então ela concordou em trazer-lhe informes das salas de interrogatório, mas somente sob a condição de que ele lhe permitisse penetrar em sua mente, para aliviar sua sensação de cabeça latejante e pulmões em fogo.

— Obrigado — disse-lhe ele gentilmente, pegando sua mão e segurando-a contra o peito. — Esta conversa apodreceu. Lady, dê-me alguma boa notícia das salas de interrogatório.

— Temo que não haja nenhuma, senhor príncipe.

— Ainda está se deparando com contradições?

— Com toda certeza. Um mensageiro disse-me ontem que Mydogg tem planos definidos para fazer um ataque contra o rei e lorde Gentian em novembro. Então, hoje um novo sujeito me revelou que Mydogg tem planos definidos para conduzir seu exército rumo ao norte, para Pikkia, e esperar que uma guerra entre Gentian se desenrole antes de sequer erguer uma espada. Há mais: conversei com um espião de Gentian que disse que Gentian matou lady Murgda numa emboscada em agosto.

Brigan estava girando a bola agora na ponta de seu dedo, distraidamente.

— Eu me encontrei com lady Murgda no dia 15 de setembro — contou o comandante. — Ela não foi particularmente amigável, mas com certeza não estava morta.

Era uma tendência que as salas de interrogatório haviam gerado subitamente nas semanas recentes: contradições e informações erradas procediam de todos os lados e tornavam muito difícil saber em quais fontes confiar. Os mensageiros e espiões que Fogo interrogara eram lúcidos e confiantes em suas informações. Só que suas informações estavam simplesmente erradas.

Todos na corte delliana sabiam o que isso significava. Tanto Mydogg quanto Gentian estavam conscientes de que Fogo se juntara às fileiras do inimigo. Para diminuir a vantagem que ela dava ao trono delliano, os dois senhores feudais rebeldes começaram a dar informações distorcidas a alguns homens de seu próprio lado e depois mandá-los para serem capturados.

– Há pessoas próximas aos dois homens – disse Garan. – Pessoas que conhecem a verdade sobre os planos de cada um deles. Precisamos dessas pessoas: de um aliado próximo a Myddogg e de outro próximo a Gentian. E eles têm que ser pessoas das quais nunca desconfiaríamos normalmente, pois nem Mydogg nem Gentian devem sequer suspeitar de que nós os interrogamos.

– Precisamos de um aliado de Mydogg ou de Gentian que finja estar entre os mais leais aliados do rei – disse Brigan. – Não deve ser tão difícil. Se eu disparar uma flecha fora da janela, provavelmente acertarei um.

– A mim parece – disse Fogo cautelosamente – que, se eu adotar uma abordagem menos direta, se eu interrogar qualquer pessoa que estamos detendo sobre coisas que não me importei de investigar anteriormente: todos os grupos a que pertenceram, todas as conversas que entreouviram, mas cujo significado talvez não tenham entendido, todos os cavalos que viram rumando para o sul quando deveriam ter rumado para o norte...

— Sim – concordou Brigan. – Isso deve render alguma coisa.

— E onde estão as mulheres? – perguntou Fogo. – Chega de homens. Arranjem-me as mulheres que Mydogg e Gentian levaram para a cama e as mulheres que lhes serviram vinho no bar. Homens são tolos com mulheres, descuidados e contadores de vantagens. Deve haver centenas de mulheres por aí transportando informações que poderíamos usar.

Nash falou sobriamente:

— Isso parece um bom conselho.

— Eu não sei – disse Garan. – Estou ofendido. – Ele parou, sufocado por um espasmo de tosse. Nash moveu-se até a cama de seu irmão, sentou-se ao seu lado e segurou seu ombro para firmá-lo. Garan estendeu a mão trêmula para Nash. O rei apertou-a na sua.

Sempre impressionava Fogo a afeição física entre esses irmãos, que de vez em quando também se lançavam sobre a garganta um do outro por qualquer coisa. Ela gostava do modo como os quatro mudavam de atitude, chocando-se e gritando uns com os outros, afiando as arestas uns dos outros e depois de novo abrandando-as, e de modo obscuro sempre encontrando um modo de se ajustar.

— E... – disse Brigan, retornando discretamente ao seu tópico anterior – não desista do arqueiro, lady.

— Não vou desistir, pois ele me perturba muito – confessou Fogo, depois sentiu a aproximação de um arqueiro totalmente diferente. Ela baixou os olhos para esconder seu fluxo

de alegria. – Lorde Archer acaba de chegar à corte – disse ela.
– Welkley o está trazendo neste exato momento.

– Ah – disse Brigan. – E aí está o homem que devemos recrutar para disparar flechas da janela.

– Sim – concordou Garan maldosamente –, soube que as flechas dele estão sempre acertando novos alvos.

– Eu bateria em você se não estivesse deitado – disparou Brigan, subitamente furioso.

– Comporte-se, Garan – silvou Nash. Antes que Fogo pudesse esboçar reação à discussão, que lhe pareceu um tanto engraçada, Welkley e Archer atravessaram a porta, e todos, exceto Garan, se ergueram.

– Senhor rei – disse Archer imediatamente, ajoelhando-se diante de Nash. – Senhores príncipes – falou ele a seguir, erguendo-se para pegar a mão de Brigan e curvando-se para pegar a de Garan.

Ele virou-se para Fogo. Com grande decoro, tomou as mãos dela nas suas. E, no instante em que seus olhos se encontraram, ele riu e se iluminou com um ar travesso, seu rosto tão feliz e típico de Archer que ela começou a rir também.

Ele levantou-a para lhe dar um abraço apropriado. Cheirava ao lar, às chuvas de outono do extremo norte.

Ela saiu para dar um passeio com Archer pelos jardins do palácio. As árvores estavam ardendo com as cores do outono. Fogo estava espantada agora, e emocionada, com a árvore ao lado da casa verde, porque nos últimos dias ela se transformara no ser vivo mais parecido ao seu cabelo que ela havia visto.

Archer lhe disse como o norte, em comparação, estava desolado. Falou-lhe sobre as atividades de Brocker, a boa colheita do ano e sua viagem para o sul com dez soldados enfrentando chuva.

— Eu trouxe seu músico favorito — disse ele. — E ele trouxe seu apito.

— Krell — disse Fogo, sorrindo. — Obrigada, Archer.

— Este guarda nos nossos calcanhares é muito bom — comentou Archer —, mas quando poderemos ficar sozinhos?

— Eu nunca fico sozinha. Sempre tenho um guarda, até em meu quarto de dormir.

— É claro que isso pode mudar agora que estou aqui. Por que não lhes diz para irem embora?

— Estão sob as ordens de Brigan, não minhas — disse Fogo rapidamente. — E, pelo jeito, ele é muito teimoso. Não fui capaz de mudar sua opinião sobre isso.

— Bem — falou Archer, sorrindo maliciosamente —, *eu* vou mudar a opinião dele. Ouso dizer que ele entende nossa necessidade de privacidade. E sua autoridade sobre você deve diminuir agora que estou aqui.

Naturalmente, pensou Fogo, e a própria autoridade de Archer se elevaria no lugar para substituí-la. Seu gênio se inflamou. Ela aproveitou o finalzinho e tocou no assunto:

— Há uma coisa que eu devo lhe dizer, Archer, e você não vai gostar dela.

As maneiras dele mudaram imediatamente, os lábios crispados, os olhos lampejando, e Fogo ficou assombrada em ver como esse encontro de ambos havia rapidamente se transformado naquela situação incômoda. Ela parou e encarou-o com exasperação, falando mais alto para interrompê-lo:

— Archer, não abuse de seus direitos. Não se atreva a começar a me acusar de estar levando algum homem para a minha cama.

— Uma mulher, então? Não seria inteiramente sem precedentes, seria?

Ela apertou seus punhos com tanta força que suas unhas machucaram as palmas de suas mãos, e de repente não estava mais preocupada em controlar os extremos de sua fúria.

— Eu estava tão empolgada com a sua vinda! — explodiu ela. — Estava tão feliz por vê-lo! E agora que você começou a discutir comigo, eu desejaria que você fosse embora. Você me entende, Archer? Quando você fica assim, eu desejo que desapareça. O amor que eu lhe dou, você o pega e o usa contra mim.

Ela girou, afastando-se dele, caminhou para longe com passos decididos, voltou novamente e se pôs furiosa diante dele, consciente de que essa era a primeira vez que lhe falava desse modo. Deveria ter falado assim mais vezes. Ela havia sido generosa demais com a própria paciência.

Não somos mais amantes, pensou ela para ele, *Isso é o que eu precisava lhe dizer. Quanto mais próximo de mim você fica, mais forte pressiona, e sua pressão é forte demais. Você me machuca com ela. Você me ama tanto que se esqueceu de ser meu amigo. Eu sinto falta do meu amigo*, pensou ela ferozmente para ele. *Eu amo meu amigo. Como amantes, estamos terminados. Você entende?*

Archer ficou perplexo, arfando pesadamente, os olhos petrificados. Fogo viu que ele havia realmente entendido.

E então Fogo viu Hanna e sentiu-a ao mesmo tempo, vindo pela colina do campo de treino dos arqueiros e correndo em direção a eles com toda a sua velocidade de criança.

Fogo lutou para se recompor.

— Há uma criança vindo aí — disse ela a Archer, roucamente — e, se tomar modos grosseiros diante dela, não vou mais conversar com você.

— Quem é ela?

— A filha de Brigan.

Archer olhou muito firmemente para Fogo.

E então Hanna chegou até eles, com Manchinha adernando bem atrás dela. Fogo se ajoelhou para saudar o cão. Hanna parou diante deles, sorridente e ofegante, e Fogo sentiu sua súbita confusão quando ela tomou consciência do silêncio dos dois.

— O que há de errado, lady Fogo? — perguntou Hanna.

— Nada, senhora princesa. Estou feliz por vê-la e por ver Manchinha.

Hanna riu.

— Ele está sujando seu vestido com lama.

Sim, Manchinha estava destruindo seu vestido e praticamente subindo sobre ela ao pular seguidamente para seu colo, pois em sua mente ele ainda era um cachorrinho, muito embora seu corpo houvesse crescido.

— Manchinha é muito mais importante que o meu vestido — disse Fogo, pegando o cão agitado em seus braços, carente de sua alegria lamacenta.

Hanna se aproximou e sussurrou em seu ouvido:

— Esse homem bravo aí é lorde Archer?

— Sim, e ele não está bravo com você.
— Você acha que ele atiraria para mim?
— Atiraria para você?
— Papai diz que ele é o melhor do reino. Eu quero ver.

Fogo não conseguiria explicar como isso a deixava triste, que Archer devesse ser o melhor do reino e que Hanna quisesse vê-lo. Ela enfiou o rosto em Manchinha por um momento.

— Lorde Archer, a princesa Hanna gostaria de ver você atirar, pois ela ouviu dizer que é o melhor em todos os Dells.

Archer estava escondendo seus sentimentos de Fogo, mas ela sabia ler em seu rosto. Sabia como seus olhos ficavam quando ele estava reprimindo as lágrimas, e a voz apagada que usava quando ficava triste demais para se enfurecer. Ele deu uma tossida e falou com essa mesma voz:

— E que tipo de arco você prefere, senhora princesa?
— Um arco duplo, como este que você carrega, só que o seu é maior. Você vem comigo? Eu lhe mostro.

Archer não olhou para Fogo. Virou-se e seguiu Hanna pela colina acima, Manchinha saltitando atrás deles. Fogo se ergueu e ficou observando-os se afastarem.

Muito inesperadamente, Musa pegou seu braço. Fogo colocou a mão na de Musa, agradecida por ter sido tocada, imensamente feliz em pensar que sua guarda devia ser muito bem paga.

TER ESMAGADO O coração e as esperanças de um amigo era muito duro.

Depois que escureceu, incapaz de dormir, ela subiu aos telhados. Por fim, Brigan apareceu por ali e juntou-se a ela. De vez em quando, desde a conversa que haviam tido nos estábulos, ele abria um clarão de sentimentos para ela. Nessa noite, ela conseguiu notar que ele estava surpreso por vê-la.

Fogo sabia por que ele se sentia assim. Depois de sua discussão com Archer, Musa lhe havia dito, de maneira franca, que, caso ela pedisse, era-lhe permitido que ficasse sozinha com Archer, que, bem no princípio, em suas ordens, Brigan havia aberto uma exceção para Archer, contanto que os terrenos do lado de fora das janelas fossem protegidos e os guardas se posicionassem em todas as portas. Ele devia ter informado a senhora a esse respeito anteriormente, disse Musa, mas não contara que lorde Archer chegasse tão depressa. E, assim que Fogo e Archer começaram a discutir, ela não quisera interromper.

O rosto de Fogo ardeu ao ouvir isso. E ali estava por que Brigan havia defendido Archer no quarto de dormir de Garan anteriormente: ele vira a zombaria de Garan como uma ofensa a Fogo, acreditando que ela ainda estava apaixonada por Archer.

Fogo disse a Musa:

— A exceção não é necessária.

— Sim, eu percebi isso – disse Musa. Depois, Mila trouxe a Fogo um copo de vinho à maneira tímida e compreensiva que era a sua. O vinho foi um conforto. A cabeça de Fogo começou a doer, e ela reconheceu o início de seu período prémenstrual.

Agora, sobre o telhado, Fogo estava em silêncio. Ela não disse nada, nem mesmo quando Brigan a cumprimentou. Ele pareceu aceitar seu silêncio e ficou também um tanto quieto, preenchendo o espaço com o suave murmúrio de sua conversa de vez em quando. Disse-lhe que Hanna ficara encantada com Archer e que eles haviam atirado tantas flechas juntos que ela ficou com bolhas entre os dedos.

Fogo estava pensando no medo de Archer. Ela achava que era o medo dele que tornava seu amor tão duro de suportar. Archer era controlador e autoritário, ciumento e desconfiado, e sempre a mantivera perto demais. Porque ele temia que ela morresse.

Ela rompeu um longo silêncio com as primeiras palavras da noite, proferidas tão baixinho que ele se aproximou mais para conseguir ouvi-las:

— Quanto tempo você acha que viverá?

Sua resposta foi uma risada de surpresa.

— Realmente, não sei. Muitas manhãs eu desperto sabendo que poderei morrer naquele dia. — Ele parou. — Por quê? O que há em sua mente nesta noite, lady?

Fogo disse:

— É provável que um desses dias um raptor-monstro me pegue, ou alguma flecha abra caminho pelo meio de minha guarda. Isso não me parece uma ideia mórbida, apenas realista.

Ele ouvia, inclinado contra o corrimão, sua cabeça apoiada em seu punho.

— Eu só espero que isso não cause dor demais entre meus amigos — continuou ela. — Espero que eles entendam que era inevitável.

Fogo estremeceu. O verão estava bem no fim, e, se ela tivesse se dado conta essa noite, teria trazido um casaco. Brigan havia se lembrado do seu, um belo casaco longo que Fogo apreciava, porque o estava usando, e ele era ágil e forte e sempre parecia à vontade com qualquer coisa que vestisse. Então as mãos de Brigan se dirigiram para os botões, e ele se livrou do casaco, pois, por mais que tentasse, Fogo não conseguiu esconder seus estremecimentos.

– Não – disse Fogo. – É culpa só minha eu ter me esquecido da estação.

Ele ignorou o que ela disse e ajudou-a a vestir o casaco, que era grande demais; e seu calor e dimensão eram bem-vindos, bem como era bem-vindo seu cheiro, de lã, de acampamentos e de cavalos. Ela sussurrou dentro da mente dele: *Obrigada*.

Depois de um momento, ele disse:

– Parece que nós dois estamos aflitos com pensamentos sensatos nesta noite.

– No que você estava pensando?

Ele deu aquela risada infeliz outra vez.

– Nada que pudesse animá-la. Tenho tentado achar uma solução para esta guerra.

– Ah – disse Fogo, saindo por um momento de sua autoabsorção.

– É uma linha de pensamentos infrutífera. Não há solução para isso, não com dois inimigos empenhados em lutar.

– Não é culpa sua, como sabe.

Ele olhou para ela.

– Lendo minha mente, lady?

Ela sorriu.

– Adivinhação bem-sucedida, suponho.

Ele sorriu também e ergueu o rosto para o céu.

— Fiquei sabendo que você preza mais os cães que os vestidos, lady.

Seu próprio riso foi um bálsamo para o coração de Fogo.

— A propósito, eu expliquei a ela sobre os monstros, mas ela já sabia um pouquinho sobre isso. Acho que sua governanta cuida bem dela.

— Tess — disse Brigan. — Toma conta dela muito bem desde o dia em que Hanna nasceu. — Ele pareceu hesitar; então, com sua voz cuidadosamente inescrutável, disse: — Você a conheceu?

— Não — disse Fogo, pois, na verdade, a governanta de Brigan ainda a olhava com olhos frios, isso quando a olhava. Mas Brigan deveria saber disso, a julgar por sua maneira de fazer a pergunta.

— Eu acho que é bom para Hanna ter alguém de idade em sua vida — comentou Brigan — que pode falar de todas as diferentes épocas, não apenas dos últimos trinta anos. E Hanna ama Tess e todas as suas histórias. — Ele bocejou e esfregou o cabelo. — Quando você vai dar início à sua nova maneira de interrogar?

— Amanhã, suponho.

— Amanhã — disse ele, suspirando. — Amanhã eu vou partir.

Capítulo 19

Fogo ficou sabendo mais sobre os hábitos e gostos insignificantes de lorde Mydogg, lorde Gentian, Murgda, Gunner, de todas as suas famílias e todos os seus convidados do que qualquer pessoa pudesse saber. Soube que Gentian era ambicioso, mas também ligeiramente cabeça de vento de vez em quando; e tinha um estômago delicado, não comia comidas temperadas e bebia apenas água. Soube que seu filho, Gunner, era mais inteligente que o pai, um soldado respeitável, um tanto ascético no tocante a vinho e mulheres. Mydogg era o contrário, não se negava prazer algum, era generoso com seus favoritos, mas sovina com todos mais. Murgda era sovina com todos, incluindo ela mesma, e famosa por ser excessivamente apreciadora de pudim de pão.

Isso não era informação útil. Clara e o rei tinham coisas melhores a fazer do que se sentar e ficar sabendo dessas descobertas, e Garan ainda estava confinado à sua cama. Mais e mais Fogo era deixada sozinha nas salas de interrogatório, exceto, naturalmente, pela companhia de Musa, Mila e Neel. Brigan havia ordenado a esses três que ajudassem Fogo em qualquer de seus negócios confidenciais na corte, e elas passavam a maior parte do dia com ela.

Archer às vezes ficava com a guarda de Fogo enquanto ela trabalhava. Ele pedira permissão para fazer isso, e Clara lhe concedera e, um tanto distraidamente, Fogo também. Ela não se importava com a presença de Archer. Via que ele estava curioso. Ela se importava apenas com a sensação que tinha de que Clara participaria mais do interrogatório se Archer estivesse presente.

Ele estava discreto nesses dias, reservado, seus pensamentos ocultos sob uma porta fechada. A confusão era óbvia, às vezes, em sua maneira de se portar. Fogo era tão amável com ele quanto possível, pois apreciava o que sabia ser um esforço consciente da parte dele de reprimir seus próprios instintos para desabafar furiosamente.

— Quanto tempo você poderá ficar na corte? — perguntou-lhe ela, para que soubesse que ela realmente não queria que partisse.

Ele tossiu embaraçadamente.

— Agora que a colheita acabou, Brocker é bem capaz de tocar os negócios. Eu poderia ficar por algum tempo, se fosse desejado.

Ela não respondeu a isso, mas tocou seu braço e perguntou-lhe se ele gostaria de estar presente aos interrogatórios da tarde.

Ela soube que Mydogg preferia o vinho contrabandeado de uma obscura vinicultura pikkiana onde a geada vinha mais cedo e as uvas eram deixadas para congelar no vinhedo. Soube que todos achavam que Murgda e seu marido pikkiano, o explorador naval, estavam muito apaixonados. Até que, finalmente, ela descobriu uma informação proveitosa: o nome de um arqueiro alto e de olhos escuros, com pontaria certeira, que era velho o suficiente para ter cabelos brancos.

– Jod – grunhiu seu informante. – Eu o conheci há coisa de vinte anos. Estivemos juntos nas masmorras de Nax, até que Jod fugiu. Ele estava preso por estupro. Eu não sabia que ele era doente. Não é de surpreender, pelo jeito que eles nos empilhavam uns sobre os outros, pelo jeito como as coisas transcorriam lá. Você sabe do que estou falando, sua cadela-monstro esquisita!

– Onde ele está agora?

Não era fácil com esse homem, nem agradável. A cada pergunta ele lutava contra o controle dela, depois perdia a luta e sucumbia, envergonhado e cheio de ódio.

– Como posso saber? Eu espero que ele esteja caçando monstros devoradores de cadelas como você. Eu gostaria de vê-lo...

O que se seguiu foi uma descrição tão gráfica de violação que Fogo não conseguiu deixar de sentir a força de sua perversidade. Mas os prisioneiros que falavam com ela desse modo apenas a tornavam paciente e estranhamente deprimida. Parecia a Fogo que eles tinham direito de falar aquelas palavras, a única defesa que tinham contra seus maus-tratos. E, naturalmente, havia os homens que seriam perigosos para ela se um dia fossem libertados, alguns deles tão perigosos que ela se sentia obrigada a recomendar que nunca o libertassem; e isso não ajudava a abrandar sua culpa. Na verdade, esses não eram homens cuja liberdade redundasse em benefício para a sociedade. Não obstante, eles não seriam tão inumanamente sórdidos se ela não estivesse por perto para provocá-los.

Esse homem de hoje se portava pior que a maioria dos outros, pois Archer se adiantou de repente e lhe deu um soco no rosto.

— Archer! — exclamou Fogo. Ela chamou os guardas da masmorra para que levassem o homem embora, o que eles fizeram, levantando-o do chão, onde ele se estendia zonzo e sangrando. Assim que ele se foi, Fogo abriu a boca para Archer, depois olhou ferozmente, exasperada demais para poder falar.

— Sinto muito — disse ele tristemente, soltando seu colarinho como se o sufocasse. — Esse aí me tirou do sério mais que os outros.

— Archer, eu simplesmente não posso...

— Eu disse que sentia muito. Não vou fazer isso novamente.

Fogo cruzou os braços e olhou-o de cima a baixo. Depois de alguns momentos, Archer na verdade começou a sorrir. Ele balançou a cabeça, suspirando desanimadamente.

— Talvez seja a promessa de seu rosto furioso que me faça continuar me comportando mal — disse ele. — Você é tão bonita quando fica brava!

— Ah, Archer — respondeu ela de pronto —, flerte com outra pessoa.

— Eu flertarei, se você mandar — zombou ele, com um sorriso bobo que a pegou indefesa, de modo que ela teve que controlar seu rosto para não sorrir.

Por um momento, foi quase como se eles fossem amigos novamente.

Ela teve uma séria conversa com Archer alguns dias depois no campo de arqueiros, para onde fora com seu violino à procura de Krell. Encontrou Krell com Archer, Hanna e o rei, todos os quatro disparando contra alvos e Hanna bem amparada por conselhos de todos os lados. Hanna se concentrava firmemente, um arco em miniatura em suas mãos, flechas em miniatura em suas costas, e não estava falando. Era uma característica que Fogo notara: ao cavalgar, ao praticar luta de espadas, arco e flecha e qualquer outra disciplina que lhe interessasse, Hanna cessava sua tagarelice e mostrava uma capacidade surpreendente de concentração.

— Brigan costumava se concentrar desse jeito no seu aprendizado também — havia dito Clara a Fogo. — E, quando o fazia, era um grande alívio para Roen, pois, se não fosse assim, com certeza estaria armando algum tipo de problema. Eu creio que ele gostava de provocar Nax propositadamente. Sabia que Nax preferia Nash.

— Isso é verdade? — perguntou Fogo.

— Ah, sim, lady. Nash tinha melhor aparência. E Brigan era melhor em tudo e mais parecido com sua mãe que com seu pai, o que acho que não contava a seu favor. Bem, ao menos ele não provocava as rixas que Hanna provoca.

Sim, Hanna provocava rixas e não podia ser porque seu pai a favorecia antes de qualquer pessoa. Mas hoje ela não estava fazendo isso, e, assim que despertou do deslumbramento de seu arco e flecha o suficiente para perceber Fogo e o violino, a garota pediu um concerto e o obteve.

Depois disso, Fogo caminhou pelo campo de arqueiros com Archer e Nash, com sua guarda seguindo logo atrás.

A companhia simultânea desses dois homens era uma coisa engraçada, porque um era o reflexo do outro. Ambos estavam apaixonados por ela, melancólicos e desanimados; ambos estavam resignados à desesperança e subjugados, mas se ressentiam da presença um do outro. E nenhum dos dois fazia muito esforço para esconder dela seus sentimentos, pois, como de costume, as emoções de Nash fluíam, e a linguagem corporal de Archer era inconfundível.

Mas os modos de Nash eram melhores que os de Archer, ao menos momentaneamente, e a corte ocupava uma parte maior de suas preocupações. Conforme a conversa de Archer foi ficando menos inclusiva, Nash partiu.

Fogo avaliou Archer, tão alto e bonito ao seu lado, o arco em sua mão. Falou baixinho:

— Você o afastou com sua conversa de nossa infância no norte.

— Ele quer você, e não a merece.

— Assim como você me merece?

O rosto de Archer ostentou um sorriso sombrio.

— Eu sempre soube que não a mereço. Toda consideração que você me demonstrou foi um presente imerecido.

Isso não é verdade, pensou ela para ele, *Você foi meu amigo leal antes mesmo que eu pudesse andar.*

— Você mudou – disse Archer. — Percebe o quanto mudou? Quanto mais tempo passo com você aqui, menos a conheço. Todas essas novas pessoas em sua vida, sua felicidade com essa princesinha – e o cachorro dela, acima de tudo! E o trabalho que você faz todo dia – você usa seu poder, todo dia. Eu costumava ter que brigar com você para usá-lo até mesmo para que se defendesse.

Fogo inspirou lentamente.

– Archer. Às vezes, nos pátios ou nos corredores, eu me ponho a mudar as atenções das pessoas para que elas não reparem em mim. Assim eu posso passar sem provocar controvérsia, e todos podem continuar a fazer o seu trabalho sem distração.

– Você não fica mais envergonhada de suas habilidades – disse Archer. – E sua aparência... você está reluzindo! Verdade, Fogo. Eu não reconheço você.

– Mas a facilidade com que vim a usar o meu poder... Pode entender como ela me assusta, Archer?

Archer parou por um momento, seu olhar feroz, seus olhos postos em três pontos no céu. O campo de arqueiros ficava num ponto elevado que dava vista para o mar. Um trio de raptores-monstro circulava agora sobre algum barco mercante abaixo, e flechas voaram dos arcos dos marinheiros. Era um mar bravio de outono e havia um vento outonal tempestuoso, e flecha após flecha falhou em atingir o alvo.

Archer efetuou um atordoante e displicente disparo. Um pássaro caiu. Depois Edler, o guarda de Fogo, emendou com um disparo seu, e Archer deu-lhe um tapa no ombro para congratulá-lo.

Fogo achou que sua pergunta fora esquecida e ficou surpresa quando ele falou:

– Você sempre teve mais medo de você mesma do que de qualquer dos terrores no mundo exterior. Se não fosse desse jeito, nós dois estaríamos em paz.

Ele disse isso delicadamente, não criticamente; era seu desejo de paz. Fogo abraçou seu violino agora com ambos os braços, emudecendo as cordas com o tecido de seu vestido.

— Archer, você me conhece. Você me reconhece. Nós devemos superar essa coisa entre nós, você deve aceitar o quanto eu mudei. Eu não suportaria se, recusando-me a ser sua amante, devesse perder também sua amizade. Nós fomos amigos antes. Devemos encontrar o modo de sermos amigos novamente.

— Eu sei – disse ele. — Eu sei, amor. Estou tentando. Estou.

Ele se afastou dela, então, e ficou olhando para o mar. Olhou por algum tempo, em silêncio. Quando voltou, ela ainda estava lá, segurando seu violino contra o peito. Depois de um momento, algo semelhante a um sorriso abrandou a tristeza em seu rosto.

— Vai me dizer por que está tocando um violino diferente? – perguntou ele.

Era uma boa história para contar, distante dos sentimentos de hoje o suficiente para que ela se sentisse tranquilizada ao relatá-la.

A COMPANHIA DE Brigan e Garan era um grande alívio, comparada às de Archer e Nash. Eles eram tão tranquilos! Seus silêncios nunca davam a impressão de estarem carregados de coisas sérias que eles ansiavam por dizer e, se ficavam pensativos, ao menos isso parecia não ter ligação com ela.

Os três estavam no pátio central ensolarado, deliciosamente quente, pois, com a aproximação do inverno, havia vantagens num palácio negro com telhados de vidro. Havia sido um dia de dificuldades e trabalho infrutífero para Fogo, que obtivera pouco mais que uma repetição da preferência de Mydogg por vinho de uvas congeladas. Um velho serviçal de Gentian havia relatado isso a ela; o serviçal lera uma linha ou duas sobre isso numa carta que Gentian o instruíra a queimar, uma carta de Mydogg. Fogo ainda não conseguia entender essa propensão de inimigos juramentados dos Dells de visitarem-se um ao outro e enviarem-se cartas mutuamente. E que frustração que tudo o que o serviçal houvesse lido fosse um pequeno trecho sobre vinho!

Ela deu um tapa num inseto-monstro em seu ombro. Garan mexia distraidamente com seu cajado, que ele usara para caminhar lentamente até esse local. Brigan sentava-se estendido com suas mãos por trás da cabeça, observando Hanna lutando com Manchinha do outro lado do pátio.

– Hanna nunca terá amigos entre humanos – disse Brigan – até que pare com essas brigas.

Manchinha estava rodopiando em círculos com a boca presa a um pedaço de pau que acabara de encontrar na base de uma árvore do pátio – um galho, na verdade, muito grande, que varria um amplo e múltiplo alcance enquanto ele girava.

– Isso não vai dar certo – disse Brigan, então. Ele se ergueu de um salto, foi até o cão, arrastou o galho para longe e quebrou-o em pedaços, depois devolveu a Manchinha um pedaço de dimensões menos perigosas. Resolvido, aparentemente, que, se Hanna não fosse ter amigos, ao menos ficasse de olhos abertos.

– Ela tem muitos amigos que são humanos – disse Fogo delicadamente quando ele voltou.

– Você sabe que eu me referia às crianças.

— Ela é preciosa demais para as crianças de sua idade e é pequena demais para as outras crianças tolerarem.

— Elas podem tolerá-la se ela as tolerar. Eu temo que ela esteja se transformando numa valentona.

Fogo falou com certeza:

— Ela não é uma valentona. Ela não seleciona os outros nem os discrimina; ela não é cruel. Briga apenas quando é provocada, e eles a provocam de propósito, porque resolveram não gostar dela, e sabem que, se ela realmente brigar, você a punirá.

— Os pequenos brutos! Eles estão usando você... — murmurou Garan para Brigan.

— Isso é só uma teoria, lady? Ou é algo que você observou?

— É uma teoria que eu desenvolvi com base naquilo que observei.

Brigan sorriu discretamente.

— E você desenvolveu uma teoria sobre como eu poderia ensinar minha filha a se endurecer contra insultos?

— Pensarei nela.

— Peço aos Dells que preservem seus pensamentos.

— Peça aos Dells por minha saúde – disse Garan, pondo-se de pé ao ver Sayre, que entrou no pátio, muito bonita num vestido azul. – Eu vou embora rapidamente agora.

Ele não se afastou rapidamente, mas seu andar firme era um progresso, e Fogo observou cada passo seu, como se seus olhos postos nas costas dele pudessem mantê-lo em segurança. Sayre se encontrou com ele e pegou seu braço, e os dois se afastaram juntos.

Sua recaída recente a tinha assustado. Fogo podia admitir isso a si mesma, agora que ele estava melhor. Ela desejava que o velho rei Arn e sua conselheira monstruosa, conduzindo suas experiências havia cem anos, houvessem descoberto mais alguns remédios, encontrado a cura para uma ou duas doenças mais.

Hanna foi a próxima a deixá-los, correndo para pegar a mão de Archer quando ele passou por ela com seu arco.

— Hanna proclamou sua intenção de se casar com Archer — disse Brigan, observando-os se afastarem.

Fogo sorriu, cabisbaixa. Ela elaborou sua resposta cuidadosamente, mas falou-a com displicência:

— Eu vi muitas mulheres se apaixonarem por ele. Mas seu coração pode ficar mais tranquilo que o de outros pais, pois ela é jovem demais para seu tipo de sedução. Suponho que seja uma coisa dura de se ouvir de alguém que é sua mais velha amiga, mas, se ela tivesse doze anos a mais, eu não deixaria que eles se conhecessem.

Como era de sua expectativa, o rosto de Brigan pareceu insondável.

— Você mesma tem pouco mais que doze anos à frente de Hanna.

— Eu tenho mil anos – disse Fogo – Igual a você.

— Hum... – disse Brigan. Ele não lhe perguntou o que ela queria dizer, o que foi melhor, porque ela não tinha lá muita certeza. Se estava sugerindo que era sábia demais, com o peso de sua experiência, para cair presa de uma paixão. Bem, a prova em contrário estava sentada diante dela na forma de um príncipe de olhos cinzentos com um traço pensativo em sua boca que ela achava muito perturbador.

Fogo suspirou, tentando mudar o foco de sua atenção. Seus sentidos estavam sobrecarregados. Esse pátio era um dos mais movimentados do palácio e, naturalmente, o palácio como um todo estava formigando de mentes. E bem do lado de fora do palácio estava acampada a Primeira Divisão toda, com a qual Brigan chegara no dia anterior e partiria dali a dois dias. Ela sentia mentes mais facilmente agora do que estava acostumada a sentir. Reconhecia uma boa quantidade de membros da Primeira Divisão, a despeito de sua distância.

Tentou afastar para longe a sensação que tinha deles. Era cansativo controlar tudo de uma vez, e ela não conseguia resolver onde pousar seu foco. Deteve-se numa consciência que a estava importunando. Ela se inclinou para a frente e falou baixinho com Brigan:

— Atrás de você – disse ela –, um garoto com olhos muito estranhos está conversando com algumas crianças da corte. Quem é ele?

Brigan assentiu com a cabeça.

— Eu conheço o garoto que você está dizendo. Ele veio com Cutter. Você se lembra do negociante de animais, Cutter? Eu não quero nada com esse homem, é um contrabandista-monstro e um bruto; exceto que, por acaso, ele está vendendo um garanhão muito bom que tem os traços de um cavalo selvagem. Eu o compraria num instante se o dinheiro não fosse para Cutter. É um pouco sujo, você sabe, eu comprar um cavalo que provavelmente foi roubado. Posso comprá-lo, de qualquer modo; neste caso, Garan vai ter um faniquito com o preço. Suponho que ele esteja certo. Eu não preciso de mais um cavalo. Embora eu não fosse hesitar se ele fosse de fato um cavalo selvagem – você conhece os cavalos cinzentos malhados, lady, que vivem em estado selvagem na nascente do rio? Criaturas esplêndidas. Eu sempre quis um, mas elas são muito difíceis de capturar.

Cavalos eram tão fascinantes para o homem quanto para a sua filha.

— Falávamos do garoto... — interrompeu Fogo secamente.

— Certo. O garoto é estranho e não é apenas por causa daquele olho vermelho. Ele ficou se movendo sorrateiramente por perto quando eu fui olhar para o garanhão, e posso lhe garantir, lady, que ele me deu uma sensação engraçada.

— O que quer dizer com *sensação engraçada*?

Brigan olhou-a com olhos semicerrados.

— Não sei dizer exatamente. Havia alguma coisa... perturbadora... em seu jeito. No jeito que ele falava. Eu não gostei de sua voz. — Ele parou, um tanto exasperado, e esfregou seus cabelos para que se assentassem. — Tal como eu digo, vejo que não faz sentido. Não havia nada nele de sólido que eu pudesse definir como problemático. Mas, mesmo assim, eu disse a Hanna para ficar longe dele, e ela disse que o conhecera e não gostara dele. Disse que ele mente. O que você acha dele?

Fogo se aplicou à questão com esforço concentrado. A mente do garoto era incomum, desconhecida, e ela não soube como conectar-se a ela. Não soube nem por onde começar. Não conseguia *vê-la*.

A mente do garoto lhe deu uma sensação engraçada de fato. E não era uma sensação engraçada *boa*.

— Eu não sei — disse ela. — Eu não sei. — E, um momento depois, sem saber por quê: — Compre o garanhão, senhor príncipe, se isso vai afastar essa gente da corte.

Brigan se afastou, presumivelmente para fazer o que Fogo dissera; e Fogo ficou sozinha, meditando, intrigada, sobre o garoto. Seu olho direito era cinzento e o esquerdo era vermelho, o que era bastante estranho por si só. Seus cabelos eram louros como o trigo, sua pele, clara, e ele parecia ter dez ou onze anos. Poderia ser alguma espécie de pikkiano? Ele estava sentado encarando-a, um roedor-monstro em seu colo, um rato com pelos dourados e cintilantes. Estava apertando um cordão em torno de seu pescoço. Fogo percebeu de algum modo que a criatura não era seu animalzinho de estimação.

Ele puxou o cordão, com força demais. As pernas do rato começaram a sacudir. *Pare com isso*, pensou Fogo furiosamente, dirigindo sua mensagem à estranha presença que era a mente do garoto.

Ele afrouxou o cordão imediatamente. O rato se estendeu em seu colo, estertorando com pequenas arfadas. Depois, sorriu para Fogo e levantou-se, então veio se postar ao lado dela.

— Isso não o machuca — disse ele. — É só um jogo de sufocamento, por diversão.

As palavras dele rangeram contra os ouvidos dela; rangeram, ao que parecia, contra seu cérebro, tão horrivelmente como raptores-monstro guinchando, e ela teve que resistir ao impulso de cobrir seus ouvidos. No entanto, quando se recordou do timbre de sua voz, esta por si só não lhe pareceu nem incomum nem desagradável.

Ela fitou-o friamente, para que ele não notasse sua perplexidade.

— Um jogo de sufocamento? O único que se diverte com isso é você, e é uma forma doentia de diversão.

Ele sorriu novamente. Seu sorriso torto, de olhos vermelhos, era de algum modo perturbador.

– É doentio? Querer estar no controle?

– De uma criatura indefesa e assustada? Solte-a.

– Os outros acreditaram em mim quando eu disse que não o estava machucando – continuou ele. – Mas você não quer acreditar. Além do mais, você é monstruosamente linda. Então, farei o que você quer.

Ele se curvou para o chão e abriu a mão. O rato-monstro fugiu, uma listra dourada, desaparecendo dentro da abertura nas raízes de uma árvore.

– Você tem cicatrizes interessantes em seu pescoço – observou ele, aprumando-se. – O que a feriu?

– Nada que lhe diga respeito – disse Fogo, mexendo em seu lenço de cabeça para cobrir as cicatrizes, sentindo muita aversão ao olhar do menino.

– Estou feliz por ter conversado com você – disse ele. – Eu quero isso há algum tempo. Você é ainda melhor do que eu esperava. – Ele se virou e se afastou do pátio.

QUE CRIANÇA desagradável!

Isso nunca havia acontecido, o fato de Fogo não conseguir formar uma concepção de uma consciência. Até a mente de Brigan, que ela não conseguia penetrar, oferecia a forma e a sensação de suas barricadas à sua percepção. Até o arqueiro nebuloso, os guardas nebulosos; ela não conseguia explicar suas mentes, mas conseguia percebê-las.

Tentar penetrar na mente desse garoto era como caminhar por uma coleção de espelhos deformados que se refletiam em outros espelhos deformados, de modo que tudo ficava distorcido, desorientador e embriagador para os sentidos, e nada podia ser entendido. Ela não conseguira olhar diretamente para ele, nem mesmo para sua silhueta.

E foi sobre essa sensação que ela ficou meditando por algum tempo depois que o garoto se afastou; e essa meditação foi o motivo pelo qual ela demorou tanto a atentar para a condição das crianças com quem ele conversara. As crianças no pátio, que haviam acreditado no que ele dissera. Suas mentes estavam em branco e borbulhando de névoa.

Fogo não conseguiu sondar essa névoa. Mas ela tinha certeza de que descobrira sua origem.

Quando ela percebeu que não devia deixá-lo ir embora, o sol estava se pondo, o garanhão fora comprado e o garoto já havia desaparecido da corte.

Capítulo 20

Aquela mesma noite trouxe informações que desviaram a atenção de todos da questão do garoto de Cutter.

Era tarde da noite e Fogo estava nos estábulos quando sentiu Archer retornando da cidade ao palácio. Não era uma sensação que ela teria sentido por vontade própria, nem que houvesse procurado em particular; era só que ele estava ansioso por conversar com ela, aberto como um bebê, e também ligeiramente bêbado.

Fogo tinha apenas começado a esfregar Pequeno, que se erguia com olhos fechados pela felicidade que isso lhe dava e babava em sua porta de cocheira. E ela não estava ansiosa por ver Archer, estando ele ansioso e bêbado. Ela lhe enviou uma mensagem: *Vamos conversar quando você ficar sóbrio.*

Algumas horas depois, com sua guarda habitual de seis homens, Fogo seguiu pelo labirinto que partia de seus aposentos para os de Archer. Mas então, do lado de fora da porta dele, ela ficou perplexa, pois sentiu que Mila, em seu dia de folga, estava dentro da câmara de Archer.

Os pensamentos de Fogo tatearam por uma explicação, qualquer explicação que não fosse a óbvia. Mas a mente de Mila estava aberta, como até mesmo as mentes mais fortes tendem a ficar quando experimentam o que Mila estava experimentando nesse exato momento no outro lado da porta; e Fogo lembrou-se de como sua guarda era doce e bela, e de quantas oportunidades Archer tivera de reparar nela.

Fogo ficou olhando fixamente para a porta de Archer, silenciosa e trêmula. Tinha toda certeza de que ele nunca fizera nada que a deixasse tão furiosa anteriormente.

Girou em seus calcanhares e desceu pelo corredor. Encontrou as escadas e subiu-as, subiu mais e mais, até que desembocou no telhado, onde se pôs a andar para lá e para cá. Estava frio e úmido, e ela não tinha um casaco, e o ar cheirava a neve iminente. Fogo não notava, não se importava. Seu guarda desconcertado saiu do caminho, para que ela não o pisoteasse.

Depois de algum tempo, aconteceu o que ela esperava: Mila caiu no sono. E não demorou muito, pois era tarde agora para Brigan subir fatigadamente aos telhados. Ela não devia encontrar-se com ele nessa noite. Não seria capaz de se impedir de lhe contar tudo, e Archer podia merecer ter sua roupa suja lavada, mas Mila não.

Ela desceu por uma escada pela qual Brigan não estava subindo. Seguiu o caminho do labirinto para os aposentos de Archer outra vez e parou diante de sua porta. *Archer,* pensou ela para ele. *Venha aqui fora já.*

Ele saiu rapidamente, atordoado, descalço e vestido de qualquer maneira; e Fogo pela primeira vez exerceu o privilégio de ficar sozinha com ele, mandando seus guardas para cada extremo do longo corredor. Ela não conseguiu se forçar completamente a aparentar calma, e, quando falou, sua voz foi sarcástica:

— Você está caçando às minhas costas?

A confusão se afastou de seu rosto e ele falou inflamadamente:

— Não sou um caçador, você sabe. As mulheres vêm até mim porque querem. E por que você se importaria com o que eu faço?

— Isso magoa as pessoas. Você é displicente com os outros, Archer. Mila, por que Mila? Ela tem quinze anos!

— Ela está dormindo agora, feliz como um gatinho num fragmento de sol. Você está criando problema por nada.

Fogo tomou um fôlego e falou baixo:

— E, dentro de uma semana, quando você ficar cansado dela, Archer, porque outra mulher lhe interessou; quando ela ficar desesperançada ou deprimida, patética ou furiosa, porque você parou de lhe dar a coisa que a fazia tão feliz, suponho que então ela estará criando problemas por nada?

— Você fala como se ela estivesse apaixonada por mim.

Ele era enlouquecedor; ela gostaria de dar-lhe um pontapé.

— Elas sempre se apaixonam por você, Archer, sempre. Assim que conhecem o seu calor, sempre acabam se apaixonando, e você nunca se importa com o que sentem. E, quando as abandona, parte o coração delas.

Ele falou entre dentes:

— Uma acusação curiosa, partindo de você.

Ela o entendeu, mas não o deixaria levar a conversa para esse lado.

— Nós estamos falando sobre minhas amigas, Archer. Eu lhe imploro: se você quiser levar o palácio inteiro para a sua cama, deixe as mulheres que são minhas amigas fora disso.

— E eu não sei por que isso deveria importar a você agora, já que nunca se importou.

— Eu nunca tive amigas!

— Você continua usando essa palavra — disse ele amargamente. — Ela não é sua amiga, ela é sua guarda. Uma amiga sua faria o que ela fez, sabendo de sua história comigo?

— Ela sabe pouco sobre isso, exceto que é uma história. E você se esquece de que eu estou em posição de saber como ela me tem em consideração.

— Mas deve haver muita coisa que ela esconde de você, como tem escondido seus encontros comigo todo este tempo. Uma pessoa pode ter muitos sentimentos em relação a você que você desconhece.

Ela o olhou, vencida. Ele era tão visceral em suas discussões! Avançava e gesticulava, seu rosto escurecia ou se iluminava. Seus olhos ardiam. E ele era intenso desse mesmo modo com seu amor e sua alegria, e era essa a razão pela qual todas se apaixonavam por ele, pois num mundo desolador ele era vivo e apaixonado, e suas atenções, enquanto duravam, eram embriagadoras.

E ela não ficara desatenta ao significado de suas palavras: essa coisa com Mila vinha durando algum tempo. Ela se afastou dele, erguendo uma das mãos em sua direção. Não poderia lutar contra a sedução de lorde Archer sobre uma garota guarda de quinze anos que procedia das empobrecidas montanhas no extremo sul. E não podia, de jeito nenhum, perdoar-se por não perceber que isso podia acontecer, por não prestar maior atenção ao que havia em sua mente sobre o paradeiro de Archer e sua companhia.

Ela baixou a mão, virou-se e falou fatigadamente:

— Claro que ela tem sentimentos por mim que eu não conheço. Mas, sejam quais forem esses sentimentos, eles não negam o sentimento que ela me mostra realmente ou a amizade em seu comportamento, que vai além da lealdade de uma guarda. Você não vai fazer com que minha raiva se desvie de você para ela.

Archer pareceu se esvaziar, então. Ele tombou contra a porta e olhou para seus pés descalços, à maneira de um homem que aceitou sua derrota.

— Eu gostaria que você voltasse para casa — disse ele debilmente; e, por um momento de pânico, Fogo pensou que ele fosse chorar.

Mas depois ele pareceu reassumir o controle de si mesmo. Ergueu os olhos para ela silenciosamente.

— Então, você tem amigas agora. E um coração protetor...

Ela imitou sua quietude.

— Eu sempre tive um coração protetor. Só que agora eu tenho mais pessoas dentro dele. Elas se juntaram a você lá, Archer; nunca o substituíram.

Ele pensou sobre aquilo por um momento, olhando fixamente para os pés.

— Você não deve se preocupar com Clara, de qualquer modo — disse ele. — Ela acabou com a coisa quando mal havia começado. Creio que foi por lealdade a você.

Fogo deliberadamente decidiu pensar nisso como uma boa notícia. Ela se fixaria no fato de que a coisa havia acabado, o que quer que *a coisa* houvesse sido, e que terminara por decisão de Clara, em vez de se concentrar na pequena questão de aquilo haver tido início.

Houve uma pausa curta e triste. Ele disse:

— Eu vou terminar com Mila.

— Quanto mais cedo você fizer, mais cedo ela esquecerá. E você perdeu seus privilégios na sala de interrogatórios com isso, Archer. Eu não vou querer que você fique lá atormentando-a com sua presença.

Ele olhou para o alto ligeiramente e se aprumou.

— Uma oportuna mudança de assunto. Você me fez lembrar o motivo pelo qual eu queria lhe falar. Sabe onde estive hoje?

Fogo não conseguia mudar de assunto tão facilmente. Ela esfregou as têmporas.

— Não tenho ideia e estou exausta, de modo que, seja lá o que for, desembuche rapidamente.

— Estive visitando a casa de um capitão aposentado que foi aliado do meu pai — disse Archer. — Ele se chama Hart. Um homem rico e um grande amigo da coroa. Sua jovem esposa mandou o convite. Ele mesmo não estava em casa.

Fogo esfregou suas têmporas com mais força.

— Você prestou uma grande honra a um aliado de Brocker — disse ela secamente.

— Bem, mas escute isso. Ela é uma grande bebedora, a mulher de Hart, e sabe o que nós bebemos?

— Não tenho energia para decifrar enigmas.

Ele estava sorrindo agora.

— Um raro vinho pikkiano feito do suco de uvas congeladas — falou ele. — Eles têm uma caixa inteira dele escondida no fundo de sua adega. Ela não sabe de onde veio; havia acabado de descobri-la quando eu estava lá. Pareceu achar esquisito que seu marido a houvesse escondido daquele jeito, mas eu acho que foi uma coisa sensata para um conhecido aliado do rei fazer, não acha?

Nash sentiu a traição do capitão Hart de maneira muito pessoal. De fato, levou pouco mais que uma semana de interrogatório redirecionado e de vigiar Hart disfarçadamente, para saber que lorde Mydogg de vez em quando o presenteava com seu vinho favorito e que os mensageiros que Hart mandava para o sul para lidar com suas especulações nas minas de ouro se encontraram com indivíduos interessantes e obscuros ao longo do caminho, em tabernas, ou envolvidos em disputas de bebida, que foram então vistos pondo-se a caminho numa direção mais ao norte, que era a trilha mais direta para Mydogg.

Foi o suficiente para Garan e Clara decidirem que Hart devia ser interrogado. A questão posta na mesa a seguir foi a de como isso seria feito.

Numa noite clara de lua no meio de novembro, o capitão Hart partiu para o sul ao longo da estrada do rochedo que conduzia ao segundo lar – o agradável bangalô litorâneo para o qual se retirava de vez em quando para ter uma trégua de repouso de sua esposa, que bebia muito além do recomendável para a saúde de seu casamento. Ele partiu em sua muito bela carruagem e foi auxiliado, como de hábito, não apenas por seus condutores e lacaios, mas por uma guarda de dez homens a cavalo. Era assim que um homem sensato viajava pela estrada do rochedo na escuridão, para que pudesse se defender de tudo, principalmente da companhia de bandidos em grande número.

Infelizmente, o grupo de bandidos que se escondia por trás das rochas naquela noite em particular era muito grande de fato, e eles eram liderados por um homem que, se barbeado e vestido no auge da moda e visto à luz do dia engajado em alguma atividade altamente correta, poderia ter alguma semelhança com Welkley, o camareiro do rei.

Os bandidos avançaram sobre os viajantes com grandes uivos facinorosos. Enquanto a maioria dos vagabundos agredia os membros da comitiva de Hart, enfiava as mãos em seus bolsos, amarrava-os com cordas e arrebanhava os muito belos cavalos de Hart, Welkley e vários outros entraram na carruagem. Lá dentro, um irado capitão Hart esperava por eles, brandindo espada e punhal. Welkley, com um desvio muito atlético para a esquerda e direita que a maior parte da corte acharia muito surpreendente, espetou a perna do capitão com um dardo em cuja ponta havia um sonífero.

Um dos comparsas de Welkley, Toddin, era um homem cuja forma, tamanho e porte eram muito parecidos aos de Hart. Depois de um improviso veloz de se despir e vestir dentro da carruagem, Toddin estava usando o chapéu, o casaco, o cachecol e as botas de pele de monstros amarelos de Hart, enquanto este estava usando muito menos que antes e jazendo insensível sobre a pilha de roupas de Toddin. Toddin então apanhou a espada de Hart e rolou com Welkley para fora da carruagem. Praguejando e grunhindo, eles se puseram a lutar com as espadas muito perto do rochedo, à plena vista dos serviçais amarrados de Hart, que viram com horror quando o homem parecido com Hart caiu no chão, apertando suas costas. Um trio de bandidos o ergueu e arremessou para dentro do mar.

A companhia de bandidos então fugiu, com uma mistura de moedas saqueadas, catorze cavalos, uma carruagem e um capitão dentro da carruagem dormindo como os mortos. Mais perto da cidade, Hart foi enfiado em um saco e passado a um entregador que o levaria até o palácio com os cereais da noite. O resto do espólio foi levado embora, para ser vendido no mercado negro. E finalmente os bandidos retornaram às suas casas, transformando-se novamente em leiteiros, almoxarifes, fazendeiros, cavalheiros, e se jogaram nas camas para uma curta noite de sono.

Pela manhã, os homens de Hart foram encontrados na estrada, amarrados e trêmulos, muito envergonhados da história que tinham para contar. Quando a notícia chegou ao palácio, Nash enviou um comboio para investigar o acidente. Welkley fez um buquê de flores para ser enviado à viúva de Hart.

E todos ficaram aliviados naquela tarde, quando finalmente chegou a mensagem da mulher de Toddin dizendo que ele estava bem. Toddin era um fenomenal nadador em alto-mar com uma grande tolerância ao frio, mas a noite havia ficado nublada e o barco que fora enviado para recolhê-lo levara um longo tempo para encontrá-lo. Naturalmente, todos ficaram preocupados.

QUANDO ARRASTARAM O capitão Hart para diante de Fogo, a princípio, a mente do homem era uma caixa fechada e seus olhos estavam totalmente fechados. Por dias Fogo não conseguiu chegar a lugar algum com ele.

— Suponho que não devo ficar surpresa por um velho amigo e colega de lorde Brocker ser tão forte — disse ela a Musa, Mila e Neel na sala de interrogatório, depois de mais uma sessão durante a qual o capitão Hart não olhara para ela uma só vez.

— De fato, lady — concordou Musa. — Um homem que realizou tudo que o comandante Brocker fez em sua época deve ter escolhido capitães fortes.

Fogo pensou mais no que Brocker havia suportado pessoalmente do que no que ele realizara militarmente — a insana punição de Nax pelo misterioso crime de Brocker. Ficou olhando suas três guardas distraidamente enquanto elas traziam uma rápida refeição de pão e queijo. Mila estendeu um prato a Fogo, evitando seus olhos.

Essa era a atitude de Mila agora. Nas últimas semanas, desde que Archer terminara o caso, ela ficara meio encolhida — silenciosa e contrita na proximidade de sua senhora. Fogo, por sua vez, havia tentado ser extra-amável, com cuidado para não sujeitar Mila à presença de Archer mais que o necessário. Nenhuma palavra fora trocada entre as duas, mas ambas sabiam o que a outra sabia.

Faminta, Fogo cortou um pedaço de pão e mordeu-o; e notou Mila sentada silenciosamente, olhando para sua própria comida, mas sem comê-la. *Eu poderia esfolar Archer*, pensou ela. Suspirando, ela voltou sua atenção para a questão do capitão Hart.

Ele fora um homem que conquistara mais riqueza depois de se afastar do exército, acostumando-se pouco a pouco ao conforto. O conforto poderia amolecê-lo agora?

Pelos dois dias seguintes, Fogo providenciou para que a cela de Hart nas masmorras fosse limpa e melhorada. O homem recebeu boa roupa de cama e tapetes, livros, iluminação, boa comida, vinho e água aquecida para banhar-se sempre que solicitasse, além de armadilhas para ratos, talvez o maior de todos os luxos. Um dia, com seu cabelo batendo em seus ombros e trajando uma saia talvez um pouquinho mais curta do que era seu estilo habitual, ela seguiu para seu covil subterrâneo para fazer uma visita.

Quando sua guarda abriu a porta para ela, ele ergueu os olhos do livro para ver quem estava ali. Seu rosto se afrouxou.

– Eu sei o que você está fazendo – disse ele. E talvez soubesse. Mas não foi suficiente para fazê-lo parar de fitá-la, e Fogo encontrou seu caminho para penetrar.

Ela imaginou que um homem na prisão pudesse estar solitário, principalmente se tivesse uma mulher em casa que preferisse vinho e homens jovens em vez do marido. Sentava-se perto dele em sua cama durante as visitas. Comia qualquer que fosse a comida que ele lhe oferecesse e aceitava almofadas para se recostar. Sua proximidade o afrouxou, e começou uma batalha que estava longe de ser fácil. Mesmo na sua maior fraqueza, Hart era forte.

CLARA, GARAN E NASH absorviam o que Fogo ficava sabendo como a areia do Porto da Adega absorvia uma tempestade.

– Eu ainda não consigo fazê-lo dizer qualquer coisa útil sobre Mydogg – disse ela. – Mas, na verdade, estamos com sorte, pois acontece que ele sabe muita coisa sobre Gentian e tem menos má vontade em revelar os segredos sobre ele.

– Ele é aliado de Mydogg – afirmou Clara. – Por que devemos confiar no que ele acha que sabe sobre Gentian? Gentian não poderia estar mandando falsos mensageiros para Mydogg capturar, do mesmo modo como faz conosco?

– Poderia – concordou Fogo –, mas eu não consigo explicar isso totalmente, a certeza com que Hart fala. A confiança em suas afirmações. Ele sabe dos truques que Mydogg e Gentian têm usado conosco. É categórico ao afirmar que suas informações sobre Gentian não são dessa espécie. Ele não me revelará suas fontes, mas estou propensa a acreditar em suas informações.

– Tudo bem – falou Clara. – Diga-nos o que sabe, e nós usaremos quaisquer meios de que dispomos para poder confirmar.

– Ele diz que Gentian e seu filho, Gunner, estão vindo ao norte para comparecer à festa de gala do palácio que acontece em janeiro – disse Fogo.

– Que corajoso! – exclamou Clara. – Estou impressionada.

Garan deu um riso de desdém.

– Agora que sabemos sobre sua indigestão, podemos torturá-lo com bolo.

– Gentian fingirá pedir desculpas à corte por suas atividades como rebelde – continuou Fogo. – Ele falará de amizade renovada com a coroa. Mas, nesse meio-tempo, seu exército se movimentará para o nordeste de seu estado e se esconderá nos túneis das Grandes Cinzentas perto do forte Dilúvio. Em algum dias depois da festa de gala, Gentian tenciona assassinar tanto Nash quanto Brigan. Depois, ele cavalgará como um raio ao ponto onde seu exército estiver posicionado e atacará o forte Dilúvio.

Os olhos dos gêmeos ficaram arregalados.

– Não é corajoso, afinal – disse Garan. – É estúpido. Que tipo de comandante dá início a uma guerra no meio do inverno?

– O tipo que está tentando pegar seu inimigo de surpresa – respondeu Clara.

– Além disso – continuou Garan –, ele deveria mandar alguém anônimo e descartável para cometer seu assassinato. O que acontecerá com seu plano inteligente quando ele for morto?

– Bem – disse Clara –, não é novidade que Gentian é estúpido. E agradeçamos aos Dells pela visão profética de Brigan! A Segunda já está no forte Dilúvio, e ele está levando a Primeira para muito perto de lá enquanto nós estamos conversando aqui.

– E quanto à Terceira e à Quarta? – perguntou Fogo.

– Elas estão no norte – disse Clara – patrulhando, mas de prontidão para sair rapidamente para onde for necessário. Você deve nos revelar onde elas são necessárias.

– Eu não tenho nenhuma ideia – falou Fogo. – Eu não consigo fazê-lo me revelar os planos de Mydogg. Ele diz que Mydogg não pretende fazer nada, apenas assistir Gentian e o rei reduzirem o número de homens um do outro. Mas sei que está mentindo. Diz também que Mydogg está enviando sua irmã,

Murgda, para o sul, para a festa de gala, o que é verdade, mas ele não me diz por quê.

— Lady Murgda na festa de gala também?! — exclamou Clara. — O que estará passando pela cabeça de todos?

— Que mais? — disse Garan. — Você deve nos contar mais.

— Não tenho mais nada — respondeu Fogo. — Eu lhes contei tudo. Aparentemente, os planos de Gentian foram elaborados há algum tempo.

Nash apertava a própria testa.

— Isso é muito ruim. Gentian tem uma força de cerca de dez mil homens, supostamente, e nós somos dez mil no forte Dilúvio para enfrentá-lo. Mas, no norte, nós somos dez mil dispersos a muita distância...

— Quinze mil — disse Fogo. — Podemos convocar os auxiliares.

— Tudo bem, então somos quinze mil dispersos a muita distância, e Mydogg tem o quê? Nós sabemos com precisão? Vinte mil? Vinte e um mil? Para atacar quando lhe der na veneta a fortaleza de minha mãe, o Forte do Meio ou o forte Dilúvio se ele quiser, ou a própria cidade, dentro de alguns dias, possivelmente semanas, antes que nossas tropas possam se organizar para enfrentá-lo.

— Ele não pode esconder vinte mil soldados — disse Clara. — Não se estivermos procurando por eles. Mesmo nas Pequenas Cinzentas, ele não pode escondê-los e não poderia fazer o trajeto todo para a cidade sem ser visto.

— Eu preciso de Brigan — pediu Nash. — Eu quero Brigan aqui, agora.

— Ele virá quando puder, Nash – disse Garan. – E nós o estamos mantendo informado.

Fogo flagrou-se estendendo os sensores de sua mente para acalmar um rei que estava assustado. Nash percebeu o que ela estava fazendo. Ele estendeu a mão para pegar a dela. Com gratidão, e com alguma coisa mais que ele não podia deixar de sentir, beijou seus dedos.

Capítulo 21

Um tópico curioso da política delliana era a festa de gala anual na corte, para a qual toda pessoa de alguma importância era convidada. Os sete pátios da corte se transformavam em salões de baile, e legalistas e traidores vinham juntos para dançar, bebericar copos de vinho enquanto fingiam ser amigos. Quase todos os capazes de viajar compareciam, embora Mydogg e Gentian geralmente não se atrevessem, um fingimento de amizade de suas partes sendo um pouquinho inacreditável demais. E, por uma semana, mais ou menos, o palácio ficava transbordando de serviçais, guardas e animais de estimação, com as infindáveis exigências dos convidados. Os estábulos ficavam lotados demais, e os cavalos, nervosos.

Brocker havia explicado a Fogo uma vez que a festa de gala era sempre realizada em janeiro para celebrar o alongamento dos dias. Dezembro era um mês de preparação. Em cada nível do palácio, Fogo via trabalhadores engajados em consertos. Lavadores de janelas pendiam dos tetos dos pátios e lavadores de parede, das sacadas, polindo vidro e pedra.

Garan, Clara, Nash e Fogo estavam também se preparando. Se Gentian tencionava matar Nash e Brigan nos dias depois da festa e em seguida partir para o forte Dilúvio para dar início a uma guerra, então Gentian e Gunner deviam ser mortos *no próprio dia* da festa – e lady Murgda devia também ser sacrificada, se estivesse por perto. Depois, Brigan deveria partir para o forte Dilúvio e começar ele mesmo a guerra, surpreendendo os exércitos de Gentian em seus túneis e cavernas.

– Batalha nos túneis – disse Garan –, e em janeiro. Eu não os invejo.

– O que faremos quanto ao norte? – continuava a perguntar Nash.

– Talvez possamos saber alguma coisa sobre o plano de Mydogg através de lady Murgda na festa de gala – disse Garan. – Antes de matá-la.

– E como exatamente nós vamos levar a cabo todos esses assassinatos? – perguntou Nash, andando para lá e para cá, com os olhos furiosos. – Eles estarão constantemente protegidos, não deixarão ninguém chegar perto, e podemos começar uma guerra na corte. Eu não consigo pensar numa época e lugar piores para ter que matar três pessoas em segredo!

– Sente-se, irmão – disse Clara. – Acalme-se. Ainda temos tempo para organizar tudo. Pensaremos em alguma coisa.

BRIGAN PROMETEU retornar à corte no fim de dezembro. Ele escreveu que, do ponto em que se encontrava, havia enviado uma força ao norte para apanhar lorde Brocker e trazê-lo para o sul, pois aparentemente o velho comandante havia oferecido sua assistência ao mais jovem no caso de a guerra realmente acontecer. Fogo estava assombrada. Ela nunca vira Brocker viajar para mais longe do que a cidade vizinha.

À noite, com a guarda no telhado e sentindo falta da companhia de Brigan, ela olhou fixamente para a cidade adiante, tentando compreender o que estava por vir.

Ao norte, tropas de soldados do rei vasculhavam as montanhas, túneis e todos os terrenos de passagem usuais para o exército de Mydogg. Espiões vasculhavam Pikkia, o sul e o oeste. Tudo inutilmente: ou Mydogg estava escondendo seus homens muito bem ou ele os fizera desaparecer por obra de magia. Brigan enviou reservas para reforçar a fortaleza de Roen, o Forte do Meio e as minas de ouro no extremo sul. O número de soldados colocados a postos na cidade cresceu notavelmente.

De sua parte, Fogo se incumbira de inquirir o capitão Hart sobre o negociante de animais Cutter e seu jovem fazedor de névoa com olhos de cores diferentes. Mas Hart afirmou não saber nada do assunto, e finalmente Fogo teve que acreditar nele. Afinal, o garoto não parecia se ajustar aos planos de guerra, nem o caçador clandestino ou desconhecido nas florestas ao norte acima ou o arqueiro que queria dar uma olhada na vista de seu quarto. Quanto a onde eles se encaixavam, Fogo estava sozinha em suas especulações.

— Sinto muito, Fogo — disse Clara francamente. — Tenho certeza de que isso é inquietante como você diz, mas eu não tenho tempo para nada que não se relacione com a guerra ou a festa de gala. Vamos nos voltar para isso depois.

A única pessoa que se importava era Archer, que era de pouca ajuda, pois, fiel à sua natureza, ele apenas supunha que no âmago da questão havia a intenção de alguém de roubá-la dele.

Como depois ficou provado, a preocupação de Clara acabou se estendendo além da guerra e da festa de gala, num ponto. Ela estava grávida.

A princesa levou Fogo ao Porto da Adega para revelá-lo, a fim de que o rugido das quedas impedisse a todos, inclusive a guarda de Fogo, de entreouvir a conversa. Clara foi indiferente e direta ao relatar. E, assim que Fogo se adaptou à notícia, descobriu que não estava tão surpresa.

– Eu fui descuidada – contou Clara. – Não gostei daquelas ervas, elas me dão náuseas. Nunca fiquei grávida. Eu acho que me convenci de que não podia. E agora estou pagando por minha estupidez, pois tudo me enjoa.

Ela não havia parecido nauseada para Fogo. Nas últimas semanas, ela não parecia nada senão calma e bem. Era uma boa atriz, Fogo sabia, e provavelmente a mais indicada para que um acidente dessa espécie ocorresse. Não tinha falta de dinheiro ou apoio e continuaria a fazer seu trabalho até o dia em que a criança nascesse. Recomeçaria logo após e seria uma mãe forte e prática.

– Archer é o pai – disse Clara.

Fogo fez um sinal de assentimento. Ela supunha isso.

– Ele será generoso quando você lhe contar. Sei que será.

– Eu não me importo com isso. Importo-me é com seus sentimentos. Se eu a magoei, pulando para a cama dele, depois sendo estúpida o bastante para que isso acontecesse.

Fogo ficou espantada e comovida com isso.

– Você não me magoou de modo algum – disse ela firmemente. – Eu não tenho apego a Archer e não tenho ciúme de suas relações. Você não deve se preocupar comigo.

As sobrancelhas de Clara se ergueram.

– Você é muito estranha.

Fogo deu de ombros.

– Archer sempre teve ciúmes de mim o suficiente para que eu não sentisse nenhum dele.

Clara olhou para o rosto de Fogo, dentro de seus olhos, e Fogo respondeu ao seu olhar direta, silenciosa e realisticamente, determinada a fazê-la ver que ela estava falando a sério. Finalmente, Clara fez um sinal positivo com a cabeça.

– Isso é um grande alívio para mim. Por favor, não conte aos meus irmãos – acrescentou ela, parecendo ansiosa pela primeira vez. – Eles todos vão se revoltar, determinados a fazê-lo em pedacinhos, e eu ficarei furiosa com eles. Temos tantas outras coisas em que pensar! Isso não poderia ter acontecido numa época pior... – Ela fez uma pausa por um momento, depois falou com simplicidade: – E, além disso, eu não quero causar qualquer mal a ele. Talvez ele não tenha me dado tudo que eu esperava que desse. Mas não posso deixar de pensar que o que ele me deu foi maravilhoso.

NÃO ERA O TIPO de dádiva que todos achariam assim tão bem-vinda.

Margo, a guarda de Fogo, dormia no quarto de Fogo, e Musa e Mila também, em noites alternadas. Numa certa manhã, Fogo despertou com a sensação de que alguém estava fora de lugar, e percebeu que Mila estava vomitando no banheiro.

Correu até a garota e manteve seus cabelos claros distantes de seu rosto. Esfregou as costas e os ombros de Mila, e, quando ela despertou completamente, começou a entender o que estava vendo.

— Ah, lady — disse Mila, começando a chorar. — Ah, lady. O que a senhora não deve pensar de mim!

Fogo estava, de fato, tendo uma grande quantidade de pensamentos tumultuados, e seu coração estava transbordando de compaixão. Pôs um braço em torno de Mila.

— Eu não penso nada, a não ser que tenho simpatia por você. Eu vou ajudá-la do modo que puder.

As lágrimas de Mila se transformaram em soluços, e ela envolveu Fogo com os dois braços. Então se segurou nos cabelos de Fogo, falando entrecortadamente:

— Eu fiquei sem as ervas.

Fogo ficou horrorizada com isso.

— Você podia ter me pedido ou a qualquer um dos curandeiros.

— Eu nunca poderia, lady. Estava envergonhada demais.

— Você poderia ter pedido a Archer!

— Ele é um lorde. Como eu poderia importuná-lo? — Ela chorava tão compulsivamente que estava se sufocando. — Ah, lady. Eu arruinei minha vida.

E agora Fogo estava furiosa com a falta de responsabilidade de Archer, pois, com toda certeza, tudo isso acontecera com pouca inconveniência para ele. Ela apertou a garota com força e esfregou suas costas, fazendo ruídos murmurantes para acalmá-la. Pareceu confortá-la segurar-se em seus cabelos.

— Há uma coisa que eu quero que você saiba — disse Fogo. — E você deve lembrá-la agora mais do que nunca.

— Sim, lady?

— Você pode me pedir sempre o que quiser.

Foi nos dias seguintes que Fogo começou a sentir a mentira em suas palavras para Clara. Era verdade que não tinha ciúmes de Clara ou Mila por qualquer coisa que tivessem feito com Archer. Mas ela não era imune ao sentimento do ciúme. Embora estivesse cheia de ideias mirabolantes, tramando, planejando com os irmãos reais, com seu eu exterior voltado para os detalhes da festa de gala e a guerra vindoura, em seus momentos de silêncio, Fogo ficava seriamente perturbada.

Ela imaginava como seria se seu próprio corpo fosse um jardim de solo fértil abrigando uma semente. Como ela aqueceria essa semente se fosse sua, a nutriria e iria protegê-la ferozmente; como ela amaria ferozmente essa criancinha, mesmo depois que ela saísse de seu corpo, crescesse longe dela e escolhesse o modo como iria lidar com um poder enorme.

Quando ela ficou nauseada e fatigada, seus seios inchados e doloridos, até começou a achar-se grávida, embora soubesse que era impossível. A dor era uma alegria para ela. E então, naturalmente, seu sangramento veio e desfez seu fingimento, e ela soube que aquilo fora apenas os sintomas habituais de seu período pré-menstrual. Flagrou-se chorando tão amargamente por saber que não estava grávida quanto Mila havia chorado por saber que estava.

E sua aflição era assustadora, porque tinha vontade própria. Sua aflição enchia sua mente com ideias reconfortantes e terríveis.

No meio dos planos de dezembro, Fogo fez uma escolha. Ela esperava que fosse a escolha certa.

Bem no último dia de dezembro, que calhava ser o dia do sexto aniversário de Hanna, a pequena princesa apareceu à porta de Fogo, esfarrapada e chorando. Sua boca sangrava, e joelhos ensanguentados apontavam por buracos em suas calças.

Fogo mandou chamar um curandeiro. Quando ficou determinado que Hanna não estava chorando por qualquer ferimento em seu corpo, Fogo mandou o curandeiro embora, ajoelhou-se diante da garota e abraçou-a. Decifrou os sentimentos e ofegos de Hanna o melhor que pôde. Finalmente, veio a entender o que acontecera. Os outros haviam insultado Hanna sobre seu pai, porque ele estava sempre longe. Disseram a ela que Brigan estava sempre partindo porque queria ficar longe dela. Depois, disseram que ele não voltaria dessa vez. Foi quando ela começou a bater neles.

Com sua voz mais suave e com os braços em torno da garota, Fogo disse a Hanna repetidamente que Brigan a amava, que ele odiava deixá-la, que a primeira coisa que ele sempre fazia no seu retorno era sair a procurá-la, e, na verdade, ela era o seu assunto favorito de conversas, sua maior felicidade.

– Você não mentiria para mim – disse Hanna a Fogo, seus soluços se aquietando. Isso era verdade e também a razão pela qual Fogo nada disse sobre a questão de Brigan voltar para casa dessa vez. Pareceu-lhe que assegurar a alguém de que Brigan sempre voltaria para casa era arriscar-se a dizer uma mentira. Ele partira agora havia dois meses, e, na última semana, ninguém recebera nenhuma mensagem dele.

Fogo deu um banho em Hanna e vestiu-a com uma de suas próprias camisas, que tinha mangas compridas que divertiam a menina. Ela lhe deu o jantar, e depois, ainda fungando, a garota pegou no sono em sua cama. Fogo recomendou a um dos guardas que ninguém fosse alarmado.

Quando a consciência de Brigan apareceu subitamente em seu âmbito, ela levou um momento para acalmar seu próprio alívio trêmulo. Depois, enviou-lhe uma mensagem em sua mente. Ele veio aos seus aposentos imediatamente, sem se barbear e trazendo o cheiro do frio, e Fogo teve que se controlar para não tocá-lo. Quando ela lhe contou o que as crianças tinham dito a Hanna, seu rosto se fechou e ele pareceu muito cansado. Sentou-se na cama, tocou o cabelo da filha e abaixou-se para beijar sua testa. Hanna despertou.

– Você está frio, papai – disse ela, depois enroscou-se em seus braços e caiu no sono novamente.

Brigan rearrumou Hanna em seu colo, e olhou por sobre a cabeça dela para Fogo. Fogo ficou tão abalada pelo quanto gostava de ter esse príncipe de olhos cinzentos em sua cama, com a filha dele, que se sentou pesadamente. Por sorte havia uma cadeira atrás dela.

– Welkley me disse que você não saiu muito de seus aposentos esta semana, lady – disse Brigan. – Espero que não esteja doente.

– Estive muito doente – gemeu Fogo, e então controlou sua língua, porque não queria contar a ele.

Sua preocupação foi imediata. Ele se abriu para ela.

– Não – disse ela. – Não fique preocupado, foi uma coisa pequena. Estou recuperada. – Era uma mentira, pois seu corpo ainda estava dolorido e seu coração, esfolado como os joelhos de Hanna. Mas ela esperava que o que disse a ele fosse finalmente se tornar verdade.

Ele a analisou, não convencido.

– Suponho que, se é o que diz, terei que acreditar em você. Mas tem tido os cuidados de que precisa?

– Sim, naturalmente. Peço que esqueça isso.

Ele baixou o rosto sobre os cabelos de Hanna.

– Eu lhe ofereceria um bolo de aniversário – disse ele. – Mas parece que teremos que esperar até amanhã.

NAQUELA NOITE, AS estrelas estavam frias e frágeis, e a lua cheia parecia muito distante. Fogo se agasalhou de tal maneira que ficou duas vezes maior do que era.

No telhado, encontrou Brigan se erguendo alegremente sem chapéu na friagem. Ela soprou ar quente em suas próprias mãos enluvadas.

– Você é imune ao inverno, senhor príncipe?

Ele a conduziu a um lugar protegido do vento por uma ampla chaminé. Incentivou-a a se encostar na chaminé. Quando ela o fez, ficou surpresa, porque era delicioso e quente, como encostar-se em Pequeno. Seu guarda desapareceu do cenário. O tinido dos sinos da ponte levadiça sussurrou sobre o ribombo das quedas. Ela fechou os olhos.

– Lady Fogo – disse a voz de Brigan. – Musa me falou sobre Mila. Você se importaria de falar sobre minha irmã?

Os olhos de Fogo se abriram imediatamente. Ali estava ele, no corrimão, seus olhos postos na cidade, sua respiração disparando como vapor.

– Humm... – disse ela, atônita demais para falar em defesa da princesa. – E o que você gostaria de saber sobre ela?

– Se ela está ou não grávida, é claro.

— Por que ela estaria grávida?

Ele então se virou para olhá-la, e seus olhos se encontraram. Fogo teve a impressão de que seu rosto insondável não era tão eficazmente insondável quanto o dele.

— Porque, fora de seu trabalho — disse ele secamente —, ela é exageradamente dada a jogos de azar. Está mais magra e esta noite comeu pouco. E ficou verde ao ver o bolo de cenoura, o que lhe asseguro que eu nunca a vi fazer em minha vida. Ou ela está grávida ou está morrendo. — Seus olhos se voltaram para a cidade e sua voz ficou suave: — E não me conte quem é o pai desses bebês, porque eu ficaria tentado a agredi-lo, e isso seria inconveniente, não acha? O que aconteceria com as expectativas de Brocker e todas as pessoas em volta que o adoram?

Se ele já havia decifrado tanto assim, não fazia sentido fingir. Ela disse docilmente:

— Nem seria um bom exemplo para Hanna.

— Hum... — Ele encostou a boca em seu punho. Seu sopro se vaporizou em todas as direções. — Será que elas não sabem uma sobre a outra ainda? Acho que tenho que manter tudo isso em segredo. Mila está tão infeliz como parece?

— Mila está desolada — disse Fogo delicadamente.

— Eu poderia matá-lo por isso.

— Creio que ela está furiosa demais, ou desesperada demais, para pensar direito. Não vai aceitar dinheiro dele. Por isso eu mesma pegarei para dar a ela e espero que mude de opinião.

— Ela pode continuar no seu emprego, se quiser; eu não vou forçá-la a sair. Vamos bolar alguma coisa. — Ele lançou-lhe um olhar de esguelha. – Não conte a Garan. – E depois disse, sombriamente: – Ah, lady. É uma época ruim para acolher bebês neste mundo.

Bebês, Fogo pensou consigo mesma. Bebês neste mundo. Ela lançou uma mensagem ao ar: *Sejam bem-vindos, bebês*. E descobriu, com grande frustração, que estava chorando. Parecia um sintoma das gravidezes de suas amigas que Fogo não conseguisse parar de chorar.

A postura dura de Brigan se transformou em brandura, suas mãos remexendo confusamente nos bolsos para encontrar um lenço que não estava lá. Ele se aproximou dela.

– Lady, o que é isso? Por favor, me diga.

– Eu senti sua falta – disse ela, com os olhos inchados de tanto chorar – nestes dois meses.

Ele tomou suas mãos.

– Por favor, me diga o que há de errado.

E então, porque ele estava segurando suas mãos, ela lhe revelou tudo, com muita simplicidade: como ela queria desesperadamente ter filhos, por que ela concluíra que não devia tê-los, e como, devido ao medo de mudar de opinião, dera um jeito de, discretamente, com a ajuda de Clara e Musa, ingerir os remédios que tornariam isso para sempre impossível. E ela não havia se recuperado, nem um pouco, pois seu coração estava fraco e trêmulo, e parecia que ela não conseguiria parar de chorar.

Ele ouviu, silenciosamente, ficando mais e mais espantado. Quando ela terminou, ele ficou em silêncio por algum tempo. Olhou para suas luvas com uma expressão um pouco desamparada. Disse:

— Eu fui insuportável com você na noite em que nos conhecemos. Nunca me perdoarei.

Era a última coisa que Fogo esperava que ele dissesse. Ela olhou dentro dos olhos dele, que eram pálidos como a lua.

— Lamento tanto a sua tristeza! — disse ele. — Não sei o que lhe dizer. Você deve viver onde muitas pessoas estão tendo bebês e adotá-los todos. Devemos manter Archer por perto; ele é um sujeito muito útil para isso, não é?

Ao ouvir isso, ela sorriu, quase rindo.

— Você fez com que eu me sentisse melhor. Eu lhe agradeço.

Ele devolveu as mãos a ela, então, cuidadosamente, como se temesse que pudessem cair no telhado e se despedaçar. Sorriu delicadamente para ela.

— Você nunca me olhava diretamente, mas agora olha — disse ela, porque se lembrou disso e estava curiosa.

Ele deu de ombros.

— Você não era real para mim, naquela época.

Ela franziu a testa.

— O que isso significa?

— Bem, você costumava me confundir. Mas agora eu me acostumei a você.

Ela se espantou, ficando muda de surpresa por seu próprio prazer tolo com as palavras dele. Depois riu de si mesma por ficar satisfeita com a sugestão de que era normal.

Capítulo 22

Na manhã seguinte, Fogo foi ao escritório de Nash com Musa, Mila e Neel para se reunir com os irmãos reais e Archer.

A festa de gala aconteceria em apenas algumas semanas, e a extensão do envolvimento de Fogo no plano de assassinato era uma questão de debate contínuo. Na opinião de Fogo, era simples. Ela devia ser a assassina em todos os três casos porque era de longe a mais provável entre todos de ser capaz de atrair todas as vítimas a um lugar solitário e desprotegido e poderia também ficar sabendo uma grande quantidade de coisas delas antes de matá-las.

Mas, quando ela declarou sua posição, Garan argumentou que Fogo não era uma lutadora de espadas e, se algum dos três se provasse dotado de uma mente forte, ela iria terminar sendo perfurada pela espada de alguém. E Clara não queria que o assassino fosse uma pessoa sem experiência de matar.

– Você hesitará – disse Clara. – Quando vir o que realmente significa enfiar uma faca no peito de alguém, você não será capaz de fazê-lo.

Fogo sabia que era mais experiente do que qualquer um na sala, exceto Archer, percebia.

– É verdade que eu não vou *querer* matar ninguém – respondeu ela calmamente. – Mas, quando eu tiver que fazê-lo, farei.

Archer estava sombriamente enfurecido num canto. Fogo o ignorou, pois sabia da inutilidade de recorrer a ele – especialmente nesses dias, quando sua atitude em relação a ela ia do despeito à vergonha, porque suas simpatias e seu tempo disponível estavam comprometidos com Mila, e ele percebia isso e se ressentia, sabendo que era por sua própria culpa.

– Não podemos mandar uma principiante para matar três dos nossos mais temíveis inimigos – disse Clara novamente.

Pela primeira vez desde que o assunto havia sido entabulado, Brigan estava presente em pessoa para comunicar sua opinião. Ele encostou um ombro contra a parede, os braços cruzados.

– Mas é óbvio que ela deve se envolver – disse ele. – Eu não acho que Gentian lhe dará muita resistência, e Gunner é inteligente, mas, em última análise, é conduzido por seu pai. Murgda vai se provar difícil, mas estamos desesperados por saber o que ela sabe, onde Mydogg está escondendo seu exército, em particular, e lady Fogo é a pessoa mais qualificada para a tarefa. E... – continuou ele, erguendo as sobrancelhas para calar as objeções de Clara. – Ela sabe do que é capaz. Se ela disser que irá até o fim com o seu propósito, irá.

Archer se dirigiu a Brigan então, rosnando, pois sua disposição de ânimo havia encontrado o que estava procurando: um escoadouro que não fosse Fogo.

– Cale a boca, Archer – disse Clara afavelmente, interrompendo-o antes que ele começasse a falar.

– É perigoso demais – falou Nash de sua escrivaninha, onde ele estava sentado olhando preocupadamente para Fogo. – Você é o espadachim, Brigan. Você deveria fazê-lo.

Brigan fez que sim.

— Tudo bem. Então, que tal se eu e lady fizéssemos isso juntos? Ela para levá-los a um lugar secreto e interrogá-los, e eu para matá-los e protegê-la?

— Exceto que eu acharei muito mais difícil atraí-los para confiar em mim se você estiver lá – disse Fogo.

— E se eu me esconder?

Archer vinha se aproximando de Brigan lentamente do outro lado da sala e agora estava diante do príncipe, parecendo mal conseguir respirar.

— Você não tem nenhum escrúpulo, colocando-a em perigo dessa maneira – afirmou Archer. – Ela é uma ferramenta para você, e você é tão sem coração quanto uma pedra.

O gênio de Fogo se inflamou:

— Não o chame de sem coração, Archer. Ele é a única pessoa aqui que acredita em mim.

— Ah, eu acredito que você possa fazê-lo – disse Archer, sua voz preenchendo os cantos da sala como um silvo. – Uma mulher que pode encenar o suicídio de seu próprio pai pode certamente matar alguns dellianos que nunca conheceu.

Foi como se o tempo parasse e todos na sala desaparecessem. Existiam apenas Fogo e Archer diante dela.

Fogo ficou pasma diante de Archer, incrédula, depois entendeu, como a friagem que começa nas extremidades e penetra até o âmago, que ele, na verdade, dissera em voz alta as palavras que ela julgara ter ouvido.

E Archer ficou boquiaberto também, igualmente atônito. Ele baixou a cabeça, repelindo as lágrimas.

– Perdoe-me, Fogo. Gostaria de não ter dito isso.

Mas ela refletiu sobre a ideia lentamente e entendeu que não poderia ser desdita. E era menos o fato de ele haver exposto a verdade e mais o modo como a expusera. Ele a acusara. Ele, que sabia tudo que ela sentia. Ele a insultou com sua própria vergonha.

– Eu não sou a única que mudou – sussurrou ela, olhando-o fixamente. – Você mudou também. Nunca foi cruel comigo.

Ela se virou, ainda com aquela sensação de que o tempo havia parado. Arrastou-se para fora da sala.

O CLIMA APANHOU Fogo de surpresa nos jardins congelados da casa verde, onde lhe ocorreu, depois de um único minuto de tremor, que tinha uma inabilidade compulsiva para lembrar-se de seu casaco. Musa, Mila e Neel se erguiam silenciosamente ao seu redor.

Ela sentou-se num banco sob a grande árvore, grandes lágrimas redondas rolando por suas faces e pingando em seu colo. Pegou o lenço que Neel ofereceu. Olhou para os rostos de suas guardas, um depois do outro. Examinou seus olhos para ver se sob a quietude de suas mentes elas estavam horrorizadas, agora que sabiam.

Cada uma delas respondeu com um olhar tranquilo. Ela viu que elas não estavam horrorizadas. Tinham-na olhado com respeito.

Ocorreu-lhe que tinha muita sorte com as pessoas em sua vida, por elas não se importarem com a companhia de um monstro tão desnaturado que havia assassinado o único membro de sua família.

Uma neve espessa e úmida começou a cair, e finalmente a porta lateral da casa verde se abriu. Agasalhada num manto, a governanta de Brigan, Tess, marchou em sua direção.

– Suponho que você queira congelar até morrer debaixo do meu nariz – disse a mulher asperamente. – O que há de errado com você?

Fogo ergueu os olhos sem muito interesse. Tess tinha olhos verde-claros, profundos como duas poças de água e furiosos.

– Eu matei meu pai – disse Fogo – e fingi que foi um suicídio.

Obviamente, Tess ficou sobressaltada. Ela cruzou os braços e fez ruídos indignados, determinada, em aparência, a desaprovar. E então, de repente, ela se abrandou, como um torrão de neve num degelo que cai de um telhado, e balançou a cabeça, perplexa.

– Isso realmente muda as coisas. Eu suponho que o jovem príncipe vai me dizer: "Eu bem que lhe disse." Bem, olhe para você, filha, toda encharcada. Bela como um pôr do sol, mas desmiolada. Você não herdou isso de sua mãe. Pode muito bem entrar comigo.

Fogo estava ligeiramente aturdida. A pequena mulher puxou-a para debaixo de seu manto e empurrou-a para dentro da casa.

A CASA DA RAINHA – pois Fogo lembrou-se de que era a casa de Roen, não de Brigan – parecia um bom lugar para acalmar uma alma infeliz. Os aposentos eram pequenos e confortáveis, pintados de verde e azul suaves e cheios de mobília delicada, as lareiras enormes, as fogueiras de janeiro crepitando nelas. Era óbvio que uma criança vivia ali, pois seus papéis, bolas, luvas e brinquedos e os pertences indefiníveis mascados de Manchinha alojavam-se em cada canto. Era menos óbvio que Brigan vivesse ali, embora houvesse pistas para um observador atento. Fogo suspeitou de que o cobertor com que Tess a envolvera fosse um cobertor de sela.

Tess sentou Fogo num sofá diante da lareira e suas guardas, em poltronas em torno de sua senhora. Deu a todas elas copos de vinho quente. Sentou-se com elas, dobrando uma pilha de camisas muito pequenas.

Fogo compartilhou o sofá com dois gatinhos-monstro que ela nunca vira. Um era carmim e o outro era cor de cobre com marcas também carmim, e eles estavam dormindo enroscados, de tal modo que era difícil distinguir qual cabeça ou cauda pertencia a cada um. Eles fizeram Fogo lembrar-se de seu cabelo, preso agora sob um lenço que estava encharcado e frio. Ela soltou o lenço e espalhou-o de lado para secar. Seus cabelos caíram, uma labareda de luz e cor. Um dos gatinhos ergueu sua cabeça para a luminosidade e bocejou.

Ela envolveu o copo quente com suas mãos e fechou os olhos fatigadamente sobre o vapor. Descobriu, assim que começou a falar, que a confissão era um conforto para seu coração oprimido e dilacerado:

— Eu matei Cansrel para impedi-lo de matar Brigan. E para impedir Brigan de matar Cansrel, porque isso teria arruinado sua chance de qualquer aliança com os amigos de Cansrel. E, ah, por outros motivos! Eu duvido de que precise explicar para qualquer uma de vocês por que era melhor para ele morrer...

Tess parou com seu trabalho, suas mãos pousando sobre uma pilha em seu colo, e olhou Fogo detidamente. Seus lábios se moveram quando Fogo falou, como se ela estivesse provando as palavras em sua própria boca:

– Eu o enganei fazendo-o pensar que o leopardo-monstro era um bebê – disse Fogo. – Seu próprio bebê humano-monstro. Fiquei do lado de fora da cerca e o vi abrir a porta da jaula, arrulhando para ele, como se fosse desamparado e inofensivo. O leopardo estava faminto. Ele sempre mantinha os animais famintos. A coisa... A coisa aconteceu muito rapidamente...

Fogo ficou em silêncio por um momento, lutando contra o quadro que assombrava seus sonhos. Falou com os olhos fechados:

– Assim que tive certeza de que ele estava morto, eu atirei no felino. Depois, matei o resto de seus monstros, porque eu os odiava, sempre os odiara, e não podia suportá-los clamando pelo sangue dele. E depois chamei os serviçais, e disse-lhes que ele se matara e eu não fora capaz de impedi-lo. Penetrei em suas mentes e me assegurei com toda certeza de que eles haviam acreditado em mim, o que não foi difícil. Ele estava infeliz desde a morte de Nax, e todos eles sabiam que era capaz de coisas insanas.

O resto da história ela guardou para si. Archer se aproximara e a descobrira de joelhos diante do sangue de Cansrel, olhando fixamente para o pai, sem lágrimas. Quando ele tentou afastá-la dali, ela lutou contra ele desesperadamente, gritando para que a deixasse sozinha. Por vários dias ela foi agressiva com Archer e com Brocker também, maldosa, fora de si e de seu corpo. Eles tomaram conta dela até que ela voltou a si. Então, seguiram-se semanas de apatia e lágrimas. Eles ficaram ao lado dela até o fim disso também.

Fogo estava entorpecida no sofá. Quis a companhia de Archer, subitamente, para que pudesse perdoá-lo por ter revelado a verdade. Era hora de outras pessoas saberem. Era hora de todos saberem o que ela era, e do que era capaz.

Ela não percebeu que sua cabeça estava quase despencando de sono, mesmo quando Musa se adiantou para impedir que sua bebida derramasse.

DESPERTOU HORAS DEPOIS para encontrar-se esticada no sofá, protegida por cobertores, os gatinhos dormindo no emaranhado de seus cabelos. Tess estava ausente, mas Musa, Mila e Neel não haviam se aluído de suas poltronas.

Archer estava diante da lareira, de costas para ela.

Fogo se recostou um pouco e puxou seu cabelo de baixo dos gatinhos.

— Mila — disse ela. — Você não tem que ficar se não quiser.

A voz de Mila era irredutível:

— Eu quero ficar e proteger você, lady.

— Muito bem — concordou Fogo, analisando Archer, que girou ao som de sua voz. Sua face esquerda tinha um hematoma roxo, o que a alarmou a princípio, depois lhe pareceu muito interessante.

— Quem bateu em você? — perguntou ela.

— Clara.

— Clara?!

— Ela me deu um murro por ter perturbado você. Bem — acrescentou ele, baixando a voz: — Pelo menos foi o motivo principal. Suponho que Clara tem vários para escolher. — Ele deu uma olhadela em Mila, que de repente assumiu a aparência de um boxeador que fora esmurrado no estômago numerosas vezes. — Isso é embaraçoso.

Por sua própria culpa, pensou Fogo para ele furiosamente, *E suas palavras descuidadas apenas pioram as coisas. Elas não sabem uma sobre a outra ainda, e não é você quem deve revelar os segredos delas.*

— Fogo — disse ele, seus olhos baixos e lúgubres. — Faz tempo que não faço bem a ninguém. Quando meu pai chegar, eu não vou conseguir olhar em seu rosto. Estou ansioso por fazer alguma coisa digna, alguma coisa de que eu não possa me envergonhar, mas não me sinto capaz disso enquanto você permanece à minha vista, sem precisar mais de mim e apaixonada por outra pessoa.

— Ah, Archer — disse Fogo, depois parou, sufocada pelo modo como estava frustrada. E pelo modo como parecia engraçado e triste que ele devesse acusá-la de amar outra pessoa, e pela primeira vez em sua vida acertar.

— Eu vou para o oeste — disse ele. — Para Cutter.

— O quê? — gritou ela, aterrada. — Agora? Sozinho?

— Ninguém está prestando atenção alguma naquele garoto e naquele arqueiro, e eu sei que isso está errado. Não se pode brincar com o garoto, e talvez você tenha esquecido, mas há vinte e poucos anos o arqueiro esteve na cadeia por estupro.

Agora Fogo estava quase gritando outra vez:

— Archer, não acho que você deva ir. Espere até a festa de gala e deixe-me ir com você.

— Creio que eles estão atrás é de você.

— Por favor, Archer. Não vá.

— Eu preciso ir — disse ele, de repente, explosivamente. Ele se afastou dela, erguendo uma das mãos contra ela. — Olhe para você — disse ele, com as lágrimas embargando sua voz. — Não posso suportar nem olhar para você. Eu preciso fazer algo, não entende? Devo ir embora. Eles vão deixá-la fazer aquilo, você sabe, você e Brigan juntos, a grande parelha de assassinatos. Aqui — falou ele, puxando um papel dobrado do bolso de seu casaco e arremessando-o ferozmente sobre o sofá ao lado dela.

— O que é isso? — perguntou Fogo, perplexa.

— Uma carta *dele*. — Archer praticamente gritou. — Ele estava à escrivaninha pouco antes de você despertar, escrevendo-a. Disse-me que, se eu não a entregasse para você, quebraria meus braços.

Tess apareceu de repente à porta e apontou um dedo para Archer.

— Jovem — ladrou ela —, há uma criança que mora nesta casa, e você não tem motivo para gritar até arrancar o telhado. — Ela se virou e se afastou, marchando com pisadas fortes. Archer ficou olhando-a, espantado. Depois, ele girou para a lareira e encostou-se no console, com a cabeça nas mãos.

— Archer — implorou Fogo —, se você precisa fazer isso, leve quantos soldados puder. Peça um comboio a Brigan.

Ele não respondeu. E ela não teve certeza de que ele a tivesse ouvido. Virou o rosto para ela e disse:

– Adeus, Fogo. – Então caminhou na ponta dos pés para fora, abandonando-a ao pânico.

Os pensamentos dela clamaram atrás dele desesperadamente. *Archer! Mantenha a determinação. Vá com segurança.*

Eu amo você.

A CARTA DE BRIGAN ERA curta:

Lady:

Tenho uma confissão a fazer. Eu sabia que você havia matado Cansrel. Lorde Brocker contou-me no dia em que fui à sua casa para escoltá-la até aqui. Você deve me perdoar por trair a confidência. Ele me contou para que eu pudesse entender o que você era e tratá-la apropriadamente. Em outras palavras, ele me contou para protegê-la de mim.

Você me perguntou uma vez por que eu confio em você. Esta não é a razão toda, mas é uma parte dela. Eu creio que você carregou nos ombros muita dor em consideração a outras pessoas. Creio que você é tão forte e corajosa quanto qualquer pessoa que eu tenha conhecido ou de quem tenha ouvido falar. E sábia e generosa no uso de seu poder.

Devo partir de imediato para o forte Dilúvio, mas vou retornar a tempo para a festa de gala. Concordo que deve se envolver em nosso plano – embora Archer esteja enganado se pensa que isso me deixa satisfeito. Meus irmãos vão lhe revelar nossas ideias. Meus soldados estão à espera e esta carta foi escrita apressadamente, mas com sinceridade.

Seu, Brigan.

P.S.: Não saia da casa até que Tess tenha lhe revelado a verdade, e me perdoe por tê-la escondido de você. Eu fiz uma promessa a ela, e tenho padecido por isso desde então.

Fogo tomou fôlego, trêmula, ao caminhar até a cozinha, onde pressentiu que Tess estaria. A idosa ergueu os olhos verdes do trabalho que estava em suas mãos.

– O que realmente o príncipe Brigan quer dizer – afirmou Fogo, assustada com a pergunta – quando falou que você deve me revelar a verdade?

Tess baixou a massa de pão que estava manuseando e secou as palmas das mãos em seu avental.

– Hoje tudo parece estar de cabeça para baixo! – falou a mulher. – Eu nunca imaginei que isso aconteceria. E, agora que estamos aqui, você está com uma aparência tal que fico até intimidada... – Ela deu de ombros, muito embaraçada. – Minha filha Jessa era sua mãe, filha – disse ela. – Sou sua avó. Você não gostaria de ficar para o jantar?

Capítulo 23

Fogo se arrastou ao longo dos dias seguintes num estado de espanto. Saber que tinha uma avó já era bastante perturbador. Mas sentir, em seu primeiro hesitante jantar juntas, que sua avó estava curiosa por conhecê-la, e se abrir para a sua companhia era quase demais para um jovem monstro humano, que experimentara tão pouca alegria, suportar.

Ela jantava todas as noites na cozinha da casa verde com Tess e Hanna. A torrente de tagarelice de Hanna preenchia os espaços na conversa entre avó e neta e abrandava, de algum modo, seu embaraço ao tentar encontrar um meio de se comunicarem uma com a outra.

Ajudava que Tess fosse direta e honesta e que Fogo pudesse sentir a sinceridade de todas as coisas embrulhadas no que ela dizia.

– Eu sou, no mais das vezes, inabalável – disse Tess ao fim de seu primeiro jantar de bolinhos de carne e ensopado de raptor-monstro. – Mas você me abalou, lady monstro. Eu disse a mim mesma todos estes anos que você era filha de Cansrel, e não realmente de Jessa. Um monstro, não uma garota, e nós ficaríamos melhor sem ela. Eu tentei dizer a Jessa também, embora ela nunca me escutasse, e ela estava certa. Posso ver o rosto dela no seu, claro como o dia.

— Onde? — perguntou Hanna. — Que partes do rosto dela?

— Você tem a testa de Jessa — disse Tess, agitando impotentemente uma colher para Fogo. — E a mesma expressão em seus olhos e a adorável pele quente dela. Você puxou aos olhos e à cor dos cabelos dela, embora os seus sejam mil vezes o que os dela eram, claro. O jovem príncipe falou-me que confia em você — terminou ela debilmente. — Mas eu não consegui acreditar nele. Achei que ele estava enganado. Achei que você se casaria com o rei, ou pior ainda, com ele, e que tudo recomeçaria.

— Está certo — falou Fogo, imune a ressentimentos, porque ela estava recém-apaixonada pelo fato de ter uma avó.

Desejaria poder agradecer a Brigan, mas ele ainda estava longe da corte e era improvável que retornasse antes da festa de gala. Desejava mais que tudo poder revelar o fato a Archer. Apesar do que ele pudesse estar sentindo, iria compartilhar de sua alegria com ele. Riria de assombro diante da notícia. Mas Archer estava em uma situação difícil em alguma parte do oeste com o número mais reduzido de guardas — segundo Clara, ele levara apenas quatro homens —, metendo-se em sabe lá que tipo de encrenca. Fogo decidira fazer uma lista de todas as delícias e confusões de ter uma avó, para relatar a ele quando retornasse.

Ela não era a única pessoa preocupada com Archer.

— Não foi uma coisa tão terrível assim, que ele revelasse seu segredo — disse Clara, esquecendo-se, Fogo pensou secamente, de que na ocasião a princesa achara a revelação terrível o suficiente para dar-lhe um soco na cara. — Estamos mais contentes com você no plano, agora que sabemos. E admiramos você por isso. Realmente, lady, eu fico pensando por que nunca nos contou isso.

Fogo não respondeu, pois ela não conseguia explicar que a admiração era parte da razão pela qual ela não havia contado. Não era compensador ser o herói de outras pessoas odiadas por Cansrel. Ela não o matara por ódio.

– Archer é um burro, mas eu ainda tenho esperança de que ele tenha cuidado – finalizou Clara, com uma mão pousando distraidamente sobre sua barriga enquanto a outra folheava uma pilha de plantas baixas. – Será que ele conhece o terreno no oeste? Há grandes fendas no chão. Algumas delas se abrem para cavernas, mas algumas não têm fundo. Aposto que ele vai cair em alguma. – Ela parou de folhear por um momento, fechou os olhos e suspirou. – Eu decidi agradecer a ele pela possibilidade de dar um irmão ao meu filho. Gratidão exige menos energia que raiva.

Quando a verdade emergiu, Clara a aceitou de fato com uma equanimidade generosa. Não fora tão fácil para Mila, embora ela tampouco ficasse dominada pela raiva. Em sua cadeira agora, ao lado da porta, Mila, mais do que qualquer outra coisa, parecia aturdida.

– Ah, bem – disse Clara, ainda suspirando. – Você memorizou alguma coisa sobre o nível seis? Não tem medo de altura, tem?

– Não mais que qualquer pessoa. Por quê?

Clara puxou duas páginas enormes e enroladas da pilha de plantas baixas.

— Aqui estão os esboços para os níveis sete e oito. Eu pedirei a Welkley para verificar se eu classifiquei os quartos dos convidados corretamente antes que você comece a decorar os nomes. Estamos tentando manter esses andares vazios para seu uso, mas há aqueles que gostam dos panoramas.

Memorizar as plantas baixas do palácio era diferente para Fogo do que seria para outras pessoas, porque ela não conseguia conceber o palácio como um mapa, chapado na página. O palácio era um espaço tridimensional que saía girando de sua cabeça, cheio de mentes ambulantes descendo pelos corredores, passando por rampas de lavanderias e subindo por escadarias que ela não conseguia sentir, mas que esperava conseguir mapear como uma página em sua memória. Não era suficiente para Fogo saber, por exemplo, que Welkley estava no extremo leste do segundo nível do palácio. Onde estava ele, precisamente? Em que aposento e quantas portas e janelas o lugar tinha? A que distância ficava do alojamento seguinte de serviçais ou da escada mais próxima? As mentes que ela sentia perto de Welkley — estariam elas no aposento com ele no corredor ou no aposento seguinte? Se precisasse dar a Welkley orientações mentais para guiá-lo aos seus próprios aposentos neste instante sem que ninguém o visse, ela conseguiria? Poderia ela manter oito níveis, centenas de corredores, milhares de quartos, portas, janelas, sacadas e sua percepção de uma corte cheia de consciências, tudo em sua mente ao mesmo tempo?

A resposta simples era que não, ela não poderia. Mas iria aprender a fazê-lo da melhor forma possível, porque o plano de assassinato para a festa de gala dependia disso. Em seus aposentos, em seus estábulos com Pequeno, nos telhados com sua guarda, ela praticou e praticou, dias inteiros, constantemente – orgulhosa de si mesma, às vezes, pelo tanto que havia evoluído em relação aos seus dias iniciais no palácio. Com certeza nunca mais se perderia ao vagar por essas salas novamente.

O sucesso do plano dependia desesperadamente da habilidade de Fogo para isolar Gentian, Gunner e Murgda, separados ou juntos, secretamente, em algum lugar do palácio. Era imperioso que ela conseguisse fazê-lo, porque os planos eram confusos, envolviam soldados demais e muitas rixas, e seria quase impossível manter-se em silêncio.

Assim que ficasse sozinha com eles, Fogo extrairia qualquer informação que pudesse de cada um deles. Nesse ínterim, Brigan encontraria um meio discreto de se juntar a ela e garantir que as informações trocadas terminassem com Fogo viva e os outros três mortos. E então notícias da aventura toda teriam que ser contidas de algum modo, pelo maior tempo possível. Isso seria também uma das tarefas de Fogo: monitorar o palácio para pessoas que desconfiassem do que havia acontecido e providenciar para que essas pessoas fossem discretamente capturadas antes que dissessem qualquer coisa. Porque a ninguém – a ninguém – do lado errado da coroa seria permitido saber em que pé as coisas andavam e o que Fogo sabia. As informações seriam valiosas apenas enquanto ninguém soubesse que eles sabiam delas.

Brigan cavalgaria pela noite adentro até o forte Dilúvio. No instante em que chegasse lá, a guerra começaria.

No dia da festa de gala, Tess ajudou Fogo a pôr o vestido escolhido para ela, prendendo colchetes, alisando e ajustando detalhes que já estavam lisos e ajustados e murmurando seu contentamento o tempo todo. A seguir, uma dupla de cabeleireiras puxou e entrançou Fogo até enlouquecerem, exclamando à quantidade de vermelhos, alaranjados e dourados em seu cabelo, suas ocasionais mechas cor-de-rosa, sua textura absurdamente suave, sua luminosidade. Era a primeira experiência de Fogo em tentar *melhorar* sua aparência. Muito rapidamente, o processo ficou cansativo.

Apesar disso, quando finalmente terminaram, as cabeleireiras partiram e Tess insistiu em levá-la até o espelho, e Fogo viu, e entendeu, que todos haviam feito bem o seu trabalho. O vestido, de um profundo roxo tremeluzente e totalmente simples em sua concepção, era tão belamente recortado e tão aderente e bem-ajustado que Fogo se sentiu ligeiramente nua. E seu cabelo. Ela não conseguira acompanhar o que elas haviam feito com seu cabelo, tranças finas como fios em alguns lugares, amarradas e entrelaçadas pelo meio das porções espessas que caíam sobre seus ombros e por suas costas, mas viu que o resultado final era uma desordem controlada que ficava magnífica ao fundo de seu rosto, de seu corpo, de seu vestido. Ela se virou para avaliar o efeito em sua guarda – todos os vinte, pois todos tinham papéis a desempenhar nos procedimentos dessa noite, todos estavam esperando suas ordens. Vinte queixos caíram de assombro – até os de Musa, Mila e Neel. Fogo tocou suas mentes e ficou satisfeita, depois furiosa, por encontrá-las abertas como os tetos de vidro em julho.

— Controlem-se — disse ela asperamente. — É um disfarce, lembram-se? Isso não vai funcionar se as pessoas que devem ajudar não puderem proteger suas próprias mentes.

— Vai funcionar, lady Neta. — Tess entregou a Fogo duas facas em coldres de tornozelos. — Você extrairá o que quiser de quem quiser. Nesta noite, o rei Nash lhe daria o rio Alado de presente, se você lhe pedisse. Pelos Dells, filha! O príncipe Brigan lhe daria o seu melhor cavalo de guerra.

Fogo prendeu uma faca em cada tornozelo e não sorriu ao ouvir isso. Brigan não poderia dar presentes até que houvesse retornado à corte, e isso era algo que, duas horas antes da festa de gala, ele ainda não havia feito.

UMA DAS VÁRIAS áreas de encenação reservadas pelos irmãos reais para a noite era uma suíte no quarto andar com uma sacada que tinha vista para o grande pátio central da corte. Fogo se pôs na sacada com três de seus guardas, desviando a atenção de centenas de pessoas lá embaixo.

Ela nunca vira uma festa, quanto mais um baile real. A corte faiscava de ouro com a luz das milhares e milhares de velas: paredes de velas por trás de balaustradas às bordas do salão de dança para que os vestidos das damas não pegassem fogo; candelabros em amplos candeeiros que pendiam dos tetos por correntes de prata; candelabros presos aos corrimões de toda sacada, inclusive a sua. A luz bruxuleava por sobre as pessoas, tornando-as belas com seus vestidos e trajes, com suas joias, com as taças de prata das quais bebiam. O céu estava apagado. Músicos afinavam seus instrumentos e começavam a tocar, sobrepondo-se ao tinido de risadas. A dança começou, e era a pintura perfeita de uma festa de inverno.

Como a aparência de algo podia diferir absolutamente do que se sentia em relação a ela! Se Fogo não tivesse uma necessidade tão intensa de se concentrar, se não estivesse tão longe do bom humor, poderia ter rido, sabia que se erguia acima de um microcosmo do próprio reino uma teia de traidores, espiões e aliados trajando roupas elegantes, representando cada um deles um lado, observando-se uns aos outros friamente, tentando ouvir as conversas uns dos outros e agudamente conscientes de todos os que entravam ou saíam. Começou com lorde Gentian e seu filho, o foco central da sala, muito embora eles permanecessem em seus cantos. Gunner, de tamanho médio e indefinível, tinha habilidade para se camuflar pelos cantos, mas Gentian era alto, com cabelo branco reluzente e famoso demais por ser inimigo da corte para permanecer em discrição. Cercando-o, havia cinco de seus "ajudantes", homens com a aparência de cães perversos metidos em trajes de gala. Espadas não estavam na moda em bailes como esse; as únicas armas visíveis estavam com os guardas do palácio posicionados às portas. Mas Fogo sabia que Gentian, Gunner e seus mal disfarçados guarda-costas portavam facas. Ela sabia que eles estavam tensos de desconfiança; podia sentir isso. E viu Gentian puxando seu colarinho, repetida e desconfortavelmente. Viu o lorde e seu filho se virando com atenção a cada ruído, seus sorrisos sociais falsos, congelados até quase ao ponto da demência. Achou que Gentian era um homem de bela aparência, muito bem-vestido, aparentemente superior, a menos que alguém estivesse em posição de perceber seu nervosismo desesperado. Gentian estava arrependido do plano que o havia trazido ali.

Sobrecarregava Fogo manter atenção em todos da corte, e estender-se para observá-los era absolutamente entontecedor. Mas, fazendo o melhor possível e usando quaisquer mentes que lhe dessem acesso, ela estava compilando uma lista mental de pessoas no palácio que achava que podiam ser simpáticas ao lorde Gentian ou a lady Murgda, pessoas que não eram confiáveis e também pessoas que o eram. Repassou a lista a um secretário nos escritórios de Garan, que anotou nomes e descrições e comunicou-os ao chefe da guarda, cujas muitas funções nessa noite incluíam saber onde todos estavam o tempo todo e impedir quaisquer aparecimentos imprevistos de armas ou desaparecimentos de pessoas significativas.

O céu estava escuro agora. Fogo percebeu arqueiros se movendo nas sombras das sacadas em torno dela. Tanto Gentian quando Murgda haviam se alojado no terceiro nível do palácio que tinha vista para esse mesmo pátio, com os quartos acima, abaixo, no meio e de ambos os lados onde não havia convidados, ocupados temporariamente por uma presença militar real que fazia a guarda de Fogo parecer bem maltrapilha.

Isso havia sido ordem de Brigan.

Fogo não tinha certeza do que temia mais: o que significaria para ela e sua família pessoalmente se ele não chegasse a tempo, ou o que significaria para a atividade deles nessa noite e para a guerra. Achou que suas incertezas podiam ser partes do mesmo temor. Se Brigan não aparecesse, estaria provavelmente morto, e, com isso, tudo se desintegraria de qualquer modo, fossem elas grandes, como os planos para essa noite, ou pequenas, como seu coração.

E então, apenas alguns minutos depois, ela tropeçou nele assim que o príncipe materializou-se sob o toldo acima da ponte mais próxima à cidade. Quase involuntariamente, mandou a ele uma onda de sentimento que começou como fúria e se transformou imediatamente em preocupação e também em alívio por senti-lo. Suas emoções estavam tão descontroladas que ela não conseguiu ter certeza se algum de seus sentimentos mais profundos não teria transparecido.

Ele mandou de volta sentimentos de segurança, exaustão e desculpas, e ela respondeu-lhe pedindo desculpas também, e ele mais uma vez pediu desculpas, mais insistentemente dessa vez. *Brigan chegou*, pensou ela imediatamente para os outros e expeliu as próprias expressões de alívio deles de sua mente. Seu foco estava vagueando. Ela lutou desordenadamente para reaver o controle que vinha tendo sobre o pátio.

Lady Murgda estava mantendo mais discrição que Gentian. Tal como ele, ela chegara com ajudantes, no mínimo vinte deles, "serviçais" que davam a impressão de pessoas usadas para a luta. Algumas dessas pessoas estavam no pátio da corte logo abaixo. Outras se espalhavam por todo o palácio, presumivelmente espionando quem quer que Murgda lhes tivesse orientado a espionar; mas a própria Murgda fora direto para seus aposentos quando chegara e não havia saído desde então. Ela estava entocada lá agora, um andar abaixo de Fogo e do outro lado de onde a jovem se situava, e ainda assim Fogo não conseguia vê-la. Fogo conseguia apenas senti-la, aguda e inteligente, como sabia que a mulher seria, mais difícil que seus dois inimigos abaixo e mais resguardada, porém zumbindo uma impaciência parecida e ardendo de desconfiança.

Clara, Garan, Nash, Welkley e vários guardas entraram no quarto de Fogo. Sentindo-os, mas sem se virar da vista da sacada, Fogo tocou suas mentes em saudação e, através da porta aberta da sacada, ouviu Clara resmungando:

— Eu descobri quem Gentian pôs atrás de mim — disse Clara —, mas não tenho certeza de quem Murgda escolheu. O pessoal dela é mais bem treinado.

— São pikkianos, alguns deles — explicou Garan. — Sayre me diz que viu homens de aparência pikkiana e ouviu seus sotaques.

— É possível que lorde Gentian pudesse ser tão tolo a ponto de não orientar ninguém para vigiar lady Murgda? — perguntou Clara. — Sua comitiva é bem óbvia, e nenhum deles parece próximo a ela.

— Não é preciso observar lady Murgda, senhora princesa — disse Welkley. — Ela mal mostrou a sua cara. Lorde Gentian, por outro lado, pediu uma entrevista com o senhor três vezes, Majestade, e três vezes eu me esquivei dele. Ele está muito ansioso por lhe dizer pessoalmente toda espécie de motivos inventados pelos quais veio aqui.

— Vamos lhe dar oportunidade de explicar, assim que ele estiver morto — disse Garan.

Fogo ouviu a conversa toda apenas com uma fração de sua atenção e monitorou o avanço de Brigan com outra — ele estava nos estábulos agora —, pairando o tempo todo em torno de Gentian, Gunner e Murgda. Até ali Fogo havia apenas vagueado ao redor de suas mentes, procurando meios de entrar, aproximando-se delas, mas não as ocupando. Ela ordenou a um serviçal abaixo – um integrante do pessoal de Welkley – a oferecer vinho para Gentian e Gunner. Os dois homens fizeram um sinal para a garota serviçal se afastar. Fogo suspirou, desejando que o mais velho não fosse tão acometido por indigestões e o mais jovem, tão austero em seus hábitos. O jovem Gunner estava um pouco perturbado, na verdade, com a mente mais forte do que ela gostaria. Quanto a Gentian, por outro lado, ela se perguntava se era hora de penetrar em sua mente e começar a investigar. Ele ficou mais e mais ansioso, e ela teve a impressão de que ele queria o vinho que recusara.

Brigan entrou no quarto atrás dela.

– Irmão. – Fogo ouviu Garan dizer. – Chegando um pouco atrasado dessa vez, mesmo para seus padrões, não acha? Tudo no lugar em forte Dilúvio?

– Pobre menino! – disse Clara. – Quem deu um murro em seu rosto?

– Ninguém importante – respondeu Brigan laconicamente. – Onde está lady Fogo?

Fogo deu as costas para o pátio, foi à porta da sacada, entrou no quarto e ficou face a face com Nash, muito bonito, muito elegantemente vestido. Ele ficou paralisado, encarou-a de volta com ar infeliz, virou-se e foi a passos firmes para o próximo quarto. Garan e Welkley também olharam fixo para ela, boquiabertos, e Fogo se lembrou de que estava vestida para a festa. Até Clara pareceu ter ficado pasma.

– Tudo bem – disse Fogo. – Eu sei. Recomponham-se e vamos continuar com o que interessa.

– Todos estão a postos? – perguntou Brigan. Salpicado de lama e irradiando frio, ele parecia ter lutado por sua vida havia dez minutos e quase ter perdido, a maçã de seu rosto esfolada, o queixo arranhado e uma bandagem sangrenta em torno dos nós de seus dedos. Ele dirigiu sua pergunta a Fogo, procurando seu rosto com olhos ternos que não combinavam com o resto de sua aparência.

– Todos estão em posição – respondeu ela. – *Você precisa de um curandeiro, senhor príncipe?*

Ele balançou a cabeça, baixando os olhos para os nós de seus dedos com pouco contentamento.

– E nossos inimigos? Alguém que não estávamos esperando? Algum dos amigos nebulosos de Cutter ao redor, lady?

– Não, graças aos Dells. *Você está sentindo dor?*

– Tudo certo – disse Clara. – Nós temos nosso espadachim; portanto, vamos entrar em ação. Brigan, poderia tentar, no mínimo, ficar apresentável? Eu sei que é uma guerra, mas o resto de nós está tentando fingir que é uma festa.

NA TERCEIRA VEZ que Fogo deu ordem à garota serviçal de Welkley para oferecer vinho a Gentian, ele agarrou o copo e mandou-o goela abaixo em dois goles.

Fogo penetrou por inteiro em sua mente. Não era um lugar estável. Ele continuava lançando olhares para a sacada que pertencia a Murgda. Enquanto isso, todo o seu belo ser tremeu de ansiedade, cheio de um desejo peculiar.

Fogo começou a se perguntar por que, se Gentian estava tão ansioso com relação à sacada de lady Murgda, ele não havia designado nenhum de seus homens para monitorá-la.

Pois Clara havia percebido corretamente. Fogo sabia os sentimentos de todas as pessoas da comitiva de Gentian e, com um pequeno esforço, pôde localizar cada uma delas. Estavam se movendo furtivamente em torno das portas e de vários dos convidados de gala; vagavam furtivamente perto das entradas vigiadas das residências e escritórios reais. Nenhuma delas andava atrás de Murgda.

Murgda, por sua vez, tinha espiões perto de todo mundo. Dois deles estavam se movendo em círculos lentos em torno de Gentian nesse exato momento.

Gentian pegou outro copo de vinho e olhou de relance para a sacada de Murgda outra vez. A emoção que acompanhava esses ligeiros olhares era tão esquisita! Algo como uma criança assustada procurando pela segurança de um adulto.

Por que Gentian olharia para a sacada de seu inimigo à procura de segurança?

Subitamente, Fogo desejou muito sentir o que aconteceria se Murgda viesse à sua sacada e Gentian a visse. Mas Fogo não seria capaz de obrigar Murgda a vir à sacada sem que ela soubesse que estava sendo forçada. E então seria apenas um passo para Murgda entender por quê.

Pareceu a Fogo que, se não podia penetrar furtivamente em Murgda, podia ao menos ser direta. Ela enviou-lhe uma mensagem:

Saia, senhora rebelde, e diga-me por que está aqui.

A resposta de Murgda foi ao mesmo tempo imediata e chocante: um prazer irônico e duro em estar sendo saudada; uma total falta de surpresa ou temor; um desejo, inconfundível, de encontrar-se com a senhora-monstro em pessoa; e uma ruidosa desconfiança sem desculpas.

Bem, pensou Fogo, com um tom deliberadamente displicente, *Eu me encontrarei com a senhora, se for ao lugar que eu especificar.*

Diversão e desprezo em resposta a isso. Murgda não era tola o bastante para ser levada a uma armadilha.

E eu não sou perceptiva o suficiente para vê-la, lady Murgda, de modo que deixarei a senhora escolher o lugar do encontro.

Recusa teimosa a deixar sua fortaleza recém-criada.

Você não imagina que eu irei aos seus aposentos, lady Murgda? Não, eu começo a achar que não devemos mesmo nos encontrar.

Uma determinação – *uma necessidade* – de encontrar lady Fogo, de vê-la.

Era intrigante essa necessidade, e Fogo estava satisfeita por usá-la para seus próprios propósitos. Ela tomou fôlego para acalmar seus nervos, pois a sua mensagem seguinte devia ser perfeita no tom: assombrada – deliciada, até – ao ponto da aquiescência dócil e um tanto curiosa, mas mais ou menos indiferente quanto a que rumo a situação poderia tomar.

Suponho que nós poderíamos começar olhando uma para a outra. Estou na sacada bem do outro lado da senhora, no alto.

Desconfiança. Fogo estava tentando atrair Murgda para uma armadilha outra vez.

Muito bem, então, lady Murgda. Se a senhora acha que nosso plano é matá-la publicamente em nossa festa de inverno e começar uma guerra na corte, não se arrisque de modo algum a vir à sua sacada. Eu não posso culpá-la por ser cautelosa, embora isso pareça contrariar seus próprios interesses. Adeus, então.

Uma reação instintiva de irritação em resposta a isso, que Fogo ignorou. Depois, desprezo, em seguida, vago desapontamento e, finalmente, silêncio. Fogo esperou. Minutos se passaram, e sua percepção de Murgda se encolheu, como se a mulher estivesse empurrando seus sentimentos para longe e fechando-se hermeticamente.

Mais minutos se passaram. Fogo estava começando a tentar um novo plano quando de repente sentiu Murgda se movendo por seus aposentos em direção à sacada. Deslocou Gentian para um lugar no pátio onde ele não poderia vê-la, mas teria uma visão desobstruída da porta da sacada de Murgda. Depois, Fogo deu um passo à frente para a luz dos candelabros em seu próprio corrimão.

Murgda parou atrás da porta de sua sacada e espreitou Fogo do lado de fora, através da vidraça. Ela era como Fogo se recordava: uma mulher baixa, de rosto comum, de ombros retos e aparência durona. Fogo ficou satisfeita, estranhamente, pela visão forte e proposital da mulher.

Murgda não saiu para a sacada; nem mesmo abriu a porta por completo. Mas isso era o que Fogo esperara e o máximo que ela ousara esperar. E era o suficiente, pois, lá embaixo, os olhos de Gentian captaram a presença de Murgda.

A reação dele veio a Fogo diretamente, como um balde de água lançado em seu rosto. Sua confiança cresceu. Seus nervos foram imensamente confortados.

Ela entendeu então por que Gentian não estava espionando Murgda e por que o aliado de lorde Mydogg, capitão Hart, havia percebido tanta coisa sobre Gentian. Ela entendeu várias coisas, inclusive por que Murgda havia ido até lá. Ela fora para ajudar Gentian a levar seus planos a cabo. Pois, em algum ponto do trajeto, Mydogg e Gentian tinham se tornado aliados contra o rei.

E Fogo estava percebendo algo sobre Murgda também, porém, menos surpreendente. Soubesse Gentian ou não, sua aliada havia ido até lá por outra razão. Fogo leu-a nos olhos de Murgda, que se fixaram sobre ela do outro lado do pátio, e no sentimento que a mulher estava liberando agora sem querer: estupefação, deslumbramento e desejo, embora não o desejo a que Fogo estava acostumada. Esse desejo era duro e calculado e político. Murgda queria roubá-la. Mydogg e Murgda queriam-na como seu próprio monstro-ferramenta – tinham-na querido desde o primeiro momento em que a tinham visto na primavera anterior.

O conhecimento – até mesmo o conhecimento de que seus inimigos se aliaram para subjugá-lo – era revigorante. Fogo via agora com toda a certeza o que devia fazer. O que ela *podia* fazer, se tomasse cuidado e controlasse todas as pontas soltas. *Viu só?*, pensou ela simpaticamente para Murgda. *Mostrou seu rosto e ainda continua viva.*

A mente de Murgda se intensificou e se fechou. Ela estreitou seus olhos sobre Fogo e pousou a mão no estômago de um modo interessante que Fogo entendeu, porque o vira anteriormente. Murgda girou e caminhou para fora de visão, não prestando atenção uma só vez a Gentian, que ainda estava esticando o pescoço para ela lá de baixo.

Fogo recuou para dentro das sombras. Francamente, sem drama, ela comunicou aos outros tudo o que soubera. Eles ficaram surpresos, horrorizados, nada surpreendidos, ansiosos por agir. Ela respondeu o melhor que pôde ao que acreditou que fossem as perguntas deles.

Eu não sei se chegarei a conseguir tirar Murgda de seus aposentos, pensou ela para eles. *Não sei se Murgda morrerá esta noite. Mas lorde Gentian fará o que eu disser, e eu posso provavelmente manipular Gunner. Vamos começar com os dois. Os aliados de lorde Mydogg podem nos revelar seus planos.*

Capítulo 24

Fogo queria Gentian e, mais particularmente, Gunner para pensar com clareza em seus objetivos. Então se encaminhou aos aposentos do rei, que ficavam no segundo andar, virados para o pátio da corte, e caminhou diretamente até a sacada. Olhou diretamente para os rostos fascinados de Gentian e Gunner, ficando bem posicionada para que fosse vista. Sorriu sugestivamente para Gunner e expressou um olhar convidativo, o que foi ridículo e constrangedor, mas teve o efeito desejado. E então Nash irrompeu de repente na sacada, olhando para ver com quem ela estava flertando, observou ferozmente Gentian e Gunner, pegou Fogo pelo braço e puxou-a de volta para dentro. A situação toda durou possivelmente nove segundos, uma brevidade feliz, pois a tensão mental de Fogo era enorme.

Havia mentes demais no pátio da corte para controlar ao mesmo tempo. Ela tivera ajuda. O pessoal de Welkley ficara no térreo criando distrações para desviar as atenções dela. Mas pessoas aqui e ali haviam visto, e Fogo tinha que fazer agora uma lista das que deviam ser vigiadas com cuidado extra para o caso de terem achado interessante que a senhora-monstro parecesse estar jogando charme para Gentian e Gunner – interessante o bastante para falar sobre ou fazer alguma coisa com relação a isso.

Ainda assim, a ideia havia funcionado. Gentian e Gunner a haviam olhado fixamente, paralisados pela visão dela. *Eu quero conversar com vocês*, pensou ela para eles quando Nash a puxou para longe, *Eu quero aderir ao seu lado. Mas não digam a ninguém, ou eles me colocarão em perigo.*

Então, ela afundou-se numa cadeira na sala de estar de Nash, com a cabeça nas mãos, monitorando a ansiedade de Gentian, o desejo e a desconfiança de Gunner, e deslizando pelo restante do pátio da corte e do palácio todo à procura de algo relevante ou preocupante. Nash foi para uma mesa lateral e voltou, curvando-se diante dela com um copo de água.

— Obrigada — disse ela, erguendo os olhos com gratidão e pegando o copo. — O senhor agiu bem, Majestade. Eles acreditam que o senhor me preserva com ciúmes e que eu tenho um desejo de fugir. Gentian está positivamente transbordando de indignação.

Clara, esparramada no sofá, sorriu com desdém e repulsa.

— Crédulos sem miolos!

— Não é culpa deles, na verdade — disse Nash sobriamente, ainda curvado diante de Fogo. Ele estava tendo dificuldades para levantar-se e afastar-se dela. Ela queria pôr uma das mãos em seu braço, grata por tudo o que ele sempre tentara fazer, mas sabia que seu toque não o ajudaria.

Por que você não leva água para seu irmão?, pensou ela para ele amavelmente, pois Garan havia começado a suar com uma das febres que o dominavam em momentos de tensão e estava descansando no sofá com os pés no colo de Clara. Nash curvou seu queixo sobre o peito e se pôs em pé para fazer o que ela dissera.

Fogo avaliou Brigan, que se encostava em uma prateleira de livros, com os braços cruzados, os olhos fechados, ignorando a discussão que estava tendo início agora entre sua irmã e irmãos sobre os porquês e razões da estupidez de Gentian. Ele estava asseadamente vestido e barbeado, mas o esfolado em seu rosto havia escurecido, tornando-se algo roxo e feio, e parecia tão cansado que era como se desejasse afundar-se na prateleira de livros e se tornar uma parte de seu sólido e inanimado madeiramento.

Quando você dormiu pela última vez?, pensou ela para ele.

Seus olhos pálidos se abriram e a fitaram. Ele deu de ombros e balançou a cabeça, e ela soube que havia sido há muito tempo.

Quem o feriu?

Ele balançou a cabeça outra vez e balbuciou uma palavra do outro lado do quarto. Bandidos.

Você estava viajando sozinho?

– Tive que viajar – disse ele baixinho –, ou não chegaria aqui a tempo.

Eu não estava criticando você, pensou ela. *Eu acredito que você fará o que precisa ser feito.*

Ele abriu uma lembrança para ela. Havia lhe prometido, num dia verde e dourado no início do verão, não vagar sozinho à noite. No entanto, cavalgara sozinho na noite anterior e na maior parte do dia de hoje. Era direito dela criticá-lo.

Eu desejava..., balbuciou Fogo, e depois parou, porque não conseguia pensar para ele que desejava que eles não tivessem essa missão a cumprir, que desejava poder confortá-lo e ajudá-lo a dormir. Desejava que acabasse essa guerra na qual ele e Nash lutariam, golpeando com espadas e punhos num campo congelado contra homens demais. Esses irmãos. Como eles sairiam vivos de uma coisa dessas?

O pânico apertou dentro dela. Seu tom ficou ácido. *Eu fiquei muito afeiçoada a Grande, seu cavalo de guerra. Você a daria para mim?*

Ele a encarou com a incredulidade quase excessiva que tal questão, proposta ao comandante do exército na véspera de uma batalha, merecia adequadamente. E então Fogo se pôs a rir, e a repentina e inesperada animação acalmou o cérebro dolorido do príncipe. *Tudo certo, tudo certo. Eu estava apenas testando se você estava desperto e com o juízo perfeito. A visão de você tirando uma soneca encostado à prateleira de livros não inspira confiança.*

Fogo se levantou. Os outros interromperam sua conversa e olharam para ela.

— Níveis sete e oito — disse ela a Brigan — na ala do extremo norte. Os quartos que dão para o menor pátio da corte. Nesse momento, é a parte mais vazia do palácio e tem sido assim o dia todo, por isso será para lá que levarei Gentian e Gunner. Você e Clara vão para lá agora. Achem qualquer quarto vazio que puderem ou qualquer nível a que seja mais fácil chegarem sem ser vistos, e eu tentarei conduzi-los para o mais perto de vocês que eu puder. Se precisarem de minha ajuda para passarem pelos corredores, ou se os guardas de Murgda lhes causarem problemas, chamem por mim.

Brigan fez que sim e foi para os quartos laterais a fim de apanhar seus soldados. Fogo se recostou na cadeira e posicionou a cabeça baixa novamente sobre as palmas das mãos. Todos os estágios desse processo requeriam foco. Nesse exato momento, ela devia monitorar Brigan e Clara, seus soldados, seus perseguidores e todos os que percebessem a presença de qualquer um deles. Enquanto isso, tinha que se manter atenta a Gentian, Gunner e Murgda, naturalmente, e talvez mandar a Gentian e Gunner sinais luminosos de desejo desamparado, além de manter um senso de conjunto do palácio, para o caso de alguma coisa em alguma parte, em alguma ocasião, mostrar-se errada por alguma razão.

Ela tomou fôlego em meio a uma ligeira dor de cabeça que se formava acima de suas têmporas. Estendeu-se para longe com sua mente.

Quinze minutos depois, Clara, Brigan e um grupo de soldados haviam encontrado seu caminho para uma suíte desocupada no nível oito na ala no extremo norte. Três espiões de Murgda e três de Gentian estavam com eles também, vários inconscientes, e os conscientes, fervendo de fúria, presumivelmente pela indignidade de serem amarrados, amordaçados e empurrados para dentro de armários.

Brigan mandou por pensamento uma afirmação de que tudo estava bem.

– Tudo certo – disse Fogo a Nash e Garan. *Tudo certo*, pensou ela para todos os envolvidos por todo o palácio. *Estou começando.*

Ela se arqueou em sua cadeira e fechou os olhos. Tocou a mente de Gentian e depois penetrou nela. Tocou em Gunner e concluiu que ele não era distraído o suficiente para uma penetração sorrateira.

Gunner, pensou ela para ele, quente e sedutora, jorrando sobre ele – e depois se lançando por entre as fendas que haviam se aberto com a involuntária torrente de prazer que dele se apoderara. *Gunner. Eu quero que você venha até mim. Preciso vê-lo. Posso confiar que será bom comigo?*

A desconfiança atrapalhava a alegria dele, mas Fogo murmurou para ele, embalou-o e controlou-o com mais força: *Vocês devem ir para onde eu lhes mandar e não dizer nada a ninguém*, disse ela tanto a ele quanto a Gentian. *Agora, deixem o pátio da corte pelo arco principal e subam pela escadaria central para o nível três, como se estivessem retornando para seus quartos. Eu os levarei para um lugar seguro para todos nós, muito longe do rei e de seus guardas aborrecidos.*

Gentian começou a se mover, e depois, com mais relutância, Gunner também. Seus cinco criados moveram-se com eles, e Fogo expandiu seu alcance, entrando em cada uma de suas mentes. Os sete seguiram em frente em direção à saída, e Fogo percorreu o resto do pátio. Não importava quem reparasse, mas importava muito quem os perseguisse.

Três consciências separaram-se por acaso da dança e sucumbiram atrás da guarda de Gentian. Fogo reconheceu duas como pertencentes a espiões de Murgda e a terceira como um senhor feudal menor que identificara anteriormente como um provável simpatizante de Murgda. Fogo tocou suas mentes, testou-as e concluiu que elas eram protegidas demais para que ela entrasse sem que percebessem. Teria que conduzir as outras e confiar que elas as seguissem.

Dez homens. Ela achou que poderia lidar com aquilo enquanto sustentava a planta baixa e milhares de figuras móveis em sua mente.

Como seu poder havia crescido com a prática! Não poderia ter feito isso há um ano. Apenas na última primavera a Primeira Divisão a havia sobrecarregado dessa forma, completamente.

Seu grupo de dez subiu as escadas até o terceiro nível. *Agora, desçam pela passagem para o salão e sigam para o corredor onde ficam seus quartos,* pensou Fogo para Gentian e Gunner. Sua mente correu à frente para o próprio corredor e descobriu-o assustadoramente cheio de gente. Ela fez com que algumas pessoas subissem depressa, outras descessem devagar e mandou algumas para seus quartos, à força no caso das mentes fortes, pois não havia tempo para tomar o cuidado apropriado. Quando Gentian, Gunner e seus cinco ajudantes dobraram o corredor para seus quartos, o corredor se estendeu vazio diante deles.

O corredor ainda estava vazio alguns momentos depois, quando Gentian e Gunner vieram caminhando ao lado de seus quartos. *Parem aí,* disse-lhes ela. Mudou a sintonia para a mente dos soldados que estavam escondidos nas suítes ao redor da suíte de Gentian. Quando os homens de Murgda dobraram o corredor, ela enviou uma mensagem aos soldados: *Vão agora.* Os soldados se juntaram no corredor e se puseram a capturar os cinco guardas de Gentian e os três espiões de Murgda.

Corram!, gritou Fogo para Gentian e Gunner, talvez desnecessariamente, pois eles já pareciam estar correndo. *Eles virão para cima de nós! Corram! Corram! Desçam pela passagem ao salão! Dobrem à esquerda na lanterna! Agora, por aquele corredor abaixo! Procurem pela porta verde à esquerda! Passem por ela e estarão salvos! Sim, estarão salvos. Agora, subam, subam. Subam os degraus. Em silêncio, devagar. Mais devagar. Parem*, pensou ela. *Parem por um minuto.*

Gentian e Gunner pararam, frustrados, furiosos e sozinhos numa escada em espiral em algum ponto entre os níveis cinco e seis. Fogo pôs um dedo sobre eles, afagou-os, acalmou-os e voltou a estender-se sobre o corredor onde a curta e repulsiva rixa havia tido lugar.

Vocês pegaram alguém?, perguntou ela ao soldado na chefia. *Alguém viu vocês?*

O soldado comunicou que tudo havia transcorrido bem.

– Obrigada, disse Fogo. *Fizeram muito bem. Se vocês tiverem algum problema, me chamem.* Ela tomou um longo fôlego que a restabeleceu e retornou a Gentian e Gunner na escadaria.

Sinto muito, murmurou ela, *Vocês estão bem? Eu sinto muito. Tomarei conta de vocês.*

Gunner não estava de bom humor, escapando um pouco ao seu controle. Ele estava furioso com a perda de seus guardas, furioso por ser acotovelado numa escada estreita, furioso consigo mesmo por permitir que um monstro comandasse suas intenções e o colocasse em perigo. Fogo o engolfou, dominando-o com o calor e com sensações e sugestões destinadas a fazê-lo parar de pensar. Depois, enviou-lhe uma dura e categórica mensagem:

Vocês conscientemente se colocaram em perigo quando entraram displicentemente no palácio do rei. Mas não têm nada a temer. Eu os escolhi, e sou mais forte que o rei. Controlem-se. Pensem em quão mais fácil será feri-lo comigo ao lado de vocês.

Simultaneamente, Fogo checou os corredores aos quais a escada em espiral conduzia. Os convidados de gala caminhavam e se misturavam no corredor do nível oito. O nível sete estava vazio.

Brigan estava no nível oito. Mas a mente de Fogo estava se tornando lenta pela fadiga.

Brigan, pensou ela, cansada demais para se importar com os modos. *Estou conduzindo-os ao nível sete, para os quartos desocupados que ficam logo abaixo de você. Quando chegar a hora, pode ser que você tenha que descer pela sacada.*

A resposta de Brigan veio rapidamente: Foi tudo perfeitamente bem. Fogo não precisava se preocupar com ele e a sacada.

Subam, disse Fogo a Gentian e Gunner. *Escalem. Sim, um nível a mais. Agora passem em silêncio pela porta. Desçam pelo corredor, sim, e virem à esquerda. Lentamente... lentamente...* Fogo se esforçou por lembrar o plano para os convidados e para sentir onde Brigan se encontrava. *Ali*, disse ela finalmente. *Parem. Entrem no quarto à sua direita.* Gunner ainda estava soltando perdigotos. Ela lhe deu um empurrão sem afeto.

Dentro do quarto, a raiva de Gunner mudou para perplexidade e depois, muito abruptamente, para contentamento. Isso era estranho, mas Fogo não teve energia para refletir a respeito.

Sentem-se, cavalheiros, disse-lhes ela entorpecidamente. *Fiquem distantes da janela e da sacada. Estarei aí dentro de alguns minutos e poderemos conversar.*

Fogo fez mais uma varredura dos corredores, dos pátios, de Murgda e de seu pessoal, assegurando-se uma vez mais de que ninguém era suspeito e nada estava fora do lugar. Com um grande suspiro, ela virou sua mente de volta para o quarto para se deparar com Mila se ajoelhando no chão diante dela, agarrando sua mão, e outros de sua guarda, além de Garan e Nash, observando-a ansiosamente. Foi um conforto contar ainda com a presença deles.

— Tudo certo — disse ela. — Agora, vou para minha própria viagem.

FOGO FLUTUOU PELA passagem do salão abaixo nos braços de Nash, flanqueada por membros das guardas de ambos e atraindo uma grande atenção. O casal subiu pela escadaria central para o nível três, como Gentian havia feito, mas se virou na direção oposta e serpeou pelos corredores, parando finalmente diante da entrada dos aposentos de Fogo.

— Boa noite a você, lady — disse Nash. — Espero que se recupere de sua dor de cabeça.

Ele pegou a mão dela, ergueu seus dedos até os lábios e beijou-os; depois, deixou-os cair e sumiu na escuridão. Fogo cuidou dele com verdadeira afeição. Não uma emoção estampada em seu rosto, mas dentro de sua mente, pois ele estava desempenhando seu papel muito bem esta noite, e ela sabia que era difícil para ele, embora o apaixonado e ciumento monarca não representasse um peso muito grande.

Então, Fogo sorriu docemente para os acompanhantes de Murgda e Gentian — vários deles sorriram para ela de um jeito tolo — e entrou em seus aposentos. Com os dedos pressionados nas têmporas, forçou sua mente a proceder a um exame dos terrenos e dos céus do lado de fora de sua janela.

— Não há ninguém ali — informou ela à sua guarda. — E nenhum raptor-monstro. Vamos começar.

Musa abriu a janela de Fogo com um rangido e aproximou uma espada da tela de arame. O ar frio se derramou pelo quarto, pedaços de neve caindo sobre o carpete. Fogo reservou um pensamento para Brigan e sua guarda, que deveriam estar cavalgando naquela chuva de granizo mais tarde. Musa e Mila baixaram uma escada de mão feita de cordas pela janela.

A escada de mão está no lugar, pensou ela para os soldados no quarto abaixo. Ouviu sua janela abrir-se com um guincho e examinou os céus e os terrenos novamente. Ninguém estava ali, nem mesmo o guarda da casa verde.

– Tudo bem – disse ela. – Vou indo.

Ela sentiu então, de repente, como Musa estava magoada por deixá-la ir, como lhe doía mandar Fogo para algum lugar sozinha e desguarnecida. Fogo apertou a mão de Musa com mais força do que o necessário.

– Eu a chamarei, se precisar – jurou ela. Com os lábios cerrados, Musa ajudou-a sair pela janela em direção ao frio lá fora.

Seu vestido e suas sandálias não eram feitos para o inverno, nem para nada que se parecesse com as intempéries, mas meio sem jeito ela conseguiu descer para a janela logo abaixo. Os soldados puxaram-na para dentro e tentaram não olhar quando ela aprumou seu vestido. Depois, puxaram-na para debaixo do pano de um carrinho de mão que levava comida para o nível sete.

Era um carrinho bom, firme, e os assoalhos de Nash eram fortes e lisos, e um minuto ou dois de tremor restrito sob o pano de mesa aqueceu-a. Um serviçal empurrou-a pelos corredores e a conduziu para dentro do elevador, que se erguia em suas cordas sem um só rangido ou solavanco. No nível sete, outro serviçal rolou-a para a frente. Ele seguiu suas ordens mentais pelo corredor abaixo e dobrando esquinas, finalmente a empurrando para o corredor ao extremo norte e parando do lado de fora do quarto que abrigava Gentian e Gunner.

Ela estendeu as mãos para o alto para encontrar Brigan. Ele não estava lá.

Vasculhando ao redor em pânico, ela percebeu o que havia feito.

Pelos deuses!, pensou ela fervilhando, para Brigan. *Pelos deuses monstruosos! Eu calculei errado. Eu não os mandei para o quarto diretamente abaixo do seu. Eles estão em uma suíte na direção oeste.*

Brigan enviou uma afirmação de que não estava preocupado com isso. Ele poderia escalar as sacadas para os quartos vizinhos.

São quartos ocupados.

Ele tinha certeza de que não eram.

Não os que estão em seu nível, Brigan. Os que estão no meu. Eu levei Gentian e Gunner para quartos ocupados. Quisling? Quisland? Alguém cuja inicial é "Q". Sua cabeça latejava de dor. *Devo tentar mudá-los novamente? Eu acho que Gunner recusaria. Oh, isso é pavoroso! Espalharei a mensagem de que o sujeito que começa com "Q" deve ser retirado de seus aposentos de algum modo, e sua esposa, serviçais e guardas também. Eu não consigo pensar no que nós faremos com os corpos de Gentian e Gunner agora*, pensou ela amargamente, sobrecarregada e quase às lágrimas ao imaginar as consequências de seu erro.

Quislam?, sugeriu Brigan. *Lorde Quislam do sul?*

Sim, Quislam.
Mas ele não é aliado de Gentian?
Fogo se esforçou para lembrar.
Sim. Quislam é aliado de Gentian. Mas isso não faz diferença, senão para explicar por que Gunner parou de esbravejar assim que entrou no quarto.

Mas, Brigan pensou, se Gunner se julga a salvo no quarto de um aliado, então talvez ele fosse mais fácil de manipular. Talvez o erro dela houvesse sido feliz.

Fogo estava ficando histérica:
Não é. Não foi feliz. Ele traz inumeráveis problemas.
Fogo...

A concentração dela estava se fraturando aos pedaços e ela se agarrou desesperadamente ao que parecia, repentina e ilogicamente, importar.

Brigan, seu controle mental é forte como o de ninguém que eu tenha conhecido. Veja como você consegue se comunicar bem – você está praticamente me enviando frases inteiras. E você não precisa explicar por que é tão forte. Você se fez assim devido à necessidade. Meu pai... Fogo estava absurdamente extenuada. Algo em sua cabeça esmurrava seu cérebro. *Meu pai o odiava mais que a qualquer outra pessoa.*

Fogo...
Brigan, eu estou tão cansada!
Fogo..., pensou ele.

Brigan estava dizendo seu nome, lhe enviando um sentimento. Era coragem e força e algo mais também, como se ele estivesse com ela, como se a houvesse levado para dentro dele, deixando-a repousar seu corpo inteiro por um momento na espinha dorsal dele, sua mente na mente dele, seu coração no calor do dele.

O calor de Brigan era estarrecedor. Fogo entendeu e quase não conseguiu acreditar que o sentimento que ele estava enviando a ela era amor.

Recomponha-se, pensou ele para ela, *Entre naquele quarto*.

Ela se ergueu de debaixo do carrinho. E abriu a porta do quarto.

Capítulo 25

Tanto Gentian quanto Gunner sentavam-se em cadeiras que davam para a entrada. Quando ela fechou a porta, Gunner se pôs em pé e deslizou de esguelha junto à parede numa direção que o levou para ligeiramente mais perto dela.

Um escudo com as cores de Quislam se projetava de um banquinho para descanso dos pés. Fogo viu que o carpete era uma colcha de retalhos em ferrugem, marrom e vermelho; as cortinas, vermelhas; o sofá e as cadeiras, marrons. Ao menos eles não teriam que se preocupar com manchas de sangue. Ela se encharcou da sensação desses dois homens e soube imediatamente de onde o problema viria nesse quarto. Claro que não viria de Gentian, tão encantador e tão explosivamente alegre por vê-la, tão fácil de invadir até para sua mente entorpecida que ela teria até se perguntado como um homem assim poderia ter chegado um dia a um posto de poder, se a resposta não houvesse se erguido com uma carranca diante dela na forma de Gunner.

Ele era um pouco como Nash costumava ser: imprevisível, confuso, um pouco demais para o controle dela, mas também não inteiramente senhor de si. Ele começou a andar a esmo para trás e para a frente ao longo da parede, com os olhos postos sempre sobre ela. E, embora não fosse um homem grande ou imponente, alguma coisa tensa e melíflua em seus movimentos fez com que Fogo entendesse subitamente por que os outros haviam ficado preocupados. Ele era uma criatura calculista com uma capacidade para maldade intensa e determinada.

– Não vai sentar-se, Gunner? – murmurou Fogo, movendo-se de lado, longe dos dois, e assentando-se calmamente no sofá, o que foi um erro, porque mais que uma pessoa poderia caber num sofá, e era onde Gunner parecia agora propenso a sentar-se. Ela lutou com ele em sua mente, o que pareceu resfolegante e difícil, empurrou-o para trás em direção aos assentos próximos ao seu pai, mas ele não se sentaria se não pudesse sentar-se com ela. Ele recuou até a sua parede e recomeçou a andar a esmo.

– E o que podemos fazer por você, querida filha? – perguntou Gentian, ligeiramente bêbado e pulando em seu assento com alegria.

Como ela desejava poder ir lentamente! Mas seu tempo nesse quarto fora tomado emprestado de lorde Quislam.

– Eu quero me juntar a vocês – disse ela. – Eu quero a proteção de vocês.

– Você não é digna de confiança, com essa aparência... – rosnou Gunner. – Nunca se pode confiar num monstro.

Gentian repreendeu seu filho:

– Gunner! Ela não provou sua confiabilidade quando nós fomos agredidos no corredor? Mydogg não iria querer que fôssemos grosseiros.

– Mydogg não se importa com o que fazemos, contanto que leve vantagem – disse Gunner. – Tampouco devíamos confiar nele.

— Basta! – repreendeu-no Gentian, sua voz subitamente ferina e autoritária. Gunner olhou-o com um ar ameaçador, mas não retrucou.

— E há quanto tempo têm sido aliados de Mydogg? – perguntou Fogo, voltando olhos inocentes para Gentian.

Ela se fechou com força na mente de Gentian e ordenou-o a falar.

CERCA DE VINTE minutos depois, ela ficou sabendo, e comunicou aos irmãos, que Mydogg e Gentian haviam se aliado em boa parte devido à senhora-monstro haver se juntado às fileiras do rei e que Hart havia revelado apenas parte da história quando dissera que Gentian planejava atacar o forte Dilúvio com seu exército de dez mil homens. Após se aliarem, Mydogg moveu cinco mil de seus próprios recrutas pikkianos pouco a pouco para Gentian, através dos túneis.

Não foi fácil fingir satisfação com esse trecho particular das notícias. Significava que Brigan seria superado em números por cinco mil homens no forte Dilúvio. Mas talvez também significasse que o resto do exército de Mydogg, onde quer que estivesse se escondendo, contava apenas com quinze mil homens, mais ou menos. Talvez as outras duas divisões do Exército do Rei, mais os auxiliares, pudessem então enfrentar com Mydogg em igualdade de condições...

— Nossos espiões dizem que vocês têm procurado em todo o reino pelo exército de Mydogg – disse Gentian, interrompendo seus cálculos. Ele deu uma risadinha, brincando com uma faca que arrancara de sua bota porque seu filho, andando para lá e para cá e rosnando, estava deixando-o nervoso. — Posso lhe dizer por que vocês não o encontraram. Está no mar.

— No mar... — disse Fogo, autenticamente surpresa.

— Sim — respondeu Gentian. — Mydogg tem vinte mil exatamente... Ah, vejo que esse número a impressiona? Ele está sempre recrutando homens, aquele Mydogg. Sim, ele tem mesmo vinte mil homens no mar, escondidos atrás do monte Mármore, em centenas de barcos pikkianos. E mais cinquenta barcos pikkianos não carregam nada além de cavalos. Eles são grandes barqueiros, você sabe, os pikkianos. O próprio marido de lady Murgda era um tipo de barqueiro. Um explorador, até que Mydogg ficou interessado no negócio da guerra. Sente-se, *Gunner*! — disse Gentian rispidamente, estendendo a mão para o filho quando ele passou, batendo em seu braço com a superfície achatada da faca.

Gunner virou-se para seu pai abruptamente, agarrou a faca, arrancou-a da mão de Gentian e lançou-a contra a parede ao fundo. O instrumento guinchou contra a pedra e caiu ruidosamente no tapete pequeno, entortando-se. Fogo manteve o rosto impassível para que ele não notasse o quanto a assustara.

— Você perdeu o juízo — falou Gentian indignadamente, encarando o filho.

— Você não tem juízo para perder — rosnou Gunner. — Temos algum segredo que você ainda não revelou ao monstro de estimação do rei? Vá em frente, conte a ela o resto, e, quando você terminar, quebrarei o pescoço dela.

— Besteira — disse Gentian severamente. — Você não vai fazer uma coisa dessas.

– Vá em frente, conte a ela.

– Não contarei nada a ela até que você tenha se sentado, pedido desculpas e demonstrado que sabe se comportar.

Gunner fez um ruído de desgosto impaciente e foi sentar-se diante de Fogo. Ele olhou-a fixamente no rosto e depois, muito descaradamente, para os seios.

Gunner é instável, disse Fogo a Brigan, *Ele lançou uma faca contra a parede e quebrou-a.*

Você pode extrair alguma coisa mais deles sobre os barcos? pensou Brigan em resposta, *Quantos cavalos?*

Antes que Fogo pudesse perguntar, Gunner pôs um dedo sobre sua clavícula e ela deixou de lado a percepção de Brigan, de Gentian e de todo o restante do palácio. Concentrou-se somente em Gunner, lutando contra a sua intenção, pois sabia que tanto a atenção quanto a mão estavam tendendo a descer. E ela pensou que poderia perder o controle dele inteiramente se lhe permitisse tocar em seu seio, algo que ele desejava, ou, mais precisamente, por onde ele queria começar.

Fogo conseguiu que sua mão se erguesse, mas então Gunner alcançou sua garganta, circulou-a e espremeu muito ligeiramente. Por um longo segundo, Fogo não conseguiu respirar, não pôde encontrar seu cérebro. Sentiu-se sufocando.

– Mydogg acha que a coroa vai enviar reforços ao sul para o forte Dilúvio quando atacarmos – disse Gunner, sussurrando, e por fim soltando-a. – Talvez até uma divisão inteira do Exército do Rei, se não forem duas. E, quando o norte estiver menos lotado de soldados do rei, Mydogg mandará mensagem para que os faróis no monte Mármore sejam acesos. Você entende, monstro?

Monte Mármore era uma área elevada e litorânea ao norte da cidade, e Fogo entendeu de fato.

— Os soldados nos navios pikkianos verão a fumaça — disse ela displicentemente.

— Coisa inteligente — concordou Gunner, pondo a mão em torno da garganta dela novamente, e, mudando de ideia, pegou um punhado de seus cabelos e puxou-os. — E a fumaça é o sinal que eles estarão esperando para atracar e marchar sobre a cidade.

— A cidade... — sussurrou Fogo.

— Sim — disse Gunner —, *esta* cidade. E por que não ir diretamente para a Cidade do Rei? O sincronismo será perfeito. Nash estará morto. Brigan estará morto.

— Ele quer dizer que nós vamos matá-los amanhã — interveio Gentian, olhando para seu filho cautelosamente. — Nós temos tudo planejado. Haverá um incêndio.

Gunner puxou o cabelo de Fogo com muita força.

— *Eu* revelarei a ela, pai — disse ele furiosamente. — *Eu* decidirei o que ela deve saber. *Eu* estou tomando conta dela.

Ele agarrou o pescoço de Fogo novamente e puxou-a contra seu corpo, dura e repulsivamente. Lutando para respirar, Fogo recapitulou um antigo sofrimento, estendendo a mão para a virilha dele, agarrando o que pudesse e retorcendo com o máximo de força possível. No momento em que ele gritou, ela tentou ler qualquer coisa na mente de Gunner, mas a sua própria mente era um balão, amolecido e oco, sem nenhuma borda saliente, sem pinças para agarrar. Ele deu um passo para trás, respirando com dificuldade. Seu punho veio do nada e atingiu-a violentamente no rosto.

Por um momento, ela perdeu a consciência. Depois, retornou à superfície, para o gosto de sangue e a sensação familiar de dor. O pequeno tapete. *Estou estendida no pequeno tapete*, pensou ela. O rosto em agonia, a cabeça em agonia. Ela mexeu com a boca. O queixo estava intacto. Agitou seus dedos. Mãos intactas. *Brigan?*

Brigan respondeu.

Bom, pensou ela turvamente, *Mente intacta*. Começou a estender sua mente para todo o restante do palácio.

Mas Brigan não estava conseguindo se comunicar. Ele estava tentando fazê-la entender alguma coisa. Estava preocupado. Ouvia ruídos. Encontrava-se na sacada acima, pronto para descer assim que ela mandasse.

Fogo percebeu que ela também ouvia ruídos. Rolou a cabeça para o lado e viu Gentian e Gunner gritando um para o outro, empurrando um ao outro para lá e para cá, um pomposo e ultrajado, o outro assustador por causa da expressão transtornada em seus olhos. Isso lhe trouxe a lembrança de por que ela se achava naquele quarto. Apoiou-se em seu cotovelo e arrastou-se sobre os joelhos. Enviou uma pergunta para Brigan:

Há mais alguma coisa que você precise saber sobre Mydogg?

Não havia.

Ela se pôs em pé, foi cambaleando até o sofá e encostou-se nele, os olhos fechados, até que a dor de cabeça tornou-se suportável.

Então, desça. A utilidade desta entrevista chegou ao fim. Eles estão brigando um com o outro. Ela viu Gunner empurrar seu pai contra o vidro da porta da sacada. *Eles estão se engalfinhando na porta da sacada neste exato momento.*

E então, como Brigan estava chegando e, quando chegasse, estaria em perigo, ela elevou cada um de seus tornozelos até as mãos, um de cada vez – vagamente suspeitando que, se fizesse isso ao contrário, estendendo as mãos para seus pés, sua cabeça tombaria e rolaria para longe. Puxou suas facas dos respectivos coldres. Coxeou para mais perto dos homens engalfinhados, ambos preocupados demais para notá-la ou as facas em suas mãos. Secou o rosto ensanguentado em sua maravilhosa manga roxa e hesitou, esperando.

Não demorou muito. Ela sentiu Brigan e, quase ao mesmo tempo, viu-o abrir a porta da sacada com um puxão e Gentian cair pela abertura. Viu Gentian reaparecer, mas diferente agora, porque sua mente se fora. Ele era agora apenas um corpo, um punhal estava em suas costas, e Brigan o estava empurrando violentamente para tirá-lo do caminho e para dar a Gunner algo em que tropeçar enquanto enfiava a espada.

Foi uma coisa horrível de ver, na verdade, Brigan matando Gunner. Ele esmagou o cabo de sua espada no rosto de Gunner, com tal força que o desfigurou. O príncipe chutou-o pelas costas e, com uma expressão impassível e concentrada, enfiou a espada no coração do filho de Gentian. Foi assim, tão rápido, tão brutal, e então Brigan se aproximou dela, preocupado, conduzindo-a para o sofá, encontrando um pano para passar em seu rosto, tudo rápido demais para que ela assumisse o controle do horror que ele estava lançando para ela.

Ele sentia e entendia o horror. Seu próprio rosto estava fechado. A inspeção dos ferimentos dela mudou a expressão dele para alguma coisa clínica e sem emoção.

Ela agarrou a manga.

– Isso me chocou – sussurrou ela. – Somente.

Havia vergonha nos olhos dele. Ela se segurou com mais força à sua manga.

— Eu não o deixarei ficar envergonhado diante de mim — disse ela. — Por favor, Brigan. Nós somos os mesmos. O que eu faço apenas parece menos horrível. E — acrescentou ela, entendendo a coisa apenas ao dizê-la —, *mesmo que esta parte sua me assuste, eu não tenho escolha senão gostar dela, pois é uma parte sua que vai mantê-lo a salvo na guerra. Eu quero que você viva. Eu quero que você mate aqueles que o matariam.*

Ele não disse nada. Mas, depois de um momento, inclinou-se novamente para tocar a face e o queixo dela, delicadamente, não mais evitando olhá-la, e Fogo notou que ele aceitou o que ela disse. Brigan tossiu.

— Seu nariz está quebrado — disse ele. — Eu posso consertá-lo para você.

— Sim, tudo bem. Brigan, há uma calha de lavanderia lá fora, bem na descida do corredor. Temos que encontrar lençóis ou alguma coisa para embrulhar os corpos, e você precisa carregá-los para a calha e deixá-los lá. Eu direi a Welkley para retirar todos os serviçais do cômodo da lavanderia no extremo norte e para ficar preparado para lidar com uma enorme confusão. Temos que nos apressar.

— Sim, bom plano — falou Brigan. Ele segurou a parte de trás da cabeça dela com força. — Tente ficar parada. — Então ele pegou o rosto dela e fez algo que a feriu muito mais do que o golpe de Gunner. Fogo gritou e lutou contra ele com seus dois punhos.

— Tudo bem — arfou ele, soltando seu rosto e pegando seus braços, mas não sem antes ela atingi-lo com força do lado da cabeça. – Sinto muito, Fogo. Está terminado. Recoste-se e deixe-me lidar com os corpos. Você precisa descansar, para que possa nos guiar pelo que resta para fazer nesta noite. – Ele se levantou e desapareceu no quarto de dormir.

– O que restou – murmurou Fogo, ainda chorando ligeiramente com a dor. Ela encostou-se ao braço do sofá e respirou até que a dor de seu rosto diminuísse e se estabilizasse, juntando-se ao embotado ritmo latejante de sua cabeça. Lenta e delicadamente, forçou sua mente a viajar por todo o palácio e os terrenos ao redor, tocando em Murgda, no pessoal de Murgda e Gentian, em seus aliados, fechando-se sobre Quislam e sua esposa. Ela encontrou Welkley e transmitiu suas ordens.

Havia sangue em sua boca, escorrendo pela nuca. Bem quando a sensação se tornava intoleravelmente repugnante, Brigan apareceu atrás dela, com os lençóis jogados sobre seus ombros, e deixou cair uma tigela de água, copos e panos sobre a mesa diante dela. Ele andou até os corpos de Gentian e Gunner e começou a embrulhá-los. Fogo enxaguou a boca e fez sua mente percorrer novamente o palácio.

Por um momento, pelo que ela pôde perceber, alguma coisa estava errada, fora de lugar. Nos jardins? Na casa verde? Quem seria? A sensação desapareceu, e ela não conseguiu localizá-la novamente, o que foi frustrante, perturbador e totalmente extenuante. Ficou olhando Brigan enrolar o corpo de Gunner num lençol, o próprio rosto escurecido com os esfolamentos da última viagem, suas mãos e suas mangas cobertas com o sangue de Gunner.

– Nosso exército está em grande desvantagem numérica – disse ela. – Por toda a parte.

– Eles foram treinados com essa expectativa em mente – contou ele francamente. – E, graças a você, nós teremos o elemento surpresa nas duas frentes. Você fez nesta noite mais do que qualquer um de nós poderia ter esperado. Eu já mandei mensagens para a Terceira e Quarta Divisões ao norte e mandei a maioria dos auxiliares, logo eles estarão unidos na praia norte da cidade, e Nash irá até lá se juntar a eles. E eu mandei o batalhão inteiro para o monte Mármore a fim de tomar conta dos faróis e apanhar quaisquer mensageiros que estiverem rumando para os barcos. Quer ver como foi planejado? Assim que a Terceira e a Quarta estiverem em posição, nós mesmos acenderemos os faróis. O exército de Mydogg vai vir a terra, não suspeitando de nada, e nós os atacaremos, com o mar ao fundo deles. E, onde eles nos superarem em número com homens, nós os superaremos com cavalos – eles não podem ter mais que quatro ou cinco mil nos barcos –, e seus cavalos não estarão em condições de lutar depois de semanas no mar. Isso ajudará. Talvez revele um pouco de nossa própria tolice não ter percebido que Mydogg podia estar construindo uma marinha com seus amigos pikkianos.

Era difícil para Fogo secar o sangue de seu nariz sem tocá-lo.

– Murgda é um problema – disse ela, arfando com a dor. – No fim, alguém ainda vai notar que Gentian e Gunner estão desaparecidos, e então ela desconfiará do que fizemos e do que sabemos.

– Isso quase não importa, já que nenhum de seus mensageiros poderá chegar àqueles barcos.

– Sim, tudo certo, mas de centenas de pessoas na corte neste minuto alguma delas vai querer ser a única mensageira a conseguir chegar.

Brigan rasgou um lençol pela metade com um maciço som de dilaceramento.

– Você acha que pode retirá-la de seus aposentos?

Fogo fechou os olhos e tocou em Murgda.

Alguma mudança de ideia, lady Murgda?, pensou ela, tentando não soar tão fraca como se sentia, *Estou descansando em meu quarto de dormir. Você será bem-vinda se vier.*

Murgda respondeu com desprezo e com a mesma obstinação que demonstrara anteriormente. Ela não tinha intenção de ir a lugar algum próximo aos aposentos de lady Fogo.

– Eu acho que não – disse Fogo.

– Bem, então, por enquanto, nós só teremos que impedi-la de desconfiar por quanto tempo for possível, do jeito que pudermos. Quanto mais tempo levar, mais tempo teremos para pôr nossas próprias rodas em movimento. A forma da guerra agora está à nossa escolha, lady.

– Fizemos um enorme favor a Mydogg. Suponho que ele será o comandante do exército de Gentian agora. Ele não terá mais que dividir o comando.

Brigan deu um nó num último lençol e levantou-se.

– Eu duvido de que ele tenha querido dividir por muito tempo, de qualquer modo. Mydogg sempre foi a ameaça mais real. O corredor está livre? Devo seguir em frente com isso?

Uma razão muito boa para seguir em frente borbulhou na mente de Fogo. Ela suspirou.

– O chefe da guarda está me chamando. Um dos serviçais de Quislam está se aproximando, e... a esposa de Quislam, e um grupo de guardas. Sim, vá em frente – disse ela, impulsionando-se até ficar em pé, despejando sua tigela de água ensanguentada sobre uma planta ao lado do sofá. – Oh! Onde eu estou com a cabeça? Como você e eu vamos sair deste quarto?

Brigan jogou uma das trouxas nas costas.

– Pelo mesmo caminho que eu vim. Você não tem medo de altura, tem?

NA SACADA, lágrimas escorreram sobre o rosto de Fogo devido ao esforço de desviar a atenção dos oito níveis de espectadores em potencial. Eles retiraram os candelabros e afundaram nas sombras.

– Eu não vou deixá-la cair – disse Brigan baixinho. – Nem Clara deixará. Você entende?

Fogo estava ligeiramente zonza para entender. Ela perdera sangue e não achava que fosse bem capaz agora, mas não importava, porque o pessoal de Quislam estava chegando e ela precisava subir. Ela se ergueu com as costas para Brigan como ele lhe dissera para fazer, as costas dele contra o corrimão, e ele se curvou, então ela percebeu que ele a estava levantando pelos joelhos. As palmas das mãos dela tocaram o lado de baixo da sacada acima. Ele a moveu para trás e seus dedos ansiosos encontraram as barras que levavam àquela sacada. Por um horrível momento, ela olhou para baixo e viu o que ele fizera para conquistar esse ângulo; ele estava empoleirado em seu próprio corrimão, com os pés enroscados em torno das próprias barras, inclinando-se para trás sobre o espaço vazio enquanto a levantava. Soluçando um pouco, Fogo agarrou as barras e segurou. As mãos de Clara desceram do alto e se apertaram com força em torno de seus pulsos.

— Peguei-a — disse Clara.

Brigan abandonou os joelhos de Fogo para pegar em seus tornozelos, e ela se ergueu novamente. De repente o belo, o misericordioso corrimão estava diante dela, e ela agarrou-se a ele e envolveu-o com as duas mãos. Clara puxou-a pelo torso e pelas pernas e ajudou-a em sua desajeitada e penosa escalada. Fogo tombou sobre o chão da sacada. Ofegou e, com um esforço monumental, focou sua mente e impulsionou-se para uma posição erguida a fim de poder ajudar na ascensão de Brigan. Logo descobriu-o já em pé ao lado dela, respirando rapidamente.

— Para dentro — disse ele.

Dentro do quarto, Clara e Brigan conversaram rapidamente sobre alguns temas. Fogo entendeu que Brigan não iria aguardar o que poderia acontecer com Murgda, com os homens de Gentian, com Welkley e os corpos no cômodo da lavanderia ou com ninguém. Brigan partiria nesse exato momento para o outro lado do corredor e penetraria nos outros quartos, passando pela janela e descendo por uma escada de mão de cordas muito longa até o chão onde seu cavalo e seus soldados o esperavam, para deslocar-se até túneis no forte Dilúvio e começar a guerra.

— Murgda ainda pode começar esse incêndio de que Gentian falou — disse Brigan. — Eles ainda podem tentar matar Nash. Vocês todos devem aumentar a vigilância. Numa certa altura, pode ser aconselhável que os capangas de Murgda e Gentian comecem a sumir, me entenderam? — Ele se virou para Fogo. — Qual é o melhor caminho para você deixar este quarto?

Fogo forçou-se a refletir sobre a pergunta.

— Pelo caminho que vim. Eu chamarei um carrinho, pegarei o elevador e subirei pela escada de mão até a minha janela. — Então ela passaria a noite exercendo o mesmo trabalho: monitorando Murgda e todos os outros, revelando a Welkley e aos guardas, todos eles, quem estava onde, quem devia ser detido e quem devia ser morto, de modo que Brigan pudesse viajar até o forte Dilúvio, e seus mensageiros, até o norte. E garantir que ninguém ficasse sabendo de alguma coisa suficiente para se pôr a persegui-los, e que ninguém ateasse fogo em lugar algum.

— Você está chorando — disse Clara. — Isso só vai piorar o estado do seu nariz.

— Não são lágrimas reais — explicou Fogo. — Apenas cansaço.

— Coitadinha! — disse Clara. — Eu irei aos seus aposentos mais tarde e a ajudarei a passar esta noite. E agora você deve partir, Brigan. O corredor está livre?

— Eu preciso de um minuto — pediu Brigan a Clara. — Só um momentinho com a lady.

As sobrancelhas de Clara se ergueram. Ela se encaminhou para o quarto contíguo sem dizer uma palavra.

Brigan se dirigiu à porta e fechou-a atrás da irmã, depois se virou para encarar Fogo.

— Lady — disse ele. — Tenho um pedido para você. Se eu morrer nesta guerra...

As lágrimas de Fogo eram reais agora e não existia meio de impedi-las, pois não havia tempo. Tudo estava andando depressa demais. Ela cruzou o quarto dirigindo-se a ele, abraçou-o, pendurou-se nele, virando o rosto para o lado, percebendo de repente que era embaraçoso mostrar a uma pessoa todo o amor que se sente quando se está com o nariz quebrado.

Os braços dele a apertaram com força, a respiração entrecortada e difícil junto aos cabelos dela. Ele se segurou na seda do cabelo de Fogo, e ela se apertou junto a ele até que seu pânico se reduziu a um sentimento desesperado, mas tolerável.

Sim, pensou ela para ele, entendendo agora o que ele estivera prestes a pedir, *Se você morrer na guerra, eu manterei Hanna junto ao meu coração. Prometo não abandoná-la.*

Não foi fácil desprender-se dele; mas ela o fez, e ele desapareceu.

No carrinho no caminho de volta aos seus aposentos, as lágrimas de Fogo cessaram. Ela chegou a um ponto de tão absoluto torpor que tudo, exceto um único fio vivo atando sua mente ao palácio, cessou. Era quase como dormir, como um pesadelo sem sentido e estupefaciente.

E assim, quando ela deu um passo para fora da janela na escada de mão de cordas e ouviu um estranho balido no chão lá embaixo – e se pôs a escutar, ouviu um latido e reconheceu Manchinha, que soou como se estivesse com alguma espécie de dor –, não foi a inteligência que a levou a descer em sua direção em vez de subir aos seus aposentos e procurar a segurança de seus guardas. Foi uma confusão estupidificada que a fez descer, uma necessidade entorpecida de se certificar de que o cão estava bem.

O chuvisco havia se transformado numa nevasca leve, os solos da casa verde reluziam, e Manchinha não estava bem. Ele se estendia sobre a trilha da casa verde, ganindo, suas duas patas dianteiras caídas e quebradas.

E havia mais que dor na sensação que ela teve do cãozinho. Ele estava com medo e tentava impelir-se pelas patas traseiras em direção à árvore, a enorme árvore que havia no quintal ao lado.

Aquilo não estava certo. Alguma coisa estava muito errada ali, alguma coisa bizarra e desconcertante. Fogo vasculhou a escuridão desesperadamente, estendendo sua mente para o interior da casa verde. Sua avó estava dormindo lá dentro. Um grupo de guardas também dormia, o que estava totalmente errado, pois os guardas noturnos da casa verde não podiam dormir.

E então Fogo gritou de aflição, pois sob a árvore ela sentiu Hanna, desperta e fria demais. Não estava sozinha, pois havia alguém com ela, alguém furioso que a estava machucando, e deixando-a furiosa e aterrorizando-a.

Fogo tropeçou, correu em direção à árvore, procurando desesperadamente penetrar na mente da pessoa que estava ferindo Hanna, para detê-la.

Socorro!, pensou ela para os guardas lá em cima, no seu quarto, *Ajudem Hanna!*

Uma percepção do arqueiro de mente nebulosa lampejou através de sua consciência. Algo pontiagudo ferroou seu peito.

Sua mente escureceu.

PARTE TRÊS

Um Graceling

Capítulo 26

Ela despertou com o guincho de um raptor-monstro e com vozes humanas erguidas em alarme. O chão vacilava e rangia. Uma carruagem, fria e úmida.

— É o sangue dela — bradou uma voz familiar. — Os raptores sentem o cheiro. Lave-a, cubra-a, não importa como, faça isso já.

Homens e raptores ainda gritando, uma luta acima dela. Água se derramando sobre seu rosto, sufocando-a, alguém secando seu nariz, a dor tão ofuscante que sua mente girou ao seu redor e rodopiou-a para a escuridão.

Hanna? Hanna, você está...

Ela despertou novamente, ainda chamando Hanna aos gritos, como se sua mente houvesse ficado suspensa no meio do grito, esperando que sua consciência retornasse.

Você está aí, Hanna? Você está aí?

Nenhuma resposta lhe veio, não pôde sentir a presença da menina em nenhuma parte.

Seu braço estava preso, curvado sob o torso, o pescoço rígido e retorcido, o rosto latejante, e fazia frio, *fazia frio* por toda a parte.

Havia homens nessa carruagem. Ela vasculhou suas mentes em busca de um que pudesse ser amável, que pudesse lhe trazer um cobertor. Seis homens, estúpidos, com pensamentos enevoados, um deles o arqueiro com o hábito de matar seus amigos. E o garoto estava ali também, o garoto pálido, de olhos vermelhos, que produzia o nevoeiro, com a mente inacessível e a voz que feria seu cérebro. Archer não havia ido atrás desse garoto e desse arqueiro?

Archer? Archer? Você está por aí?

O chão se inclinou, ela ficou mais fria e molhada e entendeu que se estendia numa poça de água que oscilava e balançava com o chão. Por toda a parte ela podia ouvir a batida da água. E havia grandes criaturas por debaixo da carruagem. Ela podia senti-las.

Eram peixes.

A carruagem era um barco.

Eu estou sendo levada embora, pensou ela surpreendida, *num barco. Mas não posso ir. Preciso voltar ao palácio, preciso vigiar lady Murgda. A guerra. Brigan. Brigan precisa de mim! Tenho que sair deste barco!*

Um homem perto dela balbuciou alguma coisa. Ele estava remando, exausto, queixando-se das mãos cheias de bolhas.

— Vocês não estão cansados — disse o garoto num tom inexpressivo. — Suas mãos não doem. Remar é divertido. — Ele pareceu aborrecido ao dizer isso e totalmente inconvincente, mas Fogo pôde sentir os homens experimentarem uma onda coletiva de entusiasmo. O som rangente, que ela reconhecia agora como o de remos nas toleteiras, aumentou seu ritmo.

Ele era poderoso, e ela era fraca. Ela precisava afastar dele esses homens envoltos em nevoeiro. Mas como ela poderia, estando paralisada pela dor, pelo frio e pela confusão?

Os peixes. Ela precisava alcançar os peixes que se ajuntavam enormemente debaixo dela e pressioná-los à superfície para fazer o barco emborcar.

Um peixe lançou as costas contra a parte de baixo do barco. Os homens gritaram, jogados para o lado, deixando cair os remos. Mais um golpe forte, homens caindo e praguejando, depois a voz horrível do garoto:

— Job — disse ele. — Dispare nela outra vez. Ela está acordada e causando essa confusão.

Algo pontiagudo espetou sua coxa. E foi o suficiente, ela pensou, deslizando para dentro da escuridão. Não resolveria nada afogá-los se ela se afogasse também.

ELA DESPERTOU e tateou em busca da mente do remador mais próximo ao garoto. Deu uma estocada no nevoeiro que encontrou ali e dominou-o. Obrigou o homem a levantar-se, deixar cair seu remo e dar um soco na cara do garoto.

O grito do garoto foi terrível, arranhando seu cérebro como garras.

— Dispare nela, Jod — disse ele, arfando. — Não, *nela*. Dispare na cadela-monstro.

É lógico, pensou ela para si mesma quando o dardo perfurou sua pele. *É o arqueiro que eu preciso controlar. Eu não estou pensando. Eles turvaram minha mente para que eu não pudesse pensar.*

O garoto estava gritando, a respiração trêmula de fúria e dor, quando ela apagou.

Na vez seguinte que ela acordou, foi como se estivesse sendo arrastada em agonia de volta à vida. Seu corpo gritava de dor, fome, náusea. *Por um longo tempo*, pensou ela, *Eles vêm me envenenando há um longo tempo. Tempo demais.*

Alguém a estava alimentando com alguma espécie de massa de farinha, empapada e gotejante como mingau. Fogo engasgou com ela.

— Ela está se agitando — disse o garoto. — Dispare nela outra vez.

Dessa vez, Fogo agarrou o arqueiro e estocou seu nevoeiro, tentando fazê-lo dirigir seus dardos para o garoto em vez de para ela. Seguiu-se o som de uma briga, e ouviu-se depois a voz estridente do garoto.

— Sou eu, seu protetor, seu tolo! Sou eu que tomo conta de você! É nela que você quer disparar!

Uma espetada no braço dela.

Escuridão.

Ela gritou. O garoto a estava sacudindo. Seus olhos se abriram para vê-lo inclinado sobre ela, com uma das mãos erguida como que para golpeá-la. Eles estavam em terra agora. Ela estava estendida numa pedra. Fazia frio, e o sol estava claro demais.

— Desperte! — rosnou ele, pequeno e feroz, seus olhos desiguais se inflamando para ela. — Desperte, levante-se e caminhe! Se você fizer qualquer coisa para estorvar a mim ou qualquer um dos meus homens, juro que vou lhe bater com tanta força que você nunca mais vai parar de padecer. Não confiem nela — disse ele incisiva e repentinamente para seus companheiros.

— Sou a única pessoa em quem vocês podem confiar. Vocês farão o que eu disser.

O nariz e as maçãs do rosto do garoto estavam azulados de tantos machucados. Fogo puxou os joelhos até o peito e deu um pontapé no rosto do garoto. Quando ele gritou, ela agarrou as consciências em torno dela e tentou levantar-se, mas estava fraca, zonza e cambaleante como uma pessoa desconectada de suas pernas. A voz dele, congestionada de soluços, gritou ordens para seus homens. Um deles agarrou-a, puxou seus braços até suas costas e apertou seu pescoço com uma das mãos.

O garoto se aproximou dela, seu rosto era uma mistura confusa de sangue e lágrimas. Ele deu-lhe um tapa no nariz, e ela emergiu da dor dilacerante para se descobrir soluçando.

— Pare — sussurrou ele. — Pare de resistir. Você vai comer, vai caminhar e fará o que eu disser. Toda vez que um dos meus homens se virar contra mim, toda vez que um pássaro me bicar, toda vez que um esquilo se puser no meu caminho de um modo que eu não gostar, eu vou machucá-la. Entende?

Isso não funciona comigo, pensou ela para ele, arfante e furiosa, *As coisas que você diz não me controlam.*

Ele cuspiu muco ensanguentado sobre a neve e analisou-a soturnamente, antes de se virar para a trilha.

— Então descobrirei outras formas de controlar você.

A VERDADE ERA que ela não queria que seu corpo doesse mais do que já doía. E não queria que eles a pusessem para dormir novamente, muito embora o sono fosse uma escuridão pacífica e a vigília significasse habitar um corpo formado e moldado pela dor.

Ela precisava tomar posse de sua própria mente se quisesse sair dessa situação. Então, fez o que ele mandou.

Estavam caminhando por um lugar rochoso e íngreme com tal abundância de cachoeiras e riachos que ela pensou que a parte central da água com os grandes peixes havia sido provavelmente o rio Alado. Remaram para oeste do rio, presumivelmente, e estavam agora subindo para o norte, para longe do rio, em alguma parte do reino perto das Grandes Cinzentas ocidentais.

Sentando-se para uma refeição no primeiro dia, ela farejou uma ponta de suas puídas camisas roxas e a pôs em sua boca. Não teve um sabor limpo, claro, mas tampouco pareceu salgada. Isso corroborou sua teoria. A água na qual ela estivera deitada por tanto tempo era de rio, não de mar.

Minutos depois, vomitando a refeição que oferecera ao seu pobre estômago arruinado, flagrou-se rindo de suas tentativas de ser científica. Claro que eles a tinham levado para o norte do rio, para um lugar nas Grandes Cinzentas ocidentais. Ela não teria precisado fazer um teste de salinidade para determinar isso. Com toda certeza eles a estavam levando para Cutter, e ela sempre soubera que esse era o lugar onde morava o contrabandista de monstros de Cansrel.

Cutter fez com que ela pensasse em Pequeno, e ela desejou que o animal estivesse ali – depois ficou feliz, ao mesmo tempo, por ele não estar. Era melhor que ela estivesse sozinha, que ninguém que ela amasse estivesse em qualquer lugar nas proximidades desse garoto.

Eles lhe arranjaram botas reforçadas, coberturas para seus cabelos e um esquisito casaco elegante de pele branca de coelho que era belo demais para seu estado imundo e para ser usado como um traje de caminhada. No acampamento deles à noite, um dos homens, um sujeito chamado Sammit, com mãos delicadas, uma voz amável e amplos olhos vazios, examinou o nariz dela e lhe disse o que ela devia comer e quanto. Depois de um ou dois dias, ela começou a ser capaz de manter a comida no estômago, o que a ajudou muito a sentir-se com a mente mais clara. Ela percebeu, pelo modo como o garoto falava com Sammit, que o homem era um curandeiro. Também percebeu que eles a haviam despertado porque Sammit pensou que seria perigoso para ela permanecer por mais tempo em seu estupor drogado.

Eles a queriam viva, então, e relativamente sadia. Isso era apenas natural, já que ela era um monstro e eles eram contrabandistas de monstros.

Fogo começou a fazer experiências.

Penetrou na mente de um dos homens – Sammit, para começar –, estourou seu nevoeiro e observou os pensamentos dele escorrerem de volta ao lugar. Ela esperou – não por muito tempo – que o garoto lembrasse aos homens que ela não era digna de confiança, que ele era seu guardião e amigo. As palavras encheram de bolhas o nevoeiro, depois se abaularam, voltando à mente de Sammit – as *palavras*, proferidas numa voz que não parecia ferir a cabeça de Sammit da mesma forma que feria a sua.

Pareceu estranho para Fogo, a princípio, que o poder do garoto estivesse em suas palavras e em sua voz, em vez de estar em sua mente. Mas, quanto mais ela refletia sobre isso, mais supunha que não fosse totalmente estranho. Ela conseguia controlar as pessoas com partes de seu corpo também. Conseguia controlar só com o rosto ou com o rosto e uma sugestão feita num certo tom de voz – uma voz de promessas fingidas. Ou com seus cabelos. Seu poder estava em todas essas coisas. Talvez não fosse tão diferente do poder do garoto.

E o poder dele era contagioso. Se o garoto proferisse palavras ao sujeito à sua esquerda e esse sujeito repetisse as palavras a Sammit, o nevoeiro passava dele a Sammit. Isso explicava por que o arqueiro fora capaz de infectar seus guardas.

O garoto nunca deixava passar mais que uns minutinhos entre suas advertências aos homens de que Fogo era sua inimiga e ele, amigo deles. Isso sugeriu a Fogo que ele não conseguia ver dentro de suas mentes como ela e saber por si mesmo se ainda as controlava. Esta foi sua experiência seguinte: ela se apoderou de Sammit novamente, estourou seu nevoeiro, e moldou seus pensamentos de modo que ele soubesse que o garoto o estava manipulando. Fez com que Sammit tivesse raiva do garoto. Fez com que ele pensasse em vingança, imediata e violenta.

E o garoto não pareceu notar. Ele nem mesmo deu uma olhada de esguelha para Sammit. Minutos se passaram até que ele repetiu sua litania, o que apagou a raiva de Sammit e fez com que ele retornasse ao seu esquecimento e nevoeiro.

O garoto não conseguia ler mentes. Seu controle era impressionante, mas cego.

A descoberta deixou Fogo com uma grande quantidade de opções sobre o que ela poderia fazer com esses homens sem que o garoto soubesse. E sem que ela tivesse que se preocupar com a resistência deles, pois o nevoeiro do garoto esvaziara eficazmente os homens das inclinações pessoais que poderiam ser obstáculos em seu caminho.

À NOITE, O garoto quis que ela fosse drogada com alguma coisa leve para impedi-la de voltar-se contra ele enquanto dormia. Fogo consentiu. Ela apenas tratou de ocupar um canto da mente de Sammit para que, quando estendesse a mão para pegar a mistura em que o arqueiro iria mergulhar seus dardos, ele puxasse um antisséptico em vez de uma poção sonífera.

Em seus acampamentos de inverno, sob árvores brancas e despidas de folhas, enquanto os outros dormiam ou mantinham vigilância, ela fingia dormir e planejava. Havia entendido, pela conversa dos homens e por algumas perguntas discretas e bem colocadas, que Hanna havia sido libertada sem ferimentos e que ela fora drogada por quase duas semanas enquanto o barco navegava em direção ao oeste contra a correnteza do rio. Que essa passagem lenta não fora intenção deles – que tinham tido cavalos ao chegar à Cidade do Rei e tencionavam retornar do mesmo modo que haviam chegado, avançando para o oeste através das planícies ao norte do rio. Mas, quando estavam fugindo dos terrenos do palácio com Fogo lançada sobre os ombros de alguém, a guarda dela se lançara sobre eles e perseguira-os em direção ao rio e além dos montes. Eles se depararam com um barco atracado sob uma das pontes da cidade e agarraram-no em desespero. Dois homens que estavam com eles foram mortos.

Era tão frustrante para ela quanto para eles o ritmo rastejante de sua jornada através da pedra negra e da neve branca. Eram quase insuportáveis esses dias longe da cidade, da guerra e das coisas para as quais ela era necessária. Mas estavam quase próximos a Cutter agora, e ela supôs que era melhor se submeter a ser levada até ele. Sua fuga seria mais rápida num cavalo que pudesse roubar de Cutter. E talvez ela pudesse encontrar Archer e convencê-lo de voltar com ela.

O arqueiro, Jod, era pálido, sua pele tingida de cinza, mas, sob seu aspecto enfermiço, tinha feições regulares e boa formação óssea. Tinha uma voz profunda e uma expressão em seus olhos que a deixavam incomodada. Ele quase a fazia lembrar-se de Archer.

Ela obrigou Sammit certa noite, enquanto ele estava no serviço de guarda, a lhe trazer um pequeno frasco do líquido com que a haviam drogado por tanto tempo, bem como um dardo. Ela enfiou o frasco por baixo de seu vestido e carregou o dardo na manga.

CUTTER FORJARA SEU pequeno reino diretamente do ermo selvagem. Sua terra era tão cheia de grandes blocos de rocha que sua casa parecia quase equilibrada sobre uma pilha de pedregulhos. Tinha uma estranha aparência, a construção, erguida com enormes troncos de árvores empilhados em alguns pontos e com pedra em outros, todos cobertos densamente por musgo, uma casa verde brilhante tendo olhos trêmulos como janelas, pálpebras feitas de pingentes de gelo, uma boca aberta como porta e peles macias. Era um monstro, empoleirado precariamente sobre uma colina salpicada de pedras.

Uma muralha de pedra, alta, longa e incongruentemente limpa cercava sua propriedade. Cercados e jaulas salpicavam o chão. Manchas de cores, monstros atrás de barras, raptores, ursos e leopardos gritando uns para os outros. Mesmo com toda a estranheza do lugar, ele era familiar para Fogo, trazendo-lhe para bem perto muitas memórias.

Ela esperava, em parte, que o garoto tentasse forçá-la a entrar numa daquelas jaulas. Um monstro a mais para o mercado negro, uma presa a mais.

Não lhe importava quais intenções Cutter teria para com ela ali. Cutter não era nada, era um aborrecimento, um mosquitinho, e ela iria rapidamente desacreditá-lo de que suas intenções fossem relevantes. Ela deixaria esse lugar e iria para casa.

ELES NÃO A prenderam numa jaula. Levaram-na para dentro da casa e fizeram-na tomar um banho quente num quarto no andar superior com um fogo intenso que abafava as correntes de ar vindas das janelas. Era um pequeno quarto de dormir, com tapeçarias dependuradas nas paredes que a deixaram deslumbrada, embora ela escondesse sua surpresa e seu prazer. Eram tecidas com desenhos de campos verdes, flores e céu azul; eram belas e muito realistas. Ela pensara em recusar o banho, porque sentia, e ressentia, que o propósito dele era embelezá-la. Mas estar num lugar de campos e flores fez com que desejasse ficar limpa.

Os homens se foram. Ela pôs seu frasco com o sonífero e seu dardo sobre uma mesa e arrancou do corpo seu vestido imundo. Cruzou os braços à dolorida exaltação de água de banho escaldante, finalmente relaxando, fechando os olhos, sucumbindo à bênção do sabão que eliminava suor, sangue envelhecido e sujeiras do rio de seu corpo e de seus cabelos. De minutos em minutos, ela podia ouvir o garoto gritando mensagens no alto da escada para os guardas do lado de fora de seu quarto e gritando com a mesma regularidade para os guardas nas rochas abaixo de sua janela. Não deviam confiar no monstro nem ajudá-la a escapar, ele berrava. O garoto sabia o que era o melhor. Os homens evitariam cometer enganos se seguissem o conselho sempre. *Deve ser de esfrangalhar os nervos*, pensou Fogo, *ser capaz de manipular mentes, mas não sentir o estado em que elas se encontravam*. Seus gritos eram desnecessários, pois ela não estava alterando nenhuma das mentes daqueles homens. Não por enquanto.

Ela lançou sua mente através da construção e dos terrenos ao redor, como vinha fazendo desde que tomara consciência do lugar com um todo. Reconheceu Cutter no primeiro andar com o garoto e um grupo de homens. Tão enevoado quanto todos os outros, condescendente e insincero como sempre fora. Não importando o que as palavras do garoto pudessem fazer, elas não pareciam capazes de alterar temperamentos.

Quando ela se estendeu até seus limites, pôde sentir aproximadamente trinta homens na casa e nos arredores, e certo número de mulheres também. Todos tinham a mente turvada. Archer não estava ali.

Ela se estendeu mais um pouco:

Archer? Archer!

Não houve resposta.

E ela não teria se importado em não encontrá-lo ali; teria esperado que isso significasse que ele recuperara o bom-senso e abandonara sua perseguição heroica, se não tivesse tido uma desagradável percepção que ela desejava ter sido covarde o bastante para ignorar. Um ou dois dos homens enevoados nesses arredores deram-lhe a sensação de serem pessoas que ela reconhecia. Pensou que eles podiam ter sido guardas do palácio de

Nash recentemente. E a explicação mais simples para sua presença ali era que eles teriam vindo com Archer como parte da guarda, o que levava à pergunta de o que haveria acontecido desde então, quem fora deixado na guarda de Archer e onde ele estaria.

O banho ainda era como o mais quente e puro êxtase, mas ela se levantou e pulou fora dele, ficando de repente impaciente para deixar o lugar. Esfregou-se até secar e vestiu-se com a desajeitada camisola de mangas longas que haviam deixado para ela. A camisola parecia muito com uma roupa de dormir, fazendo com que ela se sentisse desconfortável. Ainda por cima haviam levado suas botas e casaco embora e não lhe dado nada para os cabelos. Ela foi até um guarda-roupa no canto e vasculhou seu aleatório sortimento de itens, até que encontrou meias, um par reforçado de botas de garoto, um roupão masculino pesado que era grande demais e um cachecol de lã marrom que serviria como lenço de cabeça. Esperava, um pouco soturnamente, que o conjunto parecesse tão peculiar como ela se sentia. Não precisava de beleza para controlar as marionetes de cabeça vazia do garoto e não estava com disposição de satisfazer Cutter, apresentando-se com a aparência de um monstro com olhos de corça pronto para ser devorado por um de seus repugnantes clientes.

Ela passou sua mente pelas centenas de criaturas presas na propriedade, predadores-monstro, cavalos e cães de caça, até mesmo por uma esquisita coleção de roedores cujo propósito não conseguiu adivinhar. Os cavalos a escolher a satisfizeram. Nenhum deles era simpático como Pequeno, mas vários serviriam a seus propósitos.

Mergulhou a ponta de seu dardo no frasco de sonífero e guardou o frasco de volta em sua camisola. Segurou o dardo em sua mão, onde ficava oculto pelo comprimento de sua manga pesada.

Tomando um fôlego profundo para ganhar coragem, ela desceu para o térreo.

A SALA DE ESTAR de Cutter era pequena e aquecida como o quarto de dormir, com as paredes igualmente revestidas de tapeçarias que mostravam campos de flores se erguendo até rochedos que pendiam para o mar. O tapete do chão era colorido também, e ocorreu a Fogo que pelo menos algumas dessas belas decorações haviam sido tecidas com peles de monstros. Os livros nas estantes e o relógio dourado sobre o console da lareira – Fogo se perguntou quanto da riqueza dessa casa haveria sido roubada.

Cutter estava sentado na ponta da sala, visivelmente acreditando ser o dono da sala. O verdadeiro dono da sala se encostava à parede ao lado, pequeno, entediado, piscando os olhos desiguais, e cercado por um campo tecido de flores. Jod, o arqueiro, erguia-se ao lado de Cutter. Havia um homem posicionado em cada uma das entradas da sala.

Cutter mal relanceou para o traje de Fogo. Seus olhos estavam grudados no rosto dela, sua boca esticada num sorriso afetado, jubilante e possessivo. Ele tinha a aparência de sempre, exceto por um novo vazio de expressão que devia ter a ver com o nevoeiro.

— Não foi tarefa fácil sequestrar você, principalmente desde que passou a residir no palácio do rei – disse ele com a voz cheia de satisfação de que ela se lembrava. — Levou um bom tempo e considerável espionagem. Para não mencionar que tivemos que matar vários de nossos próprios espiões, que foram descuidados o suficiente para serem capturados em suas florestas por você e sua gente. Parecemos ter os espiões mais estúpidos do reino. Que monte de problemas! Mas valeu a pena, garoto, não valeu? Olhe para ela.

— Ela é linda — disse o garoto, sem interesse. — Você não deveria vendê-la. Deveria mantê-la aqui conosco.

A testa de Cutter se enrugou com perplexidade.

— O boato entre meus colegas é que lorde Mydogg está preparado para pagar uma fortuna por ela. De fato, um bom número de meus compradores demonstrou particular interesse. Mas talvez eu deva mantê-la aqui conosco. — Sua expressão se iluminou. — Eu poderia engravidá-la! Que preço seus bebês iriam atingir!

— O que vamos fazer com ela ainda é algo a discutir — disse o garoto.

— Precisamente — concordou Cutter. — Algo a discutir.

— Se ela se comportasse direito — continuou o garoto —, não teríamos que puni-la, e ela poderia entender que queremos ser amigos. Ela pode descobrir que gosta daqui. Falando nisso, ela está um pouquinho silenciosa demais para o meu gosto neste momento. Jod, pegue um dardo. Se eu mandar, dispare nela em algum lugar que não a mate, que apenas fique dolorido. Dispare em seu joelho. Pode ser vantajoso para nós aleijá-la.

Isso não era função para um pequeno arco de disparar dardos. Jod balançou seu arco de mão nas costas, retirou uma flecha branca de sua aljava e alojou-a suavemente numa corda que a maioria dos homens não teria força para esticar. Segurou a flecha afiada, esperando, calmo e displicente. E Fogo ficou ligeiramente nauseada, e não era porque ela sabia que uma flecha daquele tamanho, disparada por aquele arco, a esta distância, despedaçaria seu joelho. Ficou nauseada porque Jod se movera com seu arco como se fosse um membro de seu corpo, tão natural e graciosamente, de um modo parecido demais com o de Archer.

Ela falou para aplacar o garoto, mas também porque começava a haver perguntas para as quais ela queria respostas:

— Um arqueiro matou um homem aprisionado nas jaulas do meu pai na última primavera — disse ela a Jod. — Foi um disparo incomumente difícil. Você foi esse arqueiro?

Jod não tinha ideia alguma do que ela estava falando, era óbvio. Balançou a cabeça, estremecendo, como se estivesse tentando lembrar-se de todas as coisas que fizera e não pudesse ir além do dia anterior.

— Ele é o homem que procura — disse o garoto afavelmente. — Jod faz todos os nossos disparos. É talentoso demais para ser desperdiçado. E tão deliciosamente maleável! — continuou, batendo com a ponta de um dedo em sua própria cabeça. — Se você é que entende o que eu digo. Um de meus amigos mais sortudos, Jod.

— E qual é a história de Jod? — perguntou Fogo ao garoto, tentando adotar seu tom afável.

O garoto pareceu totalmente deleitado com essa pergunta. Deu um sorriso muito satisfeito e desagradável.

— Interessante que você pergunte. Há poucas semanas tivemos um visitante fazendo a mesmíssima pergunta. Quem diria, quando contratamos um arqueiro para nós, que ele fosse se tornar objeto de tanto mistério e especulação? Eu queria que pudéssemos satisfazer sua curiosidade, mas parece que a memória de Jod não é mais a mesma. Não temos ideia do que ele estava fazendo há, digamos, vinte e um anos?

Fogo dera um passo à frente em direção ao garoto enquanto ele falava, incapaz de se impedir, segurando o dardo com força em sua mão.

– Onde está Archer?

A essa pergunta ele sorriu maliciosamente, mais e mais feliz com esse rumo da conversa.

– Ele nos deixou. Não dava bola para nós. Voltou à sua propriedade lá no norte.

Ele era um mentiroso terrível, acostumado demais a que as pessoas acreditassem nele.

– Onde ele está? – disse Fogo novamente, sua voz agora estremecida por um pânico que tornou o sorriso do garoto ainda mais largo.

– Ele deixou um par de seus guardas para trás – contou o garoto. – Muito gentil da parte dele, na verdade. Eles nos revelaram um pouco de sua vida na corte e de sua fraqueza. Cachorrinhos. Criancinhas desamparadas.

Várias coisas aconteceram em rápida sequência. Fogo se precipitou sobre o garoto. Ele fez um gesto para Jod, gritando:

– Dispare!

Fogo esmagou o nevoeiro de Jod, fazendo-o agitar seu arco furiosamente e disparar sua flecha para o teto. O garoto gritou:

– Dispare nela, mas não a mate! – E se arremessou para longe, tentando se afastar de Fogo, mas a menina se lançou sobre ele, alcançou-o, espetando seu braço de leve com o dardo. Ele pulou para longe dela, balançando os punhos, ainda gritando; depois seu rosto se afrouxou. Ele se inclinou e tombou.

Fogo prendeu todas as mentes na sala antes que o garoto sequer roçasse no chão. Ela se curvou sobre ele, arrancou uma faca de seu cinto, caminhou em direção a Cutter e encostou a lâmina trêmula à garganta dele.

Onde está Archer?, pensou ela, porque a fala havia se tornado impossível.

Cutter encarou seus olhos em resposta, transido e estupidificado.

— Ele não dava bola para nós. Voltou para a sua propriedade lá no norte.

Não, pensou Fogo, querendo bater nele em sua frustração. *Pense. Você sabe disso. Onde...?*

Cutter se interrompeu, olhando-a com perplexidade, como se não pudesse lembrar-se de quem ela era ou por que estavam conversando. Ele disse:

— Archer está com os cavalos.

Fogo se virou e deixou a sala e a casa. Passou por homens que viram seu avanço com olhos vazios. *Cutter está enganado*, dizia ela a si mesma, preparando-se com a negação, *Archer não está com os cavalos. Cutter está enganado.*

E, naturalmente, isso era verdade, pois não foi Archer quem ela encontrou nas rochas por trás do estábulo. Foi somente seu corpo.

Capítulo 27

O que aconteceu a seguir se passou num borrão de torpor e angústia.

Era o que acontecia com um monstro. Ela não poderia olhar para um corpo e fingir que olhava para Archer. Ela sabia, ela podia sentir que os fogos do coração e da mente de Archer não estavam em parte alguma nas proximidades. Esse corpo era uma coisa horrível, quase irreconhecível, estendido ali, zombando dela, zombando de Archer com seu vazio.

Mesmo assim, não a impediu de se ajoelhar e afagar o braço frio do corpo, muitas e muitas vezes, com a respiração difícil, não inteiramente segura do que estava fazendo. Pegou o braço, agarrando-o, enquanto lágrimas confusas escorriam pelo seu rosto.

A visão da flecha cravada no estômago do corpo a sensibilizou demais. Uma flecha disparada no estômago de um homem era cruel, seu dano doloroso e lento. Archer lhe falara isso havia muito tempo. Ele a tinha ensinado a nunca mirar nessa direção.

Ela se levantou e desviou o pensamento, afastando-se tropegamente, mas a imagem pareceu segui-la por todo o jardim. Uma grande fogueira ao ar livre estava acesa entre o estábulo e a casa. Ela se flagrou ficando diante dela, olhando fixo para as chamas, lutando contra sua mente, que parecia insistir para que ela contemplasse Archer morrendo, lentamente, em suas dores. Totalmente sozinho.

Pelo menos suas últimas palavras para ele haviam sido palavras de amor. Mas gostaria de lhe ter falado o quanto o amava. O quanto tinha que agradecê-lo pelas muitas coisas boas que ele fizera. Ela não lhe havia dito isso o suficiente.

Ela estendeu a mão para o fogo e pegou um galho.

FOGO NÃO FICOU inteiramente consciente de que carregava galhos em chamas para a casa verde de Cutter. Não ficou consciente dos homens que ordenara a ajudá-la ou das jornadas de ida e volta tropeçando da fogueira à casa, da casa à fogueira. As pessoas fugiam freneticamente da construção em chamas. Ela talvez houvesse avistado Cutter entre elas, talvez houvesse avistado Jod; não tinha certeza e não se importava. Tinha os instruído para não interferirem. Quando não pôde mais separar a casa da fumaça negra que se evolava em torno dela, parou de transportar fogo até lá. Lançou um olhar ao redor à procura de mais construções de Cutter para incendiar.

Teve consciência suficiente para libertar os cães e roedores antes de atear fogo aos abrigos onde eles viviam. Encontrou os corpos de dois dos guardas de Archer nas rochas próximas às jaulas dos predadores-monstro. Pegou um de seus arcos e matou os monstros com ele. Queimou os corpos dos homens.

Quando chegou ao estábulo, os cavalos haviam entrado em pânico com a fumaça e com os sons das chamas que rugiam, das vozes que gritavam e das construções que desmoronavam. Mas se tranquilizaram quando ela entrou – até os mais apavorados dentre eles, até os que não podiam vê-la – e deixaram suas cocheiras quando ela mandou que saíssem. Finalmente esvaziado de cavalos, mas cheio de madeira e feno como estava, o estábulo se ergueu em chamas como um monstro poderoso feito de fogo.

Ela circulou desajeitadamente o perímetro do corpo de Archer. Ficou olhando, com os pulmões secando, até que as chamas chegaram até ele. Mesmo quando não pôde mais vê-lo, continuou olhando. Quando a fumaça ficou tão espessa que ela começou a sufocar, a garganta ardendo, deu as costas para o incêndio que provocara e se afastou para longe.

FOGO CAMINHOU SEM saber o que estava fazendo e sem pensar em ninguém ou nada. Estava frio, e o terreno era duro e desprovido de árvores. Quando cruzou caminho com um dos cavalos, malhado e cinzento, ele se aproximou dela.

Sem sela, pensou ela entorpecidamente para si mesma quando ele se aproximou, soltando um bafo gelado e batendo os cascos contra a neve. *Sem estribos. Difícil de montar.*

O cavalo se ajoelhou desajeitadamente em suas patas traseiras diante dela. Ela enrolou sua camisola e seu roupão sobre os joelhos e subiu em seu lombo. Equilibrando-se precariamente quando o cavalo se ergueu, Fogo descobriu que um cavalo sem sela era escorregadio, mas quente. E era melhor que caminhar. Ela podia entrançar suas mãos na crina e inclinar o corpo e rosto para a frente contra a vibração de seu pescoço, e afundar num estupor de ausência de sensações, deixando o cavalo resolver para onde ir.

Seu roupão não fora feito para servir como casaco de inverno, e ela não tinha luvas. Sob seu lenço de cabeça, seu cabelo estava molhado. Quando, mergulhando na escuridão, eles se depararam com uma espécie de platô de pedra que era estranhamente quente e seco, com suas bordas percorridas por torrentes de água de neve derretida e fumaça emergindo de fendas no chão, Fogo não estranhou. Apenas deslizou do lombo do cavalo e descobriu um lugar quente para se deitar.

Durma, disse ela ao cavalo, *É hora de dormir.*

O cavalo se dobrou no chão e aninhou seu lombo contra ela. *Calor*, pensou Fogo, *Nós sobreviveremos por esta noite.*

Foi a pior noite de sua vida, hora após hora abrindo e fechando os olhos entre a vigília e o sono, passando de sonho a sonho a ver Archer vivo para lembrá-la de que ele estava morto.

O DIA FINALMENTE rompeu.

Ela entendeu, com surdo ressentimento, que seu corpo e o corpo de seu cavalo precisavam de alimento. Não sabia o que fazer a esse respeito. Sentou-se, olhando fixo para suas próprias mãos.

Ela estava longe demais de se surpreender e ficar assustada quando crianças apareceram momentos depois, erguendo-se de uma fenda no chão, três delas mais claras que os pikkianos, de cabelos escuros, borradas em seus contornos devido ao brilho do sol nascente. Estavam carregando coisas: uma tigela de água, um saco, um pequeno embrulho envolto em pano. Uma delas levou o saco até o cavalo, deixou-o cair perto do animal e abriu a boca. O cavalo, que havia recuado com os barulhos frenéticos, aproximou-se cautelosamente. Afundou o nariz dentro do saco e começou a mastigar.

As outras duas levaram o pacote e a tigela até Fogo, colocando-os diante dela sem falar nada, olhando fixamente para ela com os olhos cor de âmbar bem abertos. *Elas são como peixes*, pensou Fogo, *Estranhas, incolores e de olhos fixos, no fundo do oceano.*

O embrulho continha pão, queijo e carne salgada. Ao cheiro de comida, seu estômago ameaçou se revolver. Ela desejou que as crianças fossem embora para que pudesse lutar sozinha com seu desjejum.

Então elas se viraram e foram embora, desaparecendo dentro da fenda da qual haviam saído.

Fogo pegou um pedaço de pão e forçou-se a comê-lo. Quando seu estômago pareceu resolver que desejava aceitar a comida, ela mergulhou suas mãos em concha na água e tomou alguns goles. Era quente. Ela observou o cavalo, mascando ruidosamente a comida do saco, enfiando o nariz delicadamente pelos cantos. Fumaça exsudava de uma rachadura no chão por trás do animal, brilhando amarelada ao sol da manhã. Era fumaça? Ou era vapor? O lugar tinha um cheiro estranho, como fumaça de madeira, mas também algo mais. Ela pôs a mão sobre o chão quente de pedra onde estava sentada e entendeu que havia pessoas debaixo dele. Seu chão era o teto de alguma outra pessoa.

Ela estava sentindo o princípio de uma espécie de curiosidade quando seu estômago resolveu que não queria miolos de pão, afinal de contas.

Depois que seu cavalo terminou seu desjejum e bebeu o restante de água, ele se aproximou do lugar onde Fogo estava estendida, como uma bola no chão. Cutucou-a e se ajoelhou. Fogo se desenrolou, como uma tartaruga se livrando de seu casco, e subiu no lombo do cavalo.

O CAVALO PARECIA mover-se aleatoriamente para oeste e sul através da neve. Ele se arrastou ao longo de riachos cujo gelo se quebrava e atravessou amplas fendas na rocha que deixaram Fogo inquieta por não conseguir ver a profundeza que possuíam.

De manhã cedo, ela sentiu a aproximação de uma pessoa montada a cavalo, vinda por trás. Não se importou muito, a princípio. Mas depois reconheceu a sensação da pessoa e foi forçada, contra a vontade, a se importar. Era o garoto.

Ele também estava cavalgando a lombo nu, um tanto desajeitadamente, e fustigou seu pobre cavalo frustrado, até que o levou ao alcance de um grito. E gritou raivosamente:

— Para onde você vai? E o que está fazendo, enviando todos os seus pensamentos e sensações por sobre as rochas? Esta não é a fortaleza de Cutter. Há monstros por aí, além de pessoas selvagens e hostis. Você vai ser morta.

Fogo não o ouviu, pois à visão de seus olhos divergentes ela se flagrou descendo de seu cavalo e correndo até ele, uma faca em sua mão, embora ele não houvesse percebido até aquele momento que ela possuía uma.

O cavalo dele escolheu esse instante para jogar o garoto de seu lombo em direção a ela. Ele caiu como um fardo no chão, pondo-se em pé com dificuldade, e correu para fugir dela. Houve uma perseguição desvairada por entre as fendas, depois uma feia rixa que ela não pôde manter porque ficou exausta depressa demais. A faca escorregou de suas mãos e caiu numa ampla rachadura na terra. Ele se afastou, ficando em pé, com dificuldade para falar.

– Você perdeu seu juízo – disse ele, levando a mão a um corte no pescoço, encarando incredulamente o sangue que escorria entre os dedos. – Controle-se! Eu não vim atrás de você por esse caminho todo para brigar. Estou tentando salvá-la!

– Suas mentiras não funcionam comigo! – gritou ela, sua garganta rouquenha e dolorida devido à fumaça e à desidratação. – Você matou Archer!

– Jod o matou.

– Jod é ferramenta sua.

– Ah, seja racional! – disse ele, sua voz erguendo-se com impaciência. – Entre todas as pessoas, você é quem melhor deveria entender isso. Archer tinha uma mente poderosa demais. É um reino de pessoas de mentes poderosas este aqui, não é? Os próprios bebês que engatinham são ensinados a resguardar suas mentes contra os monstros...

– Você não é um monstro.

– Isso dá no mesmo. Você sabe perfeitamente bem quantas pessoas eu tive que matar.

– Eu não – disse ela. – Eu não. Não sou como você.

– Talvez não seja, mas entende, sim. Seu pai era como eu.

Fogo encarou o garoto, seu rosto fuliginoso, seu topete de cabelo imundo, seu casaco rasgado e manchado de sangue, de um tamanho grande demais, como se ele o houvesse tomado de uma de suas vítimas, de um corpo que ele encontrara não queimado nos jardins de Cutter. Sentiu a mente dele se chocando contra a sua, chiando com estranheza, zombando com sua inacessibilidade.

Fosse ele o que fosse, não era um monstro. Mas isso dava na mesma. Fora para isso que ela matara Cansrel, para que uma criatura como essa pudesse chegar ao poder nesse lugar?

– O que é você? – sussurrou ela.

Ele sorriu. Mesmo com o rosto sujo, era um sorriso desarmador, o sorriso satisfeito de um garotinho que se orgulha de si mesmo.

– Eu sou o que é conhecido como Graceling – explicou ele. – Meu nome já foi Immiker. Agora é Leck. Eu vim de um reino que você não conhece. Não há monstros lá, mas há pessoas com olhos de duas cores diferentes que têm poderes. Todos os diferentes tipos de poderes, tudo o que você possa pensar, tecer, dançar, lutar com espadas e poderes mentais também. E nenhum dos Gracelings é tão poderoso como eu.

– Suas mentiras não funcionam comigo – disse Fogo automaticamente, farejando ao redor à procura de seu cavalo, que apareceu ao seu lado para que ela se encostasse.

– Eu não estou inventando – respondeu ele. – Este reino existe realmente. Sete reinos, na realidade, e nenhum monstro para incomodar as pessoas. Isso, sem dúvida, significa que poucos deles aprenderam a fortalecer suas mentes, como as pessoas devem fazer aqui nos Dells. Os dellianos são de longe um povo que tem a mente mais poderosa e também o mais irritante.

– Se os dellianos o irritam – sussurrou ela –, volte para o lugar de onde veio.

Ele deu de ombros, sorrindo.

— Eu não sei como voltar. Há túneis, mas eu nunca os encontrei. E, mesmo que eu os encontrasse, eu não quero voltar. Há tanto potencial aqui, tantos avanços na medicina, na engenharia, na arte! E tanta beleza, os monstros, as plantas! Você já notou como as plantas são incomuns aqui, como são maravilhosos os remédios? Meu lugar é aqui nos Dells. E — disse ele com um toque de desprezo — não imagine que me contenta controlar as vulgares operações de contrabando de Cutter aqui nas periferias do reino. É a Cidade do Rei o que eu quero, com seus tetos de vidro e seus hospitais e suas belas pontes todas acesas à noite. É o rei que eu quero, não importa quem esteja do outro lado na guerra.

— Você está trabalhando para Mydogg? De que lado você está?

Ele fez um sinal de indiferença com a mão.

— Eu não me importo com quem vença. Por que eu deveria me envolver, quando estarão me fazendo um favor ao se destruírem reciprocamente? Mas você não vê o lugar que eu lhe reservei nos meus planos? Deve saber que foi ideia minha capturar você. Eu controlei todos os espiões e manipulei mentalmente o sequestro e nunca deixaria que Cutter a vendesse ou engravidasse. Eu quero ser seu parceiro, não seu mestre.

Como Fogo estava cansada de todos, de toda pessoa que queria usá-la nesse mundo!

— Não *usar* você, *trabalhar* com você para controlar o rei — disse o garoto, fazendo-a ficar irritada e confusa, pois não havia pensado que ele conseguia ler mentes. — E eu não estou dentro de sua mente — completou com impaciência. — Eu já lhe disse, você está lançando todos os seus pensamentos e sensações para fora a fim de serem sentidos. Está revelando coisas que duvido de que quisesse revelar e também machucando minha cabeça. Controle-se. Volte comigo, você destruiu todos os meus tapetes e enfeites de parede, mas eu vou lhe perdoar por isso. Há um canto da casa que ainda permaneceu em pé. Eu vou lhe revelar meus planos, e você me poderá falar de si mesma. Por exemplo, sobre quem cortou seu pescoço. Foi o seu pai?

– Você não é normal – sussurrou Fogo.

– Mandarei meus homens embora – continuou ele. – Eu juro. Cutter e Jod estão mortos, de qualquer forma. Eu os matei. Seremos apenas nós dois. Sem mais brigas. Seremos amigos.

Era dilacerante a percepção de que Archer desperdiçara sua vida protegendo-a de uma coisa estúpida e louca. Dilacerante além do suportável. Fogo fechou os olhos e encostou o rosto contra a pata firme de seu cavalo.

– Esses sete reinos – murmurou ela. – Onde eles ficam?

– Eu não sei. Eu caí pelas montanhas e me descobri aqui.

– E é comum, nesses sete reinos dos quais você caiu, que uma mulher junte suas forças com uma criança antinatural que assassinou seu amigo? Ou essa expectativa pertence somente a você e seu coração minúsculo?

Ele não respondeu. Ela abriu os olhos para descobrir que ele transformara seu sorriso, cuidadosamente, em alguma coisa desagradável que tinha a forma de um sorriso, mas não transmitia a sensação de um.

– Não há nada antinatural neste mundo – disse ele. – Uma coisa antinatural é algo que nunca poderia acontecer na natureza. Eu aconteci. Eu sou natural, e as coisas que eu quero são naturais. O poder de sua mente e sua beleza, mesmo quando você ficou drogada no fundo de um barco por duas semanas, cobriu-se de sujeira do rio e seu rosto ficou roxo e verde... sua beleza antinatural é natural. A natureza é horrível.

"E..." continuou ele, com seu estranho sorriso brilhante, "tal como vejo, nossos corações não são tão diferentes em tamanho. Eu matei o meu pai. Você matou o seu. Isso foi uma coisa que você fez com um coração grande?"

Fogo estava ficando confusa, porque era uma pergunta cruel, e pelo menos uma das respostas para ela era sim, o que não fazia sentido. Ela estava furiosa demais e fraca demais para a lógica. *Eu devo me defender com a falta de lógica,* pensou para si mesma, ilogicamente, *Archer sempre fora adepto da falta de lógica, embora ele nunca a visse em si mesmo.*

Archer.

Ela havia ensinado a Archer a tornar sua mente poderosa. E a mente poderosa que ela lhe dera o tinha matado.

Mas ele a tinha ensinado coisas também. Ele a tinha ensinado a disparar uma flecha velozmente e com precisão maior do que ela teria conseguido aprender sozinha.

Fogo se levantou, estendendo as mãos para a aljava e o arco que subitamente percebeu ter em suas costas, esquecendo-se de que estava transmitindo cada uma de suas intenções. Leck agarrou seu próprio arco de mão e foi mais rápido do que ela – disparou uma flecha em seus joelhos antes que sua própria flecha fosse afiada. Ela cruzou os braços numa explosão de dor.

E então, ao lado dela, o cavalo de Fogo irrompeu. O animal pulou sobre o garoto, empinando, gritando, escoiceando-o no rosto. O garoto gritou e caiu, deixando tombar seu arco, apertando um olho com as duas mãos. Ele fugiu apressadamente para longe, soluçando, o cavalo correndo velozmente atrás dele. Parecia incapaz de ver, pois havia sangue em seus olhos, e tropeçou e caiu de cabeça para a frente. Fogo ficou olhando, atônita e fascinada, quando ele deslizou por um trecho de gelo e pela beira de uma fenda, escorregou por suas orlas e desapareceu.

Fogo coxeou até a fenda. Ajoelhou-se, perscrutando seu interior. Não conseguiu ver o fundo, e não conseguiu ver o garoto.

A montanha o tinha engolido.

ELA SENTIA FRIO demais. Se apenas o garoto houvesse morrido no incêndio e nunca vindo atrás dela! Pois ele a despertara, e agora ela percebia coisas, como o frio. A fraqueza, a fome e o que significava estar perdida numa extremidade das Grandes Cinzentas ocidentais.

Ela comeu o restante da comida que as crianças tinham lhe dado, sem muita esperança de que seu estômago se submetesse a ela. Tomou água de um riacho semicongelado. E tentou não pensar sobre a noite que viria ao fim do dia, porque ela não tinha pedra para fazer fogo e nunca havia acendido uma fogueira sem uma delas. Nunca acendera fogo que não fosse numa lareira. Vivera uma vida mimada.

Tremendo de frio, ela desenrolou seu lenço de cabeça e enrolou-o novamente para que ele não cobrisse apenas seus cabelos, ainda ligeiramente molhados, mas seu rosto e o pescoço também. Matou um raptor-monstro antes que ele a matasse, uma criatura escarlate que de repente se abateu, guinchando, do céu, mas sabia que não adiantava tentar transportar a carne, pois o cheiro de seu sangue apenas atrairia mais monstros.

Isso a fez lembrar. A festa de gala tivera lugar na segunda metade de janeiro. Ela não podia ter certeza de quanto tempo havia se passado, mas certamente estava entrando em fevereiro. Sua menstruação estava perto.

Fogo entendeu, com sua nova lógica ativa que era tosca e antipática, que iria morrer logo, de uma coisa ou de outra. Ela enviou o pensamento para seu cavalo. Era confortador. Dava-lhe permissão para desistir. *Sinto muito, Brigan,* pensou para si mesma, *Sinto muito, Pequeno. Eu tentei.*

Mas então uma lembrança e uma percepção arrancaram-na disso. Gente. Ela podia viver se tivesse ajuda de gente, e haviam pessoas lá atrás dela, no lugar onde a fumaça emergia das rochas. Havia calor lá também.

Seu cavalo estava ainda se esforçando para ir em direção ao sudoeste. Impelida por nada mais que um apagado senso de dever de não morrer sem necessidade, Fogo fez com que o animal girasse.

Quando começaram a voltar pelo caminho que tinham vindo, a neve começou a cair.

Ela sentia seu corpo doer por seus dentes estalejantes, suas juntas e músculos estalejantes. Ela repassava rapidamente uma música em sua mente, a música mais difícil de todas que havia estudado, forçando-se a lembrar os intrincamentos de passagens complicadas. Não sabia por que estava fazendo isso. Alguma parte de sua mente sentia que era necessário e não a deixava parar, embora seu corpo e o restante de sua mente implorassem para serem deixados em paz.

Quando um raptor-monstro dourado mergulhou sobre ela, guinchando através da neve que caía, ela remexeu em seu arco e não conseguiu ajeitar a flecha apropriadamente. O cavalo matou a ave, embora Fogo não conseguisse saber como ele o fizera. Fogo caíra do lombo empinado e estava estendida num monte de neve quando o animal agiu.

Algum tempo depois, ela caiu do lombo do cavalo novamente. Não estava certa do porquê. Supôs que devesse ter sido outro raptor-monstro e esperou pacientemente, mas quase imediatamente seu cavalo começou a empurrá-la com o focinho, o que a deixou confusa e pareceu-lhe profundamente injusto. O cavalo soprou furiosamente em seu rosto e empurrou-a repetidas vezes, até que, derrotada, ela se arrastou, trêmula, sobre seu lombo oferecido. Então ela entendeu por que havia caído. Suas mãos tinham parado de funcionar. Ela não conseguira segurar-se na crina do cavalo.

Estou morrendo, pensou Fogo indiferente, *Ah, bem. Posso muito bem morrer no lombo deste adorável cavalo malhado...*

Quando caiu outra vez, estava desfalecida para perceber que caíra sobre uma pedra quente.

ELA NÃO ESTAVA inconsciente por completo. Ouviu as vozes, penetrantes, urgentes e alarmadas, mas não conseguiu se levantar quando elas a pediram para fazê-lo. Ouviu seu nome e entendeu que eles sabiam quem ela era. Entendeu quando um homem ergueu-a e carregou-a para debaixo do chão e entendeu quando as mulheres a despiram e se despiram, envolvendo-se com ela em muitos cobertores.

Nunca em sua vida sentira tanto frio. Tremia tanto que achava ser capaz de se despedaçar. Tentou beber o líquido quente e doce que uma mulher segurava junto ao seu rosto, mas teve a impressão de que espirrara a maior parte dele sobre suas companheiras de cobertores.

Depois de uma eternidade de arfadas e tremores, percebeu que já não estava tremendo tanto. Abraçadas por dois pares de braços, dobrada entre os corpos de duas mulheres, algo misericordioso aconteceu: ela caiu no sono.

Capítulo 28

Ela despertou com a visão do rosto de Musa e a sensação de que suas mãos estavam sendo esmagadas por martelos.

— Lady — disse Musa sombriamente. — Nunca fiquei tão aliviada em toda a minha vida. Como se sente?

Sua voz era um lamento:

— Minhas mãos doem.

— Sim. Elas estão congeladas, lady. Não se preocupe. As pessoas daqui as degelaram, enfaixaram e tomaram conta de você muito bem.

A memória retornou a Fogo, vazando pelos espaços em torno dela. Ela desviou seu rosto de Musa.

— Estivemos procurando por você desde o momento em que foi levada, lady — continuou Musa. — Perdemos algum tempo seguindo pistas falsas, pois a princesa Hanna não viu quem a tinha levado, os homens que matamos não tinham marcas de identificação, e sua avó e os guardas da casa verde foram dopados antes que sequer percebessem o que estava acontecendo. Não tínhamos ideia de onde procurar, lady, e o rei, o príncipe e a princesa estavam certos de que fora alguma armação de lady Murgda, mas os relatórios do comandante manifestaram dúvida. Foi só quando um dos guardas do palácio se deu conta de uma lembrança apagada em sua cabeça, de um garoto de olhos vermelhos movendo-se furtivamente pelo jardim, que começamos a suspeitar do que havia acontecido. Nós chegamos ontem à casa de Cutter. Eu não consigo lhe dizer como nos apavorou, lady, encontrar o lugar incendiado até o chão e corpos carbonizados que não conseguimos reconhecer.

Fogo falou inexpressivamente:

— Eu acendi uma fogueira para Archer. Ele está morto.

Musa ficou sobressaltada com a notícia. Fogo sentiu e entendeu imediatamente que a lealdade de Musa era com Mila, não com o lorde displicente que gerara o bebê de Mila. Essa era apenas uma morte para Musa, de alguém que ela conhecera apenas pelo mau comportamento.

Fogo pôs os sentimentos de Musa de lado.

— Enviaremos mensagem ao comandante no forte Dilúvio sobre lorde Archer, lady — falou Musa finalmente. — Todos ficarão tão aliviados ao saber que você está bem! Devo lhe contar sobre os avanços que o comandante fez na guerra?

— Não — disse Fogo.

Uma mulher apareceu ao lado de Fogo, com um prato de sopa, e disse delicadamente:

— A dama deve comer. — Musa se ergueu de sua cadeira para que a mulher pudesse se sentar. Ela era idosa; seu rosto, esbranquiçado e enrugado; seus olhos, de um profundo amarelo-acastanhado. Sua expressão cambiava delicadamente à luz de uma fogueira atiçada no meio do chão de pedra, a fumaça subindo até o teto e escapando por uma fenda no alto. Fogo reconheceu a sensação da mulher. Essa avó era uma das duas mulheres que haviam salvado sua vida com a dádiva do calor de seus próprios corpos.

A mulher estendeu a colher para que Fogo engolisse, murmurando discretamente, agarrando as gotas que caíam do queixo dela. Fogo consentiu com essa delicadeza e com a sopa, porque vinham de uma pessoa que não queria falar sobre a guerra, nunca havia conhecido Archer e poderia receber sua aflição tranquilamente, com simples aceitação.

SEU SANGRAMENTO VEIO, retardando a jornada do grupo. Ela dormia, tentava não pensar e falava muito pouco. Observava a vida das pessoas que viviam na escuridão das cavernas subterrâneas, pobres e cheias de labuta por todo o inverno, mas aquecida por suas fogueiras e pelo que chamavam de fornalha da terra, que se situava muito próximo à superfície dali e aquecia o chão e as paredes. Elas explicaram a ciência do funcionamento à guarda de Fogo. Deram a ela misturas medicinais para beber.

— Assim que estiver fortalecida – disse Musa –, nós a levaremos até os curandeiros do exército no forte Dilúvio, lady. A guerra no extremo sul não está indo mal. O comandante estava esperançoso e terrivelmente determinado quando o vimos pela última vez. A princesa Clara e o príncipe Garan estão com ele lá. E a guerra está grassando no *front* no extremo norte também. O rei Nash viajou para o norte dias depois da festa de gala, e a Terceira e a Quarta Divisões, a maioria dos auxiliares, da rainha Roen e de lorde Brocker, encontraram-no lá. Lady Murgda fugiu do palácio um dia depois da festa, lady.

Houve um incêndio e uma batalha terrível nos corredores, e, na confusão, ela desapareceu. Achou-se que ela teria tentado viajar para os faróis no monte Mármore, mas o Exército do Rei já havia assumido o controle das estradas.

Fogo fechou os olhos, tentando suportar a pressão de todas essas notícias horríveis e sem sentido. Ela não queria ir para o forte Dilúvio. Mas entendeu que não poderia ficar ali indefinidamente, abusando da hospitalidade dessa gente. E supôs que os curandeiros do exército poderiam muito bem olhar para suas mãos, que ela ainda não havia visto, mas que estavam obviamente inchadas, inúteis, e doíam sob as bandagens como se a dor procedesse das extremidades de seus braços, e não de suas mãos.

Ela tentou não pensar em como se sentiria se os curandeiros lhe dissessem que ela iria perdê-las.

Havia algo além no qual ela tentava, e geralmente falhava, não pensar — uma lembrança de uma ocorrência que tivera lugar há, oh, meses atrás —, antes do plano para a festa de gala, antes que Archer houvesse sequer descoberto o vinho de Mydogg na adega do capitão Hart. Fogo interrogara prisioneiros o dia inteiro, todos os dias, e Archer às vezes observava os interrogatórios. E eles haviam falado com aquele sujeito de boca suja que mencionara um arqueiro alto com mira certeira, um estuprador que ficara preso nas masmorras de Nax há cerca de vinte anos. Jod. E Fogo ficara feliz, porque finalmente descobrira o nome e a natureza de seu arqueiro de mente enevoada.

Naquele dia, ela não se lembrara de que há cerca de vinte anos Nax sequestrara um bruto de suas masmorras e o mandado para o norte para estuprar a esposa de Brocker, a única consequência feliz do ato tendo sido o nascimento de Archer.

O interrogatório havia se encerrado com Archer dando um soco no rosto do informante. Naquele dia, Fogo pensara que isso decorrera da linguagem do homem.

E talvez houvesse sido. Ela nunca saberia agora em que ponto Archer havia começado a suspeitar da identidade de Jod. Archer guardara seus pensamentos e temores para si mesmo. Pois Fogo acabara de partir seu coração.

Quando o dia chegou, seus guardas – dezenove deles agora, pois Mila não estava ali – a envolveram em muitos cobertores para a jornada e prenderam seus braços cuidadosamente ao corpo para que suas mãos ficassem próximas ao calor corporal. Ergueram-na até a sela de Neel e, quando ele montou atrás dela, prenderam-na frouxamente a ele. O grupo cavalgou lentamente, e Neel era forte e atencioso, mas ainda assim era assustador confiar inteiramente no equilíbrio de outra pessoa.

E então, no correr das horas, o movimento ficou tranquilizador. Ela inclinou-se para trás contra ele, abandonou a responsabilidade e dormiu.

O cavalo malhado cinzento, quando ficou separado de Fogo e defrontou-se com o povo das rochas, com a guarda dela e as dezenove montarias militares, provou-se completamente indomável. Ele ficou trotando pelas pedras da superfície durante sua doença, disparando toda vez que uma pessoa aparecia, recusando-se a usar rédeas ou ser posto num estábulo subterrâneo ou mesmo que alguém chegasse perto. Mas tampouco queria ser deixado para trás agora que via Fogo ser carregada para longe.

Quando o grupo escolheu seu caminho para o leste, o cavalo o seguiu, hesitante, sempre a uma distância segura.

As batalhas do *front* no extremo sul foram travadas em terra nas cavernas limitadas pela propriedade de Gentian, no forte Dilúvio e no rio Alado. Qualquer que fosse o território que o comandante conseguisse ganhar ou perder, o forte propriamente dito estava ainda sob controle real. Erguendo-se no alto de uma saliência de rocha, cercado por muros quase tão altos como telhados, ele funcionava como quartéis-generais e hospital do exército.

Clara veio correndo até eles quando passaram pelos portões. Ela se pôs ao lado do cavalo de Neel enquanto os guardas desprendiam Fogo, baixando-a até o chão, e a despiam de seus cobertores. Clara estava chorando e, quando abraçou Fogo e beijou seu rosto, tomando cuidado para não se chocar com as mãos dela, que ainda estavam amarradas ao seu corpo, Fogo afundou entorpecidamente contra ela. Desejava poder envolver em seus braços essa mulher que chorava por Archer e cuja barriga estava arredondada pelo bebê que esperava. Ela desejava poder se fundir a ela.

– Oh, Fogo – disse Clara finalmente –, estávamos loucos de preocupação! Brigan parte hoje à noite para o *front* no extremo norte. Ele vai ficar muito aliviado por vê-la viva antes de partir.

– Não – respondeu Fogo, afastando-se subitamente de Clara, assustada com sua própria sensação. – Clara, eu não quero vê-lo. Diga-lhe que eu lhe desejo tudo de bom, mas não quero vê-lo.

— Ah — falou Clara, surpresa. — Bem, você tem certeza? Porque eu não consigo imaginar como vamos impedi-lo, assim que ele retornar dos túneis e souber que você está aqui.

Os túneis. Fogo sentiu seu pânico emergir.

— Minhas mãos — disse ela, fixando-se numa dor mais isolada. — Haverá aí um curandeiro com tempo para vê-las?

Os DEDOS DE sua mão direita estavam rosados, inchados e cheios de bolhas, como pedaços de carne crua como as de aves domésticas. Fogo olhou fixo para eles, cansada e nauseada, até que sentiu a curandeira animada com a aparência que os membros aparentavam.

— É cedo demais para ter certeza — disse a mulher —, mas temos motivos para esperança.

Ela passou uma pomada na mão muito, muito delicadamente, envolveu-a em bandagens frouxas e desenrolou a outra mão, cantarolando baixinho.

Os dedos que se projetaram da mão esquerda de Fogo estavam negros e com aparência de mortos desde as extremidades, seguindo por toda a extensão, até os segundos nós.

A curandeira, não mais cantarolando, perguntou se era verdade o que ela ficara sabendo, que Fogo era uma exímia violinista.

— Bem — disse a mulher. — Tudo o que podemos fazer agora é observá-los e esperar.

Ela deu a Fogo uma pílula e um líquido para engolir, aplicou a pomada e envolveu as mãos com bandagens.

— Fique aqui — pediu a curandeira. Em seguida, saiu rapidamente do quarto pequeno e escuro, que tinha uma chama esfumaçada na lareira e persianas sobre as janelas para reter o calor.

Fogo tinha uma vaga lembrança de uma época em que ela fora melhor em ignorar coisas sobre as quais era inútil ficar pensando. Havia estado no controle um dia e não tinha se postado melancólica e miserável diante de mesas de exame enquanto a totalidade de sua guarda a ficava olhando com uma espécie de desolação.

E então sentiu Brigan chegando, uma enorme força de emoção em movimento: preocupação, alívio, reafirmação, intensa demais para Fogo suportar. Quando ele entrou no quarto, ela fugiu da mesa e correu para um canto.

Não, pensou ela para ele, *Eu não o quero aqui. Não.*

– Fogo – disse ele. – O que há? Por favor, diga.

Por favor, você deve ir embora. Por favor, Brigan, eu lhe peço.

– Deixem-nos a sós – pediu Brigan baixinho para os guardas.

Não! Eu preciso deles!

– Fiquem – disse Brigan no mesmo tom de voz, e seus guardas, que agora haviam desenvolvido uma grande tolerância à perplexidade, viraram e se enfileiraram de volta no quarto.

Fogo, pensou Brigan para ela, *Eu fiz alguma coisa para deixá-la com raiva?*

Não. Sim, sim, você fez, pensou ela furiosamente, *Você nunca gostou de Archer. Você não se importa com o fato de ele estar morto.*

Isso é mentira, pensou para ela com certeza total. *Eu tinha minha própria consideração por Archer, e, além do mais, isso pouco importa, porque você o ama, e eu amo você, e sua aflição me aflige. Não há nada senão tristeza na morte de Archer.*

É por isso que você deve ir embora, pensou ela para ele, *Não há nada senão tristeza nisso.*

Houve um ruído na porta, e ouviu-se uma voz áspera de homem:

– Comandante, estamos prontos.

– Eu já vou – disse Brigan por sobre o ombro. – Esperem por mim lá fora.

O homem se afastou.

Vá embora, pensou Fogo para Brigan, *Não os faça esperar.*

Eu não vou deixá-la desse jeito.

Eu não vou olhar para você, pensou ela, pressionando a parede desajeitadamente com suas mãos enfaixadas, *Eu não quero ver suas novas cicatrizes de batalha.*

Ele se aproximou dela no canto, com seu teimoso e firme sentimento não alterado. Pôs a mão sobre seu ombro direito e curvou o rosto sobre seu ouvido esquerdo, a barba espetada roçando-lhe, o rosto frio contra o dela e a sua sensação dolorosamente familiar. E de repente ela se recostou nele, os braços desajeitamente abraçando seu braço esquerdo, que estava rígido devido à armadura de couro, e puxando-o para junto de si.

– Você é quem tem novas cicatrizes – disse ele muito baixinho, para que somente ela pudesse ouvir.

– Não vá – pediu ela. – Por favor, não vá.

– Eu desesperadamente não quero ir. Mas você sabe que devo.

– Eu não quero amá-lo se você vai morrer – chorou ela, enterrando o rosto no braço dele. – Eu não amo você.

– Fogo – disse ele. – Você fará uma coisa por mim? Vai me enviar uma mensagem no *front* do extremo norte, para que eu saiba que você está bem?

– Eu não amo você.

— Isso significa que você não vai me enviar uma mensagem?

— Não — disse ela confusamente. — Sim. Mandarei uma mensagem. Mas...

— Fogo — falou ele delicadamente, começando a se soltar dela. — Você deve sentir o que eu sinto. Eu...

Outra voz, com penetrante impaciência, interrompeu-o da porta:

— Comandante! Os cavalos estão a postos.

Brigan girou para encarar o homem, praguejando de um jeito com tanta exasperação e fúria como Fogo nunca ouvira ninguém praguejar. O homem saiu correndo, assustado.

— Eu amo você — disse Brigan muito calmamente às costas de Fogo. — Espero que saber disso possa confortá-la nos dias que virão. E tudo o que eu peço de você é que tente comer, Fogo, e dormir, não importa como se sinta. Coma e durma. E mande-me uma mensagem, para que eu saiba como você está. Diga-me se há alguém, ou algo, que eu possa mandar para você.

Vá com segurança. Vá com segurança, pensou ela para ele quando ele deixou a construção e seu comboio atravessou os portões.

Que coisa mais tola e vazia para se dizer para alguém em qualquer lugar!

Capítulo 29

Fogo supunha que havia pouca coisa para uma pessoa sem poder usar as mãos fazer no forte Dilúvio. Clara estava ocupada com os capitães de Brigan e uma constante torrente de mensageiros, e Garan raramente dava as caras, lançando olhares mal-humorados a seu modo costumeiro quando o fazia. Fogo os evitava, bem como evitava o quarto onde fileiras intermináveis de soldados padeciam estendidas.

Não lhe era permitido pisar o lado de fora dos muros da fortaleza. Ela dividia seu tempo entre dois lugares: o quarto de dormir que dividia com Clara, Musa e Margo, fingindo sono toda vez que Clara entrava, pois ela fazia perguntas demais sobre Archer e o pesadamente vigiado telhado do forte, onde ela ficava num manto encapuzado aquecido, as mãos ajuntadas com segurança em suas axilas, e conversava intimamente com o cavalo cinzento malhado.

A égua – pois agora Fogo estava com o raciocínio claro o suficiente para saber que era uma égua – estava vivendo nas rochas ao norte da construção. Ela havia debandado do grupo de Fogo assim que eles se aproximaram do forte e, a despeito das tentativas do domador de cavalos, não consentia em ficar num estábulo junto com os outros. Fogo se recusou a permitir que qualquer um a subjugasse com drogas, nem quis, ela mesma, obrigá-la ao confinamento. O domador de cavalos jogou as mãos para o alto com a decepção. A égua era obviamente um animal incomumente belo, mas ele estava cheio de cavalos feridos, ferraduras soltas e arreios partidos e não tinha tempo a desperdiçar com um recalcitrante.

E assim a égua vivia livre nas rochas, comendo o que era deixado para ela, procurando comida se não lhe fosse dada e visitando Fogo sempre que a menina a chamava. Transmitia uma sensação estranha e selvagem, sua mente era uma coisa maravilhosamente íntegra que Fogo podia tocar e influenciar, mas nunca realmente compreender. Ela pertencia só às rochas, sem amarras, e era maldosa quando precisava ser.

No entanto, transmitia amor também – reprimido, ao modo dela. O animal não tinha intenção de abandonar Fogo.

Passavam horas à vista uma da outra, seus sentimentos conectados pela corrente do poder de Fogo. Era um animal belo de se ver, a pele com delicadas manchas e círculos em cinza, a crina e o rabo grossos e longos, emaranhados, de um cinzento escuro como ardósia. Seus olhos eram azuis.

Fogo desejava que lhe permitissem sair do forte. Ela gostaria de se juntar à égua nas rochas, subir em seu lombo e ser levada para longe, indo para onde quer que o animal quisesse ir.

GARAN VEIO NAS pontas dos pés para o quarto de Fogo uma manhã, quando ela estava enrolada sob seus cobertores, tentando se entorpecer para não sentir o ardor de suas mãos e fingindo dormir. Ele parou diante dela e disse sem preliminares:

– Levante-se, Fogo. Nós precisamos de você.

Não disse com raiva, mas tampouco parecia um pedido. Fogo olhou-o, estranhando.

— Minhas mãos estão inúteis — disse ela.

— Aquilo para que precisamos de você não requer o uso das mãos.

Fogo fechou os olhos.

— Você quer que eu interrogue alguém. Sinto muito, Garan. Não me sinto bem o suficiente.

— Você se sentiria melhor levantando-se e parando de se lamuriar — respondeu ele. — E, de qualquer modo, não é para um interrogatório que precisamos de você.

Fogo ficou furiosa:

— Você nunca gostou de Archer. Não se importa nem um pouco com o que aconteceu.

Garan falou inflamadamente:

— Você não pode ver dentro do meu coração, ou não diria uma coisa tão estúpida. Não vou sair deste quarto até que você se levante. Há uma guerra acontecendo a não mais que uma pedrada de distância daqui, e eu tenho coisas pesadas o suficiente em minha mente para que você fique desperdiçando tempo como um fedelho egoísta. Quer que eu mande uma mensagem a Brigan, Nash e Brocker um dia, dizendo-lhes que você morreu de uma doença qualquer? Você está me deixando mal, Fogo, e eu lhe peço: se não quer fazer isso por você mesma, faça por mim. Não aprecio moribundos.

Fogo havia se erguido a uma posição sentada no meio desse notável discurso, e agora seus olhos estavam abertos e enxergavam. A pele de Garan estava suada, e ele respirava rapidamente. Estava, se possível fosse, mais magro do que era, e a dor pairava em seu rosto. Fogo estendeu a mão para ele, aflita agora, e fez um gesto para que se sentasse. Quando ele se sentou, ela alisou seu cabelo com a mão em forma de concha. Ajudou-o a abrandar sua respiração.

— Você perdeu peso — disse-lhe ela finalmente, com os olhos infelizes dele postos sobre sua face. — E você tem esta horrível expressão vazia em seus olhos que me dá vontade de sacudi-lo.

Fogo alisou o cabelo dele novamente e escolheu as palavras cuidadosamente, encontrando algumas que não a fariam chorar:

— Eu não acho que estou lamuriando — falou ela. — Não me sinto inteiramente conectada a mim mesma, Garan.

— Seu poder é forte — disse ele. — Eu posso senti-lo. Você me acalmou imediatamente.

Ela se perguntou se uma pessoa poderia ser poderosa, mas por dentro sentir-se em pedaços, abalada, o tempo todo.

Analisou-o novamente. Ele não parecia bem. Estava muito sobrecarregado.

— Para que espécie de trabalho necessita de mim? — perguntou ela.

Ele disse:

— Você gostaria de aliviar a dor dos soldados do forte que estão morrendo?

O TRABALHO DE cura do forte tinha lugar numa enorme enfermaria no primeiro andar, que era a residência de quinhentos soldados durante os tempos de paz. As janelas não tinham vidro, e as persianas estavam puxadas agora para conservar o calor, que vinha de lareiras ao longo das paredes e de um fogo no meio do chão, a fumaça rolando casualmente em direção a um cano de chaminé no teto que conduzia ao telhado e ao céu.

O aposento era escuro, e os soldados gemiam e gritavam, e o lugar tinha um cheiro de sangue e fumaça e de alguma coisa mais que deteve Fogo logo à entrada. Era muito parecido com entrar em um de seus pesadelos. Ela não conseguiria.

Mas então viu um homem de costas numa cama, seu nariz e ouvidos negros como as mãos dela, e apenas uma das mãos pousada no peito, pois a outra desaparecera completamente, um coto envolto em gaze. Ele estava rangendo os dentes, febril e trêmulo, e Fogo se dirigiu a ele, porque não conseguiu conter a compaixão.

À simples visão dela, algum pânico no interior dele pareceu se tranquilizar. Ela sentou-se à beira de sua cama e olhou dentro dos olhos dele. Entendeu que ele estava exausto, mas distraído demais pela dor e pelo medo para descansar. Ela afastou a sensação de dor e acalmou o medo que ele sentia. Ajudou-o a cair no sono.

Foi assim que Fogo se tornou um ornamento na ala de cura, pois ela era até melhor que as drogas dos cirurgiões em matéria de afastar a dor – e toda espécie de dor se fazia presente nesse aposento. Às vezes era suficiente que se sentasse ao lado de um soldado para que ele se acalmasse, e, às vezes, como quando um deles estava tendo uma flecha extraída ou passando por uma cirurgia sem anestesia, era preciso mais. Havia dias em que sua mente estava em várias partes do aposento ao mesmo tempo, acalmando a dor onde ela se fazia pior, enquanto seu corpo subia e descia pelas fileiras de pacientes, seu cabelo solto e seus olhos procurando nos leitos os olhos dos homens e mulheres que se sentiam menos aterrorizados ao vê-la.

Surpreendeu-a ver como era fácil conversar com soldados que estavam morrendo, com soldados que nunca ficariam bem novamente ou que haviam perdido seus amigos e temiam por suas famílias. Ela pensava que já havia atingido o limite de sua capacidade para a dor e não tinha espaço dentro de si para mais. Mas se lembrou de que havia dito a Archer uma vez que não se podia medir o amor numa escala de graus, e agora ela entendia que assim também era com a dor. A dor podia ascender sempre e, bem quando se pensava que se havia atingido o limite, ela podia começar a se espalhar pelos lados, derramar-se, contagiar outras pessoas e misturar-se com a dor delas. E ficar maior, mas, de algum modo, menos opressiva. Ela se imaginou presa num lugar longe da vida e de sentimentos comuns das pessoas. Não havia reparado em quantas outras pessoas estavam presas naquele lugar com ela.

Finalmente, começou a deixar Clara entrar no lugar. Disse a ela o que sua dor ansiava por ouvir: os fatos que haviam acontecido.

– Ele morreu sozinho – disse ela para Clara, baixinho.

– E... – falou Clara, respondendo tão baixinho quanto ela – morreu acreditando que fracassara com você. Pois, àquela altura, ele deve ter sabido dos planos para sequestrá-la, não acha?

– Ele com certeza ao menos suspeitava disso – disse Fogo, percebendo, enquanto a história se abria em palavras entre elas, quantas partes do acontecido ela não conhecia. Isso ao mesmo tempo a feria e acalmava, como a pomada que as curandeiras haviam espalhado em suas mãos nuas, para tentar preencher as partes que faltavam. Ela nunca saberia como ele se sentira ao ser morto por seu próprio pai. Nunca saberia se as coisas teriam transcorrido de modo diferente se ela houvesse prestado mais atenção, se ela houvesse lutado com mais força para impedi-lo de partir. Se, anos antes, ela houvesse descoberto um meio de impedi-lo de amá-la tanto. Se Archer, não importando a força de sua mente ou a profundidade de sua afeição, houvesse ficado inteiramente imune à sua beleza monstruosa.

— Suponho que nunca saberemos tampouco como Jod era — falou Clara, quando Fogo, em voz baixa, transmitiu todos esses pensamentos. — Sabemos que ele era um criminoso, é claro — continuou ela —, e um desclassificado maldoso, digno de morrer, mesmo que seja o avô de meu filho. — Ela riu com desdém, dizendo num aparte: — Que dupla de avôs essa criança tem! Mas o que quero dizer é que nós nunca saberemos se Jod teria matado seu próprio filho se estivesse em controle de seu juízo em vez de sob o poder daquele garoto horrível que você deixou cair da montanha, e bons ventos o levem! Espero que ele morra em terrível agonia, empalado num pedaço de rocha pontiaguda.

Clara era uma companhia estranhamente confortadora para Fogo nesses dias. Grávida, ela estava ainda mais deslumbrante do que antes. Quase cinco meses de gravidez, e seu cabelo estava mais espesso e brilhante, sua pele reluzente; uma vitalidade extra alimentava sua determinação habitual. Ela estava completamente viva, o que tornava às vezes doloroso para Fogo ficar ao seu lado. Mas Clara também era revoltada contra todas as coisas erradas, além de ferozmente honesta. E estava carregando o filho de Archer em seu corpo.

— Lorde Brocker é avô de seu filho também — disse Fogo docilmente. — E há duas avós de quem você não precisa ter vergonha.

— E, de qualquer modo... — falou Clara — se fôssemos ser julgados pelos nossos pais e avós, todos nós poderíamos também nos empalar em pedaços pontiagudos de rocha.

Sim, pensou Fogo consigo mesma soturnamente. Isso não estava longe de ser verdade.

Quando estava sozinha, Fogo não podia pensar no lar, nas suas lembranças. No telhado, visitando a égua, lutava para não pensar em Pequeno, que estava muito longe, na Cidade do Rei, com toda certeza perguntando-se por que ela havia ido embora e se um dia voltaria.

À noite, quando lutava contra o sono, Cansrel e Archer alternavam-se em seus pesadelos. Cansrel, com sua garganta cortada, subitamente virava Archer, encarando-a com tanta malignidade quanto Cansrel sempre encarara. Às vezes, ela estava atraindo Archer, em vez de Cansrel, à sua morte, ou atraindo os dois juntos. De vez em quando, Cansrel estava matando Archer, ou estuprando a mãe dele, e talvez Archer o tivesse encontrado e matado. O que quer que acontecesse, independentemente de qual dos dois homens mortos morresse outra vez em seus sonhos, ela sempre despertava com a mesma aflição implacável.

VIERAM NOTÍCIAS do *front* no extremo norte dizendo que Brigan estava mandando Nash para o Forte Dilúvio e que Brocker e Roen viriam com o rei.

Garan ficou indignado.

— Posso entender que ele envie Nash para ocupar seu lugar — disse ele. — Mas por que ele está acabando com sua equipe estratégica toda? Ele ainda nos mandará a Terceira e a Quarta Divisões depois e derrubará o exército de Mydogg sozinho.

— Deve estar ficando perigoso demais para quem não é soldado ficar por lá — disse Clara.

— Se está perigoso, ele deveria nos comunicar.

— Ele *já* fez isso, Garan. O que você acha que ele quer dizer quando falou que mesmo num acampamento uma noite de descanso é rara? Você imagina que os soldados de Mydogg estejam mantendo os nossos despertos até horas mortas com torneios de bebida e dança? E você leu o último relatório? Um soldado da Terceira atacou sua própria companhia outro dia, matou três de seus companheiros soldados antes que ele próprio fosse morto. Mydogg havia prometido pagar uma fortuna à sua família se ele se tornasse traidor.

Trabalhando na enfermaria, Fogo não podia deixar de saber das coisas que aconteciam na batalha e na guerra. E entendia que, a despeito dos corpos dilacerados que os médicos traziam de dentro dos túneis todos os dias, a despeito da dificuldade de suprir com alimentos os acampamentos no extremo sul, transportar os feridos e consertar armas e armaduras, e a despeito das fogueiras acesas toda noite para queimar os mortos, achava-se que a guerra no extremo sul estava indo bem. Ali, no forte Dilúvio, era uma questão de escaramuças no lombo de cavalos ou a pé, um grupo de soldados prendendo outros numa caverna, ataques rápidos e retiradas. Os soldados de Gentian, liderados por um dos capitães pikkianos de Mydogg, eram desorganizados.

Os de Brigan, por outro lado, eram treinados com eficiência para cuidar de suas responsabilidades em qualquer situação, mesmo no caos dos túneis. Brigan havia partido prevendo que seria apenas uma questão de semanas até que fizessem alguma espécie de avanço significativo.

Mas, no *front* no extremo norte, a luta tinha lugar no terreno plano e ao ar livre ao norte da cidade, onde havia pouca vantagem em se adotar estratégias inteligentes. O território e a visibilidade redundavam em batalhas totalmente a céu aberto, todos os dias, até que a escuridão caísse. Eles eram ferozes, os homens de Mydogg, e tanto Mydogg quanto Murgda estavam lá, ao seu lado; e a neve e o gelo estavam se provando não ser amistosos com os cavalos. Com muita frequência, os soldados lutavam a pé, então começou a transparecer que o Exército do Rei estava em vasta inferioridade numérica. Muito lentamente, Mydogg estava avançando sobre a cidade. E, naturalmente, o norte era para onde Brigan fora, pois ele sempre ia para qualquer lugar onde a situação era pior. Fogo supôs que ele precisasse estar lá para fazer discursos animadores e conduzir os homens ao ataque ou o que quer que fosse que os comandantes fizessem em tempos de guerra. Ela lamentava a competência dele para uma responsabilidade trágica e sem sentido. Desejava que ele, ou alguém, baixasse a espada e dissesse: "Basta! Este é um modo estúpido de resolver quem está no trono!" E parecia a ela, enquanto os leitos da enfermaria se enchiam e esvaziavam e de novo se enchiam, que essas batalhas não deixavam muitas terras para alguém governar. O reino já estava despedaçado, e a guerra estava partindo ainda mais os pedaços já quebrados.

Cansrel teria gostado das batalhas. A destruição sem sentido era de seu gosto. O garoto provavelmente teria gostado também.

Archer teria resguardado seu julgamento – se resguardado dela, pelo menos, sabendo de sua opinião mordaz. E, qualquer que fosse a opinião dele, ele teria partido e lutado corajosamente pelos Dells.

Como Brigan e Nash estavam fazendo.

Quando a guarda dianteira de Nash fez estardalhaço ao atravessar os portões, Fogo ficou envergonhada ao se flagrar correndo para cima do telhado, trôpega, descontrolada.

Belo animal! – gritou ela para sua companheira, *Belo animal, não posso suportar isso. Eu posso suportar Archer e Cansrel, se for preciso, mas não posso suportar isso também. Faça-o ir embora. Por que meus amigos têm que ser soldados?*

Algum tempo depois, quando Nash foi ao telhado para se encontrar com ela, Fogo não se ajoelhou, como sua própria guarda e a guarda do telhado fizeram. Manteve suas costas viradas para o rei e os olhos na égua, seus ombros curvados como que para se proteger de sua presença.

– Lady Fogo – disse ele.

Majestade. Eu não quero ser desrespeitosa, mas lhe peço para ir embora.

– Certamente, lady, se você o deseja – concordou ele docilmente. – Mas primeiro eu prometi entregar cerca de cem mensagens do *front* ao extremo norte e na cidade, de minha mãe, sua avó, Hanna, Brocker e Mila, para começar.

Fogo imaginou uma mensagem de Brocker: "Culpo você pela morte de meu filho." Uma mensagem de Tess: "Você arruinou suas belas mãos com sua displicência, não arruinou, lady Neta?" Uma mensagem de Hanna: "Você me deixou sozinha."

Muito bem, pensou ela para Nash. *Fale as mensagens, se é isso o que você tem a fazer.*

— Bem — disse Nash, um tanto perplexo —, eles expressam seu carinho, naturalmente. Seu pranto por Archer e seu alívio por você estar viva. Hanna pediu-me especificamente para lhe dizer que Manchinha está se recuperando. Lady... — Ele parou. — Fogo — continuou. — Por que você conversa com minha irmã e meus irmãos, mas não comigo?

Ela respondeu asperamente em pensamento:

Se Brigan disse que nós conversávamos, estava sendo falso.

Nash fez uma pausa.

— Ele não disse. Suponho que eu tenha deduzido por mim mesmo. Mas com certeza você tem conversado com Clara e Garan.

Clara e Garan não são soldados. Eles não vão morrer, pensou ela para ele, percebendo, ao transmiti-lo, que tal argumento era falho, pois Garan podia morrer de sua doença, e Clara, de parto. Tess de velhice, e Brocker e Roen de um ataque ao seu grupo de viagem, e Hanna poderia ser jogada de um cavalo.

— Fogo...

Por favor, Nash, por favor. Não me faça falar sobre motivos, por favor, só me deixe em paz. Por favor!

Ele sentiu-se ofendido pelo pensamento dela. Virou-se para ir embora. Então, parou e olhou para trás.

— Só mais uma coisa. Seu cavalo está nos estábulos.

Fogo olhou para o outro lado das rochas, para a égua cinzenta batendo os cascos com força sobre a neve, e não entendeu. Ela demonstrou sua confusão para Nash.

— Você não disse a Brigan que queria seu cavalo? – perguntou ele.

Fogo virou-se, olhando diretamente para ele pela primeira vez. Deparou-se com uma figura bonita e feroz, uma pequena nova cicatriz sobre os lábios, seu manto pendendo sobre a cota de malha e couro. Ela disse:

— Você não está querendo dizer... Pequeno?

— É claro – disse ele. – Pequeno. De qualquer modo, Brigan pensou que você o quisesse. Ele está lá embaixo.

Fogo saiu correndo.

ELA HAVIA CHORADO muito e com muita frequência desde que encontrara o corpo de Archer, chorado pela coisa mais trivial, com lágrimas silenciosas sempre rolando pelo seu rosto. O modo com que começou a chorar quando viu Pequeno, franco e silencioso com sua crina sobre os olhos, pressionando a porta da cocheira para se aproximar dela, foi diferente. Julgou que iria sufocar com a violência desses soluços ou dilacerar alguma coisa dentro de si.

Musa ficou alarmada e entrou na cocheira com ela, esfregando suas costas enquanto Fogo se agarrava ao pescoço de Pequeno e arfava. Neel apareceu com lenços na mão. Foi inútil. Ela não conseguia parar de chorar.

É culpa minha, disse ela a Pequeno repetidas vezes, *Oh, Pequeno, é culpa minha. Era eu quem devia ter morrido, e não Archer. Archer nunca devia ter morrido.*

Depois de um longo tempo, ela se pôs a chorar, até um ponto em que compreendeu que não era culpa sua. Então chorou mais, pela simples aflição de saber que ele se fora.

FOGO DESPERTOU, não de um pesadelo, mas *com* alguma coisa – alguma coisa reconfortante. A sensação de estar envolta em cobertores e dormindo contra um bafo quente, que pertencia a Pequeno, às suas costas.

Musa e vários outros guardas estavam travando uma conversa murmurada com alguém do lado de fora da cocheira. A mente confusa de Fogo tateou seu caminho em direção a eles. Essa pessoa era o rei.

Seu pânico se foi, substituído por um vazio estranho e pacífico. Ela se ergueu de um impulso e passou sua mão enfaixada levemente sobre o maravilhoso corpo de barrica de Pequeno, desviando para tocar nos pontos onde seus pelos cresciam curvos em torno das cicatrizes provocadas pelos raptores-monstro. A mente dele ficou delicadamente adormecida, e o feno junto ao seu rosto se moveu com a respiração. O cavalo era um torrão escuro à luz das tochas. Era perfeito.

Fogo tocou a mente de Nash. Ele veio à porta da cocheira e encostou-se, olhando para ela. Hesitação e amor estavam óbvios em seu rosto e em seus sentimentos.

– Você está sorrindo – disse ele.

Naturalmente, lágrimas foram a resposta a essas palavras. Com raiva de si mesma, ela tentou detê-las, mas mesmo assim elas se derramaram.

— Eu sinto muito — falou ela.

Ele entrou na cocheira e se abaixou no espaço entre a cabeça e o peito de Pequeno. Afagou o pescoço do cavalo, analisando-a.

— Percebo que você tem chorado muito — comentou ele.

— Sim — concordou ela, derrotada.

— Você deve estar cansada e suscetível por isso.

— Sim.

— E suas mãos? Elas ainda doem muito?

Havia alguma coisa confortadora nesse interrogatório tranquilo.

— Estão um pouquinho melhores do que estavam.

Ele fez que sim solenemente e continuou a afagar o pescoço de Pequeno. Estava vestido como anteriormente, mas agora carregava seu capacete sob um braço. Parecia mais velho na escuridão e à luz alaranjada. Ele era mais velho, dez anos mais velho que ela. Quase todos os seus amigos eram mais velhos; mesmo Brigan, o irmão mais novo, tinha cinco anos a mais que ela. Mas Fogo não achava que era a diferença em anos que a fazia sentir-se tão criança, cercada por adultos.

— Por que você ainda está aqui? — perguntou ela. — Não deveria estar em alguma caverna por aí inspirando as pessoas?

— Eu deveria — disse ele, dando levemente de ombros por seu sarcasmo. — E vim aqui para apanhar meu cavalo a fim de que possa sair cavalgando para os acampamentos. Mas, em vez de fazer isso, agora estou conversando com você.

Fogo rastreou uma longa e fina cicatriz no lombo de Pequeno. Ela pensou sobre sua tendência recente de se comunicar mais facilmente com cavalos e estranhos agonizantes do que com as pessoas que julgava amar.

— Não é sensato amar pessoas que apenas vão morrer — disse ela.

Nash pensou naquilo por um momento, afagando o pescoço de Pequeno com grande deliberação, como se o destino dos Dells dependesse daquele movimento suave e cuidadoso.

— Tenho duas respostas para isso — explicou ele finalmente. — Primeira resposta, todo mundo vai morrer. Segunda, o amor é estúpido. Não tem nada a ver com a razão. Você ama quem você ama. Contra todas as razões, eu amei meu pai. — Ele olhou para ela de modo penetrante. — Você amou o seu?

— Sim — sussurrou ela.

Ele afagou o focinho de Pequeno.

— Eu amo você — disse ele —, mesmo sabendo que você nunca irá me querer. E eu amo meu irmão, mais do que eu pensava amar antes de você chegar. Você não pode escolher quem ama, lady. Nem pode saber o que é que causa esse amor.

Ela, então, estabeleceu uma ligação. Surpresa, afastou-se dele e estudou seu rosto, suave à mistura de sombras e luz. Viu uma parte dele que não havia visto anteriormente.

— Você veio até mim procurando lições para resguardar sua mente — disse ela — e parou de me pedir em casamento, as duas coisas ao mesmo tempo. Você fez essas coisas por amor ao seu irmão.

— Bem — falou ele, olhando um pouco timidamente para o chão. — Eu também dei uns socos nele, mas isso não tem importância.

— Você é bom em amar — concluiu ela simplesmente, porque lhe pareceu que era verdade. — Eu não sou boa em amar. Sou como uma criatura farpada. Sou de repelir todos os que amo.

Ele deu de ombros.

— Eu não me importo em ser repelido se isso significar que você me ama, irmãzinha.

Capítulo 30

Fogo começou a escrever uma carta mentalmente para Brigan. Não era uma carta muito boa. "Caro Brigan, eu não acho que você deveria estar fazendo o que está fazendo." "Caro Brigan, as pessoas estão fugindo de mim e eu estou ficando desorientada."

O inchaço de suas mãos havia melhorado, e não aparecia nenhum lugar escurecido que já não fosse anteriormente escuro. Haveria uma cirurgia, provavelmente, as curandeiras disseram, quando mais tempo se passasse, para remover os dois dedos mortos de sua mão esquerda.

– Com todos os seus remédios – perguntou Musa para uma das curandeiras –, vocês realmente não têm nada para ajudá-la?

– Não há remédios para trazer uma coisa morta de volta à vida – disse a curandeira, de maneira firme. – A melhor coisa neste exato momento será lady Fogo começar a usar suas mãos com regularidade novamente. Ela descobrirá que uma pessoa pode desempenhar funções muito bem sem todos os dez dedos.

Não era como fora anteriormente. Mas que alívio poder cortar seu alimento, abotoar seus próprios botões, amarrar atrás seu próprio cabelo. E ela exercia cada tarefa, mesmo que seus movimentos fossem desajeitados e infantis a princípio e seus dedos normais ardessem, mesmo que percebesse que seus amigos sentiam piedade ao observá-la! A piedade apenas deixou Fogo ainda mais teimosa. Ela pediu permissão para ajudar em tarefas práticas na enfermaria – enfaixando ferimentos, alimentando os soldados que não podiam fazê-lo sozinhos. Eles nunca se importavam se ela deixava pingar caldo de carne em cima de suas roupas.

Conforme sua habilidade se aprimorava, ela até começou a assessorar em alguns aspectos simples das cirurgias: segurando lâmpadas, passando aos cirurgiões seus instrumentos. Descobriu que tinha um estômago forte para sangue, infecções e vísceras humanas – muito embora as vísceras humanas fossem muito mais emaranhadas que as dos insetos-monstro. Alguns desses soldados lhe eram familiares por causa das três semanas que ela havia passado em viagem com a Primeira Divisão. Supunha que alguns deles haviam sido inimigos seus um dia, mas tal sentimento parecia ter desaparecido neles. Agora que estavam em guerra, padeciam de dores e necessitavam muito de conforto.

Um soldado de quem ela se lembrava muito bem foi trazido para a enfermaria um dia, uma flecha cravada em sua coxa. Era o homem que havia uma vez lhe emprestado seu violino – aquele homem enorme, de traços marcados, um poço de delicadeza. Ela sorriu ao vê-lo. Eles tiveram discretas conversas de vez em quando, ela aliviando sua dor enquanto a ferida se curava. Ele disse pouca coisa sobre o dedos mortos dela, mas uma expressão em seu rosto, toda vez que olhava para eles, transmitia a profundeza de sua empatia.

Quando Brocker chegou, ele tomou suas mãos, segurou-as contra seu rosto e chorou sobre elas.

Com Brocker veio não apenas Roen, mas também Mila, pois ele pedira à garota para servir como sua assessora militar, e ela aceitara. Brocker e Roen – velhos amigos que não se viam desde os tempos do rei Nax – agora eram praticamente inseparáveis, e Mila estava com eles frequentemente.

Fogo via Nash apenas de vez em quando, quando ele vinha ao forte para dar informações ou traçar estratégias com Garan e Clara, Brocker e Roen. Sujo e abatido, com sorrisos apagados.

– Eu acho que o rei Nash voltará – dizia Mila a Fogo calmamente toda vez que ele partia de novo para as cavernas. Muito embora Fogo soubesse que não havia lógica nenhuma por trás da afirmação de Mila, as palavras a confortavam.

Mila havia mudado. Ela trabalhava duramente ao lado de Brocker, silenciosa e atenta.

– Eu fiquei sabendo que há uma droga para pôr fim a uma gravidez assim que ela se anuncia – disse ela a Fogo de passagem, um dia. – É tarde demais para mim, naturalmente. Você sabia disso, lady?

Fogo ficou aturdida:

– Claro que não, ou eu lhe teria revelado e a encontrado para você.

– Clara me falou dela – explicou Mila. – As curandeiras do rei são impressionantes, mas na verdade parece que você precisa ter sido criado em certas áreas da Cidade do Rei até para ter a esperança de saber de tudo o que essas mulheres são capazes. Fiquei revoltada quando soube – disse. – Fiquei furiosa. Mas não adianta, realmente, pensar nisso agora. Eu não sou diferente de qualquer outra pessoa, não é, lady? Todos nós passamos por caminhos que nunca teríamos escolhido por nós mesmos. Suponho que às vezes fico cansada de minhas próprias queixas.

— Aquele meu garoto! — disse Brocker naquele mesmo dia, mais tarde. Estava sentado ao lado de Fogo numa cadeira no telhado, para onde consentira em ser levado porque queria ver a égua malhada de cinza. Ele balançou a cabeça e grunhiu. — Meu garoto. Acho que tenho netos que nunca chegarei a conhecer. Sabia que ele ia morrer, de modo que, em vez de estar furioso com Mila e a princesa Clara, estou consolado.

Eles observavam a dança que acontecia no terreno ao redor deles; dois cavalos se cercando, um simples e castanho que estendia o focinho ocasionalmente na tentativa de pousar um beijo molhado no traseiro cinzeiro evasivo do outro. Fogo estava tentando criar amizade entre os dois cavalos, pois a égua, se realmente tencionava seguir Fogo para onde quer que fosse, iria precisar de mais algumas almas em que confiar neste mundo. Hoje ela havia parado de tentar intimidar Pequeno, empinando e escoiceando sobre ele. Era um avanço.

— Ela é uma égua selvagem — disse Brocker.

— Uma o quê?

— Uma égua selvagem. Eu já vi uma ou duas malhadas de cinza como essa; elas vêm da embocadura do rio Alado. Eu não acho que há muito mercado regular para cavalos selvagens, a despeito de eles serem tão belos. São absurdamente caros, pelo fato de serem difíceis de capturar e ainda mais difíceis de domar. Não são sociáveis como os outros cavalos.

Fogo se lembrou de que Brigan havia falado uma vez, cobiçoso, sobre cavalos selvagens. Ela também se lembrou de que a égua a tinha carregado teimosamente para o sul e o oeste da propriedade de Cutter, até que Fogo a virara de volta. Ela estava tentando ir para casa – levar Fogo para sua casa, onde o rio começava. Agora estava ali, onde não queria estar, mas onde escolhera ficar, de qualquer modo.

Querido Brigan, pensou ela para si mesma, *As pessoas querem coisas incongruentes, impossíveis. Cavalos também.*

– O comandante já deu uma olhada nela? – perguntou Brocker, parecendo divertir-se com sua própria pergunta. Aparentemente, estava familiarizado com a predileção de Brigan por cavalos.

– Eu não dou a mínima para o valor dela – disse Fogo delicadamente. – E não vou ajudá-lo a domá-la.

– Você não está sendo justa – afirmou Brocker mansamente. – O garoto é conhecido por sua delicadeza com cavalos. Ele não doma animais que não sintam uma inclinação por ele.

– Mas qual cavalo não ficaria inclinado? – disse Fogo, depois parou, porque ela estava sendo tola e sentimental e falando demais.

Um momento depois, Brocker disse, numa voz estranha e perplexa sobre a qual ela não quis pensar de todo:

– Cometi alguns erros angustiantes, e minha mente gira quando tento compreender todas as consequências que eles tiveram. Eu não tenho sido o homem que deveria ter sido, para ninguém. Talvez – continuou, olhando fixamente para o colo – eu tenha sido punido justamente. Oh, filha, seus dedos partem meu coração! Você conseguiria ensinar a si mesma a tanger as cordas com a mão direita?

Fogo pegou a mão dele e agarrou-a com tanta força quanto possível, mas não respondeu. Ela havia pensado em tocar seu violino com a mão oposta, mas isso parecia muito com recomeçar do zero. Dedos de dezoito anos de idade não aprendiam a voar por sobre as cordas com tanta facilidade quanto dedos de cinco anos, e, além do mais, um arco seria um grande desafio para uma mão com apenas dois dedos e um polegar úteis.

Seu paciente violinista deu outra sugestão. Que tal se ela mantivesse o violino em sua mão esquerda e o arco na direita, como de hábito, mas rededilhasse a música de modo que ela ficasse executável com apenas dois dedos? Com que rapidez ela podia alcançar as cordas e com que precisão? Uma vez, à noite, quando estava escuro e sua guarda não a via, ela fingira segurar o violino e pressionar os dois dedos sobre cordas imaginárias. Na ocasião, isso lhe parecera um exercício canhestro, inútil e deprimente. A pergunta de Brocker a fez pensar se não poderia tentar outra vez.

UMA SEMANA DEPOIS, ela veio a entender o restante das palavras de Brocker.

Ficara até tarde na enfermaria, salvando a vida de um homem. Era algo que ela era capaz de fazer muito ocasionalmente: uma questão de força de vontade dos soldados mais próximos à morte, alguns agonizando de dor e outros até inconscientes. No seu momento de desistência, ela podia lhes dar ânimo, se eles quisessem. Podia ajudá-los a se agarrar aos seus "eus" agonizantes. Nem sempre funcionava. Um homem que não podia parar de sangrar nunca sobreviveria, não importando o quão inexoravelmente ele lutasse contra a morte. Mas, às vezes, o que ela lhes dava era o suficiente.

Naturalmente, isso a deixava exausta.

Nesse dia, ela estava faminta, e sabia que haveria comida suficiente nos escritórios onde Garan e Clara, Brocker e Roen passavam seus dias esperando ansiosamente por mensagens e discutindo. Mas nesse dia eles não estavam discutindo, e, quando ela entrou com sua guarda, sentiu uma leveza incomum. Nash estava lá, sentado ao lado de Mila, tagarelando, com um sorriso em seu rosto mais verdadeiro do que qualquer outro que Fogo houvesse visto ultimamente. Garan e Clara comiam pacificamente de seus pratos, e Brocker e Roen sentavam-se juntos a uma mesa, traçando linhas sobre um mapa topográfico do que parecia ser a metade subterrânea do reino. Roen murmurou alguma coisa que fez Brocker dar uma risada.

– O que há? – disse Fogo. – O que aconteceu?

Roen ergueu os olhos do mapa e apontou para uma terrina de ensopado sobre a mesa.

– Ah, Fogo. Sente-se. Coma alguma coisa, e nós vamos lhe contar por que a guerra não está perdida. E quanto a você, Musa? Neel? Vocês estão com fome? Nash – disse ela, girando para olhar criticamente seu filho. – Venha pegar mais ensopado para Mila.

Nash se levantou de sua cadeira.

– Vejo que todos vão comer ensopado, menos eu.

– Eu vi você comer três pratos de ensopado – disse Roen com severidade, e Fogo sentou-se um tanto pesadamente, pois a caçoada na sala a deixava fraca, com um alívio que ela não estava certa ainda se era seguro sentir.

Então Roen explicou que um par de seus patrulheiros na fronteira no extremo sul havia feito duas descobertas consecutivas um tanto animadoras. Primeiro, eles identificaram a trilha labiríntica da rota de suprimento alimentar do inimigo através dos túneis, e, segundo, haviam localizado uma série de cavernas a leste do local da batalha onde o inimigo estava reunindo a maioria de seus cavalos. Tomar à força tanto a rota de suprimento quanto as cavernas havia sido apenas uma questão de dois ataques bem situados para os exércitos do rei. E agora seria apenas uma questão de dias até que os homens de Gentian ficassem sem comida; e, sem cavalos para escapar, eles seriam deixados sem opção, senão se renderem, permitindo à maioria da Primeira e da Segunda Divisões correr para o norte para reforçar as tropas de Brigan.

Ou, no mínimo, era isso que os rostos sorridentes nesse escritório supunham que aconteceria. E Fogo teve que admitir que isso parecia provável, contanto que o exército de Gentian não bloqueasse por sua vez a rota de suprimento do Exército do Rei e que ninguém fosse deixado na Terceira e na Quarta Divisões para ser reforçado pela Primeira e Segunda na ocasião em que elas chegarem ao norte.

— Isso é obra dele. — Fogo ouviu Roen murmurar para Brocker. — Brigan mapeou esses túneis e, antes que partisse daqui, ele e seus patrulheiros acharam todas as regiões mais prováveis para as rotas de suprimento e dos cavalos, especificamente. Ele fez tudo direito.

— É claro que ele fez — disse Brocker. — Ele me ultrapassou há muito tempo.

Alguma coisa no tom do homem fez com que Fogo detivesse sua colher a meio caminho da boca e o analisasse, escutando suas palavras outra vez em sua mente. Fora o orgulho em sua voz que soara estranho. E, claro, Brocker havia sempre falado com orgulho do garoto comandante que seguiria sua própria trilha tão magnificamente. Mas hoje ele soara como se estivesse exagerando na indulgência.

Ele ergueu os olhos para Fogo para ver por que ela o estava olhando fixamente. Seus olhos, pálidos e claros, depararam-se com os dele, e ele sustentou o olhar.

Ela entendeu pela primeira vez o que Brocker tinha feito há cerca de vinte e poucos anos para provocar a fúria de Nax.

Quando ela se afastou da mesa, a voz de Brocker a seguiu, cansada e estranhamente derrotada:

— Fogo, espere. Fogo, querida, deixe-me falar com você.

Ela o ignorou. Abriu seu caminho com os ombros pela porta.

Foi Roen quem se aproximou dela no telhado.

— Fogo — disse ela. — Nós gostaríamos de conversar com você, e seria mais fácil para lorde Brocker se você descesse.

Fogo se submeteu, porque tinha perguntas e coisas um tanto explosivas que se flagrou querendo dizer. Ela cruzou os braços diante de Musa e olhou dentro dos olhos cor de avelã da guarda.

— Musa, você pode se queixar ao comandante de tudo o que quiser, mas eu insisto em falar com a rainha e lorde Brocker sozinha. Você me entende?

Musa tossiu desconfortavelmente.

— Nós nos posicionaremos do lado de fora da porta, lady.

Lá embaixo, nos alojamentos de Brocker, com a porta trancada, Fogo se ergueu junto a uma parede e olhou fixamente não para Brocker, mas para as grandes rodas de sua cadeira. De vez em quando ela dava uma olhada em seu rosto, depois para o de Roen, porque não conseguia controlar-se. Pareceu a ela que isso estava acontecendo com frequência grande demais ultimamente, que ela devesse olhar num rosto e ver outra pessoa ali e entendesse partes do passado que não havia entendido anteriormente.

O cabelo negro de Roen com sua mecha branca estava fortemente puxado para trás, e seu rosto também estava tenso, com preocupação. Ela ficou ao lado de Brocker, pondo delicadamente a mão em seu ombro. Mesmo sabendo o que ela agora sabia, a não familiaridade do gesto deixou Fogo sobressaltada.

— Eu nunca tinha visto vocês dois juntos antes desta guerra — disse ela.

— Sim — concordou Brocker. — Você nunca soube que eu viajava, filha. A rainha e eu não ficamos um com o outro desde...

Roen finalizou para ele em voz baixa:

— Desde o dia em que Nax mandou aqueles brutos para cima de você em minha casa verde, eu acho, na verdade.

Fogo deu uma olhada penetrante nela.

— Você viu tudo acontecer?

Roen fez um sinal positivo sombrio com a cabeça.

— Fui feita para observar. Creio que ele tinha esperança de que eu abortasse meu bebê bastardo.

Então Nax havia sido desumano, e Fogo sentiu a força disso. Mas, ainda assim, não conseguia contornar a realidade de sua raiva.

— *Archer* é seu filho – disse ela a Brocker, sufocando com sua própria indignação.

— Claro que Archer é meu filho – concordou Brocker pesadamente. – Ele sempre foi meu filho.

— Será que ele suspeitava de que tinha alguma espécie de irmão? Ele poderia ter se beneficiado de um irmão firme como Brigan. E Brigan, ele sabe? Eu não vou esconder isso dele.

— Brigan sabe, filha – disse Brocker –, embora Archer nunca tenha sabido, para meu arrependimento. Quando Archer morreu, percebi que Brigan devia saber. Nós lhe contamos, há poucas semanas, quando ele veio ao *front* do extremo norte.

— E quanto a ele? Brigan poderia ter se erguido para chamar você de pai, Brocker, em vez de chamar assim a um rei louco que o odiava porque ele era mais inteligente e mais forte que seu filho de verdade. Ele poderia ter sido criado no norte, longe de Nax e Cansrel, e nunca tido que se tornar... – Ela parou e virou o rosto para longe, tentando acalmar sua voz frenética. – Brigan poderia ter sido um senhor feudal do norte, com uma fazenda, uma propriedade e um estábulo cheio de cavalos. Não um príncipe.

— Mas Brigandell *é* um príncipe – disse Roen baixinho. – Ele é meu filho. Nax era o único que tinha o poder para deserdá-lo e mandá-lo embora, e ele nunca teria feito isso. Nunca teria admitido publicamente que era um marido enganado.

— E então, para orgulho de Nax – disse Fogo desesperadamente –, Brigan assumiu o papel de salvador do reino. Isso não é justo! Isso não é justo! – gritou, sabendo que era um argumento de criança, mas não se importando, porque ser infantil não o tornava falso.

— Oh, Fogo — acalmou-a Roen. — Você pode ver tão bem quanto qualquer um de nós que o reino precisa de Brigan exatamente onde ele está agora, do mesmo modo que ele precisa de você e de todos nós, não importando se nossos grupos são justos ou não.

A voz de Roen continha uma aflição terrível. Fogo olhou para seu rosto, tentando imaginar a mulher que ela fora há vinte e tantos anos. Inteligente e ferozmente capaz, descobrindo-se casada com um rei que era um fantoche para um maníaco. Roen havia observado seu casamento — e seu reino — se desfazer em ruínas.

O olhar de Fogo se deslocou para Brocker, então, que sustentou seus olhos tristemente.

Era Brocker quem ela não podia perdoar.

— Brocker, meu pai — disse ela. — Você fez uma coisa tão injusta com sua esposa!

— Você queria que isso nunca houvesse acontecido — interferiu Roen —, e Archer e Brigan nunca houvessem nascido?

— Esse é o argumento de um tapeador!

— Mas não é você quem foi tapeada, Fogo — disse Roen. — Por que isso deveria magoá-la tanto?

— Estaríamos em guerra agora, se vocês dois não houvessem levado Nax a arruinar seu próprio comandante militar? Não fomos todos tapeados?

— Você imagina — perguntou Roen, com frustração crescente — que o reino estava destinado a uma trilha de paz?

Fogo entendeu, com dolorosos espasmos e sobressaltos, por que isso a magoava tanto. Não era a guerra, Archer ou Brigan. Não eram as punições que os perpetradores não haviam previsto. Era também Aliss, a mulher de Brocker; era a muito pequena questão do que Brocker havia feito a Aliss. Fogo havia pensado que tinha dois pais que se situavam em polos diferentes. Ainda que compreendendo que seu pai malvado havia sido capaz de alguma bondade, ela nunca permitira a possibilidade de que seu pai bom pudesse ser capaz de crueldade ou desonra.

Ela entendeu de repente que modo de pensar inútil e maniqueísta era esse. Não havia uma pessoa simples em lugar algum deste mundo.

– Estou cansada de aprender a verdade das coisas – suspirou ela.

– Fogo – disse Brocker, sua voz enrouquecida por uma vergonha que ela nunca ouvira antes. – Eu não questiono seu direito de estar revoltada.

Ela olhou dentro dos olhos de Brocker, que eram tão parecidos com os de Brigan.

– Eu acho que não estou mais revoltada – falou ela baixinho, prendendo seu cabelo atrás, tirando-o do rosto. – Brigan os mandou embora porque ele estava revoltado?

– Ele estava revoltado. Mas, não, não foi por isso que ele nos mandou embora.

– Era perigoso demais ficar lá – disse Roen – para uma mulher de meia-idade, um homem numa cadeira de rodas e uma assessora grávida.

Era perigoso. E ele estava lá totalmente sozinho, travando uma guerra, absorvendo a verdade de sua paternidade e a verdade da história, sem ninguém com quem conversar. E ela o mandara embora com palavras de desamor que não tinha querido dizer. Em troca, ele lhe enviara Pequeno, sabendo de algum modo que ela necessitava dele.

Estava totalmente envergonhada de si mesma.

E supôs que, se era para ficar apaixonada por um homem que sempre estava onde ela não estava, então seus pobres dedos convalescentes fariam melhor se acostumando a segurar uma caneta. E foi a primeira frase que ela escreveu na carta que enviou para ele naquela noite.

Capítulo 31

O DEGELO DA PRIMAVERA veio cedo. No dia em que a Primeira e a Segunda Divisões deixaram o forte Dilúvio rumo ao *front* no extremo norte, a neve estava se encolhendo em duros pedaços desiguais, e o som de água corrente estava por toda a parte. Os rios rugiam.

O exército de Gentian no forte Dilúvio, ainda liderado por um dos agora enlameados pikkianos de Mydogg, não havia se rendido. Famintos e desprovidos de cavalos, eles haviam feito uma coisa ainda mais desesperada e tola: tentaram escapar a pé. Não foi agradável para Nash dar a ordem, mas ele o fez, já que era necessário, pois, se permitisse que os vencidos se fossem, eles encontrariam seu caminho para Mydogg e seu exército no monte Mármore. Foi um massacre. Quando o inimigo depôs suas armas, somavam apenas algumas centenas, num exército que havia começado, meses antes, com quinze mil homens.

Nash parou para providenciar o transporte de prisioneiros e organizar o retorno ao forte Dilúvio. Fogo ajudou os médicos de Gentian. A necessidade que eles tinham dela era esmagadora. Ela se ajoelhou num olho d'água que deslizava por entre as rochas em direção ao rio faminto e segurou a mão de um homem enquanto ele morria.

Fogo, com sua guarda, várias outras curandeiras, os armeiros e outras pessoas da equipe – e, ao longe, a égua malhada de cinza – cavalgaram para o norte no rastro das Primeira e Segunda Divisões.

Passaram muito perto da cidade, perto o bastante para que vissem o rio que se enchera quase à altura das pontes. Fogo estendeu sua mente até onde pôde à procura de Hanna e Tess, mas, embora ela pudesse discernir as pequenas torres negras do palácio se erguendo acima de edifícios indistintos, não conseguiu chegar a elas. Estavam fora de seu alcance.

Daí a pouco, eles se aproximaram dos vastos acampamentos ao norte, assustadoramente próximos da cidade. A visão não foi animadora – a elevação estava desolada, apinhada de tendas mofadas e encharcadas, algumas desabadas bem no meio dos novos riachos que se formavam. Soldados mudos e de aparência extenuada da Terceira e da Quarta Divisões vagavam por entre as tendas. Com o aparecimento da Primeira e da Segunda, seus rostos se iluminaram lenta, hesitantemente, como se não se atrevessem a acreditar na miragem de reforços montados que, levantando tantos borrifos de água, pareciam emergir de um lago. Depois, seguiu-se uma espécie de júbilo silencioso e cansado. Amigos e desconhecidos se abraçaram. Alguns na Terceira e na Quarta Divisões choraram lágrimas involuntárias, exauridas.

Fogo pediu a um soldado da Terceira que a levasse ao hospital do exército. Ela se pôs a trabalhar.

A ALAS DA enfermaria do *front* do extremo norte estavam situadas ao sul e aos fundos do acampamento em barracos de madeira construídos às pressas, com a planura de pedra do monte Mármore servindo como piso. Significava que, naquele momento, o piso estava escorregadio com a água que se infiltrava e, em alguns pontos, alisado pelo sangue.

Ela viu de imediato que o trabalho ali não seria diferente nem mais desesperado do que aquele a que estava habituada. Expôs seu cabelo e se moveu em direção às fileiras de feridos, detendo-se diante dos que necessitavam de mais do que sua presença. A esperança e o alívio entraram na enfermaria como uma brisa refrescante, tal como acontecera no acampamento com a chegada dos reforços, exceto que ali a mudança fora obra dela, apenas dela. Como era estranho entender isso! Como era estranho ter o poder de provocar em outras pessoas uma coisa que ela mesma não sentia, então captar os indícios disso em suas mentes coletivas e começar a senti-la ela mesma!

Através de uma seteira na parede, ela viu um cavalo e um cavaleiro familiares cortando o acampamento em direção às alas da enfermaria. Brigan parou aos pés de Nash e desceu da sela. Os dois irmãos lançaram-se os braços em torno um do outro e deram-se um forte abraço.

Um pouco depois, ele entrou nas dependências da enfermaria e se inclinou à porta, olhando para ela silenciosamente. O filho de Brocker, com delicados olhos cinzentos.

Ela deixou de lado toda pretensão de decoro e correu até ele.

DEPOIS DE ALGUM TEMPO, um sujeito descarado num catre nas proximidades disse em voz alta que estava propenso a descrer do boato de que a dama-monstro iria se casar com o rei.

— O que o levou a pensar isso? — perguntou outro sujeito, a um catre além.

Fogo e Brigan não se soltaram um do outro, mas ela riu.

— Você está magro — disse-lhe ela entre beijos. — E sua cor está apagada. Você está doente.

— É só um pouco de sujeira — explicou ele, limpando seu rosto de lágrimas com beijos nas duas bochechas.

— Não brinque. Posso sentir que você está doente.

— É apenas exaustão — disse ele. — Ah, Fogo. Estou feliz por você estar aqui, mas não tenho certeza se deveria estar. Isso não é uma fortaleza. Eles atacam arbitrariamente.

— Bem, se houver ataques, precisarei estar aqui. Não será nada bom se eu não estiver.

Os braços dele se apertaram em torno dela.

— Hoje à noite, quando terminar seu trabalho, você virá ao meu encontro?

Irei.

Uma voz lá fora dos cômodos da enfermaria chamou pelo comandante. Brigan suspirou.

— Venha direto ao meu escritório — disse ele secamente —, mesmo se houver uma fila na porta. Nós nunca nos veremos se você ficar esperando até que ninguém esteja procurando por mim.

Quando ele partiu para atender ao chamado, ela o ouviu exclamando maravilhado na elevação:

— Por todas as pedras, Nash! É uma égua selvagem lá longe? Você a está vendo? Você já pousou os olhos numa criatura mais linda?

Os números de soldados no Exército do Rei no *front* do extremo norte estavam agora praticamente duplicados. Seu plano era deslanchar um ataque maciço contra Mydogg pela manhã. Todos sabiam que essa seria a batalha que decidiria a guerra. Naquela noite, uma mortalha ansiosa caiu sobre o acampamento.

Fogo deu uma pausa no seu trabalho na enfermaria e caminhou entre as tendas, por trechos encharcados de nevoeiro que se erguiam da água derretida, com sua guarda fazendo um círculo informal em torno dela. Os soldados estavam avessos a conversas, seus olhos cravados nela, arregalados e cansados, para onde quer que ela fosse.

– Não – disse ela, quando sua guarda fez um movimento para deter um homem que estendeu o braço para pegar ao seu. – Ele não quer me ferir. – Ela olhou ao redor e disse com convicção: – Ninguém aqui quer me ferir. – Eles queriam apenas um pouco de conforto na noite anterior a uma batalha. Talvez fosse uma coisa que ela pudesse dar.

Estava completamente escuro quando ela se aproximou de Nash, que estava sentado numa cadeira do lado de fora das tendas de comando. As estrelas estavam se fincando em seus lugares, uma de cada vez, mas a cabeça dele estava curvada entre as mãos, onde ele não poderia vê-las. Fogo se pôs ao seu lado. Pousou sua mão sã no espaldar da cadeira dele para firmar o equilíbrio enquanto virava o rosto para o universo.

Ele a ouviu, ou sentiu-a, ao lado dele. Estendeu a mão um tanto distraidamente para sua outra mão, arregalou os olhos diante dela, retraçando a pele viva na base de seus dedos mortos.

– Você tem uma reputação entre os soldados – disse ele. – Não apenas os soldados feridos; você criou uma reputação que se espalhou por todo o exército. Sabia? Eles estão dizendo que a sua beleza é tão poderosa, e sua mente é tão calorosa e insistente e forte que você consegue ressuscitar as pessoas.

Fogo falou baixinho:

— Há muitas pessoas que morreram. Eu tentei retê-las, mas ainda assim elas se foram.

Nash suspirou e devolveu-lhe a mão. Ergueu o rosto para as estrelas.

— Nós vamos vencer esta guerra, você sabe – disse ele –, agora que nosso exército está todo reunido. Mas o mundo não se importa com quem vence. Ele continuará girando, não importa quantas pessoas sejam chacinadas amanhã. Não importa se eu e você formos chacinados. – Depois de um momento, ele acrescentou: – Eu quase desejo que não gire, se não for permitido que continuemos a girar com ele.

A MAIORIA DOS SOLDADOS no acampamento estava dormindo quando Fogo e sua guarda deixaram as alas da enfermaria e foram novamente em direção às tendas do comando. Ela parou à entrada do escritório de Brigan e encontrou-o em pé junto a uma mesa coberta de diagramas, esfregando a cabeça enquanto cinco homens e três mulheres discutiam uma questão sobre arqueiros, flechas e condições de vento no monte Mármore.

Se os capitães de Brigan não notaram sua entrada discreta a princípio, vieram a perceber, pois a tenda, embora ampla, não era tão monumental a ponto de sete recém-chegados poderem se esconder pelos cantos. A discussão se desfez e se transformou em olhares fixos.

— Capitães — disse Brigan com fadiga óbvia. — Que seja esta a última vez que eu tenha que lembrar-lhes de suas maneiras.

Oito pares de olhos voltaram-se para a mesa.

— Lady Fogo — disse Brigan. Ele lhe enviou uma pergunta mental: *Como está?*

Exausta.

O suficiente para dormir?

Acho que sim.

Eu ficarei nisso por algum tempo ainda. Talvez você deva dormir enquanto puder.

Não, esperarei por você.

Você poderia dormir aqui.

Você me acordará quando terminar?

Sim.

Promete?

Sim.

Fogo fez uma pausa.

Será que haverá algum meio de eu entrar em seu dormitório sem ninguém ver?

Um ligeiro sorriso aflorou e se espalhou pelo rosto de Brigan.

— Capitães — disse ele, voltando sua atenção para seus oficiais, que haviam se esforçado ao máximo para manter os olhos sobre os diagramas, a despeito de suas suspeitas de que o comandante e a dama-monstro estivessem engajados em alguma forma extraterrena de conversa silenciosa. — Façam a gentileza de se retirarem por três minutos.

Primeiro Brigan dispensou a maioria da guarda de Fogo. Depois escoltou Musa, Margo e Fogo pela passagem que conduzia à sua tenda de dormir e acendeu os braseiros para que elas não sentissem frio.

Ela despertou à luz de uma vela e à sensação de que Brigan estava próximo. Musa e Margo tinham saído. Ela se virou sob seus cobertores e o viu sentado numa arca, observando-a, suas feições francas e queridas, delicadas à luz da vela. Não conseguiu impedir que lágrimas brotassem de seus olhos pela sensação de ele estar vivo.

– Você disse meu nome? – sussurrou ela, lembrando-se do que lhe havia despertado.

– Sim.

– Vem para a cama?

– Fogo – disse ele. – Você me perdoará por eu tomar sua beleza como um conforto?

Ela se apoiou num cotovelo, olhando para ele, atônita.

– Você me perdoará por eu extrair minha força da sua?

– Você poderá sempre extrair qualquer força que eu possuir. Mas você é a forte, Fogo. Neste exato momento, eu não me sinto forte.

– Eu acho – disse ela – que nós não sentimos as coisas que somos. Mas outros conseguem senti-las. Eu sinto a sua força.
– E então ela viu que suas faces estavam molhadas.

Ela havia dormido com uma camisa dele que encontrara e com suas próprias meias grossas. Arrastou-se de sua cama e pisou de leve pelo chão úmido até ele. Descalça e com os pés molhados, subiu em seu colo. Ele a levantou, frio e trêmulo, agarrando-se a ela. Sua respiração estava entrecortada.

– Sinto muito, Fogo. Sinto muito por Archer.

Ela pôde sentir que era mais que isso. Pôde sentir por quanta coisa ele lamentava neste mundo, e quanta angústia, aflição e exaustão ele estava carregando.

– Brigan – sussurrou ela. – Nada disso é culpa sua. Você me entende? Não é culpa sua.

Ela o apertou com força, puxou-o para a maciez de seu corpo a fim de que ele pudesse sentir seu conforto enquanto chorava. Ela repetiu isso em sussurros, beijos e sentimentos:

Não é culpa sua. Isso não é culpa sua. Eu amo você. Eu amo você, Brigan.

Depois de algum tempo, ele pareceu haver esgotado seu pranto. Segurando-a confusamente, tornou-se consciente de seus beijos e começou a retribuí-los. A dor em seus sentimentos transformou-se numa necessidade que ela também sentiu. Ele consentiu em ser levado para a cama.

ELA DESPERTOU, entrecerrando seus olhos contra uma violenta luz de tocha, fitada por um homem que ela reconheceu como um dos escudeiros de Brigan. Atrás dela, Brigan se agitou.

– Ponha os olhos em mim, Ander – rosnou ele numa voz muito desperta e muito clara a respeito de sua expectativa de ser obedecido.

– Lamento, senhor – disse o homem. – Tenho uma carta, senhor.

– De quem?

– Lorde Mydogg, senhor. O mensageiro diz que é urgente.

– Que horas são?

– Quatro e meia.

— Acorde o rei e meus primeiros quatro capitães, levem-nos para meu escritório e espere por mim lá. Acenda as lâmpadas.

— O que é? — sussurrou Fogo quando o soldado chamado Ander acendeu uma vela para eles e saiu. — Mydogg costuma mandar cartas no meio da noite?

— Esta é a primeira — disse Brigan, procurando por suas roupas. — Eu creio que sei o motivo.

Fogo estendeu o braço para pegar suas roupas e puxou-as para debaixo dos cobertores a fim de se vestir sem expor sua pele ao ar gelado.

— Qual é o motivo?

Ele se ergueu e apertou as calças.

— Amor, você não tem que levantar por isso. Eu posso voltar e lhe contar do que se trata.

— Você acha que Mydogg está pedindo alguma espécie de reunião?

À luz brilhante da vela, ele deu uma olhadela penetrante nela, com a boca cerrada.

— Eu acho.

— Então eu devo estar presente.

Ele suspirou brevemente. Tateou seu cinturão de espada e procurou por sua camisa.

— Sim, você deve ir.

UMA REUNIÃO ERA, de fato, o que Mydogg queria; uma reunião para discutir termos de compromisso com Brigan e Nash, para que todos pudessem evitar uma batalha que prometia ser a mais devastadora que a guerra teria visto. Ou, pelo menos, era isso o que era dito na carta.

O hálito deles transformava-se em nevoeiro no ar frio do escritório de Brigan.

— É um truque — disse Brigan — ou uma armadilha. Eu não creio que Mydogg iria concordar com um compromisso. Nem acredito que ele se importe com quantas pessoas morram.

— Ele sabe que nós nos igualamos numericamente agora — falou Nash. — E que o excedemos de longe em número de cavalos, o que é decisivo, agora que há água nas rochas, em vez de gelo e neve.

Um dos capitães, pequeno e polido e tentando não tremer, cruzou os braços.

— E ele sabe da vantagem mental que nossos soldados terão com seu comandante e seu rei liderando-os juntos na batalha.

Brigan esfregou seu cabelo num gesto de frustração.

— Pela primeira vez, ele vê que vai perder. Então, está armando alguma espécie de armadilha e chamando-a de compromisso.

— Sim — disse Nash. — A reunião é uma armadilha. Mas o que vamos fazer, Brigan? Você sabe que custo a batalha terá, e nosso inimigo reivindica que apresentemos uma alternativa. Estamos em condições de desconsiderar isso?

A REUNIÃO TEVE LUGAR numa planura de pedra que se estendia entre os dois acampamentos. O sol se ergueu sobre lorde Mydogg, o marido pikkiano de lady Murgda, Brigan e Nash, lançando longas sombras que cambiavam num verniz líquido. A alguma distância por trás de Mydogg e seu cunhado, uma pequena guarda de arqueiros se posicionava, atenta, com as flechas retiradas e afiadas. Por trás de Brigan e Nash, uma guarda de arqueiros fazia o mesmo, a simetria perturbada pela presença de Fogo, com seis de seus próprios guardas, num grupo por trás do de Brigan. Mydogg, o cunhado, Brigan e Nash se ergueram juntos. O ato foi intencional. Cada um deles estava protegido dos arqueiros de seu inimigo pelo próprio inimigo.

Fogo estendeu um braço para Musa de um lado e para Neel de outro, pois estava concentrando-se tão ferozmente que não confiava no equilíbrio de seus pés. Ela não sabia o que Mydogg estava planejando; não pôde descobri-lo nem em Mydogg nem em nenhum de seus homens. Mas ela podia sentir, tão certo como dedos apertando sua garganta, que as coisas na planura de pedra não estavam como deviam estar.

Fogo estava recuada demais para ouvir a voz de Brigan, mas ele enviou-lhe cada palavra.

– Tudo certo – disse ele. – Você nos tem aqui. O que deseja?

Por trás de Fogo, longe demais para Mydogg ver, mas não longe demais para Fogo sentir, o Exército do Rei permanecia montado em posição, pronto para atacar à mais ligeira ordem de Fogo. Os cavalos do comandante e do rei estavam com eles.

– Eu gostaria de fazer uma negociação – disse Mydogg, a voz alta e clara; a mente, dura e impenetrável. Ele se mexeu ligeira, intencionalmente, captando a atenção de Fogo através da barreira dos guardas. Seus olhos se estreitaram astuciosamente sobre ela. Impressionada e insensível ao mesmo tempo e com o olhar fixo naqueles olhos duros, Fogo não conseguia ler nada sobre os motivos de eles estarem ali.

Por trás de lorde Mydogg, longe demais para Fogo ver, mas decididamente não longe demais para senti-lo e comunicá-lo a Brigan, o exército de Mydogg também se erguia, preparado.

Lady Murgda estava à frente dele, o que deixou Fogo num assombro silencioso. Fogo não sabia a quantas andava a gravidez de Murgda no dia da festa de gala em janeiro, mas seguramente ela estava com três meses de gravidez no momento.

— Bem. Então — disse Brigan —, qual é a negociação? Vamos encerrar com isso.

Os olhos de aço de Mydogg pousaram novamente sobre Fogo.

— Dê-nos o monstro — pediu ele — e nós nos renderemos.

É uma mentira, pensou Fogo para Brigan. *Ele acabou de inventar isso. Ele me quer — certamente ele me levaria se você oferecesse —, mas não é por isso que estamos aqui.*

Então, por que estamos aqui? Você pode sentir alguma coisa estranha na posição de seu exército? E quanto à guarda que se ergue por trás dele?

Fogo agarrou Musa com mais força com sua mão semimorta e se encostou mais pesadamente a Neel.

Eu não sei. Seu exército parece preparado para um ataque direto. Mas não consigo penetrar na mente de Murgda, de modo que não posso ter certeza. Sua guarda não tem a intenção de atacar, a menos que você ou Nash faça um movimento. Eu não consigo descobrir o que está errado aqui, Brigan, mas, ah, alguma coisa está errada. Eu sinto isso. Ponha um fim nisso antes que nós saibamos o que é.

— Sem negócios — disse Brigan. — A dama não é uma peça de barganha. Diga aos seus arqueiros para baixarem as armas. A reunião está encerrada.

Mydogg ergueu as sobrancelhas hipocritamente e fez que sim.

— Baixem as armas! – gritou ele para sua guarda de arqueiros, e, enquanto eles se desarmavam, o corpo de Fogo clamava de pavor, por tê-los achado todos conformados demais. Alguma coisa estava tão terrivelmente errada ali! Brigan pôs a mão de lado, sinal para seus próprios arqueiros se desarmarem; e, de repente, Fogo gritou com uma angústia que a dilacerava, mas cujo motivo ela não sabia. Seu grito ecoou, estranho e solitário, e um dos arqueiros de Brigan disparou uma flecha sobre Nash.

Pandemônio. O arqueiro traidor foi golpeado por seus companheiros, e sua segunda flecha, com certeza destinada a Brigan, voou erraticamente, atingindo um dos guardas de Mydogg. Brigan girou ferozmente entre Mydogg e seu cunhado, a lâmina de sua espada pegando fogo à luz da manhã. Flechas sobrevoaram em todas as direções. Depois o Exército do Rei avançou rugindo sobre o cenário, pois, sem querer, Fogo o havia convocado.

Na confusão, tudo ficou finalmente claro, focalizado numa linha mínima de propósito. Fogo caiu e rastejou sobre as rochas até o lugar onde Nash jazia de lado, morrendo, ao que parecia, pois a flecha se alojara profunda e verdadeiramente. Ela se estendeu ao lado dele. Tocou seu rosto com sua mão quebrada. *Nash. Você não vai morrer. Não vou permitir. Você me ouve? Você me vê?*

Seus olhos negros se fixaram, conscientes, mas debilmente, e foi apenas fracamente que ele a viu. Brigan se agachou ao lado deles, segurando o cabelo de Nash, beijando-lhe a testa, arfando com lágrimas. As curandeiras vestidas de verde apareceram e se ajoelharam às costas do rei.

Fogo agarrou o ombro de Brigan e olhou para dentro de seu rosto, os olhos dele esvaziados com o choque e a aflição. Ela o sacudiu, até que ele a viu. *Vá agora e trave esta batalha, Brigan. Vá agora. Precisamos vencer a guerra.*

Ele se ergueu furiosamente. Ela o ouviu gritar chamando Grande. Os cavalos trovejaram por todos os lados do triste e pequeno quadro vivo, derramando-se ao redor de Fogo, Nash e das curandeiras como um rio em torno de uma elevação de rocha. O som foi ensurdecedor e Fogo foi engolida, afogando-se em batidas de cascos, água e sangue, pegando o rosto de Nash e se agarrando com força à sua mente mais do que se agarrara a qualquer coisa algum dia: *Olhe para mim, Nash. Olhe para mim. Nash, eu amo você. Eu amo tanto você!*

Ele piscou, olhando fixamente para seu rosto, um fio de sangue brotando do canto da boca do rei. Seus ombros e pescoço mostravam espasmos de dor.

Viver é difícil demais agora, sussurrou ele dentro de sua mente. *Morrer é fácil. Deixe-me morrer.*

Ela sentiu o exato momento em que os dois exércitos se chocaram, uma explosão tomando lugar dentro de seu próprio ser. Tanto medo e tanta dor, tantas mentes se apagando!

Não, Nash. Eu não vou abandoná-lo. Meu irmão, não morra. Aguente firme. Meu irmão, agarre-se a mim.

PARTE QUATRO

Os Dells

Capítulo 32

O RIO HAVIA SUBIDO tanto com o degelo da primavera que por fim uma das pontes, com grandes guinchos e gemidos, desmoronou e mergulhou no mar. Hanna disse que vira o acontecimento do telhado do palácio. Tess o vira junto com ela. A idosa dissera que o rio poderia varrer o palácio, a cidade e todo o reino das rochas, depois finalmente haveria paz no mundo.

– Paz no mundo – repetiu Brigan pensativamente quando Fogo lhe contou. – Eu suponho que ela esteja certa. Isso traria paz ao mundo. Mas não é provável que aconteça, por isso suponho que teremos que continuar cometendo disparates e fazendo deles uma bagunça.

– Ah – disse Fogo. – Bem colocado. Teremos que repassar isso ao governador para que ele possa usá-lo em seu discurso quando eles consagrarem a nova ponte.

Ele sorriu discretamente à zombaria dela. Eles estavam lado a lado no telhado do palácio, uma lua cheia e um céu de estrelas iluminando a extensão citadina de madeira, pedra e água.

– Acho que estou um pouco assustado por este novo começo que parece que estamos tendo – disse ele. – Todos no palácio estão tão renovados, animados e confiantes, mas faz poucas semanas que estávamos nos dilacerando numa guerra! Milhares dos meus soldados nunca verão esse novo mundo.

Fogo pensou no raptor-monstro que a tinha surpreendido nessa mesma manhã, mergulhando sobre ela e seus guardas quando ela exercitava Pequeno na estrada, vindo tão perto e veloz que o cavalo entrou em pânico e escoiceou a criatura, quase perdendo seu cavaleiro. Musa ficou furiosa consigo mesma, furiosa até com Fogo, ou pelo menos com o lenço de cabeça de Fogo, que havia se soltado e liberado parte de seu cabelo e sido a razão prioritária do ataque.

— É verdade que temos uma infinidade de coisas a fazer, mais do que erguer uma nova ponte — disse Fogo então — e reconstruir as partes do palácio que se acabaram nas chamas. Mas, Brigan, eu acredito realmente que o pior já ficou para trás.

— Nash estava se sentando quando fui à enfermaria para vê-lo hoje — disse Brigan. — E se barbeando. Mila estava lá, rindo de seus erros.

Fogo estendeu uma das mãos para a firmeza do queixo de Brigan, porque ele a fizera se lembrar de uma das partes que ela mais gostava de tocar. Eles se abraçaram, então, e se esqueceram do reino sofredor por alguns minutos, enquanto a guarda de Fogo tentava se misturar mais discretamente ao fundo da cena.

— Minha guarda é outro assunto que precisamos discutir — murmurou Fogo. — Eu preciso de solidão, Brigan, e isso precisa ser quando eu, e não você, decidir.

Distraído, Brigan levou um momento para responder:

– Você suportou sua guarda com paciência.
– Sim, bem, eu concordo que preciso deles na maior parte do tempo, especialmente se eu for ficar tão perto da coroa. E eu confio neles, Brigan. Iria ainda mais longe e diria que amo alguns deles. Mas...
– Você precisa ficar sozinha, de vez em quando.
– Sim.
– E eu também lhe prometi não andar sozinho por aí.
– Nós devemos nos prometer um ao outro – disse Fogo – que meditaremos sobre a questão e respondê-la por nós mesmos caso por caso, tentando não assumir riscos indevidos.
– Sim, tudo certo – assentiu Brigan. – Concordo com esse ponto.

Essa foi só uma parte da conversa contínua que eles vinham tendo desde o fim da guerra, sobre o que significava para eles estarem juntos.

– O reino poderá me suportar como sua rainha, Brigan?
– Amor, eu não sou rei. Nash está fora de perigo.
– Mas isso pode acontecer algum dia...

Ele suspirou:
– Sim. Bem, então devemos analisar isso seriamente.

À luz das estrelas, ela podia discernir apenas as torres da ponte que os homens estavam construindo sobre a torrente do rio Alado. À luz do dia, ela os observava de vez em quando, pendurando-se em suas cordas, balançando-se em andaimes que mal pareciam fortes o bastante para suportar a correnteza. Ela perdia o fôlego toda vez que um deles saltava sobre o espaço vazio.

Os arranjos na casa verde haviam se tornado um tanto peculiares, pois Roen decidiu tomar a casa de volta de Brigan e dá-la a Fogo.

— Eu posso entender que você a tome de Brigan, se isso lhe der prazer – disse Fogo, erguendo-se na pequena cozinha verde, tendo essa discussão com Roen pela terceira ou quarta vez. – Você é a rainha, e esta é a casa da rainha. E, o que quer que Brigan consiga fazer, é altamente improvável que ele se torne rei. Mas Nash terá uma rainha algum dia, Roen, e a casa, por direito, deverá ser dela.

— Construiremos outra coisa para ela – disse Roen com um jogar displicente de seu braço.

— *Esta é* a casa da rainha – repetiu Fogo.

— É a *minha* casa – contra-argumentou Roen. – Eu a construí e posso dá-la a quem quer que eu deseje, e eu não conheço ninguém que precise de um refúgio pacífico da corte mais do que você, Fogo...

— Eu tenho um refúgio. Eu tenho uma casa minha no norte.

— A três semanas de distância – disse Roen – e miserável na metade do ano. Fogo, se você for ficar na corte, eu quero que fique com esta casa, para seu próprio refúgio diário. Leve Brigandell e Hannadell com você, se quiser, ou deixe-os irem para seus cantos.

— Qualquer mulher com que Nash se case vai ficar ressentida comigo...

Roen falou mais alto que ela:

— Você é elegível como rainha, Fogo, queira reconhecer isso ou não. E você passará a maior parte do seu tempo aqui, de qualquer modo, se eu deixar a casa para Brigan; e estou encerrando a discussão. Além do mais, a casa combina com seus olhos.

Esse final foi categórico o bastante para deixar Fogo sem fala, e não a ajudou Tess, amassando pão na mesa, ter feito um sinal positivo com a cabeça e acrescentasse:

— E as flores estão todas se vestindo de vermelho, dourado e rosa, lady Neta, caso não tenha reparado, e você viu a grande árvore ficar toda vermelha no outono.

— Naxdell tentou roubar aquela árvore, duas vezes — contou Roen, desviando alegremente de assunto. — Ele a queria no seu próprio pátio da corte. Mandou jardineiros para desencavá-la, mas os galhos haviam se enraizado, e foi uma tarefa impossível. E insana. Como ele pensou que entraria no palácio? Pelos telhados? Nax e Cansrel nunca conseguiam pôr os olhos em uma coisa bela sem sentirem necessidade de possuí-la.

Fogo desistiu. A disposição não era harmônica, mas a verdade era que ela amava a pequena casa verde, seu jardim e sua árvore. E ela queria morar lá e não queria que ninguém que já morasse lá a deixasse. Não importava quem a possuísse nem quem a havia tomado de quem. Era um pouco como a égua malhada de cinza, que, sendo conduzida através do palácio, apresentada aos jardins da casa verde e levada a entender que essa era a casa de Fogo, escolheu-a para seu lar também. Ela pastava atrás da casa no rochedo acima do porto da Adega, dormia sob a árvore e saía de vez em quando a passeios com Fogo e com Pequeno. Ela pertencia a si mesma, embora fosse Fogo quem a trouxesse e levasse, embora Hanna a chamasse de Cavalo, embora Brigan se sentasse às vezes sobre um banco no jardim, irradiando doçura deliberada, fingindo não reparar no modo com que ela se aproximava dele, estendendo suas narinas quase a ponto de tocar seu ombro, farejando cautelosamente.

À noite Fogo esfregou os pés de Tess e escovou o cabelo branco-prateado que caía quase até seus joelhos. Sua avó insistia em ser sua serviçal, e Fogo entendia isso. Quando podia, ela insistia em ser a mesma coisa, em retribuição.

LADY MURGDA, traidora e acusada de tentativa de homicídio, havia sido mantida nas masmorras desde a batalha final da guerra. Uma pessoa com quem Fogo passava horas que não tinha nada a dar. Seu marido estava morto. Também seu irmão morrera. Ela estava adiantada em sua gravidez, o que era a única razão pela qual havia sido deixada viva. Ela chicoteava Fogo com palavras amargas e odiosas quando recebia suas visitas, mas a garota continuava a visitá-la, nunca muito segura do motivo pelo qual o fazia. Simpatia por uma pessoa poderosa que havia sido rebaixada? Respeito por uma mulher grávida? De qualquer modo, ela não tinha medo da acidez de Murgda.

Um dia, quando saía da cela dela, encontrou-se com Nash lá, tentando entrar com a ajuda de Welkley e uma das curandeiras. Agarrando as suas mãos, olhando para a mensagem em seus olhos, ela entendeu que não era a única pessoa com simpatia pela situação miserável de Murgda.

Eles não tinham trocado muitas palavras entre si nesses dias, Fogo e Nash. Alguma coisa inquebrável havia se formado entre eles. Um laço de memória e experiência e uma afeição desesperada que parecia não precisar de palavras.

Como era maravilhoso vê-lo em pé!

— Eu sempre estarei partindo – disse Brigan.

— Sim – concordou Fogo. – Eu sei.

Era manhãzinha, e eles estavam enroscados em sua cama na casa verde. Fogo estava memorizando todas as cicatrizes do rosto e do corpo dele. Estava memorizando o pálido cinza-claro de seus olhos, porque ele estava partindo hoje com a Primeira Divisão para o norte, escoltando sua mãe e seu pai aos seus respectivos lares.

— Brigan – chamou-o, para que ele falasse, e ela pudesse ouvir sua voz e memorizá-la.

— Sim?

— Diga-me de novo para onde você vai.

— Hanna aceitou você completamente – disse ele alguns minutos depois. – Ela não está enciumada, nem confusa.

— Ela me aceitou – concordou Fogo. – Mas está um pouco enciumada.

— Está? – perguntou ele, sobressaltado. – Devo conversar com ela?

— É uma coisinha de nada – disse Fogo. – Ela permite que você me ame.

— Ela ama você também.

— Ela me ama de verdade. Realmente, eu não acho que alguma criança possa ver seu pai começar a amar outra pessoa e não se sentir enciumada. Pelo menos é o que eu imagino. Isso nunca aconteceu comigo. – Ela perdeu a voz. Prosseguiu em pensamentos: Eu fui, total e verdadeiramente, a única pessoa que soube que meu pai amou.

— Fogo — sussurrou ele, beijando seu rosto. — Você fez o que tinha que fazer.

Ele nunca tentou me possuir, Brigan. Roen disse que Cansrel não podia ver uma bela coisa sem querer possuí-la. Mas ele não tentou me possuir. Ele me deixou ser dona de mim mesma.

NO DIA EM QUE os cirurgiões removeram os dedos mortos de Fogo, Brigan estava no norte. Na enfermaria, Hanna segurou a mão sã de Fogo com força, conversando com ela quase a ponto de deixá-la tonta. Nash segurou a mão de Hanna e estendeu sua outra mão, um pouco descaradamente, para Mila, que lançou sobre ele um olhar amargo. Mila, de olho e barriga grande e brilhando como uma pessoa com um segredo maravilhoso, parecia ter um curioso dom para atrair a afeição de homens que a excediam de longe em importância. Mas ela havia aprendido uma coisa com sua última experiência. Havia aprendido a ter dignidade, o que era o mesmo que dizer que ela aprendera a confiar apenas em si mesma. Assim, não temia ser grosseira com o rei, quando ele pedia por ela.

Garan entrou no último minuto, sentou-se e, durante toda a maldita coisa, conversou com Mila, Nash e Hanna sobre os planos para seu casamento. Fogo sabia que era uma tentativa de distraí-la. Ela o agradeceu por essa amabilidade, tentando com muito esforço parecer distraída.

Não foi uma cirurgia agradável. As drogas eram boas, mas elas retiraram apenas a dor, não a sensação de seus dedos estarem sendo roubados de sua mão; e, mais tarde, quando cessaram seus efeitos, a dor foi terrível.

E então, ao longo de dias e semanas, a dor começou a desaparecer. Quando ninguém além de sua guarda estava ao redor para ouvir, ela pelejou com seu violino e ficou atônita por ver como a peleja acabou se tornando uma coisa mais esperançosa. Sua mão mudada não conseguia fazer nada que havia feito inicialmente. Mas ainda conseguia fazer música.

Seus dias eram cheios. O fim da guerra não pusera fim à traição e à ilegalidade, principalmente nos confins mais distantes do reino, onde tantas coisas aconteciam sem que ninguém visse. Clara e Garan tinham com frequência trabalhos de espionagem para ela. Ela conversava com pessoas que eles lhe mandavam, mas o trabalho que preferia era na enfermaria do palácio, ou, ainda melhor, nos hospitais da cidade, onde toda a espécie de pessoas vinha com todo tipo de necessidades. Verdade que algumas delas não queriam ter nada a ver com ela, e, da maneira habitual, outras, em número muito maior, queriam-na muito mais, e todas faziam confusão sobre o papel que ela havia desempenhado na salvação da vida do rei. Falavam disso como se houvesse sido tudo obra sua, e nada de Nash, nem dos melhores cirurgiões do reino. E, quando ela tentava desviar seus louvores, elas começavam a abordar o assunto de como ela havia extraído os planos de guerra de lorde Mydogg através de lorde Gentian e assegurado a vitória dos Dells. Como tais boatos haviam começado, ela não sabia, mas parecia não haver meio de estancá-los. Assim, ela se movia através de seus ânimos calmamente, construindo barreiras contra sua admiração, ajudando onde podia e aprendendo práticas de cirurgia que a deixavam assombrada.

— Hoje — anunciou ela triunfalmente a Garan e Clara — apareceu uma mulher que deixou cair um cutelo de açougueiro no próprio pé e decepou seu dedão. Os cirurgiões recolocaram o dedo. Vocês conseguem acreditar nisso? Com suas ferramentas e drogas, eu quase acredito que poderiam recolocar uma perna. Devemos doar dinheiro aos hospitais, vocês sabem. Devemos treinar mais cirurgiões e construir hospitais por todo o reino. Devemos construir escolas!

— Eu gostaria de poder arrancar minhas pernas — gemeu Clara — até que este bebê nasça e que elas fossem recolocadas depois. E minhas costas também. E meus ombros.

Fogo se aproximou de Clara para esfregar seus ombros, tranquilizar a sua mente e expulsar seu desânimo o quanto pudesse. Garan, que não estava prestando atenção a nenhuma delas, sorriu desdenhosamente para os papéis sobre sua escrivaninha.

— Todas as minas ao sul foram fechadas antes que a guerra houvesse sido reiniciada — disse ele. — E agora Brigan acha que os mineiros não foram pagos o suficiente. Nash concorda, o vergonhoso estúpido...

Fogo passou os nós de seus dedos contra os músculos tensos no pescoço de Clara. O especialista em metal do palácio havia feito dois dedos para ela que se prendiam à sua mão com correias e ajudavam-na a recolher coisas e carregá-las. Eles não ajudavam a massagear, de modo que ela os arrancou e retirou seu lenço de cabeça também, aliviando a tensão de seu próprio couro cabeludo.

— Mineração é trabalho duro – disse a princesa. – E perigoso.

Garan bateu com sua caneta sobre a mesa ao lado de seus dedos de metal.

— Não somos ricos.

— Não é o ouro do reino que eles estão extraindo?

Ele franziu o cenho ao ouvir isso.

— Clara, de que lado você está?

— Eu não me importo – gemeu Clara. – Não, não saia daí. É exatamente aí.

Garan olhou Fogo massageando sua irmã em estado avançado de gravidez. Quando Clara gemeu de novo, sua cara amarrada começou a se modificar, esboçando um sorriso nos cantos da boca.

— Ficou sabendo do que as pessoas estão chamando você, Fogo? – perguntou ele.

— De que será agora?

— De monstro doador de vida. E também ouvi o termo "monstro protetor dos Dells unidos".

— Por todas as pedras! – falou Fogo.

— E há navios no porto que estão usando novas velas em vermelho, alaranjado, rosa e verde. Você os viu?

— Todas são as cores do estandarte delliano – disse Fogo. – Exceto o rosa – acrescentou baixinho para si mesma, ignorando uma listra de rosa em sua visão periférica.

— É claro – disse Garan. – E eu suponho que seja sua explicação para o que eles estão fazendo com a nova ponte.

Fogo tomou um pequeno fôlego, cruzou os braços e pousou os olhos sobre Garan.

— O que eles estão fazendo com a ponte?

— Os construtores resolveram pintar as torres de verde — contou ele — e alinhar os frisos cruzados com espelhos.

Fogo piscou.

— E o que isso tem a ver comigo?

— Imagine — disse Garan — como isso vai ficar ao sol nascente e ao sol poente.

Uma sensação estranha brotou dentro de Fogo: muito de repente, ela fora vencida em sua luta. Tomou distância do sentimento que a cidade tinha por ela e viu-o com clareza. Era imerecido. Não se baseava nela, mas em histórias, numa ideia dela, num exagero. *Isso é o que eu sou para o povo*, pensou ela para si mesma. *Não sei o que isso significa, mas é isso o que eu sou para o povo. Terei que aceitá-lo.*

FOGO TINHA PEQUENOS presentes que Archer lhe dera e que usava todo dia sem pensar. Sua aljava e sua guarda de braço, macia e confortável com o uso de muitos anos, foram presentes do amigo havia eras. Uma parte dela queria pô-las de lado agora, porque toda vez que as via seu coração se encolhia com uma dor particular. Mas ela não conseguia fazê-lo. Substituí-las por outra aljava e guarda de braço seria impossível.

Um dia, estava tocando o couro macio de sua guarda de braço, num canto ensolarado do pátio principal da corte, e pensando, quando caiu no sono em sua cadeira. Despertou abruptamente com Hanna dando tapinhas nela e gritando, o que a confundiu inteiramente e a alarmou, até que ela entendeu que a menina havia encontrado um trio de insetos-monstros esvoaçando sobre seu pescoço e seus braços, devorando-a em pedacinhos, e estava tentando salvá-la.

— Seu sangue deve ter um gosto muito bom — disse a menina dubitativamente, passando a ponta de seus dedos sobre os vergões ferozes que se erguiam sobre a pele de Fogo, contando-os.

— Apenas para os monstros — falou Fogo desoladamente. — Olhe, os dê para mim. Estão totalmente esmagados? Eu tenho um aluno que provavelmente gostará de dissecá-lo.

— Eles a morderam 162 vezes — proclamou Hanna. — Isso coça?

Coçava realmente, de maneira agonizante, e, quando ela se deparou com Brigan em seu quarto — recém-chegado de sua longa viagem ao norte –, foi mais agressiva do que de hábito:

— Eu sempre atrairei insetos — disse-lhe ela, beligerante.

Ele ergueu os olhos, feliz por vê-la, embora um pouco surpreso pelo seu tom.

— Então, você atrairá — comentou ele, aproximando-se para tocar as mordidas em sua garganta. — Coitadinha. É desconfortável?

— Brigan — disse ela, irritada por ele não haver entendido. — Eu sempre serei bela. Olhe para mim. Eu tenho 162 mordidas de insetos, e isso me tornou menos bela? Faltam-me dois dedos e tenho cicatrizes por toda a parte, mas alguém se importa? Não! Isso só me torna interessante! Eu sempre serei assim, presa nesta bela forma, e você terá que lidar com isso.

Ele pareceu sentir que ela esperava uma resposta séria, mas, no momento, sentia-se incapaz de dá-la.

— Suponho que seja um fardo que terei que carregar — disse ele, sorrindo.

— Brigan.

— Fogo, o que é? O que há de errado?

— Eu não sou como pareço — disse ela, irrompendo em lágrimas subitamente. — Eu pareço bela, plácida e deliciosa, mas não é assim que eu me sinto.

— Eu sei disso — concordou ele baixinho.

— Eu ficarei triste — disse ela de maneira desafiadora. — Eu ficarei triste, confusa e irritadiça muito frequentemente.

Ele ergueu um dedo e entrou no corredor, onde tropeçou em Manchinha, depois em dois gatos-monstros que perseguiam o cão loucamente. Praguejando, ele se inclinou sobre a plataforma e gritou para os guardas que, a menos que o reino entrasse em guerra ou sua filha estivesse morrendo, era melhor que não o interrompessem até segunda ordem. Ele voltou para dentro, fechou a porta e disse:

— Fogo. Eu sei disso.

— Eu não sei por que coisas terríveis acontecem — disse ela, chorando com mais intensidade agora. — Eu não sei por que as pessoas são cruéis. Sinto falta de Archer e de meu pai também, não importa o que ele fosse. Eu odeio que Murgda tenha que ser morta depois que tiver seu bebê. Eu não vou permitir isso, Brigan, eu vou tirá-la sorrateiramente da cadeia, não importa que eu termine lá no lugar dela. E estou com uma coceira insuportável!!

Brigan a estava abraçando agora. Ele não estava mais sorrindo, e sua voz era sóbria:

— Fogo. Você acha que eu a quero desmiolada, alegre e saltitante e sem todos esses sentimentos?

— Bem, não posso imaginar que isso *seja* o que você quer!

Ele disse:

— O momento em que eu comecei a amá-la foi quando você viu seu violino esmagado no chão e se virou para longe de mim e chorou, abraçada ao seu cavalo. Sua tristeza é uma das coisas que a tornam bela para mim. Você não vê isso? Eu a entendo. Ela torna minha própria tristeza menos assustadora.

— Oh – disse ela, não seguindo cada palavra, mas compreendendo o sentimento e sabendo de repente a diferença entre Brigan e as pessoas que construíam, entre elas e Fogo, uma ponte. Pousou o olhar sobre a camisa dele. – Eu entendo sua tristeza também.

— Eu sei que você entende – afirmou ele. – Eu lhe agradeço por isso.

— Às vezes – sussurrou ela – há tristeza demais. Ela me esmaga.

— Está esmagando você neste momento?

Ela parou, incapaz de falar, sentindo a pressão de Archer sobre seu coração. *Sim.*

— Então, venha cá – disse ele, um tanto redundantemente, já que a havia puxado para uma poltrona e feito enroscar-se em seus braços. – Diga-me o que posso fazer para ajudá-la a sentir-se melhor.

Fogo olhou dentro de seus olhos silenciosos, tocou seu rosto querido e familiar e analisou a pergunta. *Bem. Eu sempre gosto quando você me beija.*
— Gosta?
Você é bom nisso.
— Bem — disse ele. — Isso é muito bom, porque eu nunca vou deixar de beijá-la.

Epílogo

Nos Dells, o fogo era o meio pelo qual os corpos mortos eram mandados para onde suas almas haviam partido e pelo qual se podia lembrar que todas as coisas, à exceção do mundo, retornavam ao nada.

Eles viajaram para o norte, até a propriedade de Brocker, para a cerimônia, porque era apropriado que ela transcorresse lá e porque realizá-la em qualquer outra parte seria uma inconveniência para Brocker, que devia, naturalmente, estar presente a ela. Programaram-na para o fim do verão, antes das chuvas de outono, para que Mila pudesse comparecer com sua filha recém-nascida, Liv, e Clara com seu filho, Aran.

Nem todos puderam fazer a viagem, mas a maioria, sim, até Hanna, Garan, Sayre e uma enorme guarda real. Nash ficou para trás na cidade, pois alguém precisava administrar as coisas. Brigan prometeu fazer todos os esforços racionais para comparecer e irrompeu na terra de Fogo na noite anterior com um contingente do exército. Em menos de quinze minutos, ele e Garan estavam discutindo sobre a plausibilidade de aplicar alguns recursos do reino à exploração do oeste. Se do outro lado das montanhas existia uma terra com pessoas chamadas Gracelings, que eram iguais àquele garoto, disse Brigan, então seria apenas sensato adotar um pacífico e discreto interesse por elas

— isto é, espioná-las —, antes que elas resolvessem assumir um interesse hostil pelos Dells. Garan não queria gastar o dinheiro.

Brocker, que ficou do lado de Brigan na discussão, estava totalmente satisfeito com a família crescente que havia descendido dele e falou, assim como Roen, de se mudar de volta para a Cidade do Rei, deixando sua propriedade – da qual Brigan era agora herdeiro – para ser administrada por Donal, que sempre ajudara Fogo com competência. Os irmãos foram informados, discretamente, da verdadeira paternidade de Brigan. Hanna passou horas timidamente com o avô, do qual ela acabara de ouvir falar. Gostou das grandes rodas de sua cadeira.

Clara provocou Brigan dizendo que, por um lado, ele não tinha nenhuma relação séria com ela, mas, pelo outro, era sem dúvida o tio de seu filho, pois Clara era irmã de Brigan e o pai do bebê havia sido irmão de Brigan.

— É assim que prefiro pensar na coisa, de qualquer modo — disse ela.

Fogo sorria de tudo isso e segurava os bebês sempre que alguém deixava, o que por fim se revelou ser bastante frequente. Tinha uma habilidade de monstro com bebês. Quando eles choravam, ela geralmente sabia o que os estava incomodando.

FOGO ESTAVA SENTADA no quarto de dormir de sua casa de pedra, pensando em todas as coisas que haviam acontecido ali.

Surgindo à porta, Mila interrompeu seu devaneio:

— Lady? Posso entrar?

— Claro, Mila, por favor.

Em seus braços, Mila carregava Liv, que estava dormindo, cheirando a lavanda e fazendo suaves ruídos ao respirar.

— Lady — disse Mila. — Você uma vez me disse que eu podia lhe pedir qualquer coisa.

— Sim — concordou Fogo, olhando para a garota, surpresa.

— Eu gostaria de lhe pedir um conselho.

— Bem, eu vou lhe dar um conselho, seja ele para o que for.

Mila baixou seu rosto para o cabelo claro e felpudo de Liv por um momento. Ela pareceu quase temerosa de falar.

— Lady — disse ela. — Você acha que, em seu tratamento com as mulheres, o rei é como lorde Archer?

— Por Deus! — disse Fogo. — Não. Eu não consigo ver o rei sendo displicente com os sentimentos das mulheres. É mais justo compará-lo aos seus irmãos.

— Você acha — balbuciou Mila, depois se sentou de repente na cama, tremendo. — Você acha que uma garota, uma guarda do extremo sul das Grandes Cinzentas, de dezesseis anos, mãe de um bebê, seria louca de achar que...?

Mila parou, seu rosto afundado em seu bebê. Fogo sentiu uma súbita felicidade clamorosa, como cálida música soando em seu interior.

— Vocês dois parecem apreciar muito a companhia um do outro — disse ela, cautelosamente, tentando não revelar seus sentimentos.

— Sim — assentiu Mila. — Ficamos juntos durante a guerra, lady, no *front* do extremo norte, quando eu estava assessorando lorde Brocker. E eu me descobri procurando-o muito, quando ele estava se recuperando de seu ferimento, e eu estava me preparando para minha própria internação. E, quando Liv nasceu, ele me visitou regularmente, a despeito de todos os seus deveres. Ele me ajudou a dar um nome a ela.

— E ele disse alguma coisa a você?

Mila fixou os olhos na franja do cobertor em seus braços, da qual se projetou subitamente um pezinho gordo que se flexionou.

— Ele disse que gostaria de passar mais tempo em minha companhia, lady. Quanto tempo eu lhe permitisse.

Ainda prendendo seu sorriso, Fogo falou delicadamente:

— Eu acho realmente que é uma grande pergunta, Mila, e que você não precisa ter pressa de responder. Você pode fazer o que ele pede e simplesmente passar mais tempo com ele, ver como isso transcorrerá. Faça a ele um milhão de perguntas, se as tiver. Mas, não, eu não acho que é loucura. A família real é... muito flexível.

Mila fez que sim, seu rosto mergulhado em reflexões, parecendo analisar as palavras de Fogo muito seriamente. Depois de um momento, ela passou Liv para os braços de Fogo.

— Gostaria de ficar um pouquinho com ela, lady?

Esmagada contra os travesseiros de sua velha cama, com o bebê de Archer suspirando e bocejando em seu colo, por um curto intervalo de tempo Fogo foi esmagadoramente feliz.

A PAISAGEM POR trás do que havia sido a casa de Archer era uma vastidão de rochas cinzentas. Eles esperaram até que o sol poente tingisse o céu com listras vermelhas.

Não tinham o corpo dele para queimar. Mas Archer tivera arcos de mão tão altos quanto ele, e arcos e flechas, arcos curtos, arcos de sua infância que haviam ficado em desuso, mas que foram guardados. Brocker não era desperdiçador, nem quisera destruir todas as coisas de Archer. Mas ele saiu da casa com um arco pelo qual Archer tinha forte preferência e outro que havia sido um presente de infância de Aliss, e pediu a Fogo que os estendesse no topo das chamas.

Fogo fez o que lhe foi pedido, depois estendeu uma coisa sua ao lado dos arcos. Era algo que ela havia guardado no fundo de uma sacola por quase um ano: o cavalete de seu próprio violino arruinado. Pois ela havia acendido uma flamejante fogueira para Archer um dia, mas nunca uma vela sequer para Cansrel.

Ela entendia agora que, conquanto houvesse sido errado matar Cansrel, o ato também fora justo. O garoto com os olhos estranhos lhe havia ajudado a ver a justeza disso. O garoto que matara Archer. Algumas pessoas tinham poder e crueldade demais para viver. Outras eram terríveis demais, não importando que você as amasse, não importando que você tivesse sido terrível também, a fim de detê-las. Algumas coisas simplesmente tinham que ser feitas.

Eu me perdoo, pensou Fogo, *Hoje, eu me perdoo.*

Brigan e Roen atearam fogo à pira e todos do grupo se postaram diante dela. Havia uma canção tocada nos Dells para lamentar a perda de uma vida. Fogo pegou seu violino e o arco das mãos estendidas de Musa.

Era uma canção obsedante, revoltada, um grito de mágoa por tudo que era destruído neste mundo. Enquanto o tom cinzento voltava a se erguer sobre o céu brilhante, o violino de Fogo pranteou pelos mortos e pelos vivos que ficavam para trás e diziam adeus.

Agradecimentos

Tantas pessoas a quem agradecer!

Minha irmã Catherine (assessorada pelos rapazes) foi minha Corajosa Primeira Leitora. Depois, minha Intrépida Equipe de Leitura incluiu minha irmã Dac, Deborah Kaplan, Rebecca Rabinowitz e Joan Leonard. Nada é tão valioso quanto uma equipe de leitoras inteligentes desejando lhe transmitir a verdade brutal sobre seu livro. Beijões para vocês todas!

Se os e-mails que recebo servem como alguma indicação, minha designer de capa, Kelly Eismann, é responsável por atrair um monte de meus leitores! Minha editora de texto, Lara Stelmaszyk, é a personificação da paciência. Lora Fountain merece agradecimentos por encontrar lares europeus para meus livros. Gillian Redfearn ajudou-me a trabalhar numa parte viscosa de minha primeira revisão. Sandra McDonald deu-me um espaço silencioso para revisões, e meus pais deram-me um lugar para voltar para casa sempre que me fosse necessário. Daniel Burbach salvou-me todas as vezes em que eu precisava de uma foto da autora, o que parecia acontecer somente quando ele estava no meio das artes finais. Emelie Carter, violinista, ensinou-me sobre como se toca um violino quando se está ferido; Tia Mary Willihnganz, flautista, fez o mesmo, mas com flautas. Tio Walter Willihnganz, cirurgião e especialista em ferimentos, sempre respondeu com grande equanimidade a perguntas, tais como: "Tio Walter, se uma pessoa fosse chutada no globo ocular e não tivesse instalações médicas aonde ir, poderia o globo ocular todo ficar de um roxo-avermelhado, e ficar desse jeito pelo resto de sua vida?" (A propósito, a resposta a essa pergunta é "sim".)

Um agradecimento especial a Jen Haller, Sarah Shealy, Barbara Fisch, Laura Sinton, Paul von Drasek, Michael Hill, Andy Snyder, Lisa DiSarro, Linda Magram, Karen Walsh e Adah Nuchi, e a todos aqueles cuja fé, amabilidade, atenção e humor me sustentaram enquanto escrevi este livro. Um milhão de agradecimentos também a Laura Hornik e Don Weisberg. Fui engolfada pelo apoio de vocês.

Perto do fim, mas longe da última palavra, agradeço à minha editora, Kathy Dawson, e a minha agente, Faye Bender. Senhoras, as palavras me faltam; eu não conseguiria encontrar adjetivos que lhes fizessem justiça. Nasci sob uma boa estrela.

Finalmente, por falar em ter nascido sob uma boa estrela, uma mensagem à minha família: eu não poderia ter feito este livro sem vocês.

Impresso na Gráfica JPA Ltda., Rio de Janeiro – RJ.